中国艺术学文库·博导文丛
LIBRARY OF CHINA ARTS · SERIES OF DOCTORAL SUPERVISORS

总主编 仲呈祥

常乐斋小说论稿

孙玉明 著

中国文联出版社
http://www.clapnet.cn

图书在版编目（CIP）数据

常乐斋小说论稿 / 孙玉明著. -- 北京：中国文联出版社，2016.1
（中国艺术学文库·博导文丛）
ISBN 978-7-5190-1128-4

Ⅰ. ①常… Ⅱ. ①孙… Ⅲ. ①红学—文集
Ⅳ. ① I207.411-53

中国版本图书馆 CIP 数据核字 (2016) 第 027312 号

中国文学艺术基金会资助项目
中国文联文艺出版精品工程项目

常乐斋小说论稿

作　　者：孙玉明	
出 版 人：朱　庆	
终 审 人：奚耀华	复 审 人：邓友女
责任编辑：曹艺凡	责任校对：朱为中　周渊龙
封面设计：马庆晓	责任印制：陈　晨

出版发行：中国文联出版社
地　　址：北京市朝阳区农展馆南里 10 号，100125
电　　话：010-65389682（咨询）65067803（发行）65389150（邮购）
传　　真：010-65933115（总编室），010-65033859（发行部）
网　　址：http://www.clapnet.cn
E - mail：clap@clapnet.cn　　　　caoyf@clapnet.cn
印　　刷：北京一二零一印刷厂
装　　订：北京一二零一印刷厂
法律顾问：北京市天驰洪范律师事务所徐波律师
本书如有破损、缺页、装订错误，请与本社联系调换

开　　本：710×1000	1/16
字　　数：250 千字	印　张：17.75
版　　次：2016 年 3 月第 1 版	印　次：2016 年 3 月第 1 次印刷
书　　号：ISBN 978-7-5190-1128-4	
定　　价：53.00 元	

版权所有　翻印必究

《中国艺术学文库》编辑委员会

顾 问
（按姓氏笔画）

于润洋　王文章　叶　朗
邬书林　张道一　靳尚谊

总主编

仲呈祥

中国艺术研究院卷主编

吕品田　李心峰

《中国艺术学文库》总序

仲呈祥

在艺术教育的实践领域有着诸如中央音乐学院、中国音乐学院、中央美术学院、中国美术学院、北京电影学院、北京舞蹈学院等单科专业院校，有着诸如中国艺术研究院、南京艺术学院、山东艺术学院、吉林艺术学院、云南艺术学院等综合性艺术院校，有着诸如北京大学、北京师范大学、复旦大学、中国传媒大学等综合性大学。我称它们为高等艺术教育的"三支大军"。

而对于整个艺术学学科建设体系来说，除了上述"三支大军"外，尚有诸如《文艺研究》《艺术百家》等重要学术期刊，也有诸如中国文联出版社、中国电影出版社等重要专业出版社。如果说国务院学位委员会架设了中国艺术学学科建设的"中军帐"，那么这些学术期刊和专业出版社就是这些艺术教育"三支大军"的"检阅台"，这些"检阅台"往往展示了我国艺术教育实践的最新的理论成果。

在"艺术学"由从属于"文学"的一级学科升格为我国第13个学科门类3周年之际，中国文联出版社社长兼总编辑朱庆同志到任伊始立下宏愿，拟出版一套既具有时代内涵又具有历史意义的中国艺术学文库，以此集我国高等艺术教育成果之大观。这一出版构想先是得到了文化部原副部长、现中国艺术研究院院长王文章同志和新闻出版广电总局原副局长、现中国图书评论学会会长邬书林同志的大力支持，继而邀请我作为这套文库的总主编。编写这样一套由标志着我国当代较高审美思维水平的教授、博导、青年才俊等汇聚的文库，我本人及各分卷主编均深知责任重大，实有如履薄冰之感。原因有三：

一是因为此事意义深远。中华民族的文明史，其中重要一脉当为具有东方气派、民族风格的艺术史。习近平总书记深刻指出：中国特色社会主义植根于中华文化的沃土。而中华文化的重要组成部分，则是中国艺术。从孔子、老子、庄子到梁启超、王国维、蔡元培，再到朱光潜、宗白华等，都留下了丰富、独特的中华美学遗产；从公元前人类"文明轴心"时期，到秦汉、魏晋、唐宋、明清，从《文心雕龙》到《诗品》再到各领风骚的《诗论》《乐论》《画论》《书论》《印说》等，都记载着一部为人类审美思维做出独特贡献的中国艺术史。中国共产党人不是历史虚无主义者，也不是文化虚无主义者。中国共产党人始终是中国优秀传统文化和艺术的忠实继承者和弘扬者。因此，我们出版这样一套文库，就是为了在实现中华民族伟大复兴的中国梦的历史进程中弘扬优秀传统文化，并密切联系改革开放和现代化建设的伟大实践，以哲学精神为指引，以历史镜鉴为启迪，从而建设有中国特色的艺术学学科体系。艺术的方式把握世界是马克思深刻阐明的人类不可或缺的与经济的方式、政治的方式、历史的方式、哲学的方式、宗教的方式并列的把握世界的方式，因此艺术学理论建设和学科建设是人类自由而全面发展的必须。艺术学文库应运而生，实出必然。

二是因为丛书量大体周。就"量大"而言，我国艺术学门类下现拥有艺术学理论、音乐与舞蹈学、戏剧与影视学、美术学、设计学五个"一级学科"博士生导师数百名，即使出版他们每人一本自己最为得意的学术论著，也称得上是中国出版界的一大盛事，更不要说是搜罗博导、教授全部著作而成煌煌"艺藏"了。就"体周"而言，我国艺术学门类下每一个一级学科下又有多个自设的二级学科。要横到边纵到底，覆盖这些全部学科而网成经纬，就个人目力之所及、学力之所逮，实是断难完成。幸好，我的尊敬的师长、中国艺术学学科的重要奠基人于润洋先生、张道一先生、靳尚谊先生、叶朗先生和王文章、邬书林同志等愿意担任此丛书学术顾问。有了他们的指导，只要尽心尽力，此套文库的质量定将有所跃升。

三是因为唯恐挂一漏万。上述"三支大军"各有优势，互补生辉。例如，专科艺术院校对某一艺术门类本体和规律的研究较为深入，为中国特色艺术学学科建设打好了坚实的基础；综合性艺术院校的优势在于打通了艺术门类下的美术、音乐、舞蹈、戏剧、电影、设计等一级学科，且配备齐全，长于从艺术各个学科的相同处寻找普遍的规律；综合性大学的艺术教育依托于相对广阔的人文科学和自然科学背景，擅长从哲学思维的层面，提出高屋建瓴的贯通于各个艺术门类的艺术学的一些普遍规律。要充分发挥"三支大军"的学术优势而博采众长，实施"多彩、平等、包容"亟须功夫，倘有挂一漏万，岂不惶恐？

权且充序。

（仲呈祥，研究员、博士生导师。中央文史馆馆员、中国文艺评论家协会主席、国务院学位委员会艺术学科评议组召集人、教育部艺术教育委员会副主任。曾任中国文联副主席、国家广播电影电视总局副总编辑。）

目 录

001 / 前 言

001 / 丁耀亢其人其事

011 / 丁耀亢是《醒世姻缘传》作者吗

019 /《醒世姻缘传》作者"丁耀亢说"驳议

037 /《续金瓶梅》成书年代考

045 / 试论《聊斋志异》的成书及分卷和编次问题

058 / 聊斋志异梦释

066 / "薛姑子"考释

069 / 发乎情，止乎礼义
　　　——才子佳人小说的矛盾婚姻观

074 /《红楼梦》的作者就是曹雪芹
　　　——与赵国栋同志商榷

086 / 也谈《红楼梦》的作者问题
　　　——与徐缉熙先生商榷

097 / 想入非非猜笨谜
　　　——红学索隐派与《红楼解梦》

137 / 顾颉刚与新红学

153 /《红楼梦》研究批判运动发生的偶然与必然

206 / 日本《红楼梦》研究略史

220 / "日本红学"的奠基人——森槐南

234 / "红迷"——大高岩

248 / "美玉无瑕"非指贾宝玉

250 / 武侠小说与人类的超人崇拜心理

256 / 《峡谷芳踪》的情节结构

266 / 后　记

CONTENTS

001 / **Preface**

001 / Ding Yaokang: The Man and His Deeds

011 / Is Ding Yaokang the Author of The Biography of Xingshi Yinyuan

019 / A Refutation of that The Biography of Xingshi Yinyuan Is Written by Ding Yaokang"

037 / A Research on the Writing Time of The Sequel of Jinpingmei

045 / On the Writing and Compiling Problems of Liaozhai Zhiyi

058 / The Interpretation of Dreams from Liaozhai Zhiyi

066 / A Research on "Xue Guzi" (Nun Xue)

069 / Starting from Feelings but Restricted within Ritual and Duty: On the Paradoxical Concepts of Marriage in Scholar-Beauty (Caizi Jiaren) Novels

074 / Cao Xueqin: The Author of Hongloumeng
　　　— Consulted with Comrade Zhao Guodong

086 / On Who was the Author of Hongloumeng
　　　— Consulted with Comrade Xu Jixi

097 / Going Too Far in Reading Dumb Riddles
　　　— The School of "Discover-the-concealed" of Redology and The Interpretation of Honglongmeng (Honglou Jiemeng)

137 / Gu Jiegang and the New Redology

153 / The Necessity and Contingency of the Campaign to Criticize the Hongloumeng Study

206 / A Brief History of the Hongloumeng Study in Japan

220 / Mori Kainan: The Founder of "Redology in Japan"

234 / Otaka Iwao: A "Red Fan"

248 / "The Fair Flawless Jade" Does not Refer to Jia Baoyu

250 / Chinese Martial Arts Novel and the Psychology of Superman Worship

256 / The Plot and Structure of Xiagu Fangzong

266 / **Postscript**

前 言

河伯尚且望洋兴叹，涸辙之鱼进入江湖后，其喜悦之情更是难以辞达！1979年秋，我从山东诸城一个贫穷落后的穷山村考入山东大学外文系之后，恰便似涸辙之鱼进入了浩淼无垠的江湖中，尽情地在知识的水域里畅游起来。相比而言，外文系的学习还是比较轻松的，只要具备良好的记忆力和一定的理解能力，就能够挤出大量业余时间从事其他活动。由于自幼对文学尤其是小说的偏好，我如饥似渴地阅读了古今中外的大量小说。然而，随着阅读量的不断增加，本来饥不择食的胃口也变得逐渐挑剔起来。大概一年多以后，我便抛开了中国现当代小说和外国小说，而专心阅读起中国古代文学，并伴以中国文学史及相关论著的阅读。巧逢山东大学成立蒲松龄研究室并创办了《蒲松龄研究集刊》，我便兴致勃勃地跑到中文系拜访袁世硕先生，在征得先生同意后，我便跟随先生的第一届硕士生门岿等人聆听他所讲授的专业课，从此后也下定了终生从事《聊斋志异》研究的决心。某次课间休息时，袁先生给了我一篇文章，这是台湾王素存先生的一篇论文，主要论证《续金瓶梅》的作者丁耀亢就是《醒世姻缘传》的作者西周生。由于丁耀亢也是山东诸城人，所以我在对丁耀亢及其作品乃至《醒世姻缘传》产生了浓厚兴趣的同时，也很自然地将丁耀亢与《续金瓶梅》、蒲松龄与《聊斋志异》、西周生与《醒世姻缘传》这三者紧密地联系了起来，并从此开始了对诸多问题的思考。

1983年大学毕业前，我报考了袁先生的硕士研究生，结果却是名落孙山。同年夏天，我被分配到秦都咸阳从事日语教学。由于当时的特殊政策，单位整整三年不许报考。直到1986年秋，我才克服重重阻力考入南开大学中文系，师从恩师鲁德才先生学习中国古代小说的研究，得遂心愿。1986年，对于中国的硕士研究生来说，是一个非常特殊的年份。这一年，不仅入学考试时取消了政治考试科目，而且入学后也没有开设政治课。再加我本科乃是外文系毕业，外语免修。所以又有大量时间从事自己所感兴趣的专业。也就从这一年的年底开始，我居然把数年来一直思考的一些问题陆续写成了论文。第一篇文章是有关《醒世姻缘传》的，后来自觉汗颜丢进了废纸篓中。其他诸如《丁耀亢其人其事》《丁耀亢是〈醒世姻缘传〉的作者吗》《试论〈聊斋志异〉的成书及分卷和编次问题》《聊斋志异梦释》几篇，虽然是在硕士研究生毕业之后陆续发表出来的，但实际上却都撰写于攻读硕士研究生期间。其中《试论〈聊斋志异〉的成书及分卷和编次问题》一文，乃是我与85级、86级的师兄弟师姐妹们同修朱一玄先生"小说版本文献史料学"课程的作业，曾经朱先生指点并推荐至《蒲松龄研究》发表。这篇文章，至今仍令我感到十分得意。《〈醒世姻缘传〉作者"丁耀亢说"驳议》和《〈续金瓶梅〉成书年代考》两文，虽然撰写发表于硕士研究生毕业之后，但却仍要归功于那时的积累和文思。在此值得一提的是《"薛姑子"考释》这篇短文。有关这个问题，早在20世纪80年代初期就已困扰着我，但由于是孤证，所以一直未敢撰写成文。直到30多年后，陈洪先生为纪念朱一玄先生诞辰百年特意向我约稿，我才胆颤心惊地把积压于胸中的这一想法公之于世。文章虽短，思考时间却相当漫长！学术之艰，于此可见一斑。《发乎情，止乎礼义——才子佳人小说的矛盾婚姻观》一文，是我硕士学位论文的一部分，自然应该算作攻读硕士研究生期间的成果。又因才子佳人小说与《续金瓶梅》《醒世姻缘传》等同属世情小说，在《金瓶梅》和《红楼梦》之间具有明显的承继演进关系，因此一并收录于此。

1989年夏，我分配到《红楼梦学刊》编辑部，因工作需要，不得不涉足有关《红楼梦》的研究。《"美玉无瑕"非指贾宝玉》这篇小文，便是这方面的第一篇习作。其后，我便根据我所感兴趣的问题，诸如作者家世生平、脂评及红学史等，陆陆续续撰写起有关《红楼梦》的论文和专著。这次收入的几篇文章，时间跨度长达30余年，从中可见出这些年来我在红学领域艰难地摸索前行的轨迹。《"日本红学"的奠基人——森槐南》和《红迷——大高岩》两篇文章，是我在北京师范大学攻读博士研究生时所撰毕业论文中的两部分。这篇博士论文的撰写，无论从资料的查找还是到结构的调整等等，无不凝聚着导师郭英德先生的心血。在此向郭先生致谢！

《武侠小说与人类的超人崇拜心理》及《〈峡谷芳踪〉的情节结构》两文，明显属于现当代文学的范畴。当年，由于我对新派武侠小说的挚爱，师友们便约请我撰写了这样两篇文章，从中亦可见出我的另外一种风格，故亦收入本文集中。

因兴趣爱好而走上对中国古典小说的研究之路，展眼间已历30余年。这些年来，虽然曾经数度为自己选择了这条清贫的人生之路而痛苦彷徨过，但俯首细思，却又觉无憾。吾生也有涯而知也无涯！以有限之人生做无限之学问，自然难有知足之时！然在有限的人生中能够凭兴趣做有益之事，则又深感知足。正因如此，故而数年前也学酸腐文人之习性，托友人刻一闲章曰"知足者常乐"，因取斋名曰"常乐斋"，号曰"常乐斋主"，故将此文集名之曰"常乐斋小说论稿"。

2014年2月16日

丁耀亢其人其事

在我家乡诸城，自幼就听到许多有关丁耀亢的传说。1981年夏，我在山东大学读书时，从袁世硕先生处读到了一篇有关丁耀亢的文章，此文认为《醒世姻缘传》的作者是丁耀亢。这遂引起了我极大的兴趣。于是，每逢放假回家，我便四处奔波，走五莲，访安丘，遍访诸城丁氏后裔，广泛搜集有关丁耀亢的资料和传说。1988年6月初，在沈阳开会时，得遇王汝梅先生，偶尔谈及丁耀亢，王先生便约我写一篇札记性的文章，于是我就应承了下来。

此文共分三部分：第一部分尽量依据手中所掌握的资料，注明出处，杂凑成文，力求史料的可靠性，以便研究者参用；第二部分将有关丁耀亢的传说，分条列出，间杂考辨力求还其真实面目；第三部分则结合丁耀亢的生平经历，简略地谈一下他的主要作品。不妥之处，还望各位先生指正。

一、家世与生平

丁耀亢（1599—1670），字西生，号野鹤、紫阳道人、木鸡道人等，山东诸城人。

关于丁耀亢的生卒年代，历来说法不一。鲁迅先生在《中国小说史略》中定其生卒年为：约1620—1691；《中国文学家大辞典》及《古典戏曲存目汇考》则又定其生卒年为：约1607—1678；在《辞海·文学分册》中是：1599—1669；而叶子振《小说琐谈》中又是：1599—1670。到底何者为是呢？

1988年夏，我有幸见到了《丁氏祠碑刻》的图片，其中有一张万历四十年壬子三月乙未朔王化贞等人祭丁耀亢之父丁惟宁的祭文。因字迹很模糊，看不清其中文意。但由此却可以肯定，丁惟宁至少应卒于万历四十年（1612）以前，而丁耀亢在《保安残业示后人存记》中云："予生十一岁而孤，弟心仅六岁。"由是推之，万历四十年时丁耀亢最起码已经10周岁了。因此，《中国小说史略》和《中国文学家大辞典》及《古典戏曲存目汇考》中所定丁耀亢之生卒年显然不对。而乾隆《诸城县志》卷三十六又谓其"卒年七十二"，所以，应以《小说琐谈》之说为是。

丁耀亢在《丁氏族谱序》中云："吾丁氏世为荆族，居武昌当元之末。始祖讳兴者以铁枪归明太祖，从军有功，除淮安海州卫百户，子贯世袭，自海州而徙琅琊，则自兴之次子推始。然则推固琅琊始祖也。自推而至吾之身，殆八世矣。"诸城丁氏，自丁推始。二世：丁彦德；三世：丁伯忠；四世：丁宗本；五世：丁珍；六世：丁纯。纯，字质夫，号海滨，嘉靖壬午科进士，钜鹿训导，升长垣教谕。当时与范绍、陶成、常云、谭章、侯廷相、臧节、窦昂、刘士则并称九老。有三子，即：丁愚、丁惟宁，丁惟一。

七世：丁惟宁，字汝安，一字养静，号少滨。"嘉靖甲子举人，嘉靖乙丑联捷进士。授直隶清苑县知县，内艰起复补山西长治县知县，行取四川道监察御史，充侍经筵巡按直隶，以忤时宰张江陵，调外除河南佥事，外艰起复补陇右兵备佥事，调江西参议，以疾归。起复补湖广郧襄兵备按察使司副使，以湖广巡抚李材误陷归。旋补官凤翔不就，寿终于家。敕封文林郎，诰授中宪大夫。"（《丁氏族谱》）丁惟宁天性刚烈，"三仕清要，每回籍，图书衣被而已。"曾平反真定白莲教冤狱，全活千余人。王世贞任青州兵宪时，"巡诸邑观兵海上，相与咏和，每为所赏。"（《述先德谱序》）丁惟宁原配夫人纪氏，乃胶州进士纪公女，未留下后代而卒。又娶仪氏，生子四：耀斗、耀昂、耀翼、耀箕。耀亢生母乃黄县田公女，年16嫁给丁惟宁，生耀亢、耀心二人。未30而惟宁卒，她独自抚养兄弟二人长大成人。耀亢之弟耀心，字见复，崇祯庚午科举人。崇祯十五年（1642）清兵攻打诸城时守城殉难。

丁耀亢为诸城丁氏之第八世。他未成童之时，常随其父游于诸城西南90里之遥的九仙山。10岁丧父。（按：丁耀亢在《保安残业示后人存记》中云："予生十一岁而孤。"古人不说周岁，故年为11岁当为10周岁——

笔者）少负奇才，弱冠为诸生。万历四十五年（1618）左右南走吴会，从董其昌游，并与陈古白、赵凡夫、徐阆公辈联文社。光宗泰昌元年（1620）回到诸城。崇祯元年（1628）冬，在诸城城南50里之遥的橡谷沟筑舍五楹，名曰"煮石草堂"，与友人在其中饮酒赋诗，"或入城谒先祠，非有大故吊贺不行于里。"（《山居志》）崇祯五年（1632），"观史之余偶感人事，欲有所惩，因集十史恶报，分为十案，名曰《天史》。"（《山鬼谈》）崇祯五年（1632）至崇祯六年（1633），丁耀亢与其子玉章专攻时艺，山居期间，有九华老僧明空及新城俞五秀才，俩人皆深于庄老，丁耀亢遂邀而偕隐。崇祯十二年（1639），"东兵破济南，知天时将变，壮心久冷，南游将卜居金陵，以老母重土不能迁。至辛巳长男玉章不禄矣。入山抚树，无非惨怛，回想山居十载，晦明雨雪，都成梦境，无复濠梁之趣。"（《山居志》）崇祯十五年（1642）十月，丁耀亢自京师归。同年十一月二十日，携家出城入山避难。十二月十七日，"得破城之信，遣使往探，东兵已据城"（《航海出劫始末》），遂举家逃往海中一个小岛上。此次清兵攻破诸城，丁耀亢之胞弟耀心、侄大谷，皆殉难。"长兄虹野，父子皆被创。"（《乱后忍辱叹》）崇祯十六年（1643）三月初旬，"东兵去乃出海归，计海中盖百日云。"（《航海出劫始末》）"甲申春，土寇复炽；再移于城。至三月闻闯信，知不可支，系舟海畔，恐蹈前辙，老母携孤侄，居海上以待，非复前此之仓皇也。三月十六日，以子女登舟，载粮而南……将隐岛以耕，不复出矣。"（《航海出劫始末》）次年七月，复出海视家，至日照遇故友王遵坦于西岭，王"率精甲二百骑，以淮镇令经略东省，闻土寇大起，疑畏不进。予说王将以札委土著巨施，授之衔，得步兵四千余，解渠邱围……九月，刘太史宪石移家入海。南行遇淮上，谒淮镇刘将军泽清，授以赞画，为陈方略，使结东之大姓为藩篱，不能行。为疏以荐，授监纪司理于王将之军，屯东海以图进取。于是官于岛中，借官为名，终日赋诗饮酒，且以课耕诗载漆园集。"（《航海出劫始末》）后来丁耀亢见刘泽清庸懦无能，遂率全家飘然离去。

清顺治二年（1645），丁耀亢出海归里，"八月入都，以旧廪例贡于乡。"是年十月，他又以监事辞入都，实际上他这次并没有真正去京都，而是出游于外，"自青而莱，复自莱而北………乃入胶西，复南走至东海之滨，以岁终不入海而归……丁亥复游淮扬间，将卜居于淮，不能果。"

（以上《避风漫录》）丁耀亢于顺治五年（1648）七月，"由历下至利津，入海得长风，越津门而东"，然后由陆路入京，"见学士刘名宪石，京兆张君天石二先生，得假榻，以诗酒相朝夕焉……因知旗下教习，以贡例可假一枝以安，乃由顺天籍府庠得试于京兆张君、司成高君，入礼曹拔送太学焉……己丑三月始入旗下学清……至庚寅八月，由大宗伯告假归省，得旋里。辛卯二月，复入都，改镶白旗而入镶红旗……三年考满，已得售，当选有司，后改广文，授容城教谕。"（《皂帽传经笑》）

"戊子客于燕，明年游太学，授经于辽，因卜寓米市南里，傍华岩兰若而西。筑室三楹，启门于西户之隅，直入而曲行如蜗之负卢，制有舟形焉。渠邱学士刘君，游而乐之，额以陆舫……他日洛中宗伯王觉斯，大司马张垣公，大司成薛公竹屋夫子，作陆舫诗，以悬于壁。"（《陆舫游记》）

顺治十三年（1656），丁耀亢自容城回到诸城，以《出劫纪略》一书，请李澄中作序。此时的丁耀亢，已经是57岁的人了。

后丁耀亢迁惠安知县，"以母老不赴。"康熙四年（1665）八月，他"以续书被逮，待罪候旨，至季冬蒙赦得放还山，计一百二十日。"（《捕逃行》）此年他已经两眼昏花，后双目失明，遂称木鸡道人，卒年71岁。有子四：长子玉章，未弱冠而卒；次子慎思；三子慎行；四子慎谋。

二、传说考辨

传说之一：

丁耀亢是诸城十老之一。他与张侗、马三保、邱石常等人友善。一日，四人外出郊游，见到地里的大葱，遂联句《咏葱》，张侗："管窥青天独出尖"，马三保："土埋白发是枉然"。丁耀亢："剥去皮毛终是辣"，邱石常："任何咀嚼不酸咸"。又一日，丁耀亢与邱石常在铁沟园中饮酒，因论文不合，遂相恶骂。邱石常拔出壁上剑，欲刺杀丁耀亢。丁耀亢急上马逃走。邱石常不甘心，在园中建一凉亭，名曰"烹鹤亭"。因为丁耀亢号野鹤，邱石常意欲烹而食之也。因邱石常号海石，丁耀亢回家后，亦盖起五间茅屋，取名"煮石草堂"，亦欲煮而啖之而后已。（注：此传说由丁氏后代丁郁周大爷提供。）

按：这个传说中的"铁沟园论诗"一段，在王士禛《池北偶谈》及阮葵生《茶余客话》中都有记载。但前后两部分却未见诸任何书籍。据史料记载，丁耀亢确实有几间茅屋取名叫"煮石草堂"，但名称之由来却与这个传说不同，而是"取唐人'归来煮白石'之句"。(《山居志》)

传说之二：丁耀亢与张侗（字同人，一字石民）在当时都是有名的画家。丁善画竹子，张善画雁。有一次，二人一起作画，画成后，微风吹动，只听得丁耀亢所画的竹子像真的一样沙沙作响，正在此时，空中有一队大雁飞过，张侗画的大雁听到空中雁叫，遂长鸣一声，腾空飞去。故有云："丁耀亢的竹子张石民的雁。"

按：丁耀亢与张石民皆善画，当不诬，但不会如此神奇。1983年春我曾前往橡谷沟，寻访有关丁耀亢的资料。有一丁氏后裔云：他家曾有一幅丁耀亢自画的《行乐图》，图中丁耀亢端坐椅上读书，旁边有一童子在生炉烹茶。据说此图后来藏在诸城县博物馆中。可惜我去博物馆时，正赶上旧馆搬迁，资料封存起来了，未能亲见，甚憾。

传说之三：

丁耀亢进京应试时，答卷字字珠玑。皇帝看后，叹曰："中了诸城丁野鹤，天下文墨数不着。"担心丁耀亢考中后，会看不起天下所有的文人，遂不取。丁耀亢甚感气愤，回家后，便写了《金瓶梅》一书（按：此处应是《续金瓶梅》之误），大骂皇上。此书横竖读之皆成文，竖读为一小说，横读则恶语骂清。皇帝得知后，下令逮捕耀亢并抄其家。先是，丁耀亢之师张青霞预知耀亢此生必有大灾大难，故而在与他分手时给了他一个小铁盒儿，嘱之曰："若遇大难，当开视之。"所以，耀亢闻知皇上下令抄家后，便打开了铁盒儿，见其中有七枚银针，一包石灰，耀亢自幼颖悟，一看便知，遂用银针遍刺双目，然后再用石灰揉搓，双目便即失明。等钦差大臣赶到，见他已经双目失明，就没有逮捕他，只抄了他的家，率兵而回。耀亢得以保全性命。

按：丁耀亢著《续金瓶梅》一书来发泄自己对清王朝的不满情绪，确属事实。但所谓"横竖读之皆成文"（平步青《霞外捃屑》谓"隔一字读之成文"）云云，实不可信。另，据史料记载，丁耀亢确曾于康熙四年（1665）因著书被逮，但当时他的双目并没有失明，只是两眼昏花而已，更没有所谓"见其双目失明就没有逮捕他"之说。而传说中的其师张青霞这个人物，在丁耀亢的《出劫纪略》《续金瓶梅》及诗集中也多次出现过，推测可能是明末的一位隐士。

传说之四：

丁耀亢赴京会试，才华横溢反而名落孙山。回家后愤而仿金銮殿建造了一座大楼以示反上，皇帝得知后，派牛大人为钦差大臣抄斩丁耀亢。刘墉对牛大人说："我有个穷妹妹在丁家，望你看在同年份上，饶她一命。"刘大人的妹妹，即是丁耀亢之妻。故牛大人至诸城后，见丁耀亢已经双目失明（失明原因同上——笔者），就把丁耀亢及其妻赶下楼来，放火烧了他的家。丁耀亢因生活无着落，便到五莲山给和尚推磨度日，并作诗云："日行千里难出径，大雪纷纷不下台。"

按：丁耀亢之妻是否姓刘，不得而知，但传说中的所谓刘大人，绝对不会是刘墉。因为丁耀亢卒于1670年，而刘墉则出生于1719年，俩人年代相去甚远，实属传闻之误。若实有其事，则所谓刘大人者，当为安丘刘宪石。

传说之五：

丁耀亢逃难时，因城门口有清兵把守，不许通过。丁耀亢说道："我讲个故事你们听，听完后放我出城。"守门小兵应诺后，丁耀亢便说道："从前有一伙人，乘坐着一艘大船，在船上搭台演戏。此时海中有一条大鱼，一口把大船吞入了腹中。船上的人见一霎时变得天昏地暗，以为已经黑天，遂点起烛火，继续演戏，不知自己已经进入鱼腹中。大鱼吃饱后，就到岸边晒太阳。有一只大鸟飞来，又把鱼吞入了腹中。大鸟吃饱后，便落到一座黑山上休息。这座黑山原来是一个妇人的髻鬟，妇人捉住了鸟儿，就把它放在鞋子里给小孩子玩。忽然听到鸟儿腹中有唱戏的声音，于是妇人便剖开了鸟的肚子，却剖出一条小鱼儿来，再剖开鱼腹，发现其中有一艘大船，妇人对船上的人说道：'你们居然还在这里演戏。你们的船被鱼吃了，鱼又被鸟吃了，难道你们就不知道吗？'船上的人都大惊失色，皆摇头叹道：'唉！一阵腥臊不见大明。'"守门小兵听完后，就放他出城去了。故老云：最后这一句话，意在骂明朝皇帝。

按：这个传说，虽然荒诞不经，但与《化人游》却有点相似，皆是大船被鱼吞入腹中，也许二者之间有联系，或者这个传说为《化人游》之张本，或者受《化人游》之影响而产生了这个传说，无从考证。但所谓"一阵腥臊不见大明"意在骂明朝皇帝,却大错特错。从语意来看,应该是骂清,意为在清兵屠掳中原的血雨腥风中,再也看不到大明王朝了。并且,从丁耀亢的著作中也可得到印证,他是有着强烈民族意识的一个作家,而对明王朝却有所怀恋。

三、作品杂谈

丁耀亢是一个比较多产的作家,据不完全统计,其作品共有:

(一)诗集:《逍遥游》《陆舫诗草》《漆园草》《椒丘诗》《江干草》《归山草》《听山亭草》《问天亭放言》。

(二)小说:《续金瓶梅》六十四回。

(三)传奇剧本:《化人游》《赤松游》《西湖扇》《表忠记》《非非梦》《星汉槎》。

(四)其他:《出劫纪略》《家政须知》《增删补〈易〉》《天史》(又名《天史十案》)《天史管见放言》《天史集古》。

《漆园草》《非非梦》《星汉槎》《增删补(易)》早已失传。《家政须知》等几部作品未得见。现仅就所阅读过的几部著作,结合其生平,谈一点自己粗浅的看法:

明光宗泰昌元年(1620),丁耀亢由南方回到诸城后,自明熹宗天启元年(1621)至崇祯七年(1634)所写的诗作,皆收入《问天亭放言》集中。从这部诗集可以看出,诗人在南归之后的三四年间,还是年少气盛、踌躇满志的。在《辛酉孟冬同九弟见复游五朵醉赠友人王子》一诗中,他居然要"一杯先吸沧州月"。天启五年(1625),丁耀亢决计到诸城城南的橡谷沟居住。崇祯元年(1628),煮石草堂建成,他写了"陶令儿郎诸葛妻"等两首诗以示纪念,并表示出此时躬耕陇亩、他日奋志青云的壮志。此后,他便与友人共结诗社,终日饮酒赋诗。在此期间,他写出了《官军行》等关心民生疾苦的佳作。

崇祯三年(1630),其弟耀心举于乡,而耀亢却未考中,于是,他"入山之志愈坚"。(《山居志》)他在"观史之余,偶感人事,欲有所惩,因集十史恶报,分为十案,名曰《天史》。"(《山鬼谈》)这是现在所见丁耀亢生平最早的一部著作。前有钟羽正《序》及临川陈际泰于崇祯七年（1634）所作《序》，还有丁耀亢于崇祯五年（1632）所写的《自序》，可见此书即成于崇祯五年。但此书的价值不大。

自崇祯三年（1630）受到科考未中的打击后，丁耀亢的情绪也随之低沉了下来。这在崇祯四年（1631）冬他听到陈古白、赵凡夫俱先后谢世的音讯后所写长诗以及崇祯五年（1632）所作《哀朱太守》等诗中都有充分的表露。崇祯六年（1633）送其弟耀心会试时，这种情绪更是有增无已，以至于他在《怀鹤》诗中发出了"不如深入青冥去，海内何人识一丁"的牢骚。

崇祯十二年（1639），清兵攻破济南，此后丁耀亢迭遭变故。崇祯十四年（1641），其长子玉章病卒。崇祯十五年（1642）冬，清兵攻打诸城，其弟耀心、侄大谷皆在乱中丧生。丁耀亢乘船逃至海上，才得以幸免。清兵退去后，李自成的农民军又于顺治元年（1644）攻入诸城，丁耀亢再次外出避难。同年七月，他出海视家，在日照与故友王遵坦相遇，募兵解了安邱之围。九月又遇刘宪石于淮上，同谒刘泽清，授以赞画之职，官于海岛之上，终日赋诗饮酒。此期所写诗作，皆收入《漆园集》；可惜这部诗集已经佚失，不能深谈。顺治二年（1645），丁耀亢由海上归里，又为田产事打官司，终日四处奔波。同年十月，他借监事辞入都，但实际上是为了避祸，并未真正入都，而是在青莱间游荡了两个月，年底回到家乡。顺治四年（1647）再次南游淮扬间，将卜居于淮，未能实现。他的诗集《逍遥游》和传奇《化人游》便是在这一年成书的。

采用浪漫主义的表现手法，以荒诞不经的情节来发泄自己的内心苦闷，表达怀念故国的情思，正是他创作《化人游》的主要目的。剧中的何野航实际上是作者自况："俺何生今日大舡不见，小舡已抛，连海也是不见的了，赤手空拳，难回故国，只得向前寻觅便了。"（第六出《舟外等舟》）可是，故国在哪里？前途又在哪里？"天哪，天哪！我何生的大船知在何处？"（出处同上）这一声声撕心裂肺的哀号声，正是作者矛盾痛苦心情的真实流露。可以说，丁耀亢的大半生都是在矛盾和痛苦中度过的，而《化人游》和《逍遥游》问世时的那几年，却又是他一生中最为苦闷的时期。

欲归隐而无仙境，欲家居却又不能安贫。明清易代之际，常常有一些大户人家调唆无赖光棍与丁家作对。因而丁耀亢万不得已，终于在顺治五年（1648）七月，由历下乘长风直达利津，然后前往京师，找到早已在清廷为官的刘宪石、张天石二人，得假一榻，"以诗酒相朝夕焉"。（《皂帽传经笑》）自顺治五年（1648）至顺治十年（1653），他在北京所写的诗作，全部收入《陆舫诗草》中。

就在入京后不久的顺治六年（1649），他为悼念亡友王子房而从明崇祯十六年（1643）就开始创作的传奇《赤松游》也问世了。

《赤松游》虽是一部历史剧，但却带有浓烈的归隐意向。作者虽云是为悼念亡友而作，但实际上却是自悲身世。他一方面深深地痛恨满清，眷恋亡明，另一方面却又不得不应试赴考，投靠满清。"相逢尽道休官去，林下何曾见一人？"（第四十二出《辟谷》）这是作者在斥责别人，但也是在自责。"痛韩亡故国伤残，更孤羽遭时淹蹇。欲倾家报国，怕失机先。"（第四出《侠逢》）这种空怀报国大志，却又回天无力的哀叹，正是他当时矛盾心情的真实流露。

虽然心慕张子房之高风，但却又不能效赤松子去云游，万般无奈之中，丁耀亢只能借助于文学创作，继续发泄自己的苦闷与悲哀。

顺治十年（1653），他的《西湖扇》传奇问世。这是一部乱世才子佳人剧。它虽以金兵南下侵宋为历史背景，但实际上却是清兵入侵中原的真实写照。然而，此时的丁耀亢已经"三年考满"，正满怀希望地等待着清廷的提拔重用，所以，虽然剧中不无反清情绪的流露，但与前期作品相比，却显得平和中正多了，竟然唱出了"华夷一家"的调子。

然而，当希望不能实现时，那就是幻想，而幻想终将会归于破灭。"当选有司，后改广文，授容城谕。"（《皂帽传经笑》）清统治者并没有赏识他，只给了他一个闲散官儿。经邦济世、跻身青云的幻想彻底破灭了。因此，在任容城教谕期间，他只有用自己的狂放不羁，来发泄胸中的沉郁积怨。自此直到老死，他连续创作了传奇《表忠记》、诗集《椒丘集》《江干草》《归山草》《听山亭草》、小说《续金瓶梅》及杂文《出劫纪略》。

顺治十三年（1656），他写成了《出劫纪略》一书。这是一部杂记性的文集，共有十二篇作品，皆具有极为重要的史料价值，从中可以考见他的生平事迹。其中也有大量有关明末农民起义、清兵入侵中原的记载，在一定程度上反映了明末人民的苦难和斗争。其中的《山鬼谈》一文，与《续金瓶梅》第五十二回几乎完全相同，可以参看。

在冯铨和傅维鳞的推荐下，丁耀亢奉顺治皇帝的旨意，于顺治十四年（1657）完成了《表忠记》的创作。在这个剧本中，他按照封建规范，理想化地塑造了杨继盛这个死谏文臣的形象。但由于此时的丁耀亢已经是一个年老官微、仕进无望之人，因而剧中指责前朝弊政，挞伐奸佞小人，其愤世嫉俗的情绪也更为强烈。正因为如此，这部作品虽然是奉旨而作，但却最终未能进呈。

小说《续金瓶梅》，六十四回。此书分两条线索交替发展，以吴月娘等人为主的一条线索，实际上是作者在明清易代之际动荡环境中的亲身经历。作品借宋喻明，以金比清，对于金兵屠戮中原的种种暴行，进行了无情的揭露和批判。但书中也充斥着浓烈的迷信果报思想。特别是其中的淫秽描写，更是直接影响了作品的价值。

（原载《金瓶梅艺术世界》）

丁耀亢是《醒世姻缘传》作者吗

《醒世姻缘传》的作者到底是谁，历来说法不一。近几年来，又有人提出了丁耀亢说，持这种观点的主要有台湾省王素存先生的《〈醒世姻缘传〉作者西周生考》及大陆学者田璞先生的《〈醒世姻缘传〉作者新探》等文章（见《河南大学学报》（哲科版）1985年第5期）。对于这个说法，我认为大有商榷之必要。因此，笔者不揣浅陋，将自己的一点管见略述如下，以就教于各位方家。

王素存先生认为，《醒世姻缘传》的作者即是《续金瓶梅》的作者丁耀亢，其摸索方法是自"西周生"摸出书中一位突出人物邢皋门而摸出西周生的真面貌。王先生在文中写道：

> 西周，虽是朝代的名称，但也是地名，《中国地名大词典》：西周，国名，周考王以王城故地封其弟揭，是为河南公，后称西周。时王在洛阳下都，王城在其西，故称西周，后为秦所灭。是'西周生'者，河南人之谓，这位河南人，就是书中的邢皋门。
>
> 何以见得"西周生"就是河南人？书中说得很明白，第十六回："这个邢皋门，是河南淅川县人。"

在这里，王素存先生只是证明了"邢皋门是河南人"，但丁耀亢却是山东人。山东的丁耀亢与河南的邢皋门又有什么联系呢？王先生对此却未做任何说明。因此，我认为这不能成为一条理由。

王素存先生说："《续金瓶梅》又名《金屋梦》，其作者即丁耀亢，字西生，号野鹤，晚年自署'木鸡道人'，但在《金屋梦》中，他又自名为'梦笔生'，书中的邢皋门即是作者自况。"其实，这更是一个失误。《金屋梦》是参照《续金瓶梅》和《隔帘花影》删改而成的。它由莺花杂志社初版于民国四年（1915），著者"梦笔生"实际上是删改者的名字，此人是清末人，并非丁耀亢。

王先生的再一条理由就是："丁野鹤南游，本意在'往南中经游半壁，广广见闻'，哪知却遇见了董其昌仲子祖常，'道自己是个公子，并有了银钱'，以为他是'他家幕客'，竟然'拿出伯颜大叔待文章的脸来'待他。这种种不礼貌的待遇岂是他能受得住的，只有郁郁而归，将董氏父子的恶行和自己的怨愤悉泄之于纸笔，写成一部《醒世姻缘传》，笔伐董其昌父子。"

我认为，这个说法亦不妥当。因为《山东通志》上记载，丁耀亢"走江南，游董其昌门……既归，郁郁不得志，取历代吉凶诸事类，作《天史》十卷，以献益都钟羽正，羽正奇之。"可知《天史》作于他自江南既归之后。而现存《天史》一书的卷首刻有"明青都钟羽正龙渊、云门董其昌思白两先生评选"。前有临川陈际泰于甲戌仲夏在燕都作的《序》，其《序》云："予不识丁君而知为董思白先生门下士，先生适属予为序。"由此可知，陈《序》乃是受董其昌嘱托而撰。那么，既然董其昌如此看重丁耀亢，耀亢是不大可能撰书笔伐他的。

王素存先生认为，在描写北京风土人情方面，丁耀亢因为曾在北京久住，所以他能够比较熟悉。但是，当时在北京住过的山东籍作家，又岂止丁耀亢一人？其他如与丁耀亢有交谊的宋琬，不也曾在北京住过吗？这又怎能算是一条证据呢？

田璞先生在《〈醒世姻缘传〉作者新探》一文中，从西周生与西生的联系，从丁耀亢的生平资料与《醒世姻缘传》的联系，从《醒世姻缘传》与《续金瓶梅》的联系三个方面加以论证，得出"《醒世姻缘传》的作者应该是丁耀亢"的结论。现在，让我们循着田璞先生的论证线索，来看一下这个说法是不是能够令人信服吧。

田璞先生从东岭学道人在《醒世姻缘传》凡例中的"此书传自武林，取正白下"一语，得出此书的某些素材有可能是丁耀亢的挚友丘石常提供的结论。其实这完全是猜测之词。我认为，东岭学道人有可能是某个书商的化名，这从《凡例》可以看出，其中有云："此书传自武林，取正白下……乍视之似有支离烦杂之病……或云：'闲者节之，冗者汰之，可以通俗。'余笑曰：'嘻！画虎不成，画蛇添足，皆非恰当。无多言！无多言！'原书本名《恶姻缘》……因书凡例之后，劝将来君子开卷便醒，乃名之曰《醒世姻缘传》。其中有评数则，系葛受之笔，极得此书肯綮，然不知葛君何人也。恐没其姓名，并识之。"

从这段话中可以看出：第一，所谓"传自武林，取正白下"，指的是《醒世姻缘传》已经成书，东岭学道人所取到的是手稿本或抄本，其中有葛受的评语数则，而不是像田璞先生所云，是故事的来源；第二，东岭学道人拿到书稿后，有人曾劝他加以删削后再付梓，但他拒绝了，只是更换了一下书名而已；第三，东岭学道人既然不知道写评语的葛受是何许人，那么，他与此书作者的关系也不会太密切，说不定还不认识呢！然而，田璞先生却说："《醒世姻缘传》所署的'西周生'和凡例所署的'东岭学道人'其实是同一人的化名。"不知田璞先生何所据而言？我认为没有确凿的证据，单靠字面的近似来牵强附会，是不能令人信服的。

田璞先生还说：丁耀亢可能称自己的住处为"东山云居"，并且"东岭学道人"和"东山云居"的关系也是很明显的。其实，这也未免牵强，因为"东岭"与"东山"之间是没有必然联系的，也只是字面相同而已。如果用这种方法来推断，那么丁耀亢号"紫阳道人"与高珩的号"紫霞道人"是否也有联系呢？甚至有许多人的字号是相同的，这又如何解释呢？并且，我认为"东山云居"恐怕指的是查继佐的居室，因为查继佐别号"东山居士"。孙楷第先生在《中国通俗小说书目》中按云："丁耀亢著《续金瓶梅》，查继佐是参订人，据此，似查继佐曾参与著作之事，不仅虚列名参订而已。"既然查继佐与《续金瓶梅》有联系，那么，"西湖钓叟"是否就敢肯定是丁耀亢呢？也有可能是查继佐在自己的居室中为《续金瓶梅》作序时所用化名。当然，也不排除这种可能，即丁耀亢寄居查继佐家中，故而书"西湖钓叟书于东山云居"。但是，在没有十分把握的情况下，我认为存疑为好。

在论述"西生"与"西周生"、《醒世姻缘传》中"周了生"之间的联系时，田璞先生也是用相同的方法，人为地把它们联系在一起。这恐怕也不是太妥当的。

田璞先生依据乾隆《诸城志》、清代王晫《今世说》、王士禛《池北偶谈》《古夫于亭杂录》、阮葵生《茶余客话》等有关丁耀亢生平的零星记载，认为丁耀亢：（一）"倜傥不羁"。"丁耀亢的性格特征，与《醒世姻缘传》中所表现的喜笑怒骂、无所顾忌，是一致的"。（二）他受过董其昌影响。"董其昌痛恨阉党，与《醒世姻缘传》中对王振的揭露，恐怕不无关系；董其昌"通禅理，丁耀亢……晚年便逃避世事，皈依佛法了。《醒世姻缘传》中则仙气拂拂，宣扬皈依佛法"。（三）"他郁郁不得志"。"一生只做过一些下层的学官，生活之清苦，思想之苦闷，是可以想见的。但这样的地位和生活，对于他熟悉中下层的人物和他们的生活、语言，却是极有帮助的。《醒世姻缘传》的作者，应是这样的人物。"（四）"他阅历丰富，知识广博"。《醒世姻缘传》一百回，约一百万字，写得范围广、人物多，包罗万象，没有丁耀亢这样的阅历，这样的知识，是很难胜任的。""丁耀亢曾写过《天史》，记载历代吉凶事，《醒世姻缘传》中，记载水、旱、霜等自然灾害特别详细，据孙楷第先生考据，与《济南府志》《章丘县志》等书的记载是完全相符的。""丁耀亢舍得把自己的数百篇诗作放在章丘，以求知音，足见他对章丘是有所了解的。"

以上五条就是田璞先生从丁耀亢的生平入手，得出《醒世姻缘传》的作者是丁耀亢这一结论的又一重要依据。但是，我们假如细细推敲，便会发现这些论据也是难以成立的：

一、在中国古代的文人中，性格"倜傥不羁"的岂止丁耀亢一人！他的朋友丘石常，恐怕比他要有过之而无不及。因此，虽然"丁耀亢的性格特征，与《醒世姻缘传》中所表现的喜笑怒骂、无所顾忌，是一致的"，但其他一些文人的性格特征，与《醒世姻缘传》的这个特点是否也是一致的呢？回答当然是肯定的。

二、丁耀亢确曾受过董其昌影响，尤其在书画方面。但是，当时的文人如李玉、孔尚任等人，不都也痛恨阉党吗？特别是有明一代，宦官专权，横行无忌，比唐代尤为过分。甚至可以说，明朝灭亡的主要原因之一，就是阉宦的专横。因此，当时许多比较正直的文人，都是痛恨阉党的。至于宣扬皈依佛法，这也是传统文化的影响所致，因为中国的传统文化，主要是儒释道文化，大多数知识分子，在仕途不顺或遇到其他不幸时，往往逃避世事，参禅悟道，这也可以说是古代文人的通病。

三、丁耀亢在仕途上是很不得志的，一生只做过一些下层学官。因此，对于中下层人民的生活、语言是很熟悉的。但是，在那个时代，又有多少人有着与丁耀亢相似的生活经历！像丘石常、蒲松龄、张笃庆等等，难道他们会不熟悉中下层人民的生活、语言吗？

四、丁耀亢诚然是"阅历丰富，知识广博"，《醒世姻缘传》确也"写得范围广、人物多，包罗万象"，然而，像丘石常、宋琬等山东籍作家，不也是"阅历丰富，知识广博"吗？难道他们就不具备这些条件吗？

《醒世姻缘传》中有关水、旱、霜等自然灾害的记载的确特别详细。然而，生活在那个时代的许多山东作家，哪个会不知道这样的事情呢？《蒲松龄集》中不也有大量有关水、旱、霜等自然灾害的详细记载吗？至于是否到过章丘并对章丘有所了解，那更是很明显的事情，济南以东的知识分子，在去济南府应试时，一般都要途经章丘。而像张笃庆等人，还曾在章丘生活过呢！因此，这也不能成为一条理由。

在《醒世姻缘传》与《续金瓶梅》的对比中，田璞先生又列举了十条论据，认为此二书极为相似。但是，众所周知，自《金瓶梅》问世以来，中国小说发生了一个很大的变化，在其影响之下，产生了大量的"世情小说"。即使"才子佳人小说"和《红楼梦》等巨著，也无一不受其深刻影响。而《醒世姻缘传》《续金瓶梅》《玉娇李》等书，与《金瓶梅》的渊源关系则更为明显，它们有相似之处那就是理所当然的了。因此，像田璞先生所列举的诸如"都借因果关系反映社会现实生活"，"都有色情描写"，"语言都不避俚俗"，"都推重《水浒》《西游》《金瓶梅》三大奇书"等等论据，也都是不成理由的理由。

总之，田璞先生在后两部分所列举的论据，都犯了一个逻辑推理的错误，混淆了普遍性与特殊性的关系。因为虽然丁耀亢具备写小说的才能，但并不等于所有具备小说创作才能的作家一定就是丁耀亢。

近几年来，我查阅了现存有关丁耀亢生平的资料和他的著作，将它们与《醒世姻缘传》加以对比，得出的结论是：丁耀亢不可能是《醒世姻缘传》的作者。理由如下：

一、从避讳方面来看，丁耀亢是没有写《醒世姻缘传》之可能性的。在《醒世姻缘传》第十一回中有"惟精惟一"一句话，而丁耀亢的叔父名叫丁惟一。在封建时代的大姓人家是特别讲究名讳的，他这样写，他的堂兄弟们不会找他的麻烦吗？

在《醒世姻缘传》中，塑造了晁源妻计氏的形象，作者虽然对她的死抱有一定的同情，但却是把她作为一个"降汉子"的人物来描写的。特别是她在转生为寄姐之后，更是一个不通情理的泼妇。而丁耀亢之父丁惟宁的原配妇人姓纪。这"计""寄""纪"是同音字，他能不避讳吗？为什么那么多姓氏，却偏要选择与自己母亲（不是生母）之姓氏同音的字呢？

《醒世姻缘传》第七十六回中有一句话是："便使出那今来古往，天下通行，不省事，不达理，没见世面，不知香臭的小妇性子。"这明显是在骂做小老婆的。然而，丁耀亢的生母就是做小老婆的。他可能这样骂吗？因为从现存的一些资料来看，丁耀亢对自己的母亲是很孝顺的呀！

丁耀亢在《丁氏族谱》及《述先德谱序》中都说他父亲丁惟宁"忤时宰张江陵"，"素不取媚于张江陵"。张江陵即张居正，这说明丁惟宁与张居正是有恩怨在胸的。而《醒世姻缘传》第五十回中却说："如今同不得往年行了条鞭之法，一切差徭不来骚扰，如今差徭烦赋役重，马头库吏，大户收头，粘着些儿，立见倾家荡产。"从这段话不难看出，作者是在赞扬张居正的一条鞭法。如果《醒世姻缘传》的作者是丁耀亢，他会赞扬自己父亲的仇人吗？

二、丁耀亢的著作，都有极为浓烈的反清情绪。他在《乱后忍辱叹》中说："壬午东兵破城，胞弟举人耀心，侄举人大谷，皆殉难。长兄虹埜，父子皆被创，居室焚毁，赤贫徒步，奴仆死散殆尽。"由此可以想见，他对清王朝是绝对不会有好感的。又由于其父是明王朝的高官，丁耀亢更会自然地以明朝遗民自居。因此，在他的著作中，再再流露出强烈的民族意识。《续金瓶梅》中有关金人入侵中原时种种暴行的描写，其实都是借古喻今，影射清兵烧杀抢掠之罪行的。尤其是第五十三回对金兵屠戮扬州的描写，更是清兵"扬州十日屠"的生动再现。《西湖扇传奇》中有关金兵犯南宋的描写，亦是清兵侵明的折光投影。由于身怀国亡之恨、家破之痛，而又苦于自己回天无力，故而丁耀亢在他的作品中，无时不流露出一种难以言喻的内心苦闷。在《化人游传奇》中，他以荒诞不经的情节，写自己（剧中的何野航实即作者自况）被大鱼吞入腹中，"俺今日大舡不见，小舡已抛，连海也是不见的了，赤手空拳，难回故国，只得向前寻觅便了。"亡国之痛，溢于言表。在《赤松游传奇》中，他以张良自况，"痛韩亡故国伤惨，更孤羽遭时淹蹇，欲倾家报主，怕失机先。"流露出意欲恢复故国的雄心。总之，丁耀亢的作品，举凡诗、文、戏曲、小说，都有一种强烈的民族意识。而在《醒世姻缘传》中，却看不出丝毫对清王朝的不满情绪。

为了便于论证，这里有必要首先弄清它的成书年代。然而，这又是一个较为棘手的问题。迄今为止的论文，认为成书于明末者有之，认为成书于清初者亦有之。我认为它应是成书于清初。论据有四：第一，第五十七回中有一句话是："那人惨白胡须，打着辫子。"明朝男人不打辫子，只有清朝男人才扎辫子。第二，第三十九回说："捯得那个模样通像了郑州、雄县、献县、阜城京路上那些赶脚讨饭的内官一般。"从这句话来推测，可能是明王朝被推翻后，内官们无以为生，只得在外"赶脚讨饭"。并且，玩味一下这句话的语气，作者似曾亲眼目睹过。第三，第四十二回有"亲王"一词，亲王也只有清朝才有，如：肃亲王豪格等。第四，据孙楷第先生的《中国通俗小说书目》记载，雍正六年（1728）此书的刻本已经问世。那么，它无疑就是成书于清初了。

既然《醒世姻缘传》成书于清初，那么，此时正是民族矛盾极为激烈的时期，作者生活在这样一个动荡的年代，却对这方面的事情没有涉及，如果它的作者是丁耀亢，恐怕是不会这样做的。

三、丁耀亢的作品，有着强烈的自我表现意识。他在作品中经常将自己的姓名字号流露出来，似乎是故意让人知道某作品的作者就是自己一样。《续金瓶梅》题"紫阳道人编"，并在第六十二回编造了丁令威三世转化的故事，自言："后至明末，果有东海一人，名姓相同，来此罢官而去。自称紫阳道人。"此书卷首的《太上感应篇阴阳无字解》则直署"鲁诸邑丁耀亢参解"。在他的传奇中，也时时出现自己的影子，"应知满座烟霞客，中有辽阳鹤姓丁"，"年来游戏成三昧，华表空疑姓字留"，（以上《化人游》），"辽鹤几时还？千山与万山"，"鹤驭归、华表声留丁令威"，（以上《赤松游》）"千年鹤归华表"，"疑是辽阳鹤姓丁"。（以上《西湖扇》）在《表忠记》的卷首，也直署"容城县教谕丁耀亢编"。可是，在《醒世姻缘传》中，却看不到一点作者的影子，这与丁耀亢著作的风格是大相径庭的。

四、现存丁耀亢的著作，都可以得到互相印证。诸如反清意识、自我表现意识及内心苦闷的发泄等特点，都已成为丁耀亢作品的一贯风格。除此之外，有许多东西常常在他的不同作品中重复出现。《续金瓶梅》中动乱景况的描写与《西湖扇》几乎同一格调，其他如对李师师的批判，对陈道东、洪皓的赞美等等，让人一看便知两部作品是同出一人之手。在《西湖扇》中又点出此剧"又是一部《化人游》传奇了"。更有甚者，《续金瓶梅》第五十二回几乎与他的杂文《山鬼谈》完全一样，只是将自己改名为刘广文，其子玉章改名刘体仁，童子胜改名姚庄，而张青霞的名字却丝毫未变。前引《化人游》传奇中"如何满座烟霞客，少却辽阳鹤姓丁"两句诗，又都出现在《山鬼谈》与《问天亭放言》诗集中，而在《醒世姻缘传》中，能够找到一点与丁耀亢作品有关的地方么？

我反对《醒世姻缘传》的作者是丁耀亢的说法，但也不同意作者是蒲松龄说。因为有许多作家可能终生只写过一部小说，而当人们不知道他时，便也不太可能想到他。因此我认为，从方言的使用上看，《醒世姻缘传》的作者"西周生"，可能是明末清初的某个不太知名的山东籍知识分子，而要想知道他的真实姓名，还有待于各位同好的继续努力。

（原载《蒲松龄研究》1993年第3—4期合刊）

《醒世姻缘传》作者"丁耀亢说"驳议

在大陆,力主《醒世姻缘传》的作者乃丁耀亢者,主要有田璞先生与张清吉同志。对于田璞先生的文章,笔者已然撰文商榷。[①] 本文仅就张清吉同志专著《醒世姻缘传新考》(以下简称《新考》)[②] 作一番商榷辩驳,以就教于张清吉同志。

一

张清吉同志历尽千辛万苦,搜集查阅了丁耀亢的大量作品及有关材料,《新考》作为一部研究丁耀亢生平的著作,还是很有参考价值和学术价值的。只可惜张清吉同志在将《醒世姻缘传》的著作权拉到丁耀亢身上时,却走了一条不太正确的考证之路。《新考》在第二章中,首先从所谓的"宏观方面",亦即"从丁耀亢的家世生平、思想道德、精神气质、创作才华及文风方面,与《醒世姻缘传》的相应资料,作了印证。"然后列出数条理由,"证明丁耀亢即《醒世姻缘传》的作者"。其所举理由,看似很有道理,但细加推敲,就会发现实在难以服人。

首先,《新考》一再强调"《醒世姻缘传》作者对北京的地理风情""对江淮地理、江南风情和我国西南(四川、贵州一带)情况""尤为熟

[①] 80年代初期,台湾学者王素存先生即发表了《〈醒世姻缘传〉作者西周生考》一文,笔者并从中得知首倡此说者实为刘阶平先生,惜乎未见其文。1985年,大陆学者田璞先生又在《河南大学学报》1985年第5期发表了《〈醒世姻缘传〉作者新探》一文,力主"丁耀亢说"。对于王素存、田璞二先生的观点,笔者难以苟同,1988年即撰文进行商榷,可惜文章迟至1993年年底方才刊出,题为《丁耀亢是〈醒世姻缘传〉作者吗?》,发表于《蒲松龄研究》1993年第3—4期合刊,可以参看。

[②] 中州古籍出版社1991年版。

悉"，"《醒世姻缘传》不仅真切地描写了农村生活，而且描写了朝廷一些上层人物的活动"，而"丁耀亢在北京生活了五年多时间"，"也曾南走吴会"，"还曾在江淮一带参加过抗清斗争和辗转逃难，其祖父、父亲又为四川显官"，他不仅"对农村生活是相当熟悉的"，"对明清上层人物"也"是了如指掌的"。请问张清吉同志，如果将这些理由作为"丁耀亢说"的依据，那么丁耀亢的好友宋琬是否也符合这些条件？他对北京、江南、四川风情及农村生活和朝廷上层人物的活动也"尤为熟悉"，其文学才能亦不亚于丁耀亢，并且还是鲁东人，难道他也是《醒世姻缘传》的作者吗？若按这种考证方式推论下去，肯定会从明末清初的"鲁东"找出一大批"完全有资格、有能力、有时间"写出《醒世姻缘传》的文人来！

其次，《新考》因为发现"丁耀亢著书以'度世''劝世''醒世'"的"思想动机，与《醒世姻缘传》'有裨风化''于以醒世道'的创作主旨完全合拍"，便将之作了支撑其论点的又一重要论据，并拿出《续金瓶梅》封面题写的"醒世奇书续编"为其注脚。笔者认为，张清吉同志之所以以此为据，并不仅仅是他存了西周生即丁耀亢的先入之见，更重要的原因是由于他忽略了中国小说的发展史和批评史。查阅一下中国古代的小说，尤其是自明中叶以后的小说和与之相应的文学理论，我们不难发现，无论小说正文中作者的议论、书前书后的序跋及书中的评点，还是书的扉页、封面甚至夹缝中，什么"劝世""警世""喻世""醒世""奇书""才子书"等等字眼儿简直俯拾皆是。造成这一现象的原因虽然极为复杂，非只言片语能够说清，但简而言之，以下几点却是最主要的：（一）作者、批评者、出版者为提高小说的地位，便极力强调其社会作用和教化作用；（二）作者、出版者为了逃避禁网，如一些格调低下的作品，竟也打着"劝善惩恶""有裨风化"的幌子诲淫诲盗；（三）作者、出版者为了招徕读者，便纷纷打出"才子书""奇书""醒世""警世"等等招牌。总之，不能因为《醒世姻缘传》中有"醒世"，《续金瓶梅》封面上有"醒世奇书"等字眼儿以及二者都有"有裨风化"的创作主旨，便将西周生与丁耀亢视为一人。

第三，《新考》认为，《醒世姻缘传》中"'玄''福'屡屡出现，这种不避顺治帝、康熙帝'圣讳'的'大不敬'行为，只有蔑视清廷、狂放不羁的丁耀亢才能在'文字狱'大兴的险峻时期做得出。"在此，张清吉同志又犯了两个错误：（一）张清吉同志做考证时，绝不可能依据《醒世姻缘传》作者的手稿，因为迄今尚未发现此手稿，如此也就谈不到"玄""福"等字的避讳问题。古人碰到需要避讳的字、词，或缺笔，或以他字代替（如以"元"代"玄"等等），而若依据刻本或手抄本，也只能断定刻本的刊刻年代或手抄本的过录年代，以及刊刻者或抄手的一些情况。（二）清朝初年，"蔑视清廷、狂放不羁"的文人，又岂止丁耀亢一人！顾炎武、归庄……闭上眼睛，便能随口说出几十个来，就连曾经仕清的钱谦益、吴伟业等人，不也曾在其诗文中大骂清廷和汉奸吗？这又怎能算作一条证据！从作品的风格来看，"西周生"当也是一个性格"狂放不羁"的文人，但却不能据此将之与丁耀亢等同起来。绝不能以共性取代个性。

第四，《新考》谓丁耀亢痛恨阉党，《醒世姻缘传》中"对阉竖误国予以淋漓尽致的责骂"，确与实际情况相符，但谓二者完全一致，就系臆测之词了。明代宦官专权，比唐代尤有过之。自王振、刘瑾以至魏忠贤，都是势倾朝野的大阉宦。可以毫不夸张地说，阉宦的专权，乃是导致明王朝灭亡的重要原因之一。因此，在明末清初，揭露阉宦的作品固然不少，痛恨阉党之人则更是成千上万。虽然西周生与丁耀亢都痛恨阉党，但却不能将二人视为同一个人！

第五，《新考》认为，丁耀亢与西周生皆有"劝忠斥佞"的情怀，倒也说得不错，但据此而将二者划上等号，却又大谬不然。殊不知忠奸斗争的历史，乃是中国历史发展的主线之一，褒忠斥奸的作品，也是中国文学史的重要组成部分，难道你能将这类作品的著作权皆归于丁耀亢吗？

第六，《新考》还说："丁耀亢的佛家因果报应（轮回）思想和儒家的伦常观，与《醒世姻缘传》的观点完全吻合。"须知自汉代以后，中国的传统文化，主要就是儒释道文化。生活在不同时代的每一个人，都程度不同地受其影响。封建时代的大多数文人，在仕途不顺或遭遇其他不幸时，往往逃避世事，借参禅悟道来排遣闷怀。如果据此便将西周生与丁耀亢视为一人，那就大错特错了。

第七，《新考》屡谓《醒世姻缘传》与丁耀亢著作所表现出来的强烈的民族意识完全一致。其论据有二：（一）小说中的"妖狐"是影射"妖胡";(二)小说中描写了也先的入侵。其实第一条论据纯属牵强附会,不足为凭。而对也先入侵的描写,也只是服务于小说情节转换的一个小插曲。作者不过将史实融于小说,并无什么"深刻的揭露和抨击"。至于直呼也先其名,也是历史造成的原因。数千年来,汉民族一直鄙视其他少数民族,往往以"夷狄""蛮夷"等等称之,对其部落首领或国王,亦是直呼其名。因此,如谓《醒世姻缘传》中有"民族意识"则可,而谓其有"强烈的民族意识"则不可,更看不出其中有任何"反清情绪"。"反清情绪"不等于"民族意识",而《醒世姻缘传》的民族意识究竟有多"强烈",读过此书的人都十分清楚。《新考》认为它与丁耀亢著作"完全一致",实与实际情况不符。

第八,将《醒世姻缘传》与《续金瓶梅》加以对比,从中找出一些所谓的证据,也是《新考》的重要内容之一。其中如谓二书都有"两性生活的描写",都有"因果报应思想",二者都受《金瓶梅》影响等等,也都以一般代替了个别。至于《新考》所举其他一些理由,诸如"夫妻伦常观""钱财命定论""忠臣节妇贞烈观"等,也实在不值一驳。更有趣者,《新考》竟然举出《醒世姻缘传》中媒婆为程大姐做媒一段与《续金瓶梅》中媒婆替梅玉提亲一段,认为二者"完全蹈袭合辙"。殊不知明清小说中描写媒婆做媒的文字比比皆是,而且也有许多近似之处,如若不信,不妨翻阅一下《聊斋志异》及"三言""二拍"中的一些篇章。

《新考》还指出,《醒世姻缘传》中的珍哥曾引用《金瓶梅》中潘金莲的骂人话,《金瓶梅》中有"杂耍步戏",有"西门庆、吴月娘用方药的情节",《醒世姻缘传》中"提到'步戏',也有类似的描写(用方药)",而丁耀亢又"看过《金瓶梅》"并"作了续书",这就更加清楚地说明,《醒世姻缘传》与《续金瓶梅》同出丁耀亢之手。实际上,《新考》在此犯了一个逻辑推理性的错误!按《新考》的论证方式,张三写了一部小说,其中有"杂耍步戏",有"用方药的情节",后来李四也写了一部小说,其中"提到'步戏'",也有"用方药的情节",并且某个女主人公还曾引用张三小说中某女主人公的骂人话,而王五看过张三的小说,并"作了'续书'",这就更加清楚地说明,李四与王五是同一个人?试问张清吉同志,这是一种什么逻辑?

二

《新考》中的《"化名"考》一章，则更是随意性极强的文字游戏。

首先，《新考》认为，西周生、环碧主人、东岭学道人都是丁耀亢的化名。如果说丁耀亢申明自己是"周太公姜氏裔"这句话还有点儿道理的话，那么"西周生，还可以作'西、周生'意来理解"，"丁耀亢自号'野鹤'，鸟也；'日在西方（明亡）而归巢也'"一段话，则纯属随意性的文字游戏了。三个字的化名，居然断开解释，并由此想到"明亡""鸟在巢上"，想象力倒也丰富得很。丁耀亢虽然自号野鹤，但却不会由此而自比为鸟，在古代，"鸟"还是一个骂人的词，丁耀亢再旷达，也不至于如此自虐。其他如"开周，即免去'周'字"，"即是'西生'"等等，若如此考证，肯定会将许多人名、地名扯到一起。《新考》还说："周生，诸城方言是'重新转世做人'之意。小说（五十七回）'这孩子到他手里，不消一个月，打得像鬼似的；再待一个月，情管周了生！'"笔者读至此处，不禁大感诧异，我家诸城，与丁耀亢属同一个乡镇，二村相距十余华里之遥，却从来不知诸城还有"周生"这个方言。实际上，在诸城方言中，与"重新转世做人"之意相应的词是"脱生"。"周生"一词，诸城无人能懂。

为了证明"东岭学道人"即"紫阳道人"，《新考》便从安徽的紫阳山东岭扯到了福建的"紫阳书院"，并在引用顺治十七年（1660）丁耀亢南游闽越时写下的《朱文公书院》一诗后下结论说："丁耀亢之所以自号'紫阳道人'，除附会浙东吴山宋人丁野鹤蜕骨故事外，其主要动机就是……有意避开了'紫阳'字样，采用借代手法，以'紫阳'之'东岭'名之。"拐来弯去，先从安徽到福建，又从福建折回安徽，终于将"紫阳"与'东岭'拉到了一起。然而，张清吉同志在此却又忽略了一个问题：在《新考》中，不是将《续金瓶梅》的成书年代定在顺治十一年至十五年间吗？而丁耀亢在《续金瓶梅》第六十二回中，已然声明他"自称紫阳道人"了。张清吉同志顾此失彼，岂非自相矛盾？实际上，丁耀亢在《续金瓶梅》中说得很清楚：他之所以自号紫阳道人，就是因为他自认是丁令威、紫阳道人丁野鹤的后身,此外别无深意,更与顺治十七年(1660)方始一游的紫阳书院毫无关系。至于《新考》对"环碧主人"即丁耀亢的论证,什么"环,绕也,周回也","碧,蓝天也","'环碧'乃'回于天'之谓也"等等,率皆随心所欲,实不值一驳。

其次,《新考》之所以认定"葛受"即是丁耀亢的好友李澄中,首先是因为《诗经·周南·樛木》一诗中有"葛藟累之,葛藟荒之,葛藟萦之"几句话,再依据《左传》的解释:"……葛藟犹能庇其本根,故君子以为比。"便得出:"原来,'葛君'是称'能庇其本根'的人。"又因李澄中曾为丁耀亢的《出劫纪略》作过序,便认定李澄中就是"能'庇其本根'的仁人君子",并十分肯定地说:"丁耀亢的《醒世姻缘传》能否让李澄中过目,李澄中能否给其书加评,且'极得此书肯綮',那答案是不言而喻的。"在此张清吉同志一方面利用东岭学道人的那则《凡例》,另一方面又对其中的"其中有评数则,系葛受之笔,极得此书肯綮,然不知葛君何人也。恐没其姓名,并识之"一段话视而不见。试问,东岭学道人既然是丁耀亢的化名,他又怎会"不知葛君何人"呢?丁耀亢难道不认识李澄中?作者辛辛苦苦写出一部近百万言的书稿来,让人写上数则评语后再拿来付梓出版,却又不知写评语者是什么人,并且还煞有介事地在《凡例》后说出一句"恐没其姓名,并识之"的话来,世上大概不会有此等道理吧?其实,《新考》认定葛受即李澄中,也不过是看到《樛木》诗中有三个"葛"字,便硬生生地拉出《左传》中的"能庇其本根"一语,又因李澄中曾为丁耀亢的著作作过序,便将葛受与李澄中扯到了一起。殊不知"葛藟"之"葛"乃是一种蔓生植物,"葛受"之"葛"却是姓氏,它们之间并无内在的必然联系。至于《左传》中的那句话,只要再多引二十几个字,便可看出其原意来:"公族,王室之枝叶也,若去之,则本根无所庇阴矣。葛藟犹能庇其本根,故君子以为比。"请问,丁耀亢与李澄中的关系犹如公族之于王室吗?李澄中确是丁耀亢的好友,也确为丁耀亢的著作写过序,难道凭此就能认定葛受是李澄中?与丁耀亢交情甚笃且又为其著作写过序的,又岂止李澄中一人!丘石常、宋琬、查继佐等等,随口便能举出几个人来。在无确凿证据的情况下,《新考》凭何偏将葛受断定为李澄中?单靠某字与某字的近似来妄加推断,又岂能得出令人信服的结论!

再次，为了证明"然藜子"即是丁耀亢侄儿丁豸佳，便首先在"然"字旁加一"火"字，将"然藜子"变成"燃藜子"，然后又从王嘉《拾遗记》引出刘向燃藜夜读的故事，并从中总结出三条理由，作为其主要依据，说什么"丁豸佳字'梦白'，星也"，"丁豸佳父丁耀斗，以星宿（二十八宿之一）命名。父为'星'其子以'星'居之也在情理之中。"这实在是一个大笑话！诸城人至今还十分注意避讳，取名字时，往往特意避开父祖辈的名字，名门望族则更为讲究。其他诸如由"跛一足""杖"而联系到黄衣老人的"植青藜杖"，也都显示出张清吉同志丰富的想象力，只可惜考证不是艺术创作，光凭联想而无确凿的材料是不行的。而为了证明自己的猜测是正确的，《新考》又引了丁耀亢《将往九仙书院寄侄豸佳山庐》一诗，居然就得出了如下结论："从丁耀亢'莫惜饭胡麻'的诗意看，他显然不是让侄儿大吃烧饼，而是含蓄地要他细细咀嚼、校勘自己'变姓字'而作又要避讳的精神食粮——《醒世姻缘传》。"笔者认为，"偶来寻小炕，莫惜饭胡麻"两句的意思是：我偶尔去找你一次，希望你不要舍不得粗茶淡饭。张清吉同志不仅把意思理解错了，而且还从胡麻饼扯到了"精神食粮"，并进而扯上了《醒世姻缘传》。笔者未从笔记中查到此诗，不知它作于何年，倘若其问世早于《醒世姻缘传》，张清吉同志岂不要"以子之矛，攻子之盾"吗？

《新考》在对方言、土语的考证方面下了很多功夫，仅《方言简释》一章，便有洋洋近八万言，但其结果却是错误百出。因限于篇幅，在此不便一一探讨，现仅举数例，分述如下：

首先，《新考》屡屡在"鲁东"一词后加括"诸城"二字，亦时而在"诸城"后加括"鲁东"，这种做法是极不可取的。须知"诸城"虽属"鲁东"（山东东部），但"鲁东"却不等于"诸城"。其他诸如"高密""安丘""胶县"等等，亦皆在"鲁东"范围之内，切不可人为地将"鲁东"的范围缩小成"诸城"，更不能将二者混为一谈。

其次，方言者，地方语言也，它有一定的地域性，绝不能将一些遍为人知的俗语视为方言。如《新考》所举"鸡巴"一词，乃男性生殖器的俗称，恐怕全国各地无人不知，这又算什么"北京方言"？又如其所举"野鸡"（指私娼），亦是尽人皆知。而其所举"撩蹶子"或"尥脚子"，诸城亦有此方言，《新考》却将之划为吴语。再如其所举"二尾子"，意指阴阳人，诸城方言中虽然有此一语，但亦不能将之划为诸城方言，因为此词也是全国许多地方的人都在使用。其他诸如"忘八"或"王八"等等，亦不能算作诸城方言。

第三，将一些诸城人根本就不懂的词语错划为诸城方言。如"扁食"一词，诸城压根儿无此方言，笔者曾从菏泽人口中得知，"扁食"在鲁西南一带是指"水饺"，而诸城人则将"水饺"称作"gù zhà"。《新考》特意举出"坐崖豆顶棚子""放花打细泊"两句"土白"，并声称："诸城耆老少壮人人明白其含义，言谈之中每每涉及"，而淄川人就不晓其含义。然而，笔者乃土生土长的诸城人，与丁耀亢属同一乡镇，却从不晓得诸城还有这么两句"土白"，更不"晓其含义"。窃以为自己孤陋寡闻，又调查询问了许多诸城人（耆老少壮皆有），结果亦皆不明其义。真不知张清吉同志是调查了哪里的"诸城人"！再如"血条子""丘头大惹"等等，也都是诸城人都不懂的所谓"诸城方言"。

第四，将一些古典名著中的话，错划为方言。如"银样蜡枪头"一语，本是《西厢记》中红娘骂张生的话，由于《西厢记》的巨大影响，此语已成为全国尽人皆知的一句名言，《新考》却将之划成了北京方言。与此相联系，其他一些在古代文学作品中屡屡出现的词汇，诸如"物事"（指东西、物品）等等，在《新考》中也被错划为方言。

第五，将一些方言的意思解释错了。如"月黑头"，《新考》释为"漆黑的夜晚"，这是完全错误的。诸城方言一般都说"月黑子天"或"月黑子地"，意为"阴天但却有月亮（月被云遮住）的夜晚"。再如"促卡"一词，诸城人也说"卡促"，《新考》释为"放肆，不检点"，错！应释为"下手狠、重，歹毒"，与"心狠手辣"意近。《新考》这方面的错误很多，因篇幅所限，恕不一一列举。

三

早在《新考》第一章中，张清吉同志就曾经点明，他的"丁耀亢说"的提出，首先还是本乎胡适先生主张"蒲松龄说"时引为重要依据的那则传闻，亦即《骨董琐记》所引《梦阑琐笔》中的"鲍以文云：留仙尚有

《醒世姻缘》小说，盖实有所指。书成，为其家所讦，至褫其衿"一段话。张清吉同志之所以如此，是因为他觉得"'传说'往往离事实太远，以此为据，必定陷入谬误的泥淖。但毋容否认，'传说'常常是事出有因，它的本身也往往存有一定的真实成分。"抱着这样一种观点，张清吉同志便在引述对"蒲松龄说"持反对意见的几位先生的观点（包括对《梦阑琐笔》中那则传闻的反驳意见）后，又堂而皇之地依据那则传闻中的"书成，为其家所讦，至褫其衿"一语，硬将《醒世姻缘传》的著作权扯到了丁耀亢身上。这就不能不令人感到奇怪：既然是同一则"不足凭信"的"传说"，为何别人用之"便离事实太远，以此为据，必定陷入谬误的泥淖'？为何自己拿来作为依据又"往往存有一定的真实成分"？蒲松龄确实"从来也没有因作书被人告发而剥夺做秀才资格的事"，难道丁耀亢就曾被剥夺过做秀才的资格吗？丁耀亢确曾因"续金瓶梅"而被祸入狱，然而，"书成，为其家所讦，至褫其衿"一语，若译成现代白话，也不过是说：某人写成一部书，因在书中攻击、影射某一家人，那家人便状告作者，以致作者被剥夺了做秀才的资格。如此而已。莫非丁耀亢真的曾在《醒世姻缘传》中影射某家人而吃官司吗？可许多材料上都明明白白写着，丁耀亢的被祸入狱，是因为他创作了《续金瓶梅》啊！

有利于支撑自己观点的材料便认为"存有一定的真实成分"而用之，对己说不利的材料却又有意舍之、避之甚至曲解之，实为《新考》的一大特色。例如对东岭学道人的那则《凡例》，张清吉同志不顾其中的"然不知葛君何人也"一段话，却在书中牵强附会地论证"东岭学道人"即丁耀亢，"葛君"即李澄中；而为了证明"'明水'即是'山明水秀'的缩语"，"绝非山东章丘实地"，并从而将"明水"坐实为"诸城"，便又引用了《凡例》中的"本传间有事不同时，人相异地，第欲与于抉扬，不必病其牵合"一段话。这就更令笔者大惑不解：既然同是东岭学道人写的同一则《凡例》，为何有的话可信有的话就不可信呢？张清吉同志又凭什么辨识其真假呢？

在《"本事"考》一章中，张清吉同志为了证明小说中的"明水"实即诸城，便首先将"会仙山""白云湖""龙王庙"认定为诸城的"九仙山""龙潭"和"龙王庙"。《新考》证实九仙山即会仙山，并非因为其中都有一个"仙"字，而是依据以下几条理由：（一）"苏轼诗：'九仙今已压京东。'自注'奇秀不减雁荡'者也。"（二）"李澄中《九仙山赋序》云：'齐鲁名山实甲九仙，盖《易》所谓地中山也。……而名不列于图经者，以其僻在海隅，无文字表见于世也。'"（三）"今九仙山的悬崖峭壁上赫然刻有'第一山'三字，……据土人云为宋密州太守苏轼游九仙山所题。"

  以上便是《新考》定"会仙山"实为"九仙山"的三条理由。苏轼当年为密州令时，确曾遍游了诸城的山山水水，并写下了《祭常山回小猎》《密州出猎》等传世佳作。他在诗词中称赞诸城的山水之美，当也是情理中事，而九仙山当时隶属密州，苏轼游山之时，信口说出"第一山"三字也有可能。但一代名人如若真曾题字，诸城、五莲县志上肯定会有记载。今县志无载，可见不足凭信。土人所云，恐系误传。而所谓"第一山""第一泉""第一洞"等等，天下为数甚多，非举世公认者不足为凭。至于《新考》所列第二条理由，实也是地方文人盛赞故乡山水时的偏爱之言。既然九仙山"名不列于图经"，"无文字表见于世"，又如何当得起"第一名山"之称？不知张清吉同志注意到没有，在《醒世姻缘传》第二十四回有一段话："……琅琊山、九仙山……这都是寻常的名迹。"倘若果如《新考》所言，会仙山即九仙山，为何作者在大赞会仙山后，却又说九仙山"只是寻常的名迹"呢？

  《新考》谓"白云湖"即"龙潭"的理由是：诸城文人张侗有一篇《霜潭赋》，其中有些句子，"与小说所描绘的'白云湖'景观完全相符。"然而，笔者将二者对看数遍，却无论如何也看不出其"完全相符"之处来。想必二者一写潭水，一写湖水，《新考》便觉得"完全相符"了？

  至于《新考》认为小说中的"龙王庙"实即诸城的"龙王庙"，则更是无稽之谈。试想天下何处没有龙王庙？又岂止诸城有"龙王庙求雨"的习俗？翻开各地的史志，那些龙王庙祈雨灵验的说法比比皆是，难道你能尽与诸城乃至《醒世姻缘传》扯上关系？

  其他诸如"诸邑有'玉皇庙'"，"玉皇庙烧香"等等，亦以普遍代替了个别。将宫观寺庙等普遍性的东西及祈雨、烧香等普遍性的民俗拿来作为依据，是得不出一个正确结论的。

  《新考》从《诸城县志》中查到了一些关于"灾异"的记载，又从丁耀亢诗集中拉出一条"甲午春，畿南大饥"的记载，便将之与小说中的

"灾异"作了对比,并认为二者"榫卯相合"。然而,只要我们认真对看一下,就会发现小说中"秋后酷热""七八月就先下了霜""十一二月还要打雷震电"等等"灾异",在《诸城县志》上就找不到,即其他的"灾异"也并非是"榫卯相合"的!为了证明"小说中的'武城'一地,也实指诸城",《新考》便将诸城旧称之一的"东武城"去掉一"东"字。若如此考证,岂不要使许多地名一致起来?

《新考》一方面将小说当成历史来考证,在发现对不上号时又往往用"完全相符""榫卯相合"等词语一笔带过。另一方面却又将小说中的人物与丁耀亢及其亲友相联系,并将二者划上了等号。这种作法,不仅违背了文学创作的基本原则,在考证工作中也是极不可取的。空说无凭,现分辩如下:

一、乾隆《诸城县志》中载:丁耀亢之父丁惟宁授郧阳兵备副使时,"会郧阳巡抚李材好讲学,遣步卒供生徒役,又改参将公署为书院。参将米万春讽门卒,大噪,趋军门汹汹,不解者二日。万春胁材令上疏,归罪惟宁及知府沈钦等。材从之,劾惟宁激变,诏下吏议,贬惟宁三官。"丁耀亢在《述先德谱序》中亦云:巡抚李材"大开讲学,欲借郧阳兵饷,以充其实。又改参将公署为书院。时先大人自襄阳署郧印,不得已从之。参将激兵为变,哄围抚院,先大人厉词往谕之。兵环刃,几不免。守备王鸣鹤,海州人,单骑往救,得出。"《新考》因《醒世姻缘传》中有"乌撒、镇雄土官纠纷不谐","中军参将梁佐领兵前往土司领地抚剿而'挑激生变',后由郭威总兵改剿为抚,事情才算平息"的情节,便认为:"书中的郭总兵往而安抚的形象即是丁惟宁'厉词往谕之'的影子,只是书中的郭总兵'升迁',而现实中的丁惟宁'贬官'罢了。"《新考》这一推论,实令人大感好笑:首先,在中国历史上,这种"兵变""民变""生员哗变"的事件屡见不鲜,凭何认定小说中的"挑激生变"即"郧阳兵变"?其次,《新考》将小说中的郭总兵与丁惟宁等同起来,莫非忘记了小说第八十七回中的那段描写了吗?其中郭总兵的两位小妾——权奶奶和戴奶奶争风吃醋,以至到了厚颜无耻的地步。丁惟宁曾娶过三位夫人,除了"不禄竟乏嗣"的原配纪氏外,尚有仪氏(即耀斗、耀昂、耀翼、耀箕之生母)和田氏(耀亢、耀心之生母)。莫非她们亦曾如此争风吃醋吗?

二、《新考》在第四章的七、八、九、一三节中,又将丁耀亢、其母田氏及丁家分别与小说中的晁梁、晁夫人及晁家划上了等号。那么试问,丁耀亢的哪一位兄长像晁源那样无恶不作？难道丁惟宁竟是晁思孝那样的"混帐老儿"吗？但凡读过《醒世姻缘传》的人都知道，晁思孝、晁源父子究竟是怎样的两个人物。至于晁夫人，小说中虽然对其善行备极赞誉，但从整个故事情节来看，她既不能佐夫为官，又不曾教子成人，以致丈夫因贪被黜，儿子横死刀下。第七回的回目是《老夫人爱子纳娼，大官人弃亲避难》，这老夫人便是晁夫人，可见作者对其宠纵儿子的行为，也是大不以为然的。即在晁思孝、晁源死后，作者极写晁夫人之向善好施，却也难免调侃之语：第二十一回写春莺生子后，"喜的晁夫人狠命的夹着腿，恐怕喜出屁来。"倘若《醒世姻缘传》的作者真是丁耀亢，而晁夫人又确是其"生母田氏的化身"，丁耀亢又怎会这般糟践自己的母亲和父兄？

更有甚者，《新考》竟在第四章之一七、一八两节中，认为丁耀亢即小说中的狄希陈，还煞有介事地写道："从丁耀亢的大量著作中至今还未发现丁耀亢畏妻畏妾如虎的文字"，"狄希陈在北京的行藏，均为丁耀亢在京师生活的折映"。不知张清吉同志想过没有，小说中的狄希陈究竟是一个什么样的货色？丁耀亢又不是疯子，岂能如此贬低自己？在第一五节中，《新考》又将素姐谤夫造反的情节与丁耀亢打官司的事扯到了一起，因而身为狄希陈之生活原型的丁耀亢又有了一位狐仙转世、泼悍异常的泼辣夫人。

总之，如将《新考》的论证归结起来，就会出现以下几个等式：

（1）丁耀亢生母田氏即是小说中的晁夫人、狄希陈之母；

（2）丁耀亢之父丁惟宁即是小说中的郭总兵、晁思孝、狄宾梁；

（3）丁耀亢即是小说中的晁梁、狄希陈；

（4）丁耀亢之妻即是小说中的薛素姐；

（5）丁耀亢的某位兄长即是小说中的晁源；

（6）丁耀亢南游时奇遇的某"艳姬"即是小说中的妓女孙兰姬；

（7）丁家即是小说中的晁家、狄家。

笔者在此毋需多辩，但凡读过《醒世姻缘传》的人，一眼便可看出《新考》的这番论证是多么的荒唐可笑！

其他诸如小说中有"中书舍人"一词，《新考》便联想到丁耀亢之兄曾为"诰敕房中书舍人"；从丁耀亢诗集中找到一首咏"家藏罗汉卷"的诗，便牵扯到小说中的"《金刚经》免灾"等等，率皆牵强附会，因限于篇幅，就不再一一辩驳了。

四

下面谈一谈《醒世姻缘传》的成书年代问题。

《新考》在无任何确凿证据的情况下，仅凭自己对一些材料的曲解和主观臆测，便断言"丁耀亢'辛丑'正月归来，四月十五日即'纵笔成野史'，'杂以诙谐'，投入了《醒世姻缘传》的写作。"自"顺治十八年（1661）至康熙五年（1667），历时六载，写成了这百万言巨著。"那么，我们就来看一看，《新考》的论证是否能令人信服吧：

第一，《醒世姻缘传》卷首环碧主人所撰《弁语》，是《新考》考定小说开始创作及成书年代的重要依据之一。因其后署有"辛丑清和望后午夜醉中书"一语，《新考》便认定丁耀亢于顺治十八年农历"四月十五日即……投入了《醒世姻缘传》的写作。"为了证实这一推论，张清吉同志首先对"弁语"一词作了曲解："弁语，也称弁言，或称'楔子''引语'等，是冠于书籍卷首相当于'开场白'一类的文字。它具有开宗明义的重要作用，因而从古至今，同正文无可分割，而同正文组成水乳交融的统一体。由是而论，《醒世姻缘传》的'弁语'是出自本书作者之手当是无可置疑的。"实际上，"弁语"亦称"弁言"，即"序言"之别称。"弁"者，穿礼服时所戴之冠也。古代男子加冠亦称"弁"。因"序言"冠于篇卷之首，故有"弁语""弁言"之称。它与戏曲、小说剧首或篇首的"楔子""引子""开场白"一类的文字，压根儿就不是一码事。环碧主人《弁语》中有云："读西周生《姻缘奇传》，始憬然悟，豁然解。"证明此《弁语》亦非出自小说作者之手，从而也说明环碧主人与西周生不是同一个人。在此还必须指出，"弁语"后的落款，顺治十八年虽是"辛丑"，但此"辛丑"却不一定就是顺治十八年。"清和"虽是农历四月的代称，但"望后"却不是十五日。农历每月十五日称"望"，而"望后"乃指"望日"之后，亦即十五日之后。《新考》十分肯定地断为十五日，也是一个小小的失误。

第二，《弁语》中有云："读西周生《姻缘奇传》，始憬然悟，豁然解。原来人世间如狼如虎的女娘，谁知都是前世里被人拦腰射杀剥皮剔骨的妖狐；如韦如脂如涎如涕的男子，尽都是那世里弯弓搭箭惊鹰继狗的猎徒。辗拢一堆，睡成一处，白日折磨，夜间挞打，备极丑形，不减披麻勘狱。原来如此如此，这般这般。世间狄友苏甚多，胡无翳极少，超脱不到万卷《金刚》，枉教费了饶舌。"这一段话，已然大致概括了《醒世姻缘传》的主要内容，尤其后面数语，乃指经过高僧胡无翳指点，狄希陈虔诚持诵《金刚经》一万卷，方才"福至祸消，冤除恨解"一事。此事在《醒世姻缘传》第一百回中，亦即小说的结尾部分。这说明环碧主人撰写《弁语》之时，亦即"辛丑清和望后午夜"，《醒世姻缘传》已然成书。既如此，《新考》所谓"丁耀亢'辛丑'正月归来，四月十五日即'纵笔成野史'，'杂以诙谐'，投入了《醒世姻缘传》的写作"这一推论，也就不驳自倒了。

第三，《新考》就《续金瓶梅》的成书年代问题对黄霖先生进行反驳时曾说："古人著作（今人亦然），总是俟其书成，邀人作序。作序人总要统览全书，明其内蕴，方泼墨赐序。总不能未有是书，或未见其书，而无的放矢，凭空撰'序'。"这番话说得多好！原来张清吉同志之所以将"弁语"曲解为"楔子""引语""开场白"等等，却是害怕自己陷入"己矛攻己盾"的窘境。环碧主人的《弁语》，到底是一个"楔子"呢？还是一篇《序言》？回答当然是肯定后者而否定前者。而《序言》之撰写，"总要俟其书成"啊！

第四，《新考》屡屡引用丁耀亢之子丁慎行《乞言小引》中的"由容城赴惠安令。旋以疾致仕，历闽越诸名胜，纵笔成野史，聊消旅况"一段话，并一口咬定丁慎行所云"野史"即《醒世姻缘传》。那么试问张清吉同志，你不是认为"丁耀亢于顺治十八年（1661）农历四月十五日"即"投入了《醒世姻缘传》的写作"了吗？可许多材料证明，丁耀亢"由容城广文除惠安令……历闽越诸名胜"一事，是在顺治十六年冬至顺治十七年年底之间，而顺治十八年农历四月十五日，丁耀亢不是已然致仕归里了吗？他既然住在家里，又哪里还要"聊消旅况"？难道张清吉同志不知"旅况"二字的意思吗？康熙四年（1665），丁耀亢确曾远离过故乡，但那次他是"以续书被逮"，被人押解到北京去的。在这种境况下，丁耀亢恐怕不会有"纵笔成野史"以"聊消旅况"的可能吧？并且这次他也不可能"历闽越诸名胜"啊！

第五，《新考》选录了丁耀亢的数首诗，并在自认为至关重要的词语下加了着重号，说什么"从'诗成未可向人传'句得知，丁耀亢从事《醒世姻缘传》的写作是隐秘的。""'箧里藏书'当指还未问世丁耀亢准备'固箧之'的《醒世姻缘传》。""他在《戒吟》诗中用了'雪泥鸿爪'和'蕉鹿'两个事典，显然是丁耀亢喻指自己'老债偿完'撰作的留有往事遗迹的'全璧'——《醒世姻缘传》已完成，而不署下真实姓名，只以化名'覆之'，恐再遭不测。""从其诗中的'秘语''枕中秘籍''山川秘词''山川秘书''鲁壁化书'等字眼，我们可知：丁耀亢除了《续金瓶海》遭查禁之外，他的另一'山川秘书'——《醒世姻缘传》确乎完好地保存下来了。""丁耀亢在北京'待罪候旨'"时所作《长安再逢曹顾庵学士》"诗题目下署：时大工未成。丁耀亢所言'大工未成'谓何？显然是告诉友人，自己陷身囹圄而《醒世姻缘传》这部长篇巨构尚未完全脱稿。"通过以上摘录，我们便不难看出，《新考》所列述的这些所谓论据，其实都是张清吉同志想当然的臆测之词。丁耀亢著作甚多，诗词文赋小说戏曲作品皆有，张清吉同志凭何硬要认定其诗句中的"箧里藏书""山川秘词"等等字眼儿就是指的《醒世姻缘传》呢？又如何得知"大工未成"一语是谓"《醒世姻缘传》这部长篇巨构尚未完全脱稿"呢？

笔者再补充一点：从《凡例》的语气来看，东岭学道人似是一个书商的化名，亦即《醒世姻缘传》某一版本的出版商，其《凡例》可能作于此书付雕之前，一如今日出版社所附之《出版说明》。而环碧主人的《弁语》则有两种可能：或在此书出版之前受书商委托而撰；或在此书脱稿之后受作者之请而写。但无论哪种可能，都是撰于《醒世姻缘传》成书之后。至于落款所署"辛丑"，也未必就是顺治十八年。

另一力主"丁耀亢说"的田璞先生，在其《也谈〈醒世姻缘传〉的成书年代》[①]一文中，也依据《醒世姻缘传》卷首《弁语》后的"辛丑清和望后午夜醉中书"一语，将其成书年代定为顺治十八年农历四月十六日。虽然其谓"'环碧主人'与'东岭学道人''西周生'，其实都是丁耀亢的化名"一语纯系毫无根据的妄断，如此确定《醒世姻缘传》的成书年

[①] 《殷都学刊》1986年第2期。

代也未免失之草率，但在没有反证材料的情况下，笔者只好暂从此说。既如此，我们就查阅一下丁耀亢的著作，看一看顺治十八年四月十六日以前的一年多时间，丁耀亢究竟在干什么，他到底有没有时间创作出一部洋洋近百万言的《醒世姻缘传》来：

顺治十六年（1659）十月，丁耀亢"由容城广文除惠安令"①，虽然自谓"捧檄而往"②，实际上却是绕道回到了故乡诸城③。同年冬，又从诸城启程，年底赶到苏州④。顺治十七年（1660）正月，由苏州抵达杭州⑤。同年四月，因辞官不遂而"进退逡巡"⑥于杭州。直到同年深秋，方才离杭赴闽。但这次他并不是去赴惠安任，而是为了游山玩水⑦。游罢武夷山诸处，又久久滞留浦城。至同年年底，已然数上辞呈，一经获准，即折而北返，"如鸟归山，如云出岫"⑧，很快便回到苏州。顺治十八年（1661）年初，将《续金瓶梅》的书板留在苏州，托陈孝宽为之刊行⑨。同年三月，回到故乡诸城。在这一段时间内，丁耀亢创作了小说《续金瓶梅》⑩及诗集《江干草》。

由以上缕述不难看出，自顺治十六年冬至顺治十八年春，丁耀亢既长途奔波，一路游山玩水，访朋会友，饮酒作诗，又要忙于《续金瓶梅》⑪的创作，滞留杭州期间，还曾一度卧病⑫。假如《醒世姻缘传》成书于顺治十八年四月十六日的推论能够成立，那么请问，丁耀亢又不是神仙，在如此短促而又匆忙的时间内，如何能写出共计140余万字的两部小说来？

---

① 丁慎行：《听山亭草·乞言小引》。
② 丁耀亢：《归山草·自述年谱以代挽歌》。
③ 丁耀亢：《江干草·己亥仲冬冬至日，赴惠安过橡谷，丘海石明府载酒候别，留诗壁上，奉答原韵》。
④ 丁耀亢：《江干草·元旦旅祭先柱史于铁佛庵》。
⑤ 丁耀亢：《江干草·上元日，方山招游孤山，同孙宇台王仲昭周宋二客放舟》。
⑥ 丁耀亢：《归山草·自述年谱以代挽歌》。
⑦ 丁耀亢：《江干草·自江干买舟，从陈宪台诸子入闽》。
⑧ 丁耀亢：《归山草·自述年谱以代挽歌》。
⑨ 丁耀亢：《江干草·陈孝宽送至浒关，以书版托行》。
⑩ 丁耀亢：《归山草·自述年谱以代挽歌》。
⑪ 笔者有充分的证据，证明《续金瓶海》成书于顺治十七年（1660）夏秋之交。《新考》不顾许多现成材料，竟谓《续金瓶梅》的创作和成书年代是"顺治十一年（1654）至顺治十五年（1658）间"。参见拙作《续金瓶梅成书年代考》，文载《社会科学辑刊》1996年第5期。
⑫ 丁耀亢：《太上感应篇阴阳无字解序》，山东省馆藏清钞本《续金瓶梅》卷首。

再加其诗集《江干草》，就算当代的专业作家，恐怕也要自认无能为力吧？这也恰好从另一个方面证明，丁耀亢绝对不是《醒世姻缘传》的作者。

五

早在20世纪80年代初期，笔者因受台湾学者王素存先生《〈醒世姻缘传〉作者西周生考》一文的启发，遂对丁耀亢及《醒世姻缘传》产生了浓厚兴趣。每逢放假归里，便四处调查有关丁耀亢的材料，并抓住一切时机查阅其著作。孰料随着资料的不断增多，非但没有找到足以支撑"丁耀亢说"的有力证据，反而发现了一些足以驳倒此说的反证材料。有些已在拙文《丁耀亢是〈醒世姻缘传〉作者吗》中列述，此不赘述，现再补充几条如下：

首先，丁耀亢之父丁惟宁共有三位夫人：纪氏、仪氏、田氏。仪氏生四子：耀斗、耀昴、耀翼、耀箕；田氏生二子：耀亢、耀心。"元配封孺人纪氏，外祖胶州进士纪公女"，"贤而惠"，"不禄竟乏嗣"[1]。丁耀亢虽非纪氏所生，但他既夸纪氏"贤而惠"，又称纪氏之父为外祖，证明他对纪氏并无恶感。但在《醒世姻缘传》第四十一回中却说狄希陈的一个同学"姓纪，极是个顽皮"。另外，小说中的泼妇寄姐、计氏，都有与"纪"谐音的"计""寄"，如果丁耀亢确是《醒世姻缘传》的作者，他是不会选这几个字的。

第二，丁耀亢的生母姓田，在《醒世姻缘传》中却有一个贪财好利的媒婆"老田"。天下姓氏尽多，丁耀亢若是《醒世姻缘传》的作者，为何不用其他姓氏，却偏要写一个姓田的媒婆？

第三，丁耀亢在《述先德谱序》中写道："吾母田氏，外祖黄县人，以明经授日照训。乃继配，生亢、心二人。未三十而孀，少而勤苦。"《醒世姻缘传》第六十二回中有一段话："那新妇人郎氏一边啼哭，一边对众人哭道：'他若是我的亲娘，你们便与他六百两、六千两，他也舍不得卖我到妖精手里。他是我的个后娘，恨不得叫我死了，省了他的陪送……'

---

[1] 丁耀亢：《出劫纪略·乱后忍辱叹》

众人道：'原来如此！真真是有了后母就有了后父！'"第九十一回中又说："恰像似后娶的不贤良继母待那前窝里不调贴的子女一般。"第九十九回中更有"家政纷乱如丝，妻妾毒于继母"一语。丁耀亢之生母田氏乃丁惟宁之继配，对于耀斗、耀昴、耀翼、耀箕兄弟四人来说，田氏正是他们的"后娘""继母"。以常情度之，丁耀亢对这一类话恐怕是很忌讳的。

第四，张清吉同志查阅了大量丁耀亢的著作，深知丁耀亢对张居正怀恨一事，《新考》也引用过《醒世姻缘传》第五十回中颂扬"条边之法"那一段话，但为了自圆其说，却将这段话曲解成了作者"对明神宗的政绩是持肯定态度和向往之情的"。不知张清吉同志是不了解明代历史呢？还是故意歪曲历史事实？众所周知，"条鞭之法"即"一条鞭法"或"一条辫法"，万历四年（1576）即在湖北等地试行，万历九年便在全国范围内推行开来。自万历元年至万历十年，内阁首辅张居正一直独揽大权，一切政令皆出其手，而"一条鞭法"正是张居正当国时的主要政绩之一。此历史史实连中学历史课本上都写得清清楚楚，但《新考》竟将之说成了"明神宗的政绩"！《新考》在歪曲了历史史实的同时，却又从《醒世姻缘传》第九十四回中拉出一段话来，在自认为重要的话下加上着重号，又在括号中注上其引申意（例如："居在当道之中"，注曰："'居正'意"；"靠山"，注曰："张居正号'太岳'，山也"），然后下结论道："从上述字句看，丁耀亢的笔锋不是指向逐高拱、挟幼帝的张居正、冯保之流，又是谁呢？"其联想之丰富，考证方式之奇特，真令人啼笑皆非。

第五，丁耀亢兄弟六人，都是依星宿（二十八宿）取名的。但在《醒世姻缘传》中，却塑造了严列星、严列宿兄弟二人，并将他们写得十分不堪。尤其是严列星，乃"是个有名的恶人，倚了秀才，官又不好打他"（二十八回），在地方上无恶不作。自己种地不纳粮，却让娶亲途中的严列宿顶缸，并趁机骗奸了弟媳，致使弟媳上吊自杀。下葬后，严列星夫妇又去盗墓，结果被关圣帝君的塑像杀死。试想，丁耀亢出身于封建大家，怎会不讲究名字的避讳？这一切只能说明，丁耀亢绝对不是《醒世姻缘传》的作者。

（原载《明清小说研究》1994 年第 2 期）

《续金瓶梅》成书年代考

丁耀亢的《续金瓶梅》究竟成书于何年？石玲在其《〈续金瓶梅〉的作期及其他》①一文中认为"写成于顺治十七年（1660），丁耀亢滞留杭州之时"。张清吉在其《〈醒世姻缘传〉新考》②一书中，则将《续金瓶梅》的创作和成书年代定为"顺治十一年（1654）至顺治十五年（1658）间"，认为"丁耀亢任容城教谕时创作了此书"。其主要理由是：（一）丁耀亢在容城当了五年教谕，"这五年中，丁耀亢虽清苦，但教谕的闲职生涯，给他潜心著述提供了一个极好的契机。"（二）丁耀亢在容城写下的《瓠瓜咏·并序》中有云："予官容三年，欲去不得，有匏瓜生于庭……自夏徂秋，蔓引盈阶，命童子剪之，叶底得二瓜。累累离离，实美且硕，咏以纪之。""那么丁耀亢结下的'累累离离，实美且硕'的'二瓜'"，"其一'瓜'即为那部'弹的是兴亡泪，写的是奸邪伎（丁守存语）的《杨忠愍蚺蛇胆》。""其另一'瓜'，即《续金瓶梅》。丁耀亢在容城写下的《无求》诗云：'无求不去缘何事，华表归来有化书。城郭消沉白日速，鱼羊明灭黑风余。……'这里，丁耀亢一语道破：华表归来有化书。化书，劝化之书也。我说，丁耀亢所谓化书，即那部'其旨一归之劝世的《续金瓶梅》。"（三）"清顺治十三年（1656）上谕刊行《感应篇》。丁耀亢《太上感应篇阴阳无字解序》则云：'……今见圣天子钦颁《感应篇》……'何谓'今'？从丁耀亢序中口气看，显然是他创作《续金瓶梅》与'圣天子颁行《感应篇》'同步。"（四）"孙楷第《中国通俗小说书目》《续金瓶梅》条云：'查继佐《敬修堂诸子出处偶记·郭勋传》（勋字季庸，顺德人）后附记云："勋有书来，云戊戌一别，七阅寒暑，去秋始读《续金瓶

---

① 见吉林大学中国文化研究所编《金瓶梅艺术世界》，吉林大学出版社1991年版。
② 中州古籍出版社1991年版。

梅》一书，奇迹动人"云云。……'从孙先生的这则史料可知，查继佐曾……在'戊戌'年与郭勋会面时，谈到了《续金瓶梅》的成书情况。只是查继佐当时未携此书，因而郭勋未能读到，而是'七阅寒暑，去秋始读《续金瓶梅》一书。'倘若查继佐在'戊戌'与郭勋会面时根本未言及《续金瓶梅》一事，郭勋绝对不可能在给查继佐的书信中，谈到他数年来欲读而不得的《续金瓶梅》的。"（五）《太上感应篇阴阳无字解序》，作于"顺治庚子孟秋"，其中又有"亢不敏，病卧西湖"的字眼，这是因为"这篇序文是《续金瓶梅》在浙江的书坊雕版时，丁耀亢赴惠安知县在杭州停留之际后加上去的。"那么，《续金瓶梅》究竟作于何时呢？我们先看一看"《续金瓶梅》成书于顺治十五年"的说法能否站得住脚。

首先，丁耀亢任容城教谕期间，确实有时间"潜心著述"，此间他不仅写下了诗集《椒丘诗》、杂文集《出劫纪略》，而且还在冯铨和傅维鳞的推荐下，奉旨创作了传奇剧本《表忠记》。但目前尚无认定《续金瓶梅》成书于此间的可资佐证的确凿材料。

其次，丁耀亢所作的《匏瓜咏·并序》，只不过是一首自感身世的托物咏志诗。如果认定其中所谓"二瓜"为《表忠记》和《续金瓶梅》，那么，《表忠记》创作完成于顺治十四年（1657），《续金瓶梅》创作完成于顺治十一年（1654）至顺治十五年（1658）间，《匏瓜咏》一诗则写于顺治十三年（1656），两者在时间上显然是矛盾的。

第三，丁耀亢在容城时，确曾写过一首《无求》诗，诗中所云"化书"，乃是指其传奇剧本《化人游》。如将此诗与《化人游》作一对比，即可一目了然：《化人游》是丁耀亢的第一个传奇剧本。此剧采用浪漫主义的表现手法，以荒诞不经的故事情节抒发自己的内心苦闷，表达怀念故国的情怀。剧中主人公何野航实际上是作者自况，而大鱼吞舟的情节又是满清灭明的借喻："俺何生今日大舡不见，小舡已抛，连海也是不见的了。赤手空拳，难回故国，只得向前寻觅便了。"[①] 其矛盾痛苦之情，充溢于字里行间。而此剧创作完成于顺治四年（1647），正是山河破碎社稷易主后不久。《无求》诗中的"城郭消沉"一语，亦本乎丁令威化鹤归来故事中的"城郭如旧人民非"一语。而"白日"则指"明"亦即朱明王朝；"鱼

[①] 丁耀亢：《化人游》第六出《舟外等舟》。

羊"暗寓"腥膻"借代满清王朝；"明灭"又明显是指朱明王朝的被推翻，亦即诸城民间相传丁耀亢编故事骂清人时所说的"一阵腥膻不见大明"是也，而此传说则又本乎《化人游》传奇。

第四，上谕刊行《太上感应篇》一事，确是在清顺治十三年（1656），但丁耀亢《太上感应篇阴阳无字解序》中的"今见圣天子钦颁感应篇"之"今"字，既可解作"现在"之意，亦可作"近来、近日、近年"来解。既已将《续金瓶梅》的成书年代定于顺治十一年至十五年之间，却又说丁耀亢"创作《续金瓶梅》与'圣天子钦颁《感应篇》同步'"，那么，是"圣天子钦颁《感应篇》"一事发生在顺治十一年呢？还是《续金瓶梅》的创作开始于顺治十三年？回答当然都是否定的，自然二者也无"同步"可言。又，丁耀亢《太上感应篇阴阳无字解序》作于"顺治庚子孟秋"，亦即清顺治十七年（1660），而"今见圣天子钦颁《感应篇》"一语，正是这篇序文中的话，这篇序文的创作岂不也"与'圣天子钦颁《感应篇》'同步。"

第五，郭勋信中所云"戊戌一别，七阅寒暑"一语，是指他与查继佐自戊戌年分别后至写信之时已阅七载。须知古人通信贵简，均用书面语言，既不分段，亦不加标点。若此信中的"暑"字后用句号，则前后显为两层文意。查继佐"在'戊戌'年与郭勋会面时，谈到了《续金瓶梅》的成书情况"——这是一种不确定的臆测；并且持此论者忘记了自己刚刚说过的丁耀亢于顺治十三年就已结下一"瓜"——完成了《续金瓶梅》的创作之言，却又将《续金瓶梅》的脱稿成书定在了顺治十五年。这是顾此失彼的自相矛盾。

第六，《太上感应篇阴阳无字解序》中有"亢不敏，病卧西湖"一语，序后又署："时顺治庚子孟秋，西湖鸥吏惠安令琅琊丁耀亢谨撰。"这是考定《续金瓶梅》成书年代的可靠材料之一。若认定此序"是《续金瓶梅》在浙江的书坊雕板时，丁耀亢赴惠安知县在杭州停留之际后加上去的"，那么，莫非《续金瓶梅》第六十二回甚至六十三、六十四回也是"后加上去的"吗？既然后加上去这么多文字，又怎能说顺治十五年《续金瓶梅》就"已经脱稿成书了"呢？

第七，张清吉先生认为，丁耀亢赴惠安任时，"在杭州停顿的时间很短"，不可能"创作煌煌42万余言的一部《续金瓶梅》"。为了证实丁耀亢

不"曾在杭州久居",他还特意把丁耀亢"赴惠安的往返路线、交游和时间"作了"简要的勾勒":

诸城(己亥十月)→海州→新坝→大尹山→淮上(薛卫公农部赠舟,留饮三日)→邵伯滩→扬州(逢李过庐宪副兼晤徐存永等)→瓜州(谒郭璞墓)→京口→常州(访谢献庵别驾)→无锡(登惠山汲泉访黄心甫顾修远)→浒墅关→姑苏(夜入,晓达枫桥)→杭州(初秋,逢同邑邱长年。又:中秋前一日,过昭庆寺。又:晤友人许有介、徐存永、张子干、陈畴范等等。又:得家信,知邱海石谢世,作诗悼之。又:谒岳武穆墓,见遗像、墨刻《满江红》并高宗颁师御札。又:自江干买舟从陈宪台诸子入闽)→桐庐→严陵钩台→七里滩→严州→江山县→江郎山~廿八都(村名)→茶岭→枫岭→杉岭(见杜鹃花、茶花,时仲冬)→五显庙岭→浦城(邑宰刘霞生留饮)→绿波亭→梦笔山(偕陈止庵同游)→武夷山(自纪:告病闲居,因自浦城往游武夷,日纪山行,自纛岭始,较霞岭险秀百倍矣。为庚子十一月初旬)→崇安→浦城(回归,时冬至日)→杭州(与宋荔裳兵宪言别。又:岁穷,行李将尽,鬻书就道。又:张石城赠舟。宋荔裳寄行赆。与友人曹敬泉、曹良野作别)→苏州→浒墅关→京口(余岱屿侍御以舟赆送至)→扬州(扬州司理王贻上招饮)→清江浦→沭阳→诸城(时顺治十八年正月)

这一番勾勒,其中有几处明显的错误:(一)丁耀亢由南方回到诸城的时间,是顺治十八年三月十六日。这有丁耀亢的《自述年谱以代挽歌》为证。其中有云:"三月十六,集于故山。宗族兄弟,既和且欢。归见老母,喜为加餐。"张清吉先生之所以将丁耀亢返回诸城的日期定为"顺治十八年正月",想必是错误地理解了《自述年谱以代挽歌》中的"辛丑正月,得赋归来"一语。实际上,丁耀亢辞官获准,是在顺治十七年冬,他由浦城返回杭州时,已是此年年底。匆忙与宋琬等友人一一道别后赶到苏州,又将《续金瓶梅》的书版寄放到虎丘铁佛寺中。诸事安排完毕,已是次年初春时节,这有丁耀亢的《曾淡公于京邸王宗伯席上别十年,今逢吴门》诗中的"禅林春冷留书板"和《陈孝宽送至浒关,以书版托行》诗中的"江桥春草发"两语为证。也正因为他将诸事均已安排妥当,又辞掉了惠安县令之职,所以才觉十分自在,终于可以像陶渊明那样唱着"归去来兮"启程还乡了。(二)己亥十月,丁耀亢并非从诸城出发南行,而是由容城启程返回诸城。其由诸城南下，是在这一年的仲冬之后，这有丁耀亢《己亥仲冬冬至日赴惠安过橡谷，丘海石明府载酒候别，留诗壁上，奉答原韵》一诗为证。"橡谷"又作"橡槚"，即橡谷沟村，丁耀亢在此筑有"橡谷山房"和"煮石草堂"。（三）丁耀亢于顺治十六年冬由诸城出发，起码在同年年底已抵达苏州，这有其《元旦旅祭先柱史于虎丘铁佛庵》《庚子新正初二日雨中静香招同孝宽游虎丘》二诗为证。又于顺治十七年正月十五日之前，到达杭州，这有其《上元日方山招游孤山同孙宇台王仲昭周宋二客放舟》一诗为证。"上元日"即正月十五日，孤山乃杭州名胜之一。若初秋时方抵杭州，又如何能在正月十五日游玩孤山？他自正月十五日前到达杭州后，便在西湖边"借居湖舫"，"进退逡巡"①，他虽自称是"病卧西湖"②，但实际上却是借病辞官。从正月十五日直至西湖钓史为《续金瓶梅》作序的"庚子季夏"，已达半年之久。丁耀亢除了交游酬答外，有更多的时间从事创作。（四）顺治十七年秋，丁耀亢仍在杭州，其《太上感应篇阴阳无字解序》作于是年孟秋，其诗集《江干草》中又有《中秋前一日过昭庆寺……》一诗，均可为证。丁耀亢离开杭州"自江干买舟从陈宪台诸子入闽"，张清吉先生虽未标出具体时间，但我们从诗中的"悠悠霜叶秋"一语来看，此事起码发生在暮秋时节。气候温暖的杭州出现了"悠悠霜叶"，总该在农历九月底以后吧？那么，从正月十五日之前直至农历九月底，已有八个多月时间，张清吉先生所谓丁耀亢不曾"在杭州久居"，"在杭州停顿的时间很短"云云，显然是不实之词。

因无确凿的证据，笔者不敢妄断《续金瓶梅》的创作始于何时，但有一点却可以肯定，《续金瓶梅》的绝大部分内容，都创作于丁耀亢赴惠安任途中，亦即顺治十六年初春至夏秋之交滞留杭州期间。自初秋至暮秋，在请人作序的同时又做过部分修改，离开杭州入闽之时，又交给书坊开雕，同年年底，便将书版带到了苏州，并交付陈孝宽为之刊行，此便是《续金瓶梅》的顺治刊本。理由于下：

第一，丁耀亢之子丁慎行在《听山亭草·乞言小引》中云：丁耀亢"由容城广文除惠安令，旋以病致仕。历闽越诸名胜，纵笔成野史，以消

---

① 丁耀亢：《自述年谱以代挽歌》。
② 丁耀亢：《太上感应篇阴阳无字解序》。

旅况，又坐触群宵系狱。"话已经说得很清楚：丁耀亢在赴惠安任途中写成一部"野史"。那么，这部"野史"究竟是什么呢？在《续金瓶梅》卷首的《凡例》中有这样一段话："前集中年月故事或有不对者，……客中并无前集，迫于时日，故或错说，观者谅之。"前集谓何？《金瓶梅》也！与之相对而言的正是《续金瓶梅》。而"客中"二字，又是"旅况"的最好注脚。丁耀亢在《捕逃行》中有小引云：康熙四年八月，他"以续书被逮，待罪候旨，至季冬蒙赦得放还山，计一百二十日。""续书"谓何？《续金瓶梅》也！而因"续书被逮"，又与丁慎行所云"坐触群宵系狱"合，这证明丁耀亢赴惠安任途中所作"野史"，正是那部创作完成于顺治十七年、初版于顺治十八年的《续金瓶梅》。

第二，《续金瓶梅集序》作于顺治十七年季夏，《太上感应篇阴阳无字解序》作于同年孟秋。两序的作期相距不远，正在夏末秋初之交。就常理而言，撰书者总应在书成后方请人作序或自撰序文以明心志，那么由此便可证明，起码在顺治十七年的夏末秋初，《续金瓶梅》已然成书了。

第三，《续金瓶梅》卷首另有天隐道人与南海爱日老人所作《序》。此两序当亦作于顺治十七年夏秋之交。天隐道人《序》中有"续编六十四章"一语，南海爱日老人《序》中亦云："是乃《续金瓶梅》六十四章竟。"可证《续金瓶梅》六十四回此时已然全部完稿。

第四，《续金瓶梅》第六十二回回前诗云："坐见前身与后身，身身相见已成尘。亦知华表空留语，何待西湖始问津。丁问松风终是梦，令威鹤背未为真。还如葛井寻圆泽，五百年来共一人。"正文接着写道："这首诗为此回本意，又系此书之本意，小结来处。六十四回方归大结束。"证明此回正是丁耀亢以自况身世为主旨，亦无雕版时再加上去的可能性。此回在述岳飞、秦桧之因果报应故事后，又讲了丁令威三世投胎转化的故事，其中有云：钱塘丁野鹤"向庵中沐浴一毕，留诗曰：'懒散六十三，妙用无人识。顺逆两相忘，虚空镇常寂。'书毕盘足而化，……又留下遗言说：'五百年后，又有一人名丁野鹤，是我后身，来此相访。'后至明末，果有东海一人，名姓相同，来此罢官而去，自称紫阳道人。"这一番话，实乃丁耀亢自况，也证明《续金瓶梅》作于赴惠安任途中。

在此也许会有人提出疑问：丁耀亢"罢官而去"，是在清顺治十七年冬，作者为何要说"后至明末，果有东海一人，名姓相同，来此罢官而去"呢？笔者的回答是：丁耀亢托言"明末"，正是用了古人常用的"画家烟云模糊法"，不可呆看！也许还有人会问：丁耀亢辞官得许是在顺治十七年冬，而《续金瓶梅》脱稿时尚未获准辞官，为何丁耀亢要说"罢官而去"呢？笔者对这一问题的看法与石玲基本相同①：早在顺治十七年四月，丁耀亢就已下定了辞官的决心，"庚子四月，决志抽簪。投劾不受，进退逡巡。"② 辞官不得准，便在杭州逗留不去，托言"病卧西湖"，并屡上辞呈。后来，在朋友们的劝说下，他又到了福建，但这次绝不是赴惠安任，而是要入闽境去游山玩水，因而他在离杭州南行时，曾在《自江干买舟从陈宪台诸子入闽》一诗中强调自己是"辞官复远游"。此诗作于顺治十七年深秋，其时丁耀亢辞官仍然未蒙获准，但他却说已"辞官"，以是证之，丁耀亢在未罢官之前，当有可能将自己的心志写入小说。

或许还有人会问：顺治十七年丁耀亢才62岁，为何在偈诗中却要说"懒散六十三"呢？笔者认为，丁耀亢在此一字不改地引用了钱塘丁野鹤坐化时的说偈诗，况且丁耀亢是年已然62岁，离63岁也相差不远，不可能再去胶柱鼓瑟妄加修改。

我们知道，持"《续金瓶梅》成书于顺治十一年至顺治十五年间"论者，主要目的是要把《醒世姻缘传》的著作权冠署到丁耀亢头上。近年来，认为《醒世姻缘传》的作者是丁耀亢者大有人在，但何人最早提出此说，不得而知。依笔者所见，最早形诸文字的是中国社会科学院文学研究所编写的《中国文学史》，但其中却只有一句话："也有人说是丁耀亢的作品。"没有论述，也没有考证，更没有指出这"有人"究竟是谁。20世纪80年代初期，笔者又读到了台湾学者王素存先生的一篇文章，题目是：《〈醒世姻缘传〉作者西周生考》。该文发表于台湾《大陆杂志》第17卷第3期（1958年版）。王素存先生力主"丁耀亢说"。笔者并由其文得知，台湾另一学者刘阶平先生早已提出此说。80年代中期，大陆学者田璞先生连续发表了《〈醒世姻缘〉传作者新探》③ 和《也谈〈醒世姻缘传〉的成书年代》④ 两篇文章。

---

① 吉林大学中国文化研究所编《金瓶梅艺术世界》，吉林大学出版社1991年版。
② 丁耀亢：《自述年谱以代挽歌》。
③ 《河南大学学报》1985年第5期。
④ 《殷都学刊》1985年第5期。

田璞先生虽然力主"丁耀亢说",但其所用材料却难以服人,且范围亦未超出朱一玄先生编撰的《金瓶梅资料汇编》一书。也许由于海峡两岸的文化交流不太畅通,田璞先生未曾读到台湾学者王素存先生的文章,因而拜读田璞先生的文章后,总让人觉得他便是提出"丁耀亢说"的第一人。至20世纪80年代末,张清吉先生在《徐州师范学院学报》1989年第3期上发表了《〈醒世姻缘传〉作者是丁耀亢》一文。1991年11月,中州古籍出版社出版了张清吉先生的专著《〈醒世姻缘传〉新考》。在这些论著中,张清吉先生也只字不提刘阶平、王素存、田璞等人,自己又俨然成了《醒世姻缘传》作者"丁耀亢说"的首倡者!

笔者是诸城人,家乡距丁耀亢的故里椽谷沟只有5公里。倘若《醒世姻缘传》的作者果真是丁耀亢,笔者也觉脸上有光。然而,事实毕竟是事实。丁耀亢本不是《醒世姻缘传》的作者。对"丁耀亢说"笔者曾发表过两篇反驳文章①,此已与本问题无多关涉,不赘述。

(原载《社会科学辑刊》1996年第5期)

---

① 孙玉明:《丁耀亢是〈醒世姻缘传〉作者吗》,《蒲松龄研究》1993年第3—4期合刊;《〈醒世姻缘传〉作者丁耀亢说驳论》,《明清小说研究》1994年第2期。

试论《聊斋志异》的成书及分卷和编次问题

近十年来,《聊斋志异》的研究已取得了可喜的成绩,对于其成书、分卷及编次诸问题的研究也有了很大的突破。但是,也还有许多问题没有解决,有必要更进一步地进行探讨。因此,笔者不揣谫陋,打算就以上几个问题谈一下自己的一点粗浅看法。

一、关于开始创作与成书年代的问题

章培恒先生在《〈聊斋志异〉写作年代考》一文中,以蒲松龄于康熙十年(1671)所写的《独坐怀人》诗中的"途穷书未著,愁盛酒无权"二句为据,认为《志异》的开始创作,当在康熙十一、十二年或稍后。冯伟民先生在《关于〈聊斋志异〉写作过程中的两个问题》一文中则持不同意见。此外,赵克先生在《谈〈聊斋志异〉的写作与成书》一文中,亦基本与冯伟民先生观点相同。他们都以蒲松龄写于康熙九、十年间的《途中》和《感愤》二诗为证,认为《聊斋志异》的创作当始于康熙九、十年间。我非常赞同冯先生与赵克先生的意见。故在此不避雷同之嫌,将自己的观点略述如下,并作一点必要的补充:

也许有人会认为,《途中》一诗的"途中寂寞姑言鬼"一句,只是作者为了消除旅途寂寞而借"言鬼"作为消遣而已,不能作为其开始创作《志异》的依据。那么,对于《感愤》诗中的"新闻总入夷坚志"句,却无论如何也不能说作者此时尚未开始《志异》的创作。众所周知,《聊斋志异》一书虽是作者的得意之作,为其一生心血所萃,但是,他在诗文中却很少言及("志异书成共笑之"一诗是作者专为王渔洋题《聊斋志异》的答诗,自应例外)。那么,作者在开始创作甚至已成册后都很少言及的事情，偏偏在未开始创作时的诗中言及，这恐怕是讲不通的。

至于章培恒先生所举《独坐怀人》诗中的"途穷书未著，愁盛酒无权"两句，正好说明作者已经在有意识地著书，但由于刚刚开始，还没有什么成就，故而他说"书未著"。这并非意味着还没动笔写作，而是说尚未著成。或者是说，蒲松龄很谦虚地认为自己事业无成，因为古人都把著书立说视为永垂青史的名山事业。从另一个方面来说，是作者难以自我满足。即使在他72岁时，《志异》已经成书，可说是成绩显著了，但他还在《除夕》诗中说自己"一事无成身已老"呢。

这里应特别谈一下《莲香》篇的问题。

路大荒先生在《蒲松龄年谱》中云："时孙蕙仍应任宝应县，聘先生为幕宾，遂于是年（按：指康熙九年庚戌——笔者）南游。从故乡走青石关……自此经岩庄至沂州（今临沂县），而在沂州阻雨，休于旅舍。有刘生子敬出同社王子章所撰桑生（名晓，字子明）传，约万余言，得卒读，遂作《志异·莲香》一篇。"路先生这个说法的提出，是本于《莲香》篇末段的"余庚戌南游至沂，阻雨，休于旅舍。有刘生子敬，其中表亲，出同社王子章所撰桑生传，约万余言，得卒读。此其崖略耳"几句话。很明显，路先生是把此篇当成了庚戌年的作品，于是它也就成了《聊斋志异》创作于南游期间的一条论据。我认为，这个判断是不符合实际的，也是不正确的，理由如下：

一、《莲香》篇并非作于康熙九年，这从作品末段"余庚戌南游至沂"一语的口气来看，应是南游归家后的作品，也就是说是一种追忆的语气。如果是在南游期间所作，作者似乎就不会说"南游"二字了。

二、冯伟民先生认为此篇"虽不一定作于康熙九年，但作于康熙九、十年间却是可能的。"我觉得这很值得商榷。虽然现在尚未弄清作者手稿编次原貌，但一般都承认现已发现的半部手稿中有"聊斋志异一卷"字样的是第一册。但是，《莲香》篇却不见于此册。如果是康熙九、十年间就已写成的作品，为什么到了康熙十八年至二十一年编成集子时竟不收入？再退一步说，即使作品不是按创作年代编次，那也只能在各册内部出现先后倒置现象，但绝对不会迟至十多年后还未将它收入第一册中。因此，冯先生的这种说法也是难以成立的。

也许还有其他原因，但因为这是一个与编次问题有关的复杂问题，故而留待后面再谈。此处所要证明的就是,《莲香》篇决非作于康熙九年或十年甚至二十一年以前,因而也不能将它作为《聊斋志异》已开始创作的一条论据。

下边再谈一谈成书年代问题。

即使如此,我仍同意冯伟民先生与赵克先生的意见,应将《志异》的开始创作定于蒲松龄南游前或南游时,而绝对不会在南游之后,《感愤》诗就是有力的证据。

自鲁迅先生在《中国小说史略》中提出《聊斋志异》成书于康熙十八年的意见以来,许多文学史著作大都沿用这个说法,似乎已经成为定论。而鲁迅先生得出这个结论的依据又是高珩《序》和作者《自志》。但是,近几年来,章培恒、郑云波、左介贻先生都提出了异议。他们大都认为康熙十八年只是写成了第一册,其他几册都是在以后写成的,因此,《聊斋志异》具备现在所看到的490多篇的规模,应是在作者70岁左右,这些见解无疑是十分精到的。关于这方面已有人谈及,现仅附随他们的观点,做一点补充:

首先,蒲松龄从事《聊斋志异》的创作,虽是有意识的,但却是无计划的。也就是说,究竟能写多少篇、多少册,作者自己也不得而知。因此,作者在写成第一册时,已经有几十篇作品,论起来也是较为可观的了,这时写一个自志,请人写一个序来表明自己的心志,这也是很正常的。

其次,《聊斋志异》是一部短篇文言小说集,它不像长篇小说那样需要作者在动笔前有计划地打算写几部、写多长,特别是那种"闻则命笔"式的随笔记录,更不是作者所能预计的。因此,写完一册也可以说是已经成书,写完两册三册也可以说是成书。但是,我们现在所见到的490多篇作品的成书,却不是作者40岁时(即康熙十八年)。

第三,蒲松龄在《自志》中说自己"才非干宝,雅爱搜神;情类黄州,喜人谈鬼",可以说他是有这种癖好的。特别是他"闻则命笔",并且"四方同人又以邮筒相寄",那么,作者既有了这种癖好,恐怕是改不掉的。既改不了,而在40岁以后又不会无有所闻,既有所闻,就不会不"命笔"创作。再说,在他的第一册未成书之时"四方同人"就"以邮筒相寄",帮助作者搜集素材,第一册成书之后同人们的热情会更大。因此,无论从主观还是客观方面来看，作者都会继续进行创作，而决不会就此搁笔。

第四，《聊斋志异》是一部有所寄托的"孤愤"之书。作者在年轻时代还有志于科举功名的追求，而在50岁以后功名已经无望，对社会的黑暗愈加不满，那么，在这种情况下，他是不会放弃这条泄愤的途径，停止《志异》的创作的。

第五，作于康熙十八年的高珩《序》和作者《自志》，均未言及卷数问题，这似乎也可从中窥见当时只有一册，故他们都毋须再言。而作于康熙二十一年的唐梦赉《序》中却有"向得其一卷，辄为人取去，今再得其一卷阅之。凡为余所习知者，十之三四"语，似乎已有两卷，如依章培恒先生之说，这两卷也是今存手稿本的第一册而已（其中删削了一部分）。假使章先生的这个推断与实际不符，那么当时也只有两卷（册），后边的六册（甚至七册）尚未问世，怎能说康熙十八年已经成书呢？

第六，蒲箬在《祭父文》中云："暮年著《聊斋志异》八卷。"此语证明蒲松龄晚年确实还在继续《志异》的创作，因为作为他儿子的蒲箬不会不清楚，而蒲松龄活了70多岁，40岁何得称"暮年"？但他所说的这话似乎又表明蒲松龄暮年才开始《志异》的创作，这又是语言的不准确性所致。因为作者40岁时《志异》的一部分已经问世了，这有高《序》和作者《自志》为证。因此，可作这样的解释：作者自30多岁起就已开始了《志异》的创作，直到暮年才著成八卷（实际是八册）。

总之，作者自30多岁就已经开始创作，40岁作《自志》时写成了一部分。此后继续写作，直到其逝世前不久才写成了八册，有近500篇作品。

二、关于分卷及卷次先后问题

蒲箬在康熙五十四年（即蒲松龄去世当年）所作《祭父文》和《柳泉公行述》中皆谓《聊斋志异》八卷，张元在雍正三年所作《柳泉公蒲先生墓表》中亦云"《聊斋志异》八卷"。蒲箬是蒲松龄的儿子，手中又掌握着《志异》的手稿，而张元又是其同乡好友，亦当见过手稿。故他们的说法不会有错。然而，蒲松龄之孙蒲立德作于乾隆五年的《聊斋志异跋》

中却又说"《志异》十六卷"。他同样掌握着手稿，并且蒲箬的《祭父文》和《行述》及张元所作《墓表》他也不会没看到过，何至又出现这种矛盾的说法呢？章培恒先生认为"蒲立德或从其他方面（如蒲松龄的其他遗著、其生前好友的记述等）得知蒲松龄原欲分为十六卷，故又纠正了八册之说。"我觉得这个猜断恐未必符合实际，因为蒲立德也不清楚如何分卷，这有他在《东谷文集》中的《书聊斋志异·济南朱刻卷后》为证，其中有云："右《志异》为卷若干，为篇若干，先大父柳泉公所著。"说明《志异》手稿并未分卷，故而在他看到"殿春亭"本分为十二卷时，便采取了含糊其辞的说法。因此，在没有其他资料为据的情况下，我倾向于袁世硕先生在《铸雪斋和铸雪斋抄本聊斋志异》一文中的意见：即当时（作者生前）《志异》并未分卷，而是装订成八册，后来蒲立德又将这八册分一为二，重新装订成十六册。至于蒲箬、张元所谓的"八卷"，其实就是八册，而蒲立德所谓的"十六卷"，也就是指十六册，他们之所以把"册"说成"卷"，当是由于概念模糊所致。

殿春亭主人在《聊斋志异跋》中说："岁壬寅冬，仲明自淄川携稿来，累累巨册。"此处亦未言及分卷问题。但他却将《志异》分成了十二卷，这种分卷法，并非来自手稿，因为他在抄录时曾"雠校编次"，对《志异》动过一番手术。虽然殿春亭本今已失传，但通过铸雪斋抄本还可推知它的原貌，可以说，铸雪斋本是忠实地照录了殿春亭本的，这从铸雪斋本目录与正文页数的不符可以推知，铸雪斋本连目录都是照录殿春亭本的，由于在抄录正文时字体的大小不一致，而造成了这种现象。因此，铸雪斋本的十二卷分法也正是殿春亭本的分卷法。而在周村发现的二十四卷本，却又分成了二十四卷。由这两个本子在分卷问题上的不统一，也证明了《志异》手稿是不分卷的。

半部手稿本的发现，证明了《志异》不分卷说的正确性。现存的半部手稿本，除有《自志》的一册有"《聊斋志异》一卷"几字外，其他几册均未标明卷次，而第一册的"一卷"又不能等同于"卷一"。此外，由蒲松龄于康熙四十年春给王士祯信中的"前拙《志》蒙点其目，未遑缮写。今老卧蓬窗，因得暇以自逸，遂与同人共录之，辑为两册，因便呈进"一段话，也可证明《志异》手稿是不分卷的。因此，章培恒先生在分卷问题上的意见，无疑是很有见地的，也是非常正确的。但是，章先生在册次先后问题上的说法，我认为尚有商榷的必要。

在前面论述《志异》开始创作的年代时，笔者曾提及《莲香》一篇，认为它不可能作于康熙二十一年之前，论据是此篇不见于康熙二十一年编定的第一册手稿本中。多日来，此篇的一些问题令我百思而不得其解，现将几个疑点列举如下，以求方家指教：

首先，谈一下《莲香》篇的虚实问题。章培恒先生以作品中男主人公桑晓的子虚乌有为据，认为此篇出于虚构，从而认为讲故事的刘子敬也无其人。但是，文学创作不是历史著作，作者完全可以按照自己的意图进行合理的虚构。并且，蒲松龄写的许多故事，也不是想让人相信确有其事，尤其是像《莲香》这类的故事，在现实生活中更是不可能发生的，那么，作品中的人物，当然也就可以虚构，至于讲故事的刘子敬与撰《桑生传》的王子章是否实有其人，因缺乏论据，也不敢说得太肯定。然而，从整部《聊斋志异》中的许多篇章来看，凡是从别处听来的或别人提供的故事，蒲松龄往往要点明出自谁口或谁手，而这些故事的提供者又往往是实有其人的，那么，蒲松龄又为何偏偏在此篇中虚构出刘子敬与王子章呢？特别是"余庚戌南游至沂……"一段话，与作品亦无内在的必然联系，可以说是可有可无的，蒲松龄又何必多此一举呢？难道是为了证实故事的真实可信？我觉得似乎没有这个必要。

这里需要谈一下《江城》篇的问题。章培恒先生认为《志异》所交代的故事来源有些是真的，有些却是虚构出来的，《江城》篇就是后一种情况，从而推论出《莲香》篇的故事来源也是出于虚构。但是，应该看到，《江城》篇与《莲香》篇绝不是同一性质的作品，前者是现实生活中实有的或可能有的真实的事情，而后者则是在现实生活中绝对不可能发生的事情。因此，在写《江城》篇时，作者可能是有所顾虑，或者故事的提供者有所顾虑，故而不得不虚构一个名字或改换一下故事发生的地点，把"浙中"说成"临江"，或者地名全变，既非"浙中"，也非"临江"。而作品中的王子雅既然是故事的提供者，而他又是作品中男主人公高蕃的同窗，则更须以假名托之。所以，不能因为此篇故事的提供者并非实有其人，《莲香》篇故事中的主人公桑晓也是虚构的这种论据，推论出《莲香》故事的提供者刘子敬、《桑生传》的撰写者王子章也都必须是虚构的人物。我认为，章先生这种将故事中的人物与故事的提供者混为一谈的论证方法，似乎不能令人信服。

其次，既然此篇故事的来源不是出于虚构，而它又不是康熙二十一年前的作品，这就出现了矛盾，因为蒲松龄是"闻则命笔"的，何以康熙九年就已听说的一个故事，到了康熙二十一年还未写作成篇呢？如果依章培恒先生之说，即作者"在康熙二十一年重编时，认为若干篇写得还不够好，把它们删去了。"那么，《莲香》篇或许就是删去的这些篇中的一篇，后来又重新改写了。既如此，当应将它编入第二册中，为什么要到多少年之后才把它编入第四册中呢？

第三，蔡国梁先生在《从〈聊斋〉略知时序的篇目试窥蒲松龄创作发展之一斑》一文中，认为《莲香》篇属于早期作品，这是很有见地的。但是，如按章培恒先生的分卷法，则此篇应排在第四册，此时《志异》已完成了一半，这又怎能算是早期的作品呢？

第四，现已发现的手稿本中无《莲香》篇，而在最接近手稿而又较完整的两个抄本中，如抛开卷数的差异，从篇首的《考城隍》算起，此篇在铸雪斋本是第68篇（《鹰虎神》不算在内），排在《翁祝》《快刀》《狐联》《侠女》《酒友》之后，在《阿宝》《九山王》《遵化狐署》《张诚》之前；在"二十四卷本"中则是第88篇，排在《祝翁》《侠女》《酒友》之后，在《阿宝》《九山王》《遵化署狐》《张诚》之前。从这两个抄本的排列次序来看，此篇都应属于早期作品。如果说两个抄本都错了，为什么又会错的基本一致？这恐怕不会是偶然的巧合吧。

第五，章培恒先生基于《聊斋志异》各篇是以写作先后编次的观点，进而推论出八册稿本的次序，并依据《某公》册末的《鸲鹆》篇所附王士禛评语，将收有《莲香》的一册排为第四册。章先生在《新序》中说："把铸雪斋本与现存四册稿本互较，可以发现稿本每一册内部各篇排列次序，在铸雪斋本中基本上都完整地保存着，绝不将稿本这一册和另一册中的作品杂揉起来。"这话并不符合实际情况。如按此推论，铸本中的《某公》篇排在《庙鬼》《陆判》《婴宁》《聂小倩》至《祝翁》共十几篇作品之前，应属第一册，这十几篇皆见于稿本第一册，而《某公》却不在此册中，按章先生的划分法，却又属于第四册，怎么能说"绝不将稿本这一册和另一册中的作品杂揉起来"呢？我们试对比一下铸雪斋本与手稿本，它们各篇的排列次序虽基本一致，但例外的情况也并不少，如《真定女》

篇在铸本中是第 19 篇，而在手稿本中却是第 29 篇。假如章先生所依据的《鸲鹆》篇也出现像《某公》《真定女》等篇那种前后次序颠倒的现象，那么，章先生在册次排列上的说法也就站不住脚了。

第六，检阅一下手稿本和铸雪斋本，王士祯的评语有二三十条，它们散见于《考城隍》《刘海石》《大人》《某公》《画马》五册中，如按章培恒先生的划分法，则第二册（《鸦头》册）、第五册（《云萝公主》册）、第七册（《王者》册）中均无王评，这就不能不令人产生疑问，为什么早写的第二册中没有王氏评语，而晚写的第八册中直到中后部分的《于去恶》《郭安》等篇却有呢？这岂非怪事一桩！

这里需解释一个问题。王培荀在《乡园忆旧录》中说："吾淄蒲柳泉《聊斋志异》未尽脱稿时，王渔洋（士祯）每阅一篇寄还，按名再索。"其实这纯粹是无稽之谈，试想在当时交通极不发达的情况下，王、蒲二人相离并不太近，岂能"每阅一篇寄还"！我认为，蒲松龄一定是把《志异》装订成册后给王士祯看的，这从王、蒲二人来往书信中所称"册"字及王士祯《戏书蒲生〈聊斋志异〉卷后》的"卷"字亦可得到证实。那么，再依章培恒先生的观点，则《志异》第八册的创作开始于康熙四十六年，完成于作者逝世前不久。而王士祯死于康熙五十年，此册写成时，王士祯已经去世，既如此，他怎么又能给它写评语呢？

第七，章培恒先生在《〈聊斋志异〉写作年代考》中说：

> 手稿本第二册开始写作的时间，《狐梦》篇提供了一个十分重要的线索。该篇末云："康熙二十一年腊月十九日，毕子与余抵足绰然堂，细述其异。余曰：'有狐若此，则聊斋之笔墨有光荣矣。'遂志之。"详其语气，显然是腊月十九日听到毕子的叙述就命笔的，其写作当在康熙二十一年年底，至迟在康熙二十二年年初。

章先生正是以此为据，将《鸦头》册划为第二册，并联系第一册中的《祝翁》篇，将第二册的开始创作定为康熙二十一年。我认为，这个推论也不太符合实际，因为该册中的《绛妃》篇中有一段话云："癸亥岁，余馆于毕刺史之绰然堂。公家花木最盛，暇辄从公杖履，得恣游。一日，眺览既归，倦极思寝，解屦登床……醒而忆之，情事宛然，但檄词强半遗忘，因足而成之。"从语气上来看，此篇应是康熙二十二年春天所作。那么，自《狐梦》至《绛妃》，中间有30多篇作品，既按写作先后编次，则这些作品理应作于《狐梦》之后，《绛妃》之前。然而，蒲松龄当时既要教学生读书，又要为应付科考做准备，在这短短的几个月中创作出这么多作品，这恐怕是不大可能的。

因为各册的排列次序问题是与各篇的编次问题相联系的，故要想弄清这个问题，就必须进一步弄清编次问题，否则，是很难做出正确的结论的。

三、关于编次问题

与以上问题相联系，编次问题则更为复杂。章培恒先生在《新序》中说：

> 综上所述，可知《聊斋志异》稿本共计八册，四册今存，另四册虽已亡佚，但其中各册的篇目及排列次序尚可据铸雪斋本推得。若不依铸雪斋本给这八册稿本所定的次序为依据，而对现存四册稿本和现已推知其篇目、次序的另四册稿本加以考察，就可发现：稿本实在是按各篇写作时间的先后来排列的。

章先生在《〈聊斋志异〉写作年代考》一文中又说：

> 幸而解放后发现了《志异》的四册手稿本，以之与铸雪斋本《志异》对校，可知铸雪斋本的祖本殿春亭本虽也曾误认册次，并且擅自把全书分成了十二卷，但原稿每一册内部的篇次却并未打乱，故以现存手稿本与铸雪斋本相参照，尚可大致确定原来的册次。

由以上两段话可以看出，章先生就是基于"《聊斋志异》是按写作先后编次的"观点来推断各册册次先后的，而这一论点又是通过把现存的半部手稿本和铸雪斋本相参较而得出的。然而，事实毕竟是事实，虽然手稿本的另四册现在还没有发现，但仅将现存的四册与铸雪斋本相对照来看，铸雪斋本并非没有打乱各册内部各篇的次序，而是有所变动的，这有以下几点：

首先，前面提到的《某公》篇，通过"康熙抄本"的残卷来看，它应排在《快刀》《侠女》《酒友》《莲香》《阿宝》诸篇之前。但是，在铸雪斋本中它却排在《庙鬼》《陆判》《婴宁》至《祝翁》等十几篇作品之前，这十几篇作品均见于现存手稿本第一册（即以《考城隍》为首的一册）中，而《某公》篇却不在其中。此外，自铸本卷八《画马》篇起至卷九《沅俗》篇止的部分，章先生将它们划为作者原稿的第八册，其中却又夹杂有《云萝公主》《鸟语》《天宫》《乔女》《刘夫人》等篇，而这几篇亦均见于手稿本第四册中（即以《云萝公主》为首的一册）。因此，章先生所谓铸雪斋本"绝不将稿本这一册和另一册中的作品杂揉起来"的说法是不能成立的。

其次，我们可以看到，在铸雪斋抄本中，第四卷自《水灾》至《泥书生》共有16个短篇排列在一起；第九卷自《澂俗》至《陵县狐》连续有22个短篇；第十一卷自《某甲》至《衢州三怪》亦连续有9个短篇，而这些短篇，有的见于现存手稿本，有的却不见于手稿本。这种现象可以充分说明，抄写者曾经有意识地将此类短小的作品放在了一起。因此，在编次方面，铸雪斋本是不足为凭的。

铸雪斋本既然不能作为凭据，那么，手稿本又怎样呢？从康熙年间到手稿本的发现，其间经历了200多年，现存手稿本是否保留了作者的编次原貌呢？蒲立德在乾隆五年就说"《志异》十六卷"，那就有分成了十六册的可能性；刘滋桂在民国三年所刻《逸编本》的序中又说："同治己巳，先君需次教职，携桂至沈阳读书，有淄川蒲留仙先生七世孙价人砚庵氏精日术者，出其家藏《聊斋志异》全集二十余集，卷皮磨损。先君批阅，有未能锓梓者五十六条，按条录竣重为装璜璧还。"从这段话来看，手稿本似乎亦有所变动。将现存手稿本与康熙抄本相对较，说明手稿本还保留了作者编次原貌。我虽未见过"康熙抄本"，但骆伟先生在《〈聊斋志异〉版本略述》中有一段话可资论证：

康熙抄本

这是直接据手稿本过录的本子，分册情况、编目次序，与手稿本全同。文中避康熙讳，不避雍正、乾隆讳，纸张变黑发脆，显系康熙间抄本。很可能是蒲氏生前据手稿本过录的。

既然是康熙年间据手稿本过录的，那就可以以之来检验手稿本是否保留了原貌，结果是令人满意的。康熙抄本与现存手稿本重复者有两册，即以《考城隍》为首的一册和以《酒虫》（即手稿本中以《鸦头》）为首的一册。任笃行先生在《一函不同寻常的〈聊斋志异〉旧抄》中说：

> 这个本子的篇目，也同手稿本接近。卷一，前有高序、唐序、聊斋自志，它们的落款全同手稿本。此后是目录，首篇是《考城隍》，末篇是《猪婆龙》，共收文六十三篇。篇目全和手稿本相同。

这说明现存手稿本第一册并无变化，如有，则康熙抄本就不会与它保持一致，如果说两者都有变化，哪它们为什么又会完全相同呢？

任先生在同文中又说：

> 某卷（卷次不明），有目录，首篇是《酒虫》，末篇是《考弊司》，共收文六十六篇。与手稿本第三册对比，它缺少《鸦头》《孝子》《阎罗》三篇，余同手稿本。《魁星》和《潞令》在铸本总目中颠倒，这里与手稿本保持一致。

很明显，这一卷即是手稿本中以《鸦头》为首的一册，因为《鸦头》是最前面的一篇，《阎罗》是最后的一篇，脱落的可能性很大（也许抄写者所据手稿已脱落，后来手稿又重新补上）。《孝子》篇虽既不在前也不在后，但因为篇幅很短，有漏抄或故意抛弃的可能性，而此卷前的目录又是以后重新写的。那么，除此之外，其他的篇章则与手稿本相同。因此，通过这两册的对比就可推知，现存的四册手稿本，基本上保留了原来的面貌。

但是，即使手稿本无变动，也不能证明作者原稿就是按写作年代编次的，这有以下几条理由：

第一，如前所述，作者创作《志异》，虽然是有意识的，但却是无计划的。而《志异》的成书，又是一个漫长的过程，前后共四十多年。每写一册，长则需要十多年，短也需要两三年。在作者没有装订成册时，其中的某些篇章就不一定先写的在前，晚写的在后。

第二，蒲松龄虽然在《自志》中说自己"独是子夜荧荧，灯昏欲蕊，萧斋瑟瑟，案冷疑冰"，似乎全身心都扑到了《志异》的创作上了，而实际上是不可能的。因为在他南游为孙蕙幕宾时还说："他日勋名上麟阁，风规雅似郭汾阳。"（《树百问余可仿古时何人，作此夸之》）即使在他五十多岁时，还要参加科举考试，可见他的理想是要靠走科举的道路，干一番大事业的。因此，他只能"于制艺举业之暇"进行《志异》的创作，所以，作者只是"闻则命笔"或抽空创作，经过长期积累，等有了几十篇以后才将它们装订成册。那么，在散乱放置时，也有可能打乱原来的次序。

第三，生活负担的沉重，也使他不能完全致力于《志异》的创作。他不但要为人代笔撰文，与一些"无端而代人歌哭"的应酬文字打交道，而且还要出外坐馆以养家糊口。因此，有些作品写于馆东家中，有些则可能是在自己家里写成的。这样，当他装订成册时，也有可能打乱作品的前后次序。

第四，当《志异》装订成册时，作者每写一篇，其亲朋好友会向他索阅，特别是一些得意之作，作者更会主动地给别人传看。在传看时，可能有些晚写的篇章会早送回作者手中，而有些早写的作品却又可能晚送回来，这也有导致作品先后倒置的可能性。

第五，蒲松龄是将《聊斋志异》装订成册后送给王士禛看的，而现存手稿本中的王士禛评语又是作者的手迹，这说明王士禛写了评语将书稿寄回之后，蒲松龄又重新誊录了一遍。因此，《志异》的成书就会有草稿、未定稿、定稿三种，那么，在这个过程中，原来的创作次序会不会被打乱呢？

第六，章培恒先生认为《志异》的第一次编定当在康熙十八年春天，而康熙二十一年秋天又将前后所作重新汇为一册。如果这个推论成立的话，那么，作者在重新汇为一册时也有可能在第一册内部打乱原来的编次。

总之，仅靠现有的资料，是很难在编次问题上做出正确的结论的。现存手稿本中许多篇，如《水灾》的相差几年而以孝子归类，《猪婆龙》的重出等等，也都说明并非是严格按写作先后编次的。编次问题既难搞清，各册册次的先后次序问题也就不能下结论（第一册除外）。只有发现了所有的手稿，得以窥见手稿编次原貌之后，再有其他资料相互印证，那也许有可能做出较为合乎实际的判断。

　　最后需要解释一下《莲香》篇的问题。笔者在谈成书年代问题时，曾断言《莲香》篇是康熙二十一年以后写成的，在谈编次问题时却又认为册次难以搞清，这不是自相矛盾吗？其实不然。因为第一册有高序、唐序和作者《自志》为证，它是最早问世的一册已毫无疑问。如果《莲香》篇创作于康熙二十一年之前，作者在装订成册时是不可能不将它收入其中的。章培恒先生认为作者在康熙二十一年重编时，因为"其中若干篇写得还不够好，把它们删去了。"王枝忠先生则对此提出了异议。我认为，其他作品是否被删去，现在尚不得而知。但是，《莲香》篇却会有这种可能性。因为它是桑生传的"崖略"，相当于将"万余言"的长篇改编缩写为一两千字的短篇，有原作与之相对比，如果在艺术性上超不过原作，作者是不会罢休的。又因为该篇附有王士禛评语，所以，我认为它的问世最迟不会晚于康熙二十八年。

（原载《蒲松龄研究》总第 4 期）

聊斋志异梦释

《聊斋志异》这部短篇文言小说集，共有490余篇作品，其中竟有70多篇与梦有关。梦境手法的巧妙利用，对于人物形象的刻画及情节的发展等等，都起着十分重要的作用。甚至可以说，如果离开了梦，便不会有某些作品的产生。文学大师蒲松龄不仅"写鬼写妖高人一等，刺贪刺虐入骨三分"，而且还是描写梦境的神笔圣手。他用那枝生花妙笔，为读者创造出一个个扑朔迷离的"梦境世界"，写出了《狐梦》《续黄粱》等梦篇佳作。同时，那些有关梦态的描写，也反映了作者对梦的看法和观点，寄寓了某种社会理想。

一

《聊斋志异》中的许多作品都有着强烈的批判精神，而《续黄粱》《梦狼》诸篇，正是借助梦境，对封建社会中的贪官污吏进行了无情的揭露和批判。《续黄粱》篇是模仿唐沈既济的《枕中记》而写成的。但与《枕中记》相比，二者却又有很大的不同，它显然比《枕中记》的现实意义要深刻得多。《枕中记》虽然也讽刺了封建知识分子对功名富贵的追求，但其主旨却是要表现"人生如梦"的消极出世思想。《续黄粱》则不同，它是以无比的愤怒，对封建官吏进行了无情的鞭挞。其中写曾孝廉梦中当了宰相后，"擅作威福"，卖官鬻爵；"平民膏腴，任肆吞食；良家女子，强委禽妆"；"荼毒人民，奴隶官府，扈从所临，野无青草"。后因"龙图学士包"及"科、道、九卿交章劾奏"，加之干儿义子亦反颜相向，皇帝才将他抄没家产"充云南军"，在充军路上被冤民杀死，死后在阴间下油锅，上刀山，"痛苦不可言状"。并且阎罗王还将他生时贪污的321万钱熔化为汁灌入其口中,"流颐则皮肤臭裂,入喉则脏腑腾沸。生时患此物之少,是时患此物之多也。"地狱报应之后,又让他转生为女子与人作妾,被诬以因奸杀夫罪而被判凌迟处死。"执赴刑所。胸中冤气扼塞,距踊声屈,觉九幽十八狱,无此黑黯也。正悲号间",豁然而寤,原来却是一梦。在这个梦中,曾孝廉生平的所作所为,正是封建官僚罪恶行为的真实再现。而地狱报应的描写,虽然掺杂着某种迷信色彩,但如果透过它的表象,我们就会体味到:作者正是通过虚幻的梦境,借助地狱这种虚幻的力量,对贪官污吏进行无情的惩罚。

借助梦境描写来影射现实,早在唐代李公佐的《南柯太守传》中就有很好的表现,作者并在故事的结尾将封建官僚视为"群蚁"。蒲松龄正是继承了这种批判精神和以梦喻世的手法来揭露现实的黑暗。《梦狼》篇写白翁梦入其长子白甲衙署,只见群狼挡道,"堂上、堂下、坐者、卧者,皆狼也。"府中白骨如山,官衙以人肉充庖厨,其子白甲亦"扑地化为虎"。白翁醒后,便让小儿子去告诫白甲,结果白甲竟厚颜无耻地说:"黜陟之权,在上台不在百姓。上台喜,便是好官,爱百姓,何术能令上台喜也?"第二年白甲果因贿赂上司而升官,但在赴任途中却被"为一邑之民泄冤愤"的寇盗所杀。篇末异史氏曰:"窃谓天下之官虎而吏狼者,比比也——即官不为虎,而吏且将为狼,况有猛于虎者耶!"指出像白甲这种吃人的官吏在封建社会中是普遍存在的。而白翁的梦境,正是那种社会的一个具象化了的折光投影。此篇在表现手法上与《续黄粱》不同。《续黄粱》写曾孝廉所经历的一切都是在梦中,而《梦狼》却是现实与梦境相互映衬,以梦境喻现实,又以现实证梦境。但无论怎样,都体现了作者对现实的批判精神。令人惊喜的是,蒲松龄在这两篇作品中,都没有把惩办贪官污吏的希望寄托在皇帝身上,而是让被害的冤民将他们严惩。这表明作者对封建政治有着透彻的认识。

封建官吏,惟利是图,他们念念不忘的是"三年清知府,十万雪花银"。《饿鬼》篇写朱叟之子马儿因偶然凑巧,考试得优等。"六十余,补临邑训导。官数年,曾无一道义交。惟袖中出青蚨,则作鸱鹗笑;不则睫毛两寸长,棱棱若不相识。"生动地刻划出一个见钱眼开的封建官吏形象。在这篇作品中,作者正是利用朱叟的一个梦将马儿的两世联结起来,反映出这样的贪官都是前世里"贫而无赖"的"饿鬼"转生的,这是多么绝妙的讽刺啊！

诚然，《聊斋》中也有大量宣传迷信色彩的灵应之梦。然而，这从我们民族传统文化的角度出发，似乎从中也可窥见我们古人梦态心理的一斑。由于我国是一个古老的多民族国家，历史源远流长。从原始时代起，人们就对梦的产生感到不可思议，从民间传说到书籍记载，虽然众说纷纭，但大都将梦视为一种超自然的力量，认为它的产生是由于神鬼万物的灵魂在作祟。在后世的思想发展史中，对梦的解释便成了意识领域的一个重要组成部分，汇入了民族文化的长河。这条长河在奔流的过程中，虽然有些水分消失了，但却又汇入了更多的支流，故而民族文化越来越丰富，成分也越来越复杂。各个时代的作家，除受特定历史时代的影响外，也都不可避免地在不同程度上受到传统文化的影响，并且这种影响是被迫的而又是不自觉的，这恰如人在呼吸时，空气中对人体无用和有害的气体随着氧气一起进入肺脏一样。

二

相声《猜谜语》中有一个梦谜："只能一人做，不能俩人做，人人都能做，不能看着做。"极为恰切地概括了梦的特点。但是文学源于生活而又高于生活，它可以进行合理的夸张和虚构。因而文学作品中的梦与自然形态的梦又不尽相同，它已经由作家按照艺术规律和创作意图进行了合理的夸张和虚构，赋予了某种特殊意义。在现实生活中，是绝对不会有两个或几个人同时做一个内容完全相同的梦的，而文学中的梦则不然，它不仅可以俩人或几个人同时做一个内容完全相同的梦，而且还可以许多人同做一梦。

《王桂庵》与其附篇《寄生》，分别写了王桂庵父子曲折动人的爱情故事，而他们"父子之良缘"又是"皆以梦成"的。《王桂庵》篇的梦境虽异，但因与本节不符，故暂且置而不论。那么，我们就先看一下《寄生》篇吧。此篇写寄生爱慕姑家表妹闺秀，其父母请人作伐，但闺秀之父"以中表为嫌，却之"，于是寄生大病不起。媒婆欲将张五可介绍给他，寄生固辞。"一日，王孙沉疴中，忽一婢人曰：'所思之人至矣！'喜极，跃然而起。急出舍，则丽人已在庭中。细认之，却非闺秀，着松花色细褶绣裙，双钩微露，神仙不啻也。拜问姓名。答曰：'妾，五可也，君深于情者，而独钟于闺秀，使人不平。'王孙谢曰：'生平未见颜色，故目中止一闺秀。今知罪矣！'遂与要誓。方握手殷殷，适母来扶抚，蘧然而觉，则一梦也。"成婚后，寄生方知五可亦曾做此梦，并且"时日悉符"。在书中，作者对此梦作了在古人看来是较为合理的解释，那就是说，这种梦的产生是由于魂魄的作祟，即其中张五可所谓"后闻君亦梦妾，乃知魂魄真到此也。"但明伦评曰："此幅以'情种'二字为根，'离魂'二字为线。"此话可谓切中肯綮。蒲松龄在此篇中所要表现的正是一个"情"字。而由情致病，病而魂魄离体私下幽会，导致二人同做一梦。

在《聊斋志异》中，这种异地、同日、同时并且内容相同的梦，还有《凤阳士人》一篇。它写凤阳一士人"负笈远游"，本说半年即可还家，而十余月尚无音耗。其妻"翘盼綦切"，梦中为一丽人邀去，途中恰好与士人相遇，因士人与丽人通奸，被其妻弟三郎以巨石将头击破，其妻惊醒后发现原是一梦。后士人归来，三郎亦到，三人相述，所梦悉同。但明伦说："翘盼綦切，离思萦怀，梦中遭逢，皆因结想而成幻境，事所必然，无足怪者。适特三人同梦，又有白马证之，斯为异耳。"确实，此篇的奇异之处，就在于三人同梦。

三

从现实到梦境，从梦境到文学之梦，其间都存在着差异。弗洛伊德将文学创作称为作家的"白昼梦"。而自然梦态和"白昼梦"的差异就在于一是无意识地产生，一是有意为之。文学梦都是作家有意识地创作出来的，它比自然形态的梦更多理性化和幻想化的成分，它是经过作家的头脑加工过的"艺术之梦"。

在自然形态的梦中，人就有许多本身所不具备的特异功能，如有时会梦见自己腾空飞翔等等。这些奇异的现象，为作家开拓了想象的天地。他们利用梦的这种奇特性并加以虚构夸张，写出了一篇篇脍炙人口的"梦境"佳作。蒲松龄正是继承了梦境文学的表现手法，展开想象的翅膀，把读者带入一个个丰富多彩的梦的世界。

时间永恒，人生有限。在文学的梦境之中却往往打破时间的限制。历代文学作品中，许多描写天宫、仙境的作品，都表现了一种时间差异性，所谓"天上一天，人间一年"。而梦境与现实之间的时间差异性却与之恰好相反，是睡眠片时，而梦中能历一世或几生。《续黄粱》篇写曾孝廉在梦中由人间到地狱，又由地狱转生为人，历经沧桑，而现实中也不过酣睡了一觉而已。蒲松龄正是充分利用了梦境的这种时间凝缩性，把长久所历之事写得凝练集中，避免了作品结构的松散、拖沓之嫌。

借助梦境的描绘，还可突破空间的限制。人在文学梦中，可以上天堂、下地狱，行能片刻千里，止则倏忽一世，大至苍茫宇宙，小至蚁穴蜂窝，皆能来去自如，毫无阻隔。《莲花公主》篇写窦旭昼寝，梦中为一褐衣人邀至一处，只见"叠阁重楼，万椽相接"。国王与之属对并欲将公主配与为妻，因中途醒来，好梦中断，后又重续旧梦，梦中得配公主，又因巨蟒侵入，君臣欲举国迁徙至窦生家，窦虑住宅狭陋难容多人而"焦思无术"，顿然醒来，始知是梦。后来才发现"万椽相接"的梦中大国，原来却是邻翁旧圃中的一个蜂房，而"头如山岳，目等江海"的妖蟒，则是一条"长丈许"的大蛇。此类作品，无论写人梦入何种动物的巢穴，都按一定的比例使它们与人谐调一致。其中的自然环境显系现实中客观环境的变相移植，而动物与动物之间的比例却又不变。在实境中人大于蛇，蛇大于蜜蜂，而在梦中人却等于蜜蜂而小于蛇了。

与以上两点相联系，在文学梦中，人类也超越了生与死的界限。本来，人在自然梦态中就有一些奇异的现象，如有时会梦见自己被别人杀死或自己杀死别人，有时又会梦见已死之人复生等等，但实际上绝对不会是事实。而在文学梦中却被认为是真实的。《连琐》篇写女鬼连琐为一龃龉鬼所逼，便求救于杨于畏，杨"但虑人鬼殊途不能为力。连琐曰：'来夜早眠，妾邀君梦中耳。'"后来杨生与其友在梦中共同杀死了龃龉鬼。

在文学作品中，梦的神异之处还在于能够解决现实生活中的一些疑难问题，这突出地表现在破案方面。《老龙舡户》篇就是通过一个梦谜，破获了疑案，捉住了五十余杀人凶犯。

四

鲁迅先生在《中国小说史略》中评《南柯太守传》云："篇末言命仆发穴，以究根源，乃见蚁聚，悉符前梦。则假实证幻，余韵悠然。虽未尽于物情，已非《枕中》之所及矣。"《莲花公主》篇在结构上绝似《南柯太守传》，其篇末亦以蜂房证桂府，以大蛇证妖蟒。这种"假实证幻"、以此喻彼的梦境作品，读来确实感到"余韵悠然"，令人回味无穷。特别是那"万户千门"的桂府，与后面的实物相对映，便将蜂巢的那种神韵和盘托了出来。

郭沫若曾经在《批评与梦》中指出，文学作品中的梦境描写，必须有精密的梦前布置，才能令人感到真实可信。否则，"无论梦境如何离奇，愈离奇我们只好愈说它是失败之作。"《聊斋志异》中的许多梦篇佳作，都将入梦前的一切布置得合情合理。如《狐梦》篇先写毕怡庵的性格和为人，再点明楼上故多狐，并且毕"每读青凤传，心辄向往，恨不一遇。因于楼上，摄思凝想"，因想而梦，梦中得遇狐仙。确实是将入梦前的一切材料都布置得天衣无缝。

出梦与入梦相呼应，构成一个完整的梦境世界。入梦前只是酝酿一种气氛，让人物进入梦境。但虽已入梦，却又不明言点出，直到书中做梦者"蓦然醒来"，读者也随之恍然大悟，不禁为作者高超的技巧拍案叫绝。《凤阳士人》篇就是如此。它点出负笈远游的凤阳士人本来是说好半年当归的，但十余月竟无音耗，其妻自然是要"翘盼綦切"的。在这里，作者用短短的几句话，惟妙惟肖地刻划出一个日夜相思的闺中少妇的心理。更进一步，则通过"纱月摇影"的特笔点染，映衬出她的"离思萦怀"，构成一幅绝妙的"静夜相思图"。试想此时此际，独守空房的少妇自然是辗转反侧，难以入睡。故而作者故意以"方反侧间"而一笔宕开，故设迷阵，使读者不疑。接写有一丽人入内，"妻急起应之"并与丽人一起去寻夫。出门之后又以"并踏月色"一句回应前面的"纱月摇影"，以实掩幻，展开故事情节。直到士人妻被其弟三郎摔仆，顿然醒悟，"始知其梦"，读者至此，方知是梦。再回味其中景况，影影绰绰，似虚似幻，确实令人赏心悦目。

利用梦境来象征、隐喻现实，将丑恶的现象漫化化、具象化，可产生更加强烈的讽刺效果。作者在以现实与梦境交织而成的名篇佳作《梦狼》中，就充分使用了这种手法。白翁梦中之闻见，似虚却实；白甲头断又复生，是实却虚。在现实生活中，官吏化为虎狼，必无是理；白骨堆积如山，却是实情。虽然真不是梦，而梦却是真。真真假假，虚虚实实，以梦幻喻现实，生动地描绘出"官虎而吏狼"的封建社会。

梦的预示性，固然有某种迷信色彩，但它在作品中却往往是故事情节发展转换的重要契机。《王桂庵》篇的情节特色之所以历来为人们所称道，其中预示梦就起了相当大的作用。它写王桂庵南游之时，在江边遇一榜人女而一见钟情，后女与榜人离去，王桂庵"乃询舟人"，但"皆不知其何姓"，"返舟追之"，又"杳不知其所往"，沿江细访，亦无音耗，似乎是没有什么希望了。"逾年复南，买舟江际，若家焉。日日细数行舟"，"而囊舟殊杳，居半年，赀倾而归"。业已彻底绝望。笔势至此一收，而插以"行思坐想，不能少置"一语，随即逗入梦境："一夜，梦至江村，见一家柴扉南向，门内疏竹为篱，意是亭园，迳入，有夜合一株，红丝满树。隐念：诗中'门前一树马缨花'，此其是矣。过数武，苇笆光洁，又入之，见北舍三楹，双扉阖焉。南有小舍，红蕉蔽窗。探身一窥，则椸架当门，挂画裙其上，知为女子闺阁，愕然却退，而内亦觉之，有奔出瞰客者，粉黛微呈，则舟中人也。喜出非望，曰：'亦有相逢之期乎！'方将狎就，女父适归，倏然惊觉，始知是梦。景物历历，如在目前。"

此梦对于王桂庵来说，又带来了一线希望。但梦幻之难以凭信，恰如迷途海上的孤舟看到了蜃楼海市的幻景一样，给人以希望，又往往令人失望。然而，也正因为有了这一线希望，才使他不复再娶，继续寻找自己的意中人。"又年余"，王桂庵"再适镇江"，适有徐太仆招饮，"信马而去，误入小村，道途景象，仿佛平生所历。"只是一种似曾相识的感觉。当一旦发现"一门内，马缨一树，梦境宛然"之后，王桂庵才觉骇极。由于梦境与现实的巧合，使他在吃惊之余便有意识地"投鞭而入"了。可以设想，如无梦境的预示，他是不会贸然进入一个陌生人家的。而当这一点希望的火花在心中燃起时，他就再也控制不住自己了。而入门后所见"种种景色"又"与梦无别"，于是火花就变成了熊熊烈火。决心既下，毅然再入,"则房舍一如其数。梦既验,不复疑虑,直趋南舍,舟中人果在其中。"梦境预示并导致了理想的实现,而现实又证实了梦幻的灵异。在做梦之前,作者故意一收再收,不肯使一直笔,如"逆流冲舟,愈推愈远"。而在他做梦之后则又步步纵去,环环相扣,将梦中景物渐渐推出,以实应幻,推起波浪情节结构中的一个浪峰。

综观以上所述,可以看出在蒲松龄笔下梦境文学的多样性和复杂性。而丰富多变的艺术技巧的灵活运用,又是其作品得以成功的重要原因之一。《聊斋志异》描写梦境的成功经验,直至今日仍值得我们借鉴和吸取。

(原载《蒲松龄研究》1994年第1期)

"薛姑子"考释

上海古籍出版社1978年出版的"会校会注会评本"《聊斋志异》卷三中的《翩翩》一篇，叙述花城娘子至翩翩住处串门儿时，有如下一段精彩的对话：

一日，有少妇笑入，曰："翩翩小鬼头快活死！薛姑子好梦，几时做得？"女迎笑曰："花城娘子，贵趾久弗涉，今日西南风紧，吹送来也！小哥子抱得未？"曰："又一小婢子。"女笑曰："花娘子瓦窑哉！那弗将来？"曰："方鸣之，睡却矣。"

短短百余字的对话，既化用了民间俚言俗语，又运用了成语典故。蒲松龄在语言方面的造诣，确实达到了令人叹为观止的地步。然而，早在1980年春笔者初次阅读《聊斋志异》时，便对其中的"薛姑子好梦"一语产生了困惑。"薛姑子"究竟典出何处？清代为《聊斋志异》作注的吕湛恩注曰："未详。唐蒋防《霍小玉传》有'苏姑子好梦'之句。"其他两位评点家冯镇峦和但明伦对此则索性避而不谈。后来笔者又多次请教有关专家，他们的回答也是"不清楚"。对于这一问题，笔者已经耿耿于怀数十年。前不久又上网查询，却发现有位同好也提出了这一问题，但令人遗憾的是，这位网友所得到的答案却也是清人吕湛恩的注释。此处我们必须清楚，现存《聊斋志异》的几个版本中都是"薛姑子"，并无异文，不可能是唐代蒋防传奇《霍小玉传》中的"苏姑子"之误。

早在20世纪80年代中期，笔者初读丁耀亢的《续金瓶梅》时，便认为"薛姑子"应该典出该书。但因是孤证，又多有揣测成分，所以迟迟没有撰写成文。数月前，陈洪先生打来电话告知，为庆贺恩师朱一玄先生百年寿诞，南开大学文学院决定在《明清小说研究》出刊纪念专辑，希望我能写篇文章。近日，冯大建学弟又来电话催问。然而，多年来，除《红楼梦》之外，我甚少涉及其他中国古典小说的研究领域，不得已便将自己不成熟的想法草成小文，以此表示对朱先生的庆贺之情。不妥之处，还望方家批评指正。

在《续金瓶梅》第三回中写道：由于金兵来犯，再加村庄被劫，吴月娘便在老冯的建议下，带着老冯、玳安、小玉、孝哥等，投奔昔日观音庵的薛姑子处避难。"薛姑子因那年为她寺里引奸起衅，犯了人命，当官一拶，失了体面，城里庵子住不下了，躲了些时，后来众施主奶奶们，因这村里有个旧准提庵，日久招不住人，来的和尚都不学好，就请薛姑子来住。"后来，薛姑子请了邻近几个尼姑前来做解厄道场，有一个男扮女装的和尚也乘机带着另外两个尼姑到了准提庵。实际上，这男扮女装的和尚原本就是薛姑子的老相好，这次借机前来就是为了和薛姑子重修旧好。不料，当薛姑子和假尼姑通奸时，却被吴月娘的丫鬟小玉发现并告知了吴月娘，吴月娘便带着小玉等人离开了准提庵。在这里，薛姑子绝对是一个不守佛门清规戒律的淫荡尼姑，其主要劣行之一便是"偷人养汉"。

《聊斋志异·翩翩》的故事梗概是：男主人公罗子浮14岁时被"匪人诱去作狭邪游。会有金陵娼，侨寓郡中"，罗子浮"悦而惑之"。金陵娼返乡，罗子浮追随而去。"居娼家半年，床头金尽"，再加浑身长满癞疮，结果被"逐而出，丐于市，市人见辄遥避。自恐死异域，乞食西行。"幸亏途中遇到仙女翩翩，被带回其山洞中。在治好罗子浮的疾病后，翩翩便与罗子浮同居了。在这里，翩翩虽然与《续金瓶梅》中的淫荡尼姑薛姑子不是同一类人，但她与罗子浮的结合，却是既没有"父母之命"，也没有"媒妁之言"，更没有办理手续举行仪式，其性质其实也是在"偷汉子""养汉子"。所以花城娘子见到翩翩后便开了这么个玩笑。若翻译成现代汉语，花城娘子的这句话应该是这样说的："翩翩你这个小鬼丫头快活死了。你从什么时候开始，也像（《续金瓶梅》中的）薛姑子那样偷人养汉了？"

现有充分证据证明，蒲松龄是读过《金瓶梅》《西游记》等长篇小说的。他创作的俚曲《丑俊巴》残卷，便是写猪八戒因潘金莲而害相思的荒诞剧。然而令人遗憾的是，笔者从《聊斋志异》以及路大荒、盛伟二位先生编辑的两部《蒲松龄集》中，均未找到蒲松龄曾经读过《续金瓶梅》的相关证据。但即使如此，我们仍然应该相信这种可能性的存在。理由如下：

首先，丁耀亢生于 1599 年，卒于 1669 年。蒲松龄则生于 1640 年，卒于 1715 年。丁耀亢比蒲松龄大 41 岁。明末丁耀亢南游董其昌门下时，即已"文名藉藉"，顺治四年入京师后，更是名声大噪。曾经与蒲松龄有交往的文坛领袖王士禛，在其《池北偶谈》及《古夫于亭杂录》中，都记载着丁耀亢的逸闻轶事，证明丁耀亢在当时确实很有名气。并且，在《聊斋志异》卷八《紫花和尚》篇中开篇便言："诸城丁生，野鹤公之孙也。"丁耀亢号"野鹤"，蒲松龄称他为"野鹤公"，说明他对这位前辈乡贤不仅有所了解而且非常尊重。

其次，对于《续金瓶梅》的成书年代问题，虽然目前学术界还存有争议，但绝大多数却都认为它成书于顺治十七年。笔者也一直坚持这一看法，并曾写成题为《〈续金瓶梅〉成书年代考》的文章，发表于《社会科学辑刊》1996 年第 5 期上。笔者在文中说："《续金瓶梅》的绝大部分内容，都创作于丁耀亢赴惠安任途中，亦即顺治十七年初春至夏秋之交滞留杭州期间。自初秋至暮秋，在请人作序的同时又做过部分修改，离开杭州入闽之时，又交给书坊开雕。同年年底，便将书版带到了苏州，并交付陈孝宽为之刊行，此便是《续金瓶梅》的顺治刊本。"自幼便喜欢搜奇猎异的蒲松龄，无论南游宝应、高邮期间，还是在西铺毕家坐馆之时，都有条件见到并阅读《续金瓶梅》。尤其是在藏书颇丰的西铺毕家，更有这种可能性。因此，他在创作《翩翩》时，顺势借用《续金瓶梅》中薛姑子偷人养汉的故事作为用典，当也在情理之中。

（原载《明清小说研究》2011 年第 4 期）

发乎情，止乎礼义
——才子佳人小说的矛盾婚姻观

明末清初，是一个天崩地解异端之说纷起的年代。一大批较为进步的思想家们，对吃人的封建礼教进行了猛烈的抨击，并大胆地肯定人欲的合理性。在文学界，以汤显祖、笑笑生等人为代表，也勇敢地高举起"情"与"欲"的旗帜，公然与宋明理学相对抗。这一股进步的人文主义思潮，犹如势不可挡的狂涛巨浪，对于儒家的纲常名教无疑是一个很大的冲击。他们强烈要求个性解放的呼声，恰似裂空的春雷，震撼着每一个人的心灵，并引起了强烈的共鸣。

才子佳人小说的作者们，既然生活在那个时代里，自然也会不同程度地受到感染。他们被长期压抑的本能欲望，不时地在心胸中激荡着，使之必欲一吐为快。这就促使他们拿起笔来，热情地讴歌和赞美男女恋情。然而，他们又毕竟是一批自幼就循规蹈矩地苦读圣贤之书的封建文人：理学的烙印，早已深深地刻印在他们的头脑之中，儒家的正统思想已经流遍了他们身上的每一根毛细血管。虽然他们也体味到了男女间真诚相爱的甘美并对自己不幸的婚姻生活产生了强烈的不满情绪，但他们却无论如何也不敢冲破儒家纲常名教的藩篱去大胆地追求爱情。在"存天理，灭人欲"的理学思想熏陶下，他们必须坚决抵制和自觉防范"欲"的泛滥，尽最大可能把"欲"的成分从爱情中排除出去，并按照传统的道德标准去描写爱情，硬性地把"情"强拉到理学的道德规范之内，以"理"节"情"，按"理"言"情"，以调和"情"与"理"的矛盾。可以说，他们虽然讴歌"至情"，赞美"真情"，但实际上却不知道"情"为何物。他们虽然描写男女恋情，却时时不忘孔孟之道；虽然大谈风花雪月，却又离不开封建伦理道德。"情不贪淫何损义，义能婉转岂伤情。漫言世事难周到，情义相安名教成。"（《定情人》）这种以"道"制"欲"、以"理"节"情"的极端理性化的矛盾爱情婚姻观，是导致他们将自己笔下的男女主人公塑造成了"发乎情，止乎礼义"的最符合正统理学道德标准的"淑女"与"吉士"的最根本的原因。

在才子佳人小说中，那些谈情说爱的少男少女们的一大特征，就是表里不一，欲爱还休。他们一方面热烈而又执着地追求爱情，成为新的爱情观念的追求者；另一方面却又满口的道学言词，处处不忘以礼义自持，成为封建礼教的热心维护者。如在《好逑传》中，男主人公铁中玉的性格特征是深邃内藏、含而不露的，但他对水冰心的爱慕之情有时也会"飞腾动荡"起来。他在酒后对鲍知县倾吐真言时说："看见水小姐婷婷似玉、灼灼如花，虽在愤激之时而私心几不能自持。"这是他一段纯真火热的爱情流露。然而，作者却硬要用"一片冰心"使人物自镇于方寸中，代之以大段礼义名教的道理和一幅十足的道学先生面貌。这一对青年人在患难相助时产生了爱情，但他们虽然彼此倾心相爱，却又时时不忘伦理名教，不断地以"理"抑"情"，"情"愈深而贞洁自持之志愈坚。书中写二人深夜隔帘对饮，却"无一字及于私情"；虽然同处一室，却毫无苟且之情。顺从父母之命拜堂成亲后，却又异室而居，直到皇后亲自验明水冰心确系处女，才奉旨"真结花烛"。水冰心对他们的行为是这样解释的："始之无苟且，赖终之不婚姻，方明白到底；若到底成全，则始之无苟且，谁则信之！此乃一生名节大关头，断乎不可。"他们"宁失闺阁之佳偶，不敢做名教之罪人。"虽然他们认为爱情婚姻乃人生第一大事，但礼教的虚名却又比爱情婚姻更为重要。

综观所有的才子佳人小说，作者在塑造自己笔下的男女主人公时，都要掺入大量虚伪的封建名教思想，并且特别强调这些道德规范对人物的作用，使书中人物时常行动与心灵意念脱节，丰满的外表和干瘪的灵魂显得极不协调，既损害了形象，也损害了主题，并导致了婚姻观上的诸多矛盾。

在漫长的封建社会里，婚姻的缔结并不以男女双方的爱情为基础，而是决定于家族的利益和家长的意志。"父母之命，媒妁之言"的封建婚姻制度，千百年来不知扼杀了多少青年人的幸福和生命。才子佳人小说的作者们，在进步思潮的影响之下，顺应历史潮流的发展，明确提出了自己的新的婚姻观，并对以"父母之命，媒妁之言"为核心内容的包办婚姻流露出不满情绪。《玉娇梨》中的卢梦梨说道："……不知绝色佳人，或制于父母，或误于媒妁，不能一当风流才婿而饮恨深闺者不少。故文君既见相如，不辞越礼，良有以也。"正因为小说作者们清楚地认识到了封建婚姻制度的这种重大缺陷，所以他们才让自己笔下的男女主人公们按照自身意愿自择佳偶，主张青年男女要在互相了解、志趣相投的基础上相爱、结合。然而，当他们一旦从"情"的迷梦中醒过来之后，却又让那些怀春的少男少女们违心地说出了截然相反的话来。如《玉支矶》中的卜红丝，当其母征求她对婚事的意见时，她却板起面孔义正辞严地说道："女子三从，父在从父，今父命不知谓何？而为女子者，竟自适人，虽民间嫁娶，亦不敢行，何况卿相之家乎？且于榜眼不榜眼，风流不风流，孩儿不问也。"出尔反尔，欲爱还休，既要按照才、情、貌的爱情婚姻标准自择佳偶，又要"作万古名教风流榜样"。(《金云翘》)作品中人物形象的这种双重对立性格，正是作者摇摆于"情""理"之间的矛盾婚姻观所造成的。

为了调和这种矛盾，才子佳人小说的作者们异想天开地塑造了一大批与《西厢记》中的老夫人、《牡丹亭》中的杜宝等顽固父母截然不同的开明家长和君主形象。他们已经不再是青年男女追求幸福爱情的对立面，而是和他们站在一起，成了新思想、新事物的支持者和保护者。鲁迅先生在《中国小说的历史的变迁》中说："才子佳人之遇合，就每每以题诗为媒介。这似乎是很有违于'父母之命，媒妁之言'的，但到团圆的时节，又常是奉旨成婚，我们就知道作者是寻到更大的帽子了。"才子佳人小说作者这种处理矛盾的方式，一方面说明了他们要求争取追求爱情的合理性，另一方面也说明了他们反对封建婚姻制度的软弱无力和不彻底性。

在封建时代，"门当户对"是支配男女青年婚姻的又一传统观念。封建家长在考虑自己子女的婚事时，起决定作用的往往不是他们之间的爱情，而是对方的家庭地位和财产。而才子佳人小说作者们所宣扬的择偶标准，却是才、情、貌三者的统一。他们认为："若论门户，时盛时衰，何常之有，只要其人当对耳。"(《定情人》)应该说，这种进步主张，是与传统的门第观念背道而驰的，也是值得肯定的。但从作品的具体描写来看，绝大多数作品却仍然未能跳出"门当户对"的框框。其中的才子与佳人都要有一个良好的出身：男的必是谢世清官的后裔，只是父亲居官清廉且又早逝，而未给儿子留下遗产，也无贵戚可攀，致令他们"只剩下四海一空囊"；女的都是退隐林下的廉洁重臣之女，其父虽已不在其位，但却仍然颇有势力。他们所谓的不求门楣，只不过是主张"忠奸不联姻，善恶不结亲"而已。从表面上来看，他们是主张以才取人的，但才的实际内容，还是在于能否考取功名。佳人之所以肯嫁那些落难才子，也是因为她们深信才子是终非久居人下之人而有翱翔皇路之日的。

与此相联系，才子佳人小说作者所歌颂的那种爱情，自然不可能冲破阶级的藩篱。他们所描写与宣扬的"怜才爱才"的爱情选择，也没有超出封建阶级的政治、经济基础所能容许的界限。书中的男女主人公，都是封建地主阶级家庭中有教养的一代青年。他们的择偶寻偶，还只是限定在他们那个阶级的范围之内。佳人不会下嫁一般平民百姓，才子也不可能娶村姑仆女为妻。更有甚者，有些才子还把一般仆女当成玩物来发泄自己的性欲（《英云梦》等）。小说作者对此不但不加谴责，反而还当成风流韵事加以描写，流露出他们的低级趣味。

才子佳人小说作者们一方面为妇女的不幸鸣不平，主张男女在爱情上应该互相尊重，平等相处，彼此之间应该对爱情坚贞不渝；但另一方面却又露骨地赞美一夫多妻制。一个才子总是赢得几个才女的共同爱慕与追求，最后都以多妻共夫、众美事一为结局。综观现存的才子佳人小说，大都肯定和赞扬这种一夫多妻的爱情婚姻关系。《情梦柝》的作者惠水安阳酒民似乎颇不以为然，故而他通过书中男主人公胡楚卿之口说道："人生在世，一夫一妇，是个正理，不得已无子而娶妾。若薄幸而二色者，非君子也。"令人深感遗憾的是，胡楚卿却是一个言行不一之人，他后来既娶了沈若素，又娶了秦蕙娘，还是落入了"拥双艳"的俗套。

男子要娶妻娶妾，就必须要求女子贤淑不妒。这样妻妾相安，和平共处，才能让他们在左拥右抱的糜烂生活方式中深刻地体会到家庭的温暖。才子佳人小说的作者们，都清楚地认识到了佳人不妒不醋的重要性，因而贤淑不妒也就成了佳人的重要条件之一。他们声称："未有妒悍之妇可称为美人者。"（《女才子书》）更有一些贤淑的佳人，不仅不妒不醋，反而还主动促成丈夫的双美同娶，比如《归莲梦》中的莲岸、《麟儿报》中的幸昭华、《春柳莺》中的毕临莺等等。在《宛如约》中，当佳人赵如子打算替才子司空约与赵宛子订约时有一段心理活动，颇能表白佳人们的苦衷："我之怜才与人之怜才无异，我既属意司空，焉能使赵小姐不属意司空？若使司空因我而拒绝赵小姐，则何异司空因赵小姐而弃称于我。况他朱门，我蓬户，已大相悬，所恃者才耳，才既不可恃，而才已矣。今感司空虽不变心，然人情变态多端，焉知今日之不变，能保后日之终不变哉？变而再加，收拾晚矣！莫若就才美之情义而约以双栖，不独赵小姐遂心，而司空之喜可知矣。"可见女子的贤淑不妒，不过是她们用来保全自己、取悦丈夫的一种手段而已。这条衡量佳人的标准，如果按照现代性爱的观点来看，那简直是荒唐到了极点。但才子佳人小说的作者们却乐此而不疲，津津乐道于二美同栖的所谓"风流韵事"，并堂而皇之地为才子的这种不合理行为寻找借口，将此称为"才联班谢，义结英皇"的美行。认为女子不贞为"淫"，她们不但不能同嫁二夫，即使夫死改嫁也是绝情绝义的禽兽行为；而男子不贞却为"趣"，可以双美同娶甚至妻妾成群。这种落后保守的爱情婚姻观，已经把女子放到了一个完全不平等的地位上，是对其天性的残酷扼杀。

  总而言之，才子佳人小说作者们大都出身寒门或已经衰落了的旧族大家，家资仅足温饱甚或更差一些。钟鸣鼎食的富贵生活是他们梦寐以求的理想佳境，登上理想之巅的唯一通道又是科举考试，所以他们虽然在万般无奈的情况下创作爱情故事，但却始终不忘把科举放在一个十分重要的位置上。而自幼苦读圣经贤传，又使他们不知不觉中接受了传统的封建教义。正是由于他们这种阶级的、历史的及思想的局限性，导致了其爱情婚姻观上的诸多矛盾，故而它的进步意义也是有限的。我们在研究才子佳人小说时，既不能给予它过高的评价，也不能忽视它在中国小说历史的发展中所起的进步作用，忽视它应有的历史地位。

（原载《传奇百家》创刊号）

《红楼梦》的作者就是曹雪芹

——与赵国栋同志商榷

自从《红楼梦》问世以来，其作者到底是谁的问题，曾不止一次地发生过争议，尤其是在20世纪80年代戴不凡先生提出此问题时，更是引发了一场前所未有的大辩论。最近，赵国栋同志又发表了《〈红楼梦〉作者新考》一文（见《河南大学学报》1990年第2期），提出"《红楼梦》作者不是曹雪芹，而是曹𫖯"的观点。这种勇于探索的精神，确实令人深为感佩。但笔者在将"赵文"反复拜读了几遍后，对其说法却颇不以为然，故而不揣冒昧地撰成此文，以就教于各位大方之家，并兼与赵国栋同志商榷。

一

赵国栋同志从《红楼梦》开卷第一回中的"作者自云"入手，将《红楼梦》作者的有关情况概括成五点，然后又依据有关曹雪芹家世生平的一些材料，概述了曹雪芹的性格和经历，并将两者加以对比。他首先将曹雪芹的卒年定于"壬午"（1763）除夕或"癸未"（1764）除夕，再根据敦诚悼念曹雪芹的"四十萧然太瘦生"和"四十年华付杳冥"两句诗，推算出"曹雪芹当生于公元1723年或公元1724年左右"，并由此得出以下论断："此时正是曹家败落之时。所以曹雪芹没有经历过'锦衣纨袴，饫甘餍肥'的豪华生活，更没有什么'天恩祖德'仰赖，也更不可能'忽念及当日所有之女子'。这是曹雪芹与《红楼梦》'作者'的第一不符合之处。"

凡是读过"赵文"的人大概都已注意到，赵国栋同志在曹雪芹的生年问题上作了回避。众所周知，有关曹雪芹的生年问题，学术界还存在着不同的看法，尚无最后定论。据徐恭时先生统计，目前共有12种说法，但比较重要的有两种：一是1715年，即康熙五十四年乙未；一是1724年，即雍正二年甲辰。赵国栋同志显然是抛开了"乙未"说而采用了"甲辰"说，故而就得出了所谓的"曹雪芹与《红楼梦》'作者'的第一不符合之处"。为了弄清这个问题，笔者打算就曹雪芹的生卒年问题，做一番必要的表述：

曹雪芹生于"甲辰"年的说法，是由周汝昌先生首先提出来的。他依据敦敏《懋斋诗钞》中的《小诗代简寄曹雪芹》一诗编于"癸未"年，而敦诚挽曹雪芹的诗又是"甲申"年开岁的第一首，便将曹雪芹的卒年定于"癸未除夕"。虽然有关曹雪芹的卒年问题目前亦尚未统一，但周先生的这一推论有根有据，笔者亦基本同意这一看法。然而，周先生由此出发，又依据敦诚的"四十萧然太瘦生"和"四十年华付杳冥"两句诗，由癸未年上推40年，得出了曹雪芹生于甲辰雍正二年的结论。我虽然同意周先生关于曹雪芹卒年的定论，却不同意他对曹雪芹生年所做出的推论。这是因为：首先，敦诚诗句中的"四十年华"可能是为了诗句的韵律问题而泛词举其成数，曹雪芹不一定整整活了40岁；其次，敦诚的诗句与曹雪芹另一友人张宜泉在《伤芹溪居士》一诗中所云"年未五旬而卒"的话不统一；再次，曹雪芹生于"甲辰"年的说法只是一种泛泛的推论，他到底生于哪一年？没有其他更可靠的材料作为佐证；最后也是最重要的一条，是在《刑部为知照曹頫获罪抄没缘由业经转行事致内务府移会》这份档案材料中有"既据查明伊子曹頫现今在京，又无家属可以着追"一段话，由此可以看出，曹頫既无家属，曹雪芹就不会是他的儿子。因此，关于曹雪芹生于哪一年的问题，我同意王利器先生提出的"乙未"说，即曹雪芹是曹颙的遗腹子，出生于康熙五十四年（1715），这不仅与张宜泉诗中小注所说的"年未五旬而卒"相吻合，且有康熙五十四年三月初七日曹頫上康熙皇帝的奏折相佐证，比"甲辰"说要有力得多。

在这里，也许有人会说，张云章《朴村诗集》卷十的七律诗《闻曹荔轩银台得孙却寄兼送入都》一诗，亦可证明曹雪芹生于康熙五十年，因为这也是曹寅得孙的有力佐证。但是，笔者细审了几份重要资料，认为康熙五十年曹寅所得的这个孙子绝不会是曹雪芹，这是因为：第一，如果曹雪芹生于康熙五十年，且又卒于乾隆二十八年，那就与张宜泉所说的"年未五旬而卒"出现了矛盾；第二，如果曹颙真的在康熙五十年生了个儿子且又没有夭折，那么曹頫就不会在康熙五十四年三月初七日的奏折中说出"将来幸而生男，则奴才之兄嗣有在矣"的话了。因此，虽然康熙五十年曹寅曾经得孙，但也许那个小孩已然早夭，抑或是个女孩，否则，曹頫奏折中的那番话就毫无道理了。

为了更好地解决问题，笔者不得不节外生枝，拉拉杂杂地谈了一番曹雪芹的生卒年问题。现在言归正传，看一看曹雪芹的经历和性格是否与《红楼梦》的作者相符吧！

上文谈及，曹雪芹出生于康熙五十四年（1715），到雍正六年（1728）曹家被抄时，他已经是一个十几岁的大孩子了。在这十几年间，他随其叔父曹頫在江宁织造任上，自然还是过着那种"锦衣纨绔，饫甘餍肥"的豪华富贵生活。当然也会与许多"行止见识皆出于我之上"的女子生活在一起。怎么能说他"没有什么'天恩祖德'仰赖"，也更不可能"忽念及当日所有之女子"呢？

雍正六年曹家被抄后，曹頫随即同"其家属回京"，曹雪芹亦应于这一年来到北京。后来，当他"庐结西郊""著书黄叶村"之时，已经穷得"举家食粥酒常赊"了。这难道不算是"生活贫困，茅椽蓬牖，瓦灶绳床"吗？在"锦衣纨绔，饫甘餍肥"的豪华生活中生活了十几年的曹雪芹，被抄家之后便落入了贫困的深渊，他自然会怀有"难言之隐"。在万般无奈的情况下，他便将自己亲历亲闻的事情，"编述一集"，写出了"字字看来皆是血"的千古巨著《红楼梦》。虽然他在开卷第一回的"作者自云"中表明自己乃忏悔曾"背父兄教育之恩，负师友规谈之德"，以致"风尘碌碌，一事无成"，实际上却是发泄对封建君主的强烈不满情绪，但又迫于封建专制的淫威，只得将"真事隐去"，用"假语村言"，并编造了一个"补天"的神话故事，以图掩人耳目，也就是脂砚斋所谓的"画家烟云模糊处"。试问赵国栋同志，曹雪芹的经历有哪一点与《红楼梦》的作者不符合呢？

赵国栋同志所说曹雪芹与《红楼梦》作者的第二个不符合之处是性格方面。他首先认为《红楼梦》的作者乃是书中男主人公贾宝玉的原型，继而将他"爱混在脂粉队里，且有种种'不肖'行为"的性格与曹雪芹好友张宜泉及敦氏兄弟在诗中所刻划的曹雪芹那种"爽朗、豪放、豁达,很有浪漫气质"的性格作了对比,得出了二者绝非一人的结论。然而,在这里,赵国栋同志却将作品中的人物形象与现实生活中的人来划等号,这本来就是很不应该的(此问题留待后文详谈),他居然还来做对比。退一步说,即使贾宝玉的原型就是曹雪芹,那么一个人随着年龄的不断增长,其性格也会发生各种变化,更何况曹雪芹自被抄家之后,其生活环境发生了翻天覆地的变化,他的性格又怎能不发生变化呢?难道已经成人的曹雪芹还能和小时候的曹雪芹完全一样?难道那个过着"锦衣纨绔,饫甘餍肥"生活的曹雪芹还能与"举家食粥酒常赊"的曹雪芹完全一样?在中国文学史上,像苏洵、陈子昂等那样前后性格判若两人的文学家又岂止一人?!难道你能说那个曾经放荡不羁的陈子昂与后来那位豪气干云、忧国忧民的陈子昂不是一个人吗?因此,赵国栋同志所作的这一番所谓的性格对比,也是难以站得住脚的。

二

赵国栋同志在将曹雪芹的生平经历及性格与《红楼梦》作者(甚至贾宝玉)作了对比后,又以"脂批"为依据,将其中一些有关的评语加以归纳,得出了如下结论:"脂批中的'作者'亦非指曹雪芹,曹雪芹只对《红楼梦》作了整理、增删。""《红楼梦》的评点者脂砚斋常常提到'作者',也提到过'雪芹''芹溪''芹',但脂砚斋从未将'作者'与'雪芹'两个概念混为一谈。在脂砚斋的笔下,'作者与雪芹是两个截然不同的概念,凡牵涉到书中描写处,脂砚斋即提出'作者'或'石头'。凡牵涉到增、补、诗词创作处,脂砚斋才提到雪芹。"在推出以上论点之后,赵国栋同志便列举了数条脂批,来证实自己的推论。因限于篇幅,本文不再将这些脂批一一重列,仅就几条必须商榷者,与赵国栋同志作一番探讨。

首先,在《红楼梦》第一回中有一条脂批:"这是第一首诗后文香奁闺情皆不落空余谓雪芹撰此书中亦为传诗之意(甲戌侧批)。"赵国栋同志亦引用了这条批语,但他却将后边的两句断句为:"余谓雪芹撰此。书中亦为传诗之意。"我觉得，如此断句是讲不通的。因此我非常同意吴恩裕先生的看法，即"为"字当系"有"字之误，且应将此句读为："余谓雪芹撰此书，中亦有传诗之意。"（参见吴恩裕《有关曹雪芹十种》）既如此，脂砚斋不是已经明说"雪芹撰此书"了吗？可见赵国栋同志之所以认为只有"牵涉到增、补、诗词创作处，脂砚斋才提到'雪片'"，是因为他在为脂批断句时存有了先入之见，故而没能很好地理解这句话。除此之外，"赵文"所列脂批，断句错误者还有第十三回中的一条："读五件事未完，余不禁失声大哭，三十年前作书人在何处也？"（庚辰眉批）这条脂批的最后一句应断为"三十年前，作书人在何处也"才对。如果按前一种断句，那就成了"三十年前的作书人在何处"了，似乎批书人在写这条评语时，《红楼梦》已经问世30年了，而且其作者亦已不在人世了。这与赵国栋同志所说脂砚斋即《红楼梦》作者的说法亦是非常矛盾的。所以我认为，在"三十年前"后断句，再与《红楼梦》正文相联系，便可作如此理解：批书人写此批时，曹家被抄已30年左右，而曹雪芹借王熙凤之口所举宁府五弊，正是曹家之通病，批书人见作者看得如此深透，感佩不已，便在失声大哭之后，大发感慨：30年前未被抄家之时，你这位作书人又在哪里呢？你当时为什么不说出这一番话来呢？其遗憾追悔之意，溢于言表。因为当时的曹雪芹还很年轻，自然不会干预家政，而即使干预，那时他也看不到这些弊端，只不过成年之后，痛定思痛，才得出了这番教训罢了。而从这一段批语亦可看出，《红楼梦》的作者绝不是脂砚斋，否则他就不会说这番话了。若认为如此断句没有道理的话，我们不妨再用十三回中的另一条脂批来印证一下："旧族后辈受此五病者颇多，余家更甚，三十年前事见书于三十年后，今余想恸血泪盈。"（甲戌眉批）由这条脂批即可看出，凤姐所分析的宁府五弊，乃曹家30年前之事，30年以后，批书人又从《红楼梦》中看到了，而"凤姐分析宁府弊端"这一段，又是写成于曹家被抄的30年后。

赵国栋同志还列举了第十三回中的"秦可卿淫丧天香楼，作者用史笔也。老朽……姑赦之，因命芹溪删去"（甲戌回后批）一段话，提出"假如曹雪芹是'作者'，脂砚斋怎能'命'他删去？"的反问。实际上，这个问题很好回答，因为脂砚斋或畸笏叟本是曹雪芹的父辈，且有迹象表明他们亦参与了《红楼梦》的创作，作为"合作者"或"父辈"，自然能

"命"曹雪芹删去了。反过来我亦欲问，如果《红楼梦》的作者是脂砚斋，他为什么不自己将这一段删去，反而要命曹雪芹删去？他既然"秉刀斧之笔"写出了这一段"其言其意则令人悲切感服"的文字，为什么又命别人给他删去？我们由此亦可看出，《红楼梦》的作者就是曹雪芹，他只不过是在创作及修改增删的过程中采纳了脂砚斋等人的一些建议而已。

赵国栋同志以第一回中的"知眼泪还债，大都作者一人耳，余亦知此意，但不能说得出"（甲戌眉批）一段话为据，说"脂砚斋从未将雪芹与'作者'联在一起，倒是爱将自己与'作者'并列。令人感兴趣的是，明明说只有'作者'一人知道，脂砚斋却'亦知此意'，脂砚斋提到雪芹处，往往是增、删或诗词创作。"然而，对于上面这条脂批中的"亦"字，不知赵国栋同志作何解释？而脂砚斋将"作者"与自己并列，也没有明言他就是作者。至于说到《红楼梦》中的诗词创作，那更是众所周知的。《红楼梦》中的诗词大都与作品内容密不可分，尤其是第五回中的判词，则更是伏下了书中所有重要人物的命运，与作品的整体构思和布局是一个有机的统一体。怎么可能是诗词出自曹雪芹之手，而其他文字则出于脂砚斋之手呢？这显然是令人难以信服的。

对于第一回中的"若云雪芹披阅增删，然后（则）开卷至此这一篇楔子又系谁撰？足见作者之笔，狡猾之甚。后文如此处者不少。这正是作者用画家烟云模糊处，观者万不可被作者瞒弊（蔽）了去，方是巨眼"（甲戌眉批）一段脂批，赵国栋同志作了如下解释：

"若说（仅有一个）曹雪芹进行了整理（没有作者），那么，开头的楔子又是谁写的？（可见作者还是有的）。读者可不要被'作者'蒙骗了。"我们仅看一看赵国栋同志在括弧中所加的话，就可看出他对这条脂批的理解，是带有主观随意性的！

赵国栋同志指出，要正确地理解第一回中的"书未成，芹为泪尽而逝"（甲戌眉批）这条脂批，"关键是'泪尽'与'哭成'两个概念"。他认为，"'哭成'之'成'"也只能理解为'补成'。若理解为'作成'更加证明曹雪芹不是《红楼梦》的作者。"他以庚辰本二十二回回后的"此回未成而芹逝矣，叹叹！丁亥夏，畸笏叟"为例，提出"若理解为'作成'？那么二十二回后的文字是谁作的？"的反问。可是，赵国栋同志在此却忘了一件事：曹雪芹创作了《红楼梦》后，又"于悼红轩中，披阅十载，增删五次"，这里的"成"字，亦可理解为"改成"。而且"脂批"亦已证明，一些章回中有暂时写不出来的地方，曹雪芹都是暂缺，而继续创作后面的部分。如第七十五回的"缺中秋诗，俟雪芹"（庚辰本回前批），便可证明此点，此条亦可对赵国栋同志的提问作出答复。二十二回以后的文字，亦出自曹雪芹之手，根本不存在别人所作的问题。

赵国栋同志还曾断言："纵观所有的脂批，没有一条能说明曹雪芹就是《红楼梦》的作者。脂砚斋也从未将'作者'与曹雪芹混为一谈。"但如果我们静下心来，仔细地将脂批通读一遍，就会发现赵国栋同志的说法根本不符合实际情况。前举"余谓雪芹撰此书，中亦为（有）传诗之意"一段脂批，因有断句方面的争议，且将之弃而不顾，但《红楼梦》第一回中的一段话却可以与有关脂批相印证，证明《红楼梦》的作者就是曹雪芹，现将这段话摘录于下："空空道人……改《石头记》为《情僧录》。东鲁孔梅溪则题曰《风月宝鉴》，后因曹雪芹于悼红轩中披阅十载，增删五次，纂成目录，分出章回，则题曰《金陵十二钗》……"上面一段话使我们首先知道，《红楼梦》的另一个名字是《风月宝鉴》，也就是说，《风月宝鉴》就是《红楼梦》，而脂砚斋就在"题曰《风月宝鉴》"的后面加批云："雪芹旧有《风月宝鉴》之书，乃其弟棠村序也。"这不已经点明曹雪芹即是《红楼梦》的作者了吗？其次，正文中谓"雪芹披阅十载"，而在"甲戌本"的《凡例》中又有"字字看来皆是血，十年辛苦不寻常"的诗句，这"十年辛苦"，正是指的"披阅十载"。可见赵国栋同志所说"没有一条脂批能说明曹雪芹就是《红楼梦》作者"的说法，是不能成立的。

三

在彻底否定了曹雪芹的《红楼梦》著作权之后，赵国栋同志又进一步提出了《红楼梦》的"真正作者"应该是谁的问题。他还是从第一回中的"作者自云"入手，指出《红楼梦》的"作者，第一，必须是书中'本事'的经历者；第二，须是贾宝玉之原型。"赵国栋同志抛出论点后，接着就列举了数条脂批并与其他材料相参照，得出了《红楼梦》的作者应是脂砚斋，而脂砚斋就是曹雪芹的父辈曹頫的结论。

我们看到，赵国栋同志从一开始，就一直在作者经历、性格及贾宝玉原型方面大作文章，而其主要依据又是《红楼梦》第一回中的"作者自云"和脂批。因此，为了更好地探讨《红楼梦》的作者问题，就必须解决以下几个问题。

首先，《红楼梦》是一部文学作品，虽然它是以曹家为素材而创作出来的，但却不是曹家史实的直接抄录，而是经过了作者的改造和加工。我们若按照赵国栋同志的论证逻辑去一一对照，势必有许多事情对不上号，诸如曹頫过继为曹寅之子等。而且，曹雪芹早在《红楼梦》第一回中就已明言：书中所写，乃是他"亲睹亲闻"之事，所谓"亲睹"，也就是他亲身经历的事情，而"亲闻"之事，却有可能是他从脂砚斋、畸笏叟甚至其他人口中听说的。众所周知，文学素材既有直接的，也有间接的，如果作家必须事事亲自经历，那么文学史上也就不会有那么多以历史为题材的作品了。更何况脂砚斋、畸笏叟等人亦曾直接或间接地参与了《红楼梦》的创作，他们有时发表自己的意见和看法，以供曹雪芹作为参考，甚至还态度坚决地"命芹溪删去"，有时也许会拿起笔来写上一段。明乎此，对于第二十二回中的"凤姐点戏，脂砚执笔事，今知者聊聊（寥寥）矣，不怨夫"（庚辰眉批）一段脂批，也就可作如下解释了："《凤姐点戏》（这一部分），（是由）脂砚斋执笔（写成的），现在知道此事的人已经不多了，不怨夫！"

接下来要解决的是贾宝玉这个人物形象和他的原型问题。我们知道，文学形象与现实生活中的人不同，他源于生活而又高于生活，其中含有作家的理想和虚构成分。虽然在写到贾宝玉时脂砚斋曾多次点到"写余幼年事"，但他从来也没有将贾宝玉当成自己，相反却时时提醒读者，说贾宝玉是"今古未见之人"，并在第十九回中就贾宝玉形象发表了一大段妙论："按此书中写一宝玉，其宝玉之为人，是我辈于书中见而知有此人，实未目曾亲睹者。又写宝玉之发言，每每令人不解；宝玉之生性，件件令人可笑；不独于世上亲见这样的人不曾，即阅今古所有之小说传奇中，亦未见这样的文字。……"脂砚斋在此已经明确指出，只有在《红楼梦》中才能见到贾宝玉这样的人物，而在现实生活中却是"实未目曾亲睹者"。可以说，贾宝玉这一文学形象，是作者用来观照世界、探索人生，表达自己思想感情的理想的化身。其原型不仅是曹雪芹，而且还有脂砚斋、畸笏叟甚至其同时代的许多人。他是现实生活中的许多人物与作家理想相互融合的产物。如若不信，请看下面的一条脂批："不肖子弟来看形容。余初看之，不觉怒焉，盖谓作者形容余幼年往事，因思彼亦自写其照，何独余哉？信笔书之，供诸大众同一发笑。"（第十七回至十八回庚辰侧批）由此不难看出，曹雪芹在书中所写的许多事情，不仅他自己曾经历过，而且还是批书人的"幼年往事"。假如按照赵国栋同志的推论，脂砚斋即是《红楼梦》的作者，那么他自己写自己的"幼年往事"，又何必对自己"不觉怒焉"？这从情理上是讲不通的。并且，此处语义非常明显，批书人与作者绝对不是一人，"余"即批书人，那位"彼亦自写其照"的"作者"则是另一个人，这也从另一角度证明了脂砚斋绝不是《红楼梦》的作者。

第三个需要弄清楚的问题，是"脂批"到底出于一人之手还是出于几人之手。本来这是一个早已解决了的问题，但由于赵国栋同志在他的文章中未加分辨地加以引用，故笔者在此不得不重申一遍。众所周知，现在我们所说的脂批，并非单指脂砚斋一人的评语，而是泛指脂评系统的所有评语，其中大多数评语并未署名，而只有极少数署有批书者名字的评语中，除脂砚斋以外，较重要者还有畸笏叟、松斋、梅溪、常村（棠村？）等，甚至还有许多评语是后人添加的。如果仅从语气上来看，脂砚斋和畸笏叟都有可能是曹雪芹的父辈，那么他们二人到底谁是曹頫呢？尤其是对于后人添加的评语，则更应该仔细分辨。赵国栋同志在文章中所引用的第二十一回庚辰本回前总批的那首诗，从语气上看便是后人所写（或此本的过录者所为），所谓"茜纱公子情无限，脂砚先生恨几多"，并非脂砚斋"公开将'茜纱公子'与'脂砚先生'相提并论"，"确指自己是贾宝玉"，而是后人在传抄或阅读《红楼梦》与脂批时，对于曹雪芹与脂砚斋等人的成功合作感佩不已，便随手写下了这首赞美诗。诗作者之所以单提脂砚斋而未及畸笏叟等人，是因为早期的《红楼梦》抄本在《石头记》前都冠以"脂砚斋重评"等字样。诸如此类的例子还有第一回中的"今而后惟愿造化再出一芹一脂，是书何本（幸），余二人亦大快遂心于九泉矣。甲午八日（月）泪笔"（甲戌眉批）。对于以上两条脂批，明眼人一看便知，它们绝非出于脂砚斋之手，如是，他怎么会说出"脂砚先生"和"再出一芹一脂"的话来呢？搞清楚了这个问题，赵国栋同志所得出的"在这里，脂砚斋借'客'之口，说出了一个秘密：他既是《石头记》的评注者，又是《石头记》的作者"这一推论也就不驳自倒了。

我们看到，赵国栋同志对于二十一回庚辰回前总批中"有客题《红楼梦》一律"的"客"和二十七回甲戌侧批中"有客曰"的"客"及二十八回甲戌侧批中"昨阻余批《葬花吟》之客"的"客"很感兴趣，并将之视为一人，认为就是脂砚斋自己。笔者前面已将二十一回庚辰回前批断为后人所写，此不赘述。但须声明一点，此处的"客"与二十七回和二十八回中的"客"绝非一人，而二十七回中的"客"与二十八回中的"客"却为同一人无疑。为行文方便，有必要将这两条脂批抄录于下："余读《葬花吟》至再至三四，其凄楚感慨令人身世两忘，举笔再四不能下批，有客曰：'先生身非宝玉，何能下笔，即字字双圈，批词通仙，料难遂颦儿之意。俟看玉兄之后文再批。'噫唏，阻余者，想亦《石头记》来的，故停笔以待。"（第二十七回甲戌侧批）"不言炼句炼字词藻工拙，只想景想情想事想理，反复追求悲伤感慨，乃玉兄一生天性，真颦儿不知已（己）则实无再有者。昨阻余批《葬花吟》之客，嫡是玉兄之化身无疑。余几点金成钱（铁）之人，笨甚笨甚！"（第二十八日甲戌回前批）以上两条脂批中的"客"即为一人，而脂砚斋之所以说他"想亦《石头记》来的"，"嫡是玉兄之化身无疑"，并非说他就是贾宝玉，而是赞他与宝玉一样，都是"性情中人"。此外，从这两条脂批亦可看出，"先生身非宝玉"，证明脂砚斋既非宝玉原型亦非《红楼梦》的作者。他在评批二十七回中的《葬花吟》时，因大受感动，以致"举笔再四不能下批"。听了客人的劝阻后，便"停笔以待"，他要等待什么呢？那就是"玉兄之后文"。第二天，他看到二十八回后，便大发感慨，大骂自己"笨甚笨甚"，并对"昨阻余批《葬花吟》之客"深表感佩。试想，假如脂砚斋真是《红楼梦》的作者，他又何必"俟看玉兄之后文再批"？不知赵国栋同志对此作何解释？

赵国栋同志在考出了《红楼梦》的作者即脂砚斋之后，又将有关曹頫的零星史料与贾宝玉相比附，得出了脂砚斋即曹頫的结论。这种将现实生活中人与作品中人物形象对号的做法本不足取，更何况即使将曹頫与贾宝玉相对比，亦有许多不合之处。这个问题本文已经述及，此处不再重复。但在这一部分，笔者却发现了赵国栋同志的一个自相矛盾之处：他在文章的前半部分，曾将曹雪芹的生年定于"公元1723年或公元1724年左右"，但在此却又为了表示自己的谨慎小心，说曹頫与曹雪芹"当为叔侄或父子关系"。但我仔细想来，如说雪芹是曹頫之侄，那么他就只能是曹颙之子，而且绝不会出生于1723年或1724年左右，因那时曹颙已去世近十年了，死人岂能生子?！如说他生于1723年或1724年，那么他就只能是曹頫之子，但却又无史料证明曹頫有子，且亦与裕瑞等人所云"其（雪芹）叔"不合，这真叫人不知如何是好！试问赵国栋同志在此作何选择？

四

令人感兴趣的是，赵国栋同志在文章一开始，就利用袁枚《随园诗话》中"康熙间，曹练亭为江宁织造……其子雪芹撰《红楼梦》一书，备记风月繁华之盛"一段话，批驳了胡适的"大胆假设"并提出了疑点。在文章的最后一部分，他又对这段话加以分析，认为"袁枚与明义相识（他的诗集里没有明义的诗），而明义又与雪芹之好友敦氏兄弟'相识。按说，大家彼此之间都是朋友，又是同时代人，袁枚决不可能将曹雪芹误为曹寅之子。"然而，在此我却要问，既然"都是朋友"，而曹寅又是名士，袁枚却将曹楝亭的"楝"字写成"练"字，他又怎会"决不可能将曹雪芹误为曹寅之子"呢？这难道也是袁枚"不便明说出来"的吗？

为了论证"曹雪芹之所以被误为《红楼梦》的作者"的"复杂原因"，赵国栋同志还虚构了一段颇富传奇色彩的文字，说什么"由于曹頫是'钦犯'，所以他不敢出面"，"曹雪芹没有卷入过政治斗争，也没有什么名气，又是曹頫的合作者，以曹雪芹代曹頫，不会引起朝廷注意。"然而，殊不知曹家被抄之后，曹雪芹自然也成了朝廷罪人，他当时的处境与曹頫是一般无二的，更何况当时文网密布，朝廷可不管你是否有名气，一旦发觉《红楼梦》中有碍语，便会一概治罪。再说曹頫即使自己贪生怕死，也不会让自己的子侄（按赵国栋同志所定雪芹生年应为其子）曹雪芹去甘冒风险，万一雪芹真的被杀头，一个60多岁自称"老朽"的人让一个40来岁的亲人当了自己的替死鬼，自己也成了一个老年丧子（侄）的不幸之人，"黄叶未落绿叶落"，"白发人送黑发人"，这比他自己死了不是更为不幸吗？这于情于理都是大大讲不通的。

更为有意思的是，赵国栋同志为了证明"由于政治原因，当时一些人或知道作者是曹頫却不敢说真话，只好说是曹雪芹"的推论，居然以永忠、明义、袁枚三个人的记载为依据而加以论证。袁枚的话前已述及，此不赘述，但永忠与明义的话却必须一辩。永忠明明写了《因墨香得观〈红楼梦〉小说吊雪芹姓曹》三绝句，而明义在《题红楼梦》诗的《小引》中亦明言"曹子雪芹"撰《红楼梦》一部，白纸黑字，言之凿凿，赵国栋同志却视而不顾，硬要说他们二人"都知道曹頫是《红楼梦》的作者，只是为了障人耳目，才让曹雪芹出面。"并以为他们均与曹頫相识。既如此，永忠又怎会说出"可恨同时不相识"的话来？我以为，永忠得读《红楼梦》时，曹雪芹已经去世，这有"吊雪芹姓曹"的"吊"字及永忠诗作于1768年为证。至于他诗中所说的"曹侯"，一是为了诗句的韵律，二是为了表示敬意，并非特指官职而言。

综观所有的脂批，根本就没有一条说脂砚斋是《红楼梦》的作者，虽然有几条将作者与批者并列，但都语义明显，非指一人，诸如"作者一生为此所误，批者一生亦为此所误"（二十一回庚辰夹批），"作者与余实实经过"（二十五回甲戌侧批），"作者得三昧在兹，批书人得书中三昧亦在兹"（二十八回甲戌眉批）等等。总之，无论以何为依据，都只能说明曹雪芹就是《红楼梦》的作者，他出生之时，亦正是曹家日趋衰落之时，"外面的架子虽未甚倒，内囊却也尽上来了。"故脂批亦几次强调："作者之意原只写末世。"（第二回甲戌侧批）"才自精明志自高，生于末世运偏消"的判词，正是曹雪芹的自我写照。

我既认为曹雪芹是《红楼梦》的作者，也不抹杀脂砚斋等人的功劳，他们既是《红楼梦》的最早的评批者，又曾直接或间接地参与了作品的创作。但即使如此，《红楼梦》的著作权还是应该归属于曹雪芹，没有曹雪芹，就不可能有《红楼梦》。

（原载《北方论丛》1991年第3期）

也谈《红楼梦》的作者问题

——与徐缉熙先生商榷

《红楼梦学刊》1991年第一辑发表了徐缉熙先生的《也揭〈红楼梦〉作者之谜》（以下简称《也揭》）一文，对《红楼梦》的著作权问题提出了自己的意见和看法。他认为："先是曹𫖯因有感于家庭和自身的兴衰际遇、离合悲欢、立意寻踪蹑迹，把自己所经所历、所见所闻，写成了一部'实录其事'的书稿。但可能他自感才力不足，对自己写的东西也不满意，又深知曹雪芹的文才远胜自己，所以把这部手稿交与雪芹，让他重新改写。在这过程中，他可能和雪芹随时商讨切磋，可能还有许多曹家的旧人为雪芹提供素材，或提出种种创作建议。曹雪芹则在此基础上加以重新创作。雪芹每写完一稿，曹𫖯都帮忙批阅、誊抄，并随时加上自己的批语，其他的批阅的人也纷纷加上批语。这样几经反复，几经增删，才成为后来的《红楼梦》。"早在20世纪70年代末至80年代初期，戴不凡先生就曾提出：《红楼梦》一书，是曹雪芹"在石兄《风月宝鉴》旧稿基础上巧手新裁改作成熟的。"学术研究，贵在勇于探索。当年，戴不凡先生的文章刚一发表，便即引发了一场围绕《红楼梦》著作权问题的大辩论。时至今日，徐缉熙先生勇于面对重重困难而重新提出这个问题，并认真地进行了一番探索。这种知难而进的治学精神，实令笔者感佩不已。然而，笔者将《也揭》反复阅读几遍之后，却发现其中亦有不能令人信服之处。故而不揣谫陋，写成此文，提出自己的几点异见，以就正于徐先生及各位专家。

徐先生破解"《红楼梦》作者之谜"，是从小说开宗明义的那一段"作者自云"入手的。他说："'作者自云'四字白纸黑字写着，谁也更改不了。这篇自白，显然也不是什么小说家言，而是一段披肝沥胆的大实话。"《也揭》通过这段"披肝沥胆的大实话"，对"作者"的特征做了简要概括后，接着便又罗列了十余条"脂批"，作为"'作者自云'的注释或佐证"，以证明"脂批常常称贾宝玉为石兄、玉兄，又常暗示这石兄、玉兄亦即作者"，"书中的石头——'假'宝玉，也即上述那位'自云'的'作者'的化身"，"他就是书中的宝玉的原型"。

笔者认为，现今所见的所有脂批，总计共有数万余言，其中提及石兄、石头、作者及宝玉的评语，情况也是较为复杂的。有一些评语，确实常常将四者并举，但"常常"却不等于"总是"；另有一些评语，则明白无误地表明了四者之间的差异，即作者不同于宝玉，而宝玉又不同于石头或石兄。谓予不信，请看以下两条脂批：

此二语不独观者不解，料作者亦未必解，不但作者未必解，想石头亦不解，不过述宝、林二人之语耳。石头既未必解，宝、林此刻更自己亦不解，皆随口说出耳。若观者必欲要解，须自揣自身是宝、林之流，则洞然可解；若自料不是宝、林之流，则不必求解矣。万不可记此二句不解，错谤宝、林及石头、作者等人。（己卯本第二十回夹批）

非作者为谁？余又曰：亦非作者，乃石头耳。（甲戌本第五回侧批）

《也揭》为了证明其"宝玉实为作者之化身"这一论点，便只列举了几条所谓"暗示这石兄、玉兄亦即作者"的批语作为论据，而对其他一些不利于自己的评语却弃而不顾，如此做法，不免略有材料唯我所用及以偏概全之嫌。笔者认为，批书人虽然"常常"戏称作者为石兄、玉兄，甚至还将自己或作者比做贾宝玉，那也只不过是因为自己喜爱这一人物形象或者由于这一人物形象的某些方面与自己相似而已。在世界文学史上，许多作家都曾因为喜爱自己所塑造的人物形象而用以自比。郭沫若在创作了《蔡文姬》后就曾说过："蔡文姬就是我。"福楼拜亦曾声称："我就是包法利夫人。"难道我们可以据此而得出郭沫若是蔡文姬的原型，包法利夫人是福楼拜的化身的结论吗？

与以上问题相联系的，就是《红楼梦》中贾宝玉这一文学形象的原型问题。《也揭》曾经一再强调，那位"自云"的作者，"就是书中的宝玉的原型"。对于徐先生的这一观点，笔者自也难以苟同。所谓原型，是指作者在塑造人物形象时所依据的现实生活中具有某种特征的真实的人。他可以是某一个人，也可以是几个人甚至许多人。正如鲁迅先生所说过的那样："一是专用一人"；"二是杂取种种人，合成一个。"贾宝玉这一文学形象，显然属于后一种情形，这从脂批中亦可找到证据：

> 不肖子孙来看形容。余初看之，不觉怒焉，盖谓作者形容余幼年往事，因思彼亦自写其照，何独余哉？信笔书之，供诸大众同一发笑。（庚辰本第十七回至十八回侧批）
>
> 不言炼句炼字辞藻工拙，只想景想情想事想理，反复追求悲伤感慨，乃玉兄一生天性，真颦儿不知已【己】则实无再有者。昨阻余批《葬花吟》之客，嫡是玉兄之化身无疑。余几点金成钱【铁】之人，笨甚笨甚！（甲戌本第二十八回眉批）
>
> 作书者曾吃此亏，批书者亦曾吃此亏，故特于此注明，使后人深思默戒。脂砚斋。（庚辰本第四十八回夹批）

批书人在此已经明确指出：《红楼梦》中的许多故事情节，不仅仅是批书人的"幼年往事"，而且作者也是"自写其照"。贾宝玉这一人物形象的生活原型，并非"专用一个人"，而是包括"批书者""作书者"及"昨阻余批《葬花吟》之客"在内的许多人。

"己卯本"第十九回有一条夹批云："按此书中写一宝玉，其宝玉之为人，是我辈于书中见而知有此人，实未目曾亲睹者。又写宝玉之发言，每每令人不解；宝玉之生性，件件令人可笑；不独于世上亲见这样的人不曾，即阅今古所有之小说传奇中，亦未见这样的文字。"批书人看得极为清楚，说得甚为深透，贾宝玉这一人物形象，是一个具有独特个性的典型人物，他既不是小说作者的化身，其原型也不是某一个特定的人。《红楼梦》毕竟只是一部小说，而非什么"照实直录"的信史。作者虽然曾经声称"俱是按迹循踪，不敢稍加穿凿"，但亦曾言"将真事隐去"，"用假语村言敷衍出一段故事来"。我们若是按照考证历史的方法将现实生活中的人物和小说中的人物去对号，那是绝对得不出一个正确的结论来的。

《也揭》认为：如果曹雪芹"是曹颙的遗腹子，当生于 1715 年。曹家被查抄，举家迁送北京，是雍正六年，即 1728 年。这时的曹雪芹才是个十二三岁的童子，别说曹寅在世时那种玉堂金马的生活他不可能经历，即使是曹寅死后康熙竭力保全曹家的那段日子包括曹颙生前的那段日子，他也没能赶上。曹頫在雍正二年上的奏折中,已有'其余家口妻孥,虽至饥寒迫切,奴才一切置之度外,在所不顾'的话,可知此时的曹家已是十分艰难、凄惨的了。"而"我们现在有充足的理由可以断定,小说所描写的贾府的极盛时期的生活背景是曹家的曹寅时期。"

对于《也揭》的这一观点,笔者不仅不能苟同,而且意见恰恰相反:曹雪芹若是曹颙遗腹子,当然赶不上曹家的曹寅和曹颙时代,但《红楼梦》一书,却并未描写贾府的极盛时期,而是描写了封建大家族的末世光景。这从小说本身和脂评中,亦可找到许多证据。在《红楼梦》第二回中,有一段冷子兴与贾雨村的对话:"冷子兴叹道:'老先生休如此说。如今的这宁荣两门,也都萧疏了,不比先时的光景。'……雨村道:'去岁我到金陵地界,因欲游览六朝遗迹,那日进了石头城,从他老宅门前经过。街东是宁国府,街西是荣国府,二宅相连,竟将大半条街占了。大门前虽冷落无人,隔着院墙一望,里面厅殿楼阁,也还都峥嵘轩峻;就是后一带花园子里面树木山石,也还都有葱蔚洇润之气,那里像个衰败之家?'冷子兴笑道:'亏你是进士出身,原来不通!古人有云:"百足之虫,死而不僵。"如今虽说不及先年那样兴盛,较之平常仕宦之家,到底气象不同。……如今外面的架子虽未甚倒,内囊却也尽上来了。'"众所周知,曹家的极盛时期,乃是曹寅时期。而冷子兴对贾雨村演说荣国府时,贾宝玉方才"七八岁",那时的贾府,便已然"萧疏了",已经是一个"外面的架子虽未甚倒,内囊却也尽上来了"的"衰败之家",这与曹家最为鼎盛煊赫的曹寅时期,又怎能对得上号呢?

《红楼梦》第五回中,探春的判词是:"才自精明志自高,生于末世运偏消。"王熙凤的判词中亦有"凡鸟偏从末世来"一语。"末世"二字,"白纸黑字写着,谁也更改不了"。可见作者着眼之处,旨在描写"末世"。其他诸如第六回中凤姐对刘姥姥告艰难时说的"不过借赖着祖父虚名","不过是个旧日的空架子",第五十三回乌进孝进租时贾珍与乌进孝的那一番对话等等,无一不是封建大家族末世光景的写照。由此亦可反证一点:曹頫在雍正二年所上奏折中的那一番话,只不过是将自家"如今"衰败之时的情况与"先年"极盛时期相比较而言罢了,这与凤姐对刘姥姥的告艰难,可说是同一道理。试想堂堂的江宁织造,怎么可能"十分艰难"而又"凄惨"了呢?"如今虽说不及先年那样兴盛,较之平常仕宦之家,到底气象不同。"用刘姥姥的话来说，就是："瘦死的骆驼比马大，凭他怎样，你老拔根寒毛比我们的腰还粗呢！"连"平常仕宦之家"都难以与之相比，那么平常老百姓则更难望其项背了。

除小说本身之外，还有几条脂批，也有力地证明了《红楼梦》一书乃是描写贾府之末世的这一观点。第二回中，在"如今的这宁荣两门，也都萧疏了，不比先时的光景"句旁，"甲戌本"有侧批云："记清此句，可知书中之荣府已是末世了。"

同回在"当日宁荣两宅的人口也极多，如何就萧疏了？"句下，"甲戌本"侧批曰："作者之意原只写末世，此已是贾府之末世了。"

第十三回"靖藏本"回前批曰："此回可卿梦阿凤，作者大有深意。惜已为末世，奈何奈何！"

我们从小说本身和脂评中所找到的这些证据，已经足可证实《红楼梦》并未描写贾府的鼎盛时期，而是旨在"写末世"这一论断。《也揭》作者在索解"《红楼梦》作者之谜"时，可曾注意到笔者所列举的那些证据吗？如果注意到了，那么您对它们又将如何解释呢？

当然，徐先生之所以说"小说所描写的贾府的极盛时期的生活背景是曹家的曹寅时期"，也自有他自己的一番道理。他之所以做出这一论断，是因为他"从小说本身和脂评中"找到了"很多证据"。那么，现在我们就看一下，这些"证据"是否能令人信服吧。

"甲戌本"第十六回回前总批有云："借省亲事写南巡，出脱心中多少忆昔感今。"对于这条批语，《也揭》作者做了如此解释："这条批语说明二点：一是省亲的背景材料是康熙南巡和曹家接驾，这当然是曹寅时的事；二是作者经历过南巡时的盛况，所以才要'出脱积于心中的忆昔感。'"（按：脂批原文应是"忆昔感今"，徐先生此处引文有误，漏掉一个"今"字。——笔者）愚以为，对于这条脂批，可做如下几种解释：首先，"借省亲事写南巡"一语，因其中有一"写"字，其主语自然是指作者无疑。但"出脱心中多少忆昔感今"一语，其主语却既可看作作者，亦可看作批书人，如此便可将这两句话解释为：作者借省亲事写南巡，出脱批书人心中多少忆昔感今。其次，即使这两句话的主语都是指作者而言，那么亦可如此理解：曹雪芹创作《红楼梦》时，有些素材是他"亲见"的，有些则是他"亲闻"的。现在有迹象表明，脂砚斋、畸笏叟等人，都曾直接或间接地参与了《红楼梦》的创作，他们有时提出参考意见，有时提供生活素材或者部分现成的文字资料，甚至有时还会亲手写上几段，……这一情节也许便是出自他们之手。与此相联系，第十七至十八回在"这些太监会意，都知道是说'来了，来了!'"句旁批道："难得他（写）的出，是经过之人也。"这条脂批，亦可作如是解：一是这段描写系出自脂砚斋或畸笏叟之手，故而批书人说"是经过之人也"；二是此处并未特指这"经过之人"是见过南巡或接驾，而只是说他经过诸如此类的大场面。假如曹雪芹在江南生活时期或在其亲戚家（诸如平郡王府等），亦见过此类大场面，那也可说他"是经过之人也"。

《也揭》为了证明"作者经历过南巡的盛况"这一论断，引了《红楼梦》第十六回中赵嬷嬷对贾琏和王熙凤所说的那段话作为"明证"，说作者在曹府接驾之时，"大约也'才记事儿'吧"。为行文方便，我们不妨将这段话抄录如下：

> 凤姐笑道："若果如此，我可也见个大世面了。可恨我小几岁年纪，若早生二三十年，如今这些老人家也不薄我没见世面了。说起当年太祖皇帝仿舜巡的故事，比一部书还热闹，我偏没造化赶上。"赵嬷嬷道："嗳哟哟! 那可是千载希逢的! 那时候我才记事儿，咱们贾府正在姑苏扬州一带监造海舫，修理海塘，又预备接驾一次，把银子都花的淌海水似的!"……

由这段话我们不难看出，贾府当年接驾之时，贾琏与王熙凤因晚生了"二三十年"，所以都"没造化赶上"，身为贾琏乳母的赵嬷嬷，那时候也"才记事儿"。《也揭》曾经一再强调，那位"自云"的作者，"就是书中的宝玉的原型"，"宝玉实为作者之化身"。果真如此，那么请问，既然身为宝玉之兄的贾琏和身为宝玉之表姐（或二嫂）的王熙凤都"没造化赶上"那次接驾的盛况，那位"身为作者之化身"的贾宝玉又怎能经历过呢? 赵嬷嬷是贾琏的乳母，贾宝玉十多岁时，她却已经"老了"，当年贾府接驾之时，她只不过"才记事儿"，而比他小几十岁的宝玉之"原型"的作者，居然"那时大约也'才记事儿'"，这又如何能够解释通呢?

《也揭》的第二和第五条证据是："在小说中，贾政之长女成了皇妃；

在生活中,是曹寅之长女做了王妃","元妃的生活原型就是那位做了平郡王福晋的曹寅长女","曹寅实是小说中的贾政的生活原型。小说描写贾政'素性潇洒,不以俗务为要,每公暇之余,不过看书下棋而已。'这种品性,恰似曹寅。《永宪录续编》说曹寅'有诗才,颇擅风雅'。"我们看到,《也揭》在论证问题时,往往将小说中的人物形象与现实生活中的人漫加比附。而在将这些人物互相对号时,却又只是抓住人物性格的一个方面或一件事,硬性地将他们等同起来。比如曹寅"有诗才,颇擅风雅"这句话,恐怕用在许多人身上都是颇为恰当的。难道现实生活中的张三"有诗才",某部小说中的李四亦"有诗才",他们就一定是同一个人吗?

"庚辰本"第十三回有眉批云:"'树倒猢狲散'之语,今犹在耳,屈指三十五年矣。哀哉伤哉,宁不痛杀?"徐先生认为:"这里特别值得深究的是'屈指三十五年'这个数字。大家知道脂批中还有好几处提到'三十年'这个数字。"接下来,《也揭》便列举了提到"三十年"这个数字的几条脂批,并对其起讫年代做了如此推算:"三十五年这个数字,理应指批书人从听曹寅说'树倒猢狲散'这句俗语起到写上述批语止,已三十五年。这句话既是曹寅生前说的,则不会迟于1712年(康熙五十一年)。当然曹寅也不会到临死这一年再说这句话。假如这句话是曹寅生前四五年说的,那么从曹寅亡故的1712年到批书人写上述批语时正好是三十年(即三十五年减去五年)。换句话说,三十年这个数字,很可能是以1712年为界线的,这也合乎情理,因为曹寅之死,对曹家来说确也是一个重要的转折点。1712年以前,即曹寅生前,就是批语中所谓的三十年前的往事。而创作《红楼梦》及写脂批的年代,则是1712年以后的三十年即1742年前后或更往后的事。"

笔者认为,"三十五年"或"三十年"这两个数字,确实是一条重要线索。但"它起于何年,止于何时?"究竟应该如何推算?在这一点上,我认为《也揭》的上述推论也是难以令人信服的。"庚辰本"第二十四回有眉批云:"余三十年来得遇金刚之样人不少,不及金刚者亦不少,惜书上不便一一注上芳讳,是余不是心事也。壬午孟夏。"《也揭》也曾引用此条脂批,但不知徐先生是有意还是无意,竟然略去了"壬午孟夏"这个批书人加批时所署的日期。本来,只要按照这个日期,由此上推三十年,就可得出一个很好的结论。但《也揭》却偏要舍简求繁,在那里又加又减地推来测去,结果得出了"脂批中所谓三十年前的往事,是指曹寅时期的事"这一结论。

笔者的推论结果是:"壬午孟夏",应是乾隆二十七年(1762),由此上推三十年,则是雍正十一年(1733)。又因脂批中提到"三十年"时,都是约言"三十年前"或"三十年来",唯有"三十五年"却是"屈指"而算,可见它并非约数。我们如果亦从乾隆二十七年(壬午,1762)"屈指"上推"三十五年",发现此年正是雍正六年(1728)。曹家被查抄,举家迁送北京,恰好就在这一年。这一年,也正是曹家由盛到衰的重要转折点。这到底是偶然的巧合?还是批书人另有深意?回答自然是否定前者而肯定后者。愚以为,曹寅生前,确实常将"树倒猢狲散"这句俗语挂在嘴边。而雍正六年曹家被查抄并举家迁送北京,正是"应了那'树倒猢狲散'的俗语",所以批书人在三十五年后忆及此事,便禁不住写下了"哀哉伤哉,宁不痛杀"的痛心之言。

《也揭》的论据之四,便是一句"谁曾经过?叹叹!——西堂故事"(甲戌本第二十八回侧批)等几条脂批,证实"产九台灵芝日的西堂故事,当然是家庭隆盛时期的事,这只可能是曹寅时的事,而决不可能是'树倒西堂闭'以后的事。正因为如此,经历过的人才会有忆昔抚今、不堪回首的悲叹,乃至作书人、批书人都见不得一个'西'字。"笔者认为:首先,即使小说中写了一些曹寅时的事情,而曹雪芹又没赶上曹寅时代,但脂砚斋、畸笏叟等人却都曾经直接或间接地参与了《红楼梦》的创作,书中偶尔出现一些曹寅时的事情,又有什么值得大惊小怪的?难道他们不能为曹雪芹提供一些创作素材吗?有些事情(如"西堂故事"等等)曹雪芹虽没见过,难道他也没听说过?即使书中偶尔写到曹寅时的事,也不能仅仅凭此就说《红楼梦》是描写了曹家隆盛时期的事。因为脂批早已明言:"作者之意原只写末世。"其次,"甲戌本"第二回有侧批云:"'后'字何不直用'西'字?恐先生堕泪,故不敢用'西'字。"从语气上来看,这条脂批系出两人之手。现在我们可以肯定,前边的问话,绝非出自作者之手,而后边的回答,却在两可之间,或许是另外一个批书人代作者作答,也许是作者自己所做的回答。但无论哪一种情况,也都无关紧要。假定它是出自作者之手,那么我们可以看到,他之所以在此处不"直用'西'字",是因为他担心那位批书的"先生"堕泪。徐先生所谓"作书人、批书人都见不得一个'西'字"云云,却将"作书人"与"批书人"混为一谈了。因为"见个'西'字就要掉泪"的,是"批书人"而非"作书人"。徐先生索解"《红楼梦》作者之谜"的动因之一,便是由来已久的"赶繁华说"。他之所以绕来弯去地罗列各种"证据",目的无非就是要证明"《红楼梦》所描写的贾府的极盛时期是以曹府的曹寅时期作为生活背景的。而后者是曹雪芹不可能亲身经历的"这一论断,从而进一步证实"这位作为'个中人''过来人'的'自云'的'作者',并非指曹雪芹,而是另有其人。"这个人是谁呢?徐先生"查来查去,只有一个人够格,就是曹頫。"其理由共有四条:(一)曹頫"从小为曹寅收养,并得到曹寅夫妇痛爱","对曹頫来说,曹寅夫妇恩重如山。曹頫正式入嗣,也是康熙旨意","所以康熙对曹頫,也确实是'天恩浩荡'。可见,正是曹頫所受'天恩祖德'特别深重"。(二)"曹頫作为钦定的嗣子,从康熙到曹府上下自然都对他寄予很大的期望,但是曹家恰恰又是在他手里败落的。这虽不是、或不全是他的过错,但他心中产生负罪感,也是很自然的事。"(三)"曹頫是真正经历过一番梦幻的","他既有过'锦衣纨袴之时,饫甘餍肥之日',又最终过着茅椽蓬牖、瓦灶绳床的生活,对于兴衰际遇、离合悲欢的感受,比任何人更为深切。""这过来人,当然不可能是曹雪芹,而只能是曹頫辈。"(四)"脂批说:'盖作者实因鹡鸰之悲,棠棣之威,故撰此闺阁庭帏之传。''鹡鸰之悲,棠棣之威'这八个字放在曹頫身上最为合适。'鹡鸰之悲'当指曹颙之早亡","'棠棣之威'当指那位做了王妃的姐姐从小对曹頫的惯坏和教诲。""'鹡鸰之悲,棠棣之威'放到曹雪芹身上,都难以落实的。"

但凡读过《也揭》一文的人大概都已注意到,该文在论证问题时的重要方法之一,便是将书中人物与现实生活中人"对号",诸如"曹寅即贾政之原型","宝玉即作者之化身"等等。但在列举以上几条证据时,却又一反常态,再也不"对号"了。这是因为,若再继续一一对号,必然会自相矛盾,难以自圆其说。谓予不信,我们不妨按照其奇特的论证方式对对号看:曹頫乃曹寅之养子,贾宝玉却是贾政之亲子;曹頫正式入嗣承袭织造之职,皆是康熙旨意,贾宝玉却既未承皇帝之旨意过继给他人为子,也没有承袭任何官爵,倒是贾赦、贾珍等人袭了官职,难道他们亦是曹頫之化身不成?曹家是在曹頫手中败落的,而贾府确实在贾政、贾珍手中败落的,"所受'天恩祖德'"特别深重的是他们,"心中产生负罪感"的也应是他们。生活中的曹寅时代正是曹家的鼎盛时期,而小说中的贾政时代,却是贾府的衰败时期,甚至还遭了抄家之难,曹寅又岂能是贾政的生活原型!……如此一一对起号来,《也揭》的立论不就不攻自破了吗?

诚如《也揭》所言,曹頫确曾"真正经历过一番梦幻","他既有过'锦衣纨绔之时,饫甘餍肥之日',又最终过着茅椽蓬牖、瓦灶绳床的生活。"但这些话若用在曹雪芹身上难道就不合适了吗?曹雪芹在江南生活了13年之久,虽然那时的曹家已呈衰败之象,但"较之平常仕宦之家,到底气象不同"。怎能说曹雪芹没有过"锦衣纨绔之时,饫甘餍肥之日"呢?雍正六年曹家被抄,曹頫举家北迁,曹雪芹亦来到北京。到他"著书黄叶村"时,早已穷得"举家食粥酒常赊"了,这与"最终过着茅椽蓬牖、瓦灶绳床"的生活不也是相符的吗?

至于"鹡鸰之悲,棠棣之威"这八个字,我认为放在曹雪芹身上也非常合适。据脂批透露,曹雪芹有个叫棠村的弟弟早亡。假如曹雪芹是曹颙的遗腹子,则棠村就不是他的亲弟弟,但这也无关紧要。因为"鹡鸰之悲"既然可以"当指曹颙之早亡",曹颙与曹頫亦非亲兄弟,那么这四个字自然也可以指棠村之早亡了。另据张云章诗得知,曹颙之妻曾在康熙五十年(1711)生了一个孩子。但至康熙五十四年,曹頫却又在上康熙皇帝的奏折中说:"奴才之兄嫂马氏,因现怀孕,已及七月,……将来幸而生男,则奴才之兄嗣有在矣。"据此看来,生于康熙五十年的那个孩子,便有了两种可能:要么早夭,且起码死在曹頫上奏折之前;要么就是个女孩。不然的话,曹頫又岂能说出"将来幸而生男,则奴才之兄嗣有在矣"的话来!如果是后一种可能,则曹雪芹就有了一个姐姐,不管她是否做过王妃,但"鹡鸰之悲,棠棣之威"这八个字,若放在曹雪芹身上,我认为并不是"难以落实"的。徐先生又有什么理由"断言上述批语中的'作者',也非指曹雪芹"呢?

"甲戌本"第一回有眉批云:"雪芹旧有《风月宝鉴》之书,乃其弟棠村序也。今棠村已逝,余睹新怀旧,故仍因之。"依据这条脂批,《也揭》得出如下结论:"即使这部旧稿是曹雪芹写的,书中的素材恐怕也是他父辈才能提供的。我们不能排斥另一种可能性,即这部旧稿是曹雪芹的父辈所作,是《金陵十二钗》及后来的《红楼梦》据以再创作的一部底稿(当然这部底稿也可能已经曹雪芹初步改写过)。"我们看到,脂批明明已经点出"雪芹旧有《风月宝鉴》之书",徐先生却对之视而不见,硬要随意猜测一番,说什么"这部旧稿是曹雪芹的父辈所作"?又凭什么断言书中的素材也只有曹雪芹的父辈"才能提供"?难道别人就不能为他提供素材吗?他的父辈既然能为《风月宝鉴》提供素材,那么他们就不能为《红楼梦》提供曹寅时期的素材吗?

笔者觉得,徐先生索解"《红楼梦》作者之谜"的另一重要动因,便是所谓的"自传说",只不过《也揭》的这个"自传说"与胡适等人的"自传说"却又有所不同:胡适等人的所谓"自传说",是把曹雪芹等同于贾宝玉,亦即"曹雪芹自传说";而《也揭》的这个"自传说"却是将贾宝玉视为曹頫的化身,可暂称之为"曹頫自传说"。平心而言,这"曹頫自传说"的产生,实应归功于"曹雪芹自传说"的诱发。自戴不凡先生的"石兄自传说"以至近年来对曹雪芹的《红楼梦》著作权持怀疑或否定态度的一些人,往往都是先相信了"曹雪芹自传说",并在这个大迷魂阵中左转右转、团团乱转起来,结果转来转去,便发现了"曹雪芹自传说"的许多矛盾之处(恐怕首先发现的矛盾之处,便是曹雪芹赶不上曹家的鼎盛时期,即所谓的"赶繁华说"),他们因此又感到困惑不解。在经过了长期的冥思苦想之后,终于找到了一个既赶得上繁华盛世、又饱尝过生活之艰的人物,替代了"赶不上曹家的曹寅时期"的曹雪芹,殊不知如此一来,不仅不能自圆其说,反而更加漏洞百出了。

笔者认为,《也揭》所说《红楼梦》这部小说,一是"经历了一个很长的、反复的修改过程,二是似乎有很多人都参与了这部书的创作过程"这一看法,是很有道理的。"批阅十载,增删五次",便是第一个问题的有力佐证。至于很多人都参与了《红楼梦》的创作这一点,我也基本同意,但与《也揭》对此的解释却又截然相反。《也揭》认为:先是曹頫把自己的所经所历、所见所闻,写成了一部"实录其事"的书稿。曹雪芹则在此基础上重新改写,才有了后来的《红楼梦》。笔者却认为:脂砚斋、畸笏叟等人,确曾直接或间接地参与了《红楼梦》的创作。但无论如何,他们却都没有为雪芹提供一部现成的"旧稿"。他们虽然曾为《红楼梦》的成书付出过辛勤的劳动,但真正的功劳,还应归属于曹雪芹。没有曹雪芹,就没有《红楼梦》。

(原载《中国人民警官大学学报》1991 年第 3 期)

想入非非猜笨谜
——红学索隐派与《红楼解梦》

当年鲁迅先生在批评索隐派时曾说："经学家看见易，道学家看见淫，才子看见缠绵，革命家看见排满，流言家看见宫闱秘事……"《红楼解梦》的作者虽非"流言家"，但却也从《红楼梦》中看见了"宫闱秘事"，还兼带一点"才子看见"的"缠绵"和"革命家看见"的"排满"。她（他）们通过奇特的想象和虚构，以非科学非学术的游戏手法，"索"出了深隐于《红楼梦》中的"一部触目惊心的历史"：曹雪芹及其恋人竺香玉"合谋害死"了雍正皇帝！虽然首都某些新闻媒介称《红楼解梦》是"立异标新"；紫军在《红楼解梦·序》中又借"读者"的话说这是"一部奇书"，"是对《红楼梦》研究的全面突破"；霍国玲女士也自我标榜："我们应该是分析、考证、推理索隐派。""我们是新红学索隐派或科学索隐派。""我们所开创的研究方法"，"与旧红学索隐派之间有着本质的区别！"但只要简要回顾一下红学的发展史，尤其是红学索隐派的历史，我们便不难发现，《红楼解梦》与其前的索隐派之间，压根儿就没有什么"本质的区别"！无论观点还是所谓的"研究方法"，都是既未突破也未创新，更无任何新异之处。而随意性甚强的穿凿附会，则更与"科学"沾不上边儿。若问此书有何价值，笔者的看法是：将之作为茶余饭后的消遣性读物来读，倒也聊可"破人愁闷"。

一

何谓"索隐派"？1990 年文化艺术出版社出版的《红楼梦大辞典》是这样说的：

索隐派，是盛行于清末民初的《红楼梦》研究派别。代表作有王梦阮、沈瓶庵的《红楼梦索隐》、蔡元培的《石头记索隐》及邓狂言的《红楼梦释真》。这一派著作的主要篇幅用于探寻《红楼梦》隐去的"本事"和"微言大义"，实则是作者从主观臆想出发，把一些从历史著作、野史杂记、文人诗词或随笔传闻中搜集到的材料，与《红楼梦》里的人物、事件互相比附、印证，并从而去评论《红楼梦》的意义和价值。索隐派各作者的写作动机及其著作内容虽然有所不同，但他们所采用的主观的索隐方法和对《红楼梦》思想意义的曲解是一致的。然而，索隐派红学家们认为《红楼梦》不是一部闲书，书中有政治寓意以及对《红楼梦》艺术创作上的某些见解，也不是毫无可取之处的。

作为一个研究派别，索隐派确是盛行于清末民初，但其历史渊源，则应追溯到乾隆末年。周春在《阅红楼梦随笔》中曾说："相传此书为纳兰太傅而作。余细观之，乃知非纳兰太傅，而序张侯家事也。忆少时见《爵帙便览》，江宁有一等侯张谦，上元县人。癸亥、甲子间，余读书家塾，听父老谈张侯事，虽不能尽记，约略与此书相符，然犹不敢臆断。再证以《曝书亭集》《池北偶谈》《江南通志》《随园诗话》《张侯行述》诸书，遂决其无疑义矣。案：靖逆襄壮侯勇长子恪定侯云翼，幼子宁国府知府云翰，此宁国、荣国之名所由起也。襄壮祖籍辽左，父通，流寓汉中之洋县，既贵，迁于长安。恪定开阃云间，复移家金陵，遂占籍焉。其曰代善者，即恪定之子宗仁也，由孝廉官中翰，袭侯十年。结客好施，废家资百万而卒。其曰史太君者，即宗仁妻高氏也。建昌太守琦女，能诗，有《红雪轩集》。宗仁在时，预埋三十万于后园，交其子谦，方得袭爵。其曰林如海者，即曹雪芹之父楝亭也。楝亭名寅，字子清，号荔轩，满洲人，官江宁织造，四任巡盐。'曹'则何以庾词曰'林'？盖'曹'本作"替"，与'林'并为'双木'，作者于'张'字曰'挂弓'，显而易见；于'林'字曰'双木'，隐而难知也。嗟乎！贾假甄真，镜花水月。本不必求其人以实之。但此书以双玉为关键，若不溯二姓之源流，又焉知作者之命义乎？故特详述之。庶使将来阅《红楼梦》者有所考信云。"

周春在此所言，便是人们通常所说的"张侯家事说"或"张勇家事说"。张勇，字非熊。原为明朝副将，后降清，任甘肃提督时，适值三藩叛乱，当地驻军叛清响应，张勇率军力战，收复兰州、巩昌等地，并固守巩昌、平凉，隔断了陇、蜀两地吴三桂军的联系。因功封一等侯，加少傅兼太子太师，后死于军中。读过金庸小说《鹿鼎记》的人，大概会记得这个人物，周春在随笔中所云"张侯"就是张勇。

周春的这则随笔，写于乾隆五十四年，是早期索隐诸说中最为详尽的一篇记载。在此，周春虽未展开详细的论证，但红学索隐派牵强附会的几大特点却已初露端倪：

其一，将历史人物或现实中人与《红楼梦》中的人物形象一一对号，凭主观臆断而"求其人以实之"。《红楼解梦》所谓贾宝玉是曹雪芹"自己的化身"，"曹頫之妻王氏即《红楼梦》中贾政之妻王夫人"云云，便是如此。

其二，玩弄非科学的文字游戏，分解"林"字与"曹"字俱为"双木"，从而将小说人物林如海坐实为曹寅。《红楼解梦》将这种文字游戏命名为"拆字法"，并在行文中频频使用，如从"珍"字、"宝"字中拆出"玉"字，从"篱"字、"篆"字中拆出"竹"字，等等。

其三，用相同的字加以比附，说"勇长子恪定侯云翼，幼子宁国府知府云翰，此宁国、荣国之名所由起也"，无非是看见了"宁国府"三个字罢了。《红楼解梦》自也难免此弊，如从宁国府的"宁"字便想到了宁古塔，从雍正谥号中有个"敬"字便想到了贾敬，甚至自己刚刚写了一句"畅游在那书林诗海之中"，便连忙在括号中注明："这恐怕便是林黛玉之父林海一名的来历。"其主观随意性之强，简直令人叹为观止！

看过电视连续剧《宰相刘罗锅》的人，一定对中国历史上最大的贪污犯和珅印象甚深。清代无名氏的《谭瀛室笔记》一书，即提出了"和珅家事说"："和珅秉政时，内宠甚多，自妻以下，内嬖如夫人者二十四人，即《红楼梦》所指正副十二钗是也。有龚姬者，齿最稚，颜色妖艳，性冶荡，宠冠诸妾。""和少子玉宝，别姬所出。最佻达，龚素爱之，遂私焉。……有婢倩霞，容貌姣好，……幼侍玉宝，玉宝嬖之。"从行文中即可看出，这位作者肯定也是通过字面上的联系，将"玉宝"与"宝玉""龚姬"与"袭人""倩霞"与"晴雯"划上了等号。"玉宝"与"宝玉"字义浅显，无烦多言。而"龚"与"袭"均可拆出"龙"字，"倩"与"晴"又可拆出"青"字,"霞"和"雯"也可拆出"雨"字。然此说之谬却也是显而易见的:曹雪芹去世于1764年左右,而和珅则生于1750年。当曹雪芹"泪尽而逝"之时,和坤还是一个十几岁的毛孩子,既未显贵,也未秉政,更不可能有一个能与姬妾、丫鬟私通的少子!曹雪芹又不是前知五百年、后知五百载的神仙,岂能预见和珅家事!

清人舒敦,则又提出了"傅恒家事说"。他在《批本随园诗话》中说:"乾隆五十五、六年间,见有抄本《红楼梦》一书。或云指明珠家,或云指傅恒家。书中内有皇后,外有王妃,则指忠勇公家为近是。"舒氏在此排除了"明珠家事说",但对"傅恒家事说",却也没有断下定论,而只说了"近是"二字。其唯一的证据,便是因为"书中内有皇后,外有王妃"。《红楼解梦》也引用了这则并不十分肯定的笔记,并以"香山张永海老人听先世"的"传说"而证之,便得出了与舒氏截然不同的结论:"舒坤(应为"敦",原文如此——笔者)所说的'内有皇后'便是指进宫后做皇后的"竺香玉","外有王妃"则是指做了讷尔苏王妃的曹寅之女(即雪芹之姑妈)。"在此,《红楼解梦》起码犯了三个错误:(一)以今人听来的"传说"和前人并不十分肯定的记载为依据,已然背离学术研究的正确道路;(二)认为"外有王妃"是指"讷尔苏王妃",将小说中的人物形象与历史人物划上等号,违背了文艺创作的基本原则;(三)竺香玉是《红楼解梦》的作者们凭主观臆想虚构出来的。认定"内有皇后","便是指进宫后做了皇后的竺香玉",则更是以虚证虚,无中生有!

在早期索隐诸说中,出现最早且影响最大的,便是所谓的"明珠家事说",前举周春的《阅红楼梦随笔》、舒敦的《批本随园诗话》以及无名氏的《潭瀛室笔记》等,虽都曾提到并否定此说,但对此说持肯定态度的却大有人在。据赵烈文的《能静居笔记》记载:"曹雪芹《红楼梦》,和珅以呈上,然不知所指,高庙阅而然之,曰:'此盖为明珠家作也。'后遂以此书为明珠遗事。"

高庙,也就是乾隆皇帝,这位被今人在电视片中"戏说"成唯以"打架泡妞儿"为能事的风流天子,认为《红楼梦》"盖为明珠家作",我们却不知他何所据而言。但不管有据无据,因为皇帝的话是一言九鼎,传扬出去,影响自是非同小可。

梁恭辰在《北东园笔录四编》中说:"《红楼梦》一书,诲淫之甚者也。乾隆五十年以后，其书始出，相传为演说故相明珠家事：以宝玉隐明珠之名，以甄（真）宝玉贾（假）宝玉乱其绪……"梁氏还引"玉研农先生"和"那绎堂先生"的话说："其稍有识者，无不以此书为污蔑我满人，可耻可恨！""《红楼梦》一书，为邪说诐行之尤，无非糟蹋旗人，实堪可恨。"满清官员，居然也从《红楼梦》中看见了"淫"和"排满"，实令人大感惊诧！而梁氏所谓"以宝玉隐明珠之名"云云，不过是靠了词义相近的联系而已。《红楼解梦》由"大海""江边"而想到了"水"，从而又与"清属水"联系起来，与梁氏又有什么区别？

陈康祺在《燕下乡脞录》中引徐柳泉之言云："小说《红楼梦》，即记故相明珠家事。金钗十二，皆纳兰侍御所奉为上客者也。宝钗影高澹人，妙玉即影西溟先生。妙为少女，如玉如英，义可通假。妙玉以看经入园，犹先生以借观藏书就馆相府；以妙玉之孤洁而横罹盗窟，并被以丧身失节之名，以先生之贞廉而瘐死圜扉，并加以嗜利受贿之谤，作者盖深痛之也。"在此，陈、徐二人又将索隐的方法向牵强附会的深渊推进了一大步：他们在将《红楼梦》中的人物形象与历史人物一一对号时，竟然突破了性别界限而"化雄为雌"，金钗十二，在小说中本是少女少妇，被陈、徐二人一一坐实之后，却尽皆变成了大老爷儿们！"水做的骨肉"竟变成了"泥做的骨肉"！倘若曹雪芹地下有知，不知该发何等感慨！后来的索隐派红学著作，以及自诩为"科学索隐派"的《红楼解梦》，则更是一人多指，男女不分，阴阳错乱，甚至雌雄同体。

不仅如此，陈、徐二人还将故事情节与历史人物的某些事迹相比附，如将"妙玉以看经入园"与姜西溟"以借观藏书就馆相府"扯在一起，等等。然而我们不禁要问，这二者之间，又有什么必然的联系呢？

在《红楼解梦》中，如此妄加比附者更是不胜枚举。她（他）们因见《红楼梦》中有"金荣借助姑姑的帮助进入贾氏家学读书一段故事"，便在毫无证据的情况下断言曹雪芹"借助姑姑的帮助"而"进入皇家的府学读书"！试问《红楼解梦》的作者们，曹雪芹在"皇家的府学读书"时是否也像黄金荣那么讨人嫌？曹雪芹的姑姑是否也是寡妇？堂堂的讷尔苏王妃是否也曾低三下四地"贪利权受辱"？

在早期索隐诸说中，"明珠家事说"不仅出现最早影响最大，而且持续的时间也是最长的。至清末民初索隐派达到极盛时期，此说仍具有甚强的影响力。除前举几人外，其他诸如张维屏、孙桐生、俞樾、英浩、张祥河等人，也都信奉并宣扬此说。他们有的认为贾宝玉影射纳兰明珠，有的认为贾宝玉影射纳兰性德。尽皆起于传闻，终于猜测，均未展开详细论证，也无任何确凿的材料。

"明珠家事说"之所以为更多的人所接受，除了因为此说出自乾隆皇帝的"金口"外，还有两个更为重要的因素：一是纳兰性德的多才多情，容易使人与《红楼梦》中的贾宝玉联系起来；二是纳兰明珠家的由盛到衰，与宁、荣二府的盛极而衰不无相似之处。

钱静方在《红楼梦考》中继承并发展了陈康祺、徐柳泉等人的观点，认为："《红楼》一书，写美人实写名士，特化雌为雄。"并以纳兰性德《饮水词》中的几首悼亡词为据，断言林黛玉乃是影射纳兰性德的"德配"。对此，胡适在《红楼梦考证》中反驳说："钱先生说的纳兰性德的夫人即是黛玉，似乎更不能成立。性德原配卢氏，为两广总督兴祖之女。续配宫氏，生二女一子。卢氏早死，故《饮水词》中有几首悼亡的词。钱先生引他的悼亡词来附会黛玉，其实这种悼亡的诗词，在中国旧文学里，何止几千首？何况大都是千篇一律的东西。若几首悼亡的词可以附会黛玉，林黛玉真要成了'人尽可夫'了。"

在《红楼解梦》中，那个虚构出来的林黛玉的原型竺香玉，不也是个"人尽可夫"的人物吗？在作者们那神奇的"分身法"与"合身法"的支配下，竺香玉时而化身为小戏子粉墨登场，时而化作袭人与贾宝玉"偷试云雨情"，时而化作王熙凤与贾琏白日纵淫，时而化作秦可卿与公公贾珍乱伦……不特如此，《红楼解梦》还通过史湘云的那一番阴阳论，让"小说中的同一个人物""既扮演男性角色又扮演女性角色"，结果林黛玉、贾宝玉等人便又不得不变成雌雄同体的动物！

二

在早期索隐诸说中，索隐的对象还大都局限在公侯将相身上，自孙静庵的《栖霞阁野乘》始，才将目光投向了皇宫。他说："吾疑此书所隐，必系国朝第一大事，而非徒纪载私家故实。"那么，书中"隐入"的"国朝第一大事"究竟是什么呢？孙氏首先依凭索隐家们所惯用的"拆字法"进行猜索：袭人的名字，拆开来便是"龙衣人"；黛玉的名字，是取"黛"字的下半"黑"字与"玉"字合，再去其"四点"，便是"代理"二字。"代理者，代理亲王之名词也"，而礼烈亲王的名字叫代善，《红楼梦》中又有一个贾代善，于是孙氏便认为，（假）代善就是影射礼烈亲王（真）代善。

《红楼解梦》的作者们，自然也不会放过这么好的"证据"。为了证明"宁国府实隐清皇宫"，她（他）们便将贾代善与礼亲王代善扯到一起，妄说什么"作者将清初最显赫的皇族代善一支写入荣府"，"将荣国公一支写成皇族，正是为了映衬宁国公即清皇帝"。在此，《红楼解梦》的作者们似乎已经忘记：你们不是一再强调荣国府是影射作者的"真家"——曹家吗？怎么忽又变成了礼亲王家了？

《红楼解梦》的作者们，还经常利用物的人化或人的物化手段，凭主观臆测穿凿附会，如说《菊花诗》"中的'菊'不是指物，而是喻人"，《螃蟹咏》中的螃蟹是指雍正等等。仅就这一方面而言，孙静庵便可作为她（他）们的祖师，他说："林、薛二人之争宝玉，当是康熙末允禩诸人夺嫡事。宝玉非人，寓言玉玺耳，著者故明言为一块顽石矣。"将贾宝玉说成皇帝的玉玺，若非具有超常的想象力，一般是很难想到这一点的！

孙氏还认为，《红楼梦》不仅仅影射雍正夺嫡，"盖顺、康两朝八十年之历史皆在其中"，如海外女子是指郑成功占据台湾，焦大醉骂是指洪承畴醉后自表战功，妙玉遭魔遇劫是指吴梅村被迫出仕，等等。

孙静庵的这一观点通常被称作"宫闱秘事说"。实际上，后来的所有索隐派红学著作，虽然侧重点有所不同，但平心而论，又有哪部离开过"宫闱秘事"呢？因此，孙静庵的观点，与其笼统地称作"宫闱秘事说"，倒不如称作"顺、康两朝历史说"更为恰切。

1914年，王梦阮、沈瓶庵合著的《红楼梦索隐》一书的提要在《中华小说界》发表。1916年9月，上海中华书局又将全书正式出版，此后一版再版，很快便重印达13次之多。这比《红楼解梦》的畅销，是否还要火？

王、沈的观点，被称作"顺治皇帝和秦淮名妓董小宛的爱情故事说"。现将其《红楼梦索隐》的几段文字引录如下：

《红楼梦》一书，……大抵为记事之作，非言情之作。特其事为时所忌讳，作者有所不敢言，亦有所不忍言，不得已乃以变例出之。

全书百二十回，处处为写真事，却处处专说假话。

作《红楼梦》之人必善制灯谜，全书是一总谜，每段中又含无数小谜，智者射而出之。

然则书中果记何人何事乎？请试言之：盖尝闻之京师故老云，是书全为清世祖与董鄂妃而作，兼及当时诸名王奇女也。相传世祖临宇十八年，实未崩殂，因所眷董鄂妃卒，悼伤过甚，遁迹五台不返。当时讳言其事，故为发丧。

至于董妃，实以汉人冒满姓……因汉人无入选之例，故伪称内大臣鄂硕女，姓董鄂氏。若妃之为满人也者，实则人人皆知为秦淮名妓董小宛也。小宛侍如皋辟疆冒公子襄九年，雅相爱重。适大兵南下，辟疆举室避兵于浙之盐官。小宛艳名凤炽，为豫王所闻，意在必得，辟疆几濒于危。小宛知不免，乃以计全辟疆使归，身随王北行。后经世祖纳之宫中，宠之专房，废后立后时，意在本妃，皇太后以妃出身贱，持不可，诸王亦尼之，遂不得为后。封贵妃，颁恩赦，旷典也。妃不得志，乃怏怏死。世祖痛妃切，至落发为僧，去之五台不返，卒以成佛。诚千古未有之奇事。史不敢书，此《红楼梦》一书所由作也。

由以上引文不难看出，《红楼梦索隐》所赖以立论的基础是两大传说：一是所谓清初四大疑案之一的顺治出家的传说；另一是秦淮名妓董小宛入宫为妃并改姓董鄂氏的传说。学术著作，以传闻为立足点本来就是不科学的，更何况这类传闻根本就经不住历史史料的检验。1921 年，胡适在《红楼梦考证》中引用孟森的《董小宛考》一文，对王、沈的谬说作了彻底反驳："董小宛生于明天启四年甲子，故清世祖生时，小宛已十五岁了；顺治元年，世祖方七岁，小宛已二十一岁了；顺治八年正月二日，小宛死，年二十八岁，而清世祖那时还是一个十四岁的小孩子。小宛比清世祖年长一倍，断无入宫邀宠之理。"

后来，孟森又撰写了《世祖出家事考实》一文，以翔实的史料，彻底戳穿了顺治出家的妄说。孟森指出：据《玉林国师年谱》等史料记载，清世祖因患痘疾，崩殂于顺治十八年正月初七日。《红楼梦索隐》所谓"世祖临宇十八年，实未崩殂，因所眷董鄂妃卒，悼伤过甚，遁迹五台不返，卒以成佛"云云，纯属毫无根据的臆测之言！至于吴梅村《清凉山赞佛诗》中"千里草"三字所切之"董"，乃是指顺治帝的贵妃董鄂氏。董鄂妃系内大臣鄂硕女，十八岁入宫，顺治十三年八月册封为贤妃，同年十二月晋升为皇贵妃，深受清世祖宠爱。但这个董鄂妃，与那个早在顺治八年正月二日就已病逝的秦淮名妓董小宛，绝对扯不上任何关系！

《红楼解梦》一书立论的全部基础，除了被称作清初四大疑案之一的"雍正之死"外，还有虚构的人物和故事情节。众所周知，虚构和想象虽是文艺创作的基本手法，但却与科学的考证沾不上边儿！

当然，索隐派观点的荒谬并不仅仅由于立论基础的薄弱，更重要的还在于其索隐方法的非科学性。为了说明顺治皇帝就是贾宝玉，董小宛就是林黛玉，王、沈二人利用"影射""化身""分写""合写"等手法，竭力搜求二者之间的"关合"之处，如说"世祖自肇始以来为第七代，宝玉便言'一子成佛，七祖升天'，又恰中第七名举人；世祖谥章，宝玉便谥文妙，文、章两字可暗射也。""小宛名白，故黛玉名黛，粉自黛绿之意也。小宛书名，每去玉旁，故黛玉命名，特去宛旁，专名玉，平分各半之意也。且小宛苏人，黛玉亦苏人。小宛在如皋，黛玉亦在扬州。小宛来自盐官，黛玉来自巡盐御史之署。"等等等等。《红楼梦索隐》以及绝大多数索隐派红学著作所惯用的也是最不科学的方法，便是一人可以影射多人或多人皆可影射一人，亦即《红楼解梦》所谓的"分身法"与"合写法"。茅盾在《关于曹雪芹》中曾经指出："王、沈二氏之索隐穿凿附会，愈出愈奇，然而最不能自圆其说者，为一人兼影二人乃至三人。"

《红楼解梦》不仅从旧红学索隐派著作中继承了"影射""化身""分写""合写"等惯用的手法，而且还将这些方法发挥到了牵强附会的极致，不仅一身多任交叉影射，而且性别不分雌雄同体。比如那个子虚乌有的林黛玉的原型竺香玉，不仅"化身"为正钗副钗又副钗，而且还"化身"为甄士隐家的丫鬟娇杏和薛蟠的妻子夏金桂，有时甚至还要"阴尽了就成阳"，"成为作者本人的写照了"！

在此我们不妨做一个试验，看一看红学索隐派著作及《红楼解梦》所用方法的荒谬性。

《红楼解梦》的主要作者是霍国玲女士，我们不妨就用霍国玲女士教给我们的索隐方法，来看一看霍国玲女士的名字到底隐寓了多少个人物：

一、"霍"，用"拆字法"分解，是上"雨"下"佳"。按照《红楼解梦》的说法，"贾雨村亦是隐写在小说中的雍正帝的分身"，而"雍正"的"雍"字，又可拆出一"佳"字来，因此说，历史上的雍正与小说中的贾雨村，都是霍国玲女士的一个分身。由此联想开去，其他诸如贾敬、贾蓉、薛蟠、贾赦、贾政、贾珍等等雍正皇帝的"化身"，自然也都是霍国玲女士的"分身"。又，甄士隐家的仆人，名叫"霍启"，脂批亦曾注明："妙！祸起也。此因事而命名。"按《红楼解梦》的说法是，"霍"字"直通"，因而霍启也是霍国玲女士的一个"分身"。由此推而衍之，给曹雪芹带来灾难（祸起）的雍正帝、曹頫夫人，乃至奉命查抄曹家的范时绎、隋赫德等等，也尽皆成了霍国玲女士的分身！

二、"国"，用《红楼解梦》的语气说，什么人能拥有一个国字？自然是皇帝了！因此，雍正皇帝乃至其在《红楼梦》中的所有"分身"，也都是霍国玲女士的"分身"。又，"國"字俗写作"国"，今简体字亦写作"国"，用"拆字法"及"隐寓法"来解，"国"字是"口中含玉"，那么，小说中那位"衔玉而生"的贾宝玉，则无疑又是霍国玲女士的一个"化身"了！

三、"玲"，是"斜玉旁"，霍国玲女士不仅是书中那些以"玉"为名的人物的"原型"，诸如黛玉、宝玉、妙玉、红玉、玉钏儿等等，而且还是以"斜玉旁"为名的那些人物的"原型"，诸如贾珠、贾珍、贾瑞、贾琏、贾环、贾宝玉等等。如此索求下去，起码能给霍国玲女士找出一个加强连的"化身"来！

笔者尚未掌握《红楼解梦》所使用的那些"奇法""妙法"，也不知使用得是否妥当。偶一为之，总有一种文字游戏的感觉。虽然十分有趣，但学术研究的科学性、严谨性却已荡然无存！

在此须得声明一点：笔者以霍国玲女士的名字做实验，目的只是为了说明问题，既不敢开玩笑，也没有丝毫的不恭。霍国玲女士若有意见，不妨也用"奇法""妙法"索解一下笔者的名字。我敢保证，仅从《红楼梦》一书中，就可为我搜寻出一个加强营的"化身"来。

本是无中生有的"附会大家"，说起话来还口气特大：王、沈批评其以前的"评本无一佳构",又自我标榜"后来居上";霍氏也一再自诩:"我相信自己是驳不倒的","二百多年来",读懂《红楼梦》的只有她和戚蓼生二人!为什么敢这样说呢?因为他们都自认为从《红楼梦》中索出了"隐去"的历史。这"史实"本是不存在的。他们却认为"史不敢书"或"被从历史上抹去",结果他们凭空杜撰的"史实"便又在其著作中成了"历史"。他们也因此而成了曹雪芹的"知音",成了"创造历史"的大功臣!

蔡元培的《石头记索隐》出版于1917年,这是最有影响也最有代表性的一部索隐派红学专著。在这部著作中,蔡元培明确提出《红楼梦》是一部政治小说:

> 《石头记》者,清康熙朝政治小说也。作者持民族主义甚挚。书中本事在吊明之亡,揭清之失。而尤于汉族名士仕清者寓痛惜之意。……书中红字多影朱字。朱者明也,汉也。宝玉有爱红之癖,言以满人而爱汉族文化也;好吃人口上胭脂,言拾汉人唾余也……

早在无名氏的《乘光舍笔记》中,就已提出"《红楼梦》为政治小说的观点"。蔡氏由此受到启发,在继承并发挥了陈康祺、徐柳泉二人所谓"宝钗影高澹人,妙玉影姜西溟"等观点的同时,又舍弃了他们的"明珠家事说",并将《红楼梦》的寓意扩大为康熙朝的政治小说,明确提出"书中本事在吊明之亡,揭清之失",这在红学史上具有一定意义。

然而,提出一种观点是一码事,所用方法如何又是一码事。虽然蔡氏对自己的索隐方法作了概括,但在具体索求的过程中却也陷入了牵强附会的泥淖。如说探春影射徐乾学,乃是因为乾卦作"三",所以探春称三姑娘;徐乾学曾以第三名及第,称探花,和探春的名字也相关合,这便是所谓的"姓名相关者"。又如说黛玉影射朱彝尊,朱彝尊走到何处都带《十三经》《二十一史》,黛玉的潇湘馆便像"哥儿的书房",此便是所谓的"品性相类者"。因黛玉曾和湘云在凹晶馆联句,而朱彝尊和陈维崧曾合刊《朱陈村词》,这便成为"轶事有征者"。更令人解颐处,是说"李、礼同音",因而李纨便是礼部;贾琏称"二爷",而户部在六部中居第二位,因而贾琏代表户部,等等。

蔡元培是辛亥革命时期著名的革命家，其著《石头记索隐》的主要目的是宣传民族主义思想，具有很强的现实意义。与此同时，蔡氏又是我国著名的大学者，他不仅揭示出《红楼梦》中的反满思想，而且其许多见解也都是很有价值的。"以蔡氏的渊博和严谨，所引史料应承认是可靠的，具体推求，也不乏学术的严肃性。同为索隐，终究有一种特异的学术味道，吸引读者在一定程度上产生共鸣。"（刘梦溪《红学》）就这几方面来说，《石头记索隐》的价值，是远非《红楼解梦》之类所能比拟的。

邓狂言的《红楼梦释真》，是继《红楼梦索隐》和《石头记索隐》之后的又一部红学索隐著作。在这部洋洋27万余言的专著中，邓氏不仅继承并大大发挥了《红楼梦索隐》与《石头记索隐》的基本观点，而且还进行了前所未有的索隐扩大化。邓氏认为，《红楼梦》有"原本红楼"与"曹氏红楼"两种。"原本红楼"的前八十回乃吴梅村所作，后四十回乃朱彝尊所续。吴、朱几人都是明遗民，均有"河山破碎之感，祖国沉沦之痛"，因而"原本红楼"的内容是"明清兴亡史"，是对顺治皇帝及其满汉朝臣的指刺，且"言或多不谨：一则遗老文字多放恣，二则隐语甚难，三则事实太近，故清宫亦多有知之者"。在文网日密的情况下，"生于乾嘉，犹是遗民之心"的曹雪芹，担心"原本红楼""有不能久存之倾向，乃呕心沥血而为之删"，并"用双管齐下之法，书中所写之重要人物，必另取一人焉以配之"，又使小说故事所涉及的时间拉长，把"原本红楼"的"明清兴亡史"扩展为"崇德、顺治、康熙、雍正、乾隆五朝史"。为了逃避文网，曹雪芹在披阅增删的过程中，只得努力使书中的种族思想"隐而又隐"，因而在借小说人物影射历史人物时，"写一人必化身为数人以写之"。

《红楼解梦》虽然没有"原本红楼"与"曹氏红楼"一说，但在论证曹雪芹创作《红楼梦》的目的及良苦用心时却与邓狂言一个腔调：《红楼梦》一书中主要写出了曹天佑与竺香玉之间的离合悲欢，以及他们与雍正之间的仇恨与斗争。作者写此书的目的之一，便是要将他们三人之间的不寻常的矛盾、斗争写进书中，并流传后世，谁是谁非，留待后人评说。要达到这样的目的，在曹天佑（即曹雪芹）所生活的那个大兴文字狱的时代，是极其危险的。这就迫使他竭尽全力采用一种非常隐蔽的写法。因而，在他写作《红楼梦》的时候，便创造了许多奇法、秘法，这其中包括"分写法（或称分身法）""合写法""诱导法""谐音法""拆字法""隐喻法"等等。"由于作者特殊的生活经历，他要为香玉写一纸诔文，他要为香玉写一篇传记。在当时文网森严的那种历史环境里，他不得不借助上述种种秘写手法来构造此书，它是一部集社会、时代、个人痛苦于一身的无以伦比的痛苦的书。它是流着血，挣扎着在文字狱的严酷重压之下，曲曲折折顽强存活下来的变形的产物。"

笔者无法断定《红楼解梦》的作者们是否读过邓狂言的《红楼梦释真》，更不敢妄言他们从邓氏此书中学到了什么，但我们只要仔细品味一下上引《红楼梦释真》与《红楼解梦》中的这两段话，是否会觉得他们是一个腔调呢？

《红楼梦索隐》与《石头记索隐》都认为《红楼梦》是隐写了某一个特定时期的历史，因而他们在使用"分写法""合写法'时，都说小说中的某一人物是影射同一历史时期的几个历史人物。邓狂言的《红楼梦释真》则说《红楼梦》隐写了"崇德、顺治、康熙、雍正、乾隆五朝史"，是以邓氏利用"分写法"与"合写法"时，小说中的某一人物便不仅要影射同一历史时期的几个历史人物，而且还要影射另一历史时期的人物。如此一来，也就把索隐派惯用的"影射法"搞得更加支离破碎、混乱不堪了。例如，《红楼梦》中的林黛玉，王梦阮、沈瓶庵认为主要是用来影射董小宛，邓狂言也赞成这一说法，并结合小说中贾宝玉梦见林妹妹要回南方的情节解释说："小宛南人，坟墓在焉，故夫在焉，焉得不思回南？"然而，邓狂言在此似乎已然忘记，他是认定林黛玉是影射乾隆皇后富察氏和朝臣方苞的："曹氏之林黛玉非他，乾隆之原配嫡后，由正福晋进位，后谥孝贤皇后之富察氏也。""林黛玉以朝臣混之，混之以方苞，苞者，灵皋也；绛珠，仙草也；甘露者，泪也。一而二，二而一也。"一会儿说是这个而"非他"，一会儿又说是那个而"非他"，只顾颠三倒四地随意混说，结果弄得时代不分，男女不分，顾此失彼，自相矛盾。

《红楼解梦》虽未将隐写的历史扩展为五代，但影射的人物却越来越多，一人可以化作十几个甚至几十个分身，够得上一个加强排的人数！结果只顾了大谈"分写""合写"，却不料自相矛盾顾此失彼之处亦愈发明显。例如，霍氏一再强调宝玉是作者自己的化身，贾珍也是作者的重要分身之一，"小说中写宝玉是第四代，长贾蓉一代，这是虚构，作者可以借此谩骂那个隐写的清朝第五代皇帝雍正，你是我侄子。""读者都知道宝玉在小说中是作者本人的主要化身,作者在这里又将自己写作贾蓉的父亲贾珍,正是他深恨雍正的表现,他不放过一切机会调侃雍正、羞辱雍正、痛骂雍正。此处他作为贾珍则为:一方面要做雍正的父亲;一方面又要给这个不孝之子戴绿帽子。"在此,霍氏只顾了信口开河,却忘记了自己曾说贾赦、贾敬、贾政等人也是雍正帝化身那一番话!我们真有点儿不太明白:究竟是霍氏的逻辑思维不正常呢?还是曹雪芹脑子有毛病?他为何在管雍正叫了"侄子""儿子"之后,又转过头来管雍正叫"大爷""爸爸"?莫非他发扬风格?占了别人便宜再还回去!莫非他有自虐意识?"不放过一切机会"调侃自己、谩骂自己、羞辱自己、痛骂自己?这使我们想起了鲁迅笔下的阿Q,在挨揍之后总要骂一句"儿子打了老子",但当别人为此再揍他时,他却不得不再说一声"老子打了儿子"。可是,伟大的曹雪芹总不至于是一个阿Q式的人物吧?

由于邓狂言认定《红楼梦》是一部反映种族思想的书,因而在他眼里,《红楼梦》中的一切便无不与种族有关系。小说第一回写甄士隐从梦中醒来,"只见烈日炎炎,芭蕉冉冉",邓狂言便解释道:"烈日炎炎,朱明也;芭蕉冉冉,青清也。"甄士隐膝下无儿,邓狂言也认为是喻指"灭国灭种,中原无男子之义"。甚至连第十九回贾宝玉为给林黛玉解闷而瞎编的"小耗子偷香芋"的故事,邓狂言也从中索出了"种族思想":

> 此一段故典,非空谈也,耗子精者,指满人与满奴也。变成美人以窃之,是趁火打劫之别名也。林子洞有二义,美人之生如幽兰焉,生长于山林洞府之中,自全其真而保其贞,奈何污之于风尘,登之于宫廷。采兰者之计得矣,其如好花摧残何也。且宫廷深邃,真是一林子洞耳,奈何幽囚世上之美人,而使成怨旷,又终身不得见其亲戚若孤儿然,是皆窃之者为耗子精而已。灵皋被囚,久在狱中,亦林子洞之义也。宝玉把黛玉当成真正的香玉,圣祖又爱方苞作古文特出之才,亦足印证。

其想象力之丰富,实令人叹为观止!无独有偶,《红楼解梦》却也从贾宝玉顺口胡诌的这个故事中索解出林黛玉的生活原型名叫"香玉",其主要理由是:"难怪作者篇篇处处点香字、用香字,原来这香字,是黛玉原型香玉中的一个字。"

对于霍氏的这种论证方式，我们真不知该当说点儿什么！众所周知，贾宝玉之所以要讲这个故事，乃是因为担心林黛玉"睡出病来"；他之所以要编排林黛玉，乃是因为林黛玉刚刚编排过他与薛宝钗，而其顺口诌说"香芋"，却又是因为闻见林黛玉香才"忽然想起这个故典来"，更何况此回的回目就叫"意绵绵静日玉生香"呢！在行文中多写几个"香"字，又有什么值得大惊小怪的？又怎能说作者"对'香'字""存有偏爱"？若按这种思维方式来推论，我们是否也可以说作者对"金"字、"花"字"存有偏爱"呢？是否也可以说林黛玉的生活原型姓"金"姓"花"或名叫"金花"呢？因为书中用"金"用"花"之处也是比比皆是，不仅《红楼梦》的另四个别名《情僧录（録）》《石头记》《风月宝鉴（鑑、鑒）》《金陵十二钗（釵）》中就有四个"金"字，而且人名诸如：宝钗、金钏儿、玉钏儿、黄金莺、金鸳鸯、金荣、金寡妇等等也都有"金"字，而行文中出现的"金"字也为数甚多。至于"花"字，则更是不胜枚举，难道哪个汉字的使用律高，所谓"林黛玉的生活原型"就该姓什么叫什么吗？若果真如此，霍氏不妨将《红楼梦》中的汉字按笔划全部排列统计一番，我敢肯定，使用律最高的汉字绝对不是"香"字、"玉"字、"竺"字和"红"字！

利用语义的引申和数字的关合来作文章，乃是所有索隐派红学家的惯用手法。《红楼梦》第七回中薛宝钗与周瑞家的谈论冷香丸时，周瑞家的说道："暧哟！这样说来，就得三年工夫。"对此邓狂言索解说："此回写宝钗似病非病情状，即在顺治与废后定婚三年不协期间。"只顾拿三年来做文章，却不管宝钗又说过的"一二年间，可巧都得了"一语。由此可见其论证是何等不严谨！在《红楼解梦》中，拿数字做文章的惯技也屡屡使用，且不讲任何理由便任意取舍！请看以下这段文字：

> 配药所需时间问题同样不容忽视。宝玉说："前儿薛大哥求了我一二年，我才给了他这方子。他拿了方子去，又寻了两三年才配成。"我们取"一二年"中的二，取"两三年"中的三：2＋3＝5
>
> 这就是说，薛蟠这副药先后共用了五年才配成，这恰与竺香玉（即红玉）15岁进宫，20岁时将雍正害死，前后共历时五年相符。

对此我们不仅要问：你们凭什么"取'一二年'中的二"，"'两三年'中的'三'"？为什么不取"一二年"中的"一"，"两三年"中的"二"？为什么是"2+3=5"？而不是"1+2=3"或"1+3=4"？这不是随心所欲、任性而为吗？难道这也是在做学问？

邓狂言的《红楼梦释真》，在行文过程中经常是提出观点，没有材料，只有结论，毫不论证。《红楼解梦》在这方面也十分突出。比如《〈红楼梦〉中隐入了何人何事》一文，便通篇既无论据也不加论证，只是一味地信口开河。通读全文，我们不知道霍氏何以得知"天佑三岁时便识得三千字，五岁时的天佑正式拜师就读"，除了香玉外还有一个伴读的"姑娘叫柳惠兰"，二人"在曹府逐渐形成了'副小姐'的地位"，后来"曹𬖄之妻王氏（即《红楼梦》中贾政之妻王夫人），为了夺回她那已经失去的天堂，便怂恿曹𬖄将香玉认作义女（干女儿）然后入册达部"，等等等等，率皆凭空杜撰的无稽之谈，又哪有什么"科学性"可言？

邓狂言除了使用索隐派所惯用的"影射""化身""分写""合写""拆字""谐音"等手法进行牵强附会的索隐外，还经常在难以自圆其说时自我解嘲："小说之事迹，亦不必太拘，明眼人分别观之可也。"《红楼解梦》的作者们也学会了这一招："笔者认为，此等地方必须心领神会，而不可认真抬杠。"

我们真有点儿不太明白，是不可"认真"？还是不可"抬杠"？做学问不"认真"行吗？不"认真"也就不能做学问了！"抬杠"又是什么？是胡搅蛮缠？还是有理有据地进行辩论？若是前者，依然不是做学问。若是后者，不辩论能解决有争议的问题吗？难道你们姑妄言之，还要别人都姑妄听之吗？别人没有你们那么丰富的联想能力，更缺乏那种牵强附会的本领，又如何能够"心领神会"呢？

三

1921年，胡适先生发表了在红学史上具有重大影响和深远意义的《红楼梦考证》，给予牵强附会的红学索隐派以沉重的打击，从而使红学发生了革命性的变革。但遭到打击后的红学索隐派，却没有就此销声匿迹。20

世纪二三十年代，又有几部索隐派红学著作相继问世。这其中较有代表性的，是阚铎的《红楼梦抉微》、寿鹏飞的《红楼梦本事辩证》及景梅九的《石头记真谛》。

阚铎的《红楼梦抉微》，最早连载于北京《社会日报》副刊《瀚海》，后于1925年4月由天津《大公报》汇编署名"天冰阁校印"出版。阚铎认为，《红楼梦》一书全从《金瓶梅》"化出"，二者都是"淫书"，只不过《金瓶梅》是一部粗俗的淫书，是"真小人"，人知所避，不易受其毒害；而《红楼梦》则是一部文雅的淫书，是"伪君子"，读者不知趋避，"反得肆其蛊惑之毒"。基于这样一种观点，阚铎便以拆字猜谜等等索隐派所常用的惯伎，将《金瓶梅》与《红楼梦》两书，从情节到人物，处处进行牵强附会的对照比附，结果在阚铎笔下，《红楼梦》中的人物和事件，尽皆变成了《金瓶梅》中的人物和事件，《红楼梦》也自然而然地变成了《金瓶梅》。阚铎如此瞎扯，还自认为找到了"铁证"。试看以下一段文字：

> 《红楼梦》何以专说贾府之事？《金瓶梅》十八回《赂相府西门庆脱祸》，因兵科给事中宇文虚中等，奏劾蔡京、王黼、杨戬一案，杨戬亲党有西门庆姓名在内，西门庆遣家人来保赴东京打点，由蔡攸具函嘱托右相李邦彦，并送银五百两，只买一个名字。李邦彦取笔将文卷上西门庆名字改作贾庆云云。《红》书之以贾代西门，即发源于此。

专在细枝末节上下功夫，并抓住一点而不顾其他，乃是红学索隐派的一贯作风。《金瓶梅》中确有西门庆托人贿赂李邦彦改名字的细节，但由此妄断《红楼梦》中的"贾"字本源于此，却实系毫无根据的臆测之言！众所周知，曹雪芹以"真""假"这一对既彼此对立又相辅相成的哲学概念为基础，在《红楼梦》中创造了贾府与甄府、贾雨村与甄士隐、假语村言与真事隐去等相对应的词语。若按阚铎的思维方式，那么"甄"字又是从何处化来？又将如何解释呢？

在这一方面，《红楼解梦》的作者们，比阚铎更有过之而无不及。据《五庆堂重修辽东曹氏宗谱》记载，曹頫有一个儿子，名叫曹天佑，有些红学家认为，这个曹天佑，就是曹霑，亦即曹雪芹。霍国玲女士了解此说，又见《红楼梦》第十六回中出现了"吴天佑"这个名字，便忙不迭地将曹天佑与吴天佑扯到了一起。为了支撑自己的论点，霍国玲女士首先将"假作真时真亦假/无为有处有还无"这副对联，改成了"贾作真时甄亦贾/吴为有处有还无"。这不仅是毫无根据的妄改，而且还将曹雪芹以"真假""有无"这两组彼此对应的哲学概念为核心而撰写的这副绝妙而又工整的对联，改得一窍不通。霍氏这种点金成铁、化神奇为腐朽的本领，委实令人叹为观止！雪芹当年若果曾写出经霍氏改动后的这么一副对联来，恐怕也就写不出《红楼梦》了！

在《红楼解梦》中，霍国玲女士一再以脂批所云"此书一字不可更，一语不可少"为法宝，批评这个版本删去了这里，那个版本改动了那里，而她自己却随心所欲地肢解、割裂、妄改《红楼梦》的文字！有兴趣的读者不妨统计一下，看看《红楼解梦》的作者们究竟改动了多少处《红楼梦》的文字！

《红楼梦抉微》一书的主要内容之一，便是论证《红楼梦》中的人物，乃是《金瓶梅》中的人物的"化身"，如说贾宝玉就是西门庆，薛宝钗就是李瓶儿，王熙凤就是王六儿，等等。至于为何说某某便是某某，阚铎当然也罗列了不少"证据"。兹引其中一段文字，看看阚铎所谓的"证据"究竟是一些什么货色：

> 林黛玉即潘金莲。颦儿者，言其嘴贫也。一部《红楼》，林于文字为最长，一部《金瓶》，金莲于诗词歌赋无所不能。盖林曾从贾雨村读书，此外并无一人曾上过学。潘亦于七岁往任秀才家上过女学，为《金瓶》各人所无。又谓林能自己裁衣，于他人并未明点，盖潘乃潘裁之女，九岁入王招宣府，又能为王婆裁寿衣，潘之精于女红，为《金》书注意之笔，亦可作一确证。

这就是阚铎认为"林黛玉即潘金莲"的所谓"确证"！但这些"确证"，实在不值得一驳！在《红楼梦》之前的许多小说中，尤其是在那些"千部一腔，千人一面"的才子佳人小说里，又有多少既识字解文又"精于女红"的美人儿！难道她们也都是林黛玉的前身？

《红楼解梦》在坐实某人即某人时，主要是运用所谓的"分写法"与

"合写法"。如说薛蟠的职业是"皇商","恰是'皇上'的谐音"。"薛蟠是作者为了痛骂雍正而写进《红楼梦》中的一个丑角,是小说中用来隐写雍正的那群人中的代表。""紫微舍人薛公"也是"皇上"。总而言之,霍国玲女士要利用各种"奇法""妙法",从各个不同的角度论证薛蟠是"皇上",其祖先薛公等等也是"皇上"。但接下来,为论证秦可卿是皇妃而非"常人"时,却又在"薛蟠为秦可卿提供棺木"一节中,说了下面一段令人摸不着头脑的糊涂话:

> 说起来,薛蟠之父与秦可卿,从小说角度来看均属"常人",因何先死的不用,后死的倒用呢?此处恐怕正是暗示了秦可卿决非"常人"。作者如此写来唯恐仍然不能引起读者深思,因此又进一步借贾政之口将其点出。其二便是贾政点破的"此物恐非常人可享者"。只此一语便道破了薛蟠之父未用此物的天机,而这个表面看来实数(应为"属",原文如此——引者)"常人"的秦可卿,实质上并非"常人"。
>
> 笔者于此处向读者透露,曹雪芹笔下的秦可卿,亦是竺香玉的一个分身,又是钗黛的合身。竺香玉后来既然成了皇妃,死后所用棺木,自然属于"非常人所享"者。而收敛她的棺木由皇上(皇商)家无偿提供,更是理所当然。

霍国玲女士所谓薛蟠之父未用那副檣木棺板的"天机",无疑是说他是"常人"而不"可享"。对此我们不禁要问,既然薛蟠是皇上,紫微舍人薛公也是皇上,那么为何薛蟠之父不是皇上?你不是说薛蟠承袭了帝位吗?他父亲既然不是皇上,他又承袭了谁的帝位?如按《红楼解梦》所谓薛蟠是"用来隐写雍正"的说法推论,薛蟠的父亲就应该是影射康熙皇帝。康熙在位六十一年,是有清一代在位时间最长的一个皇帝。既然身为皇妃的竺香玉都可以享用那副檣木棺板,为何康熙皇帝却不可享用?既然作为皇妃竺香玉"分身"之一的秦可卿"实质上并非常人",为何以康熙皇帝为"原型"的薛蟠之父却反而成了"常人"?退一步说,就算霍国玲女士不承认康熙皇帝是薛蟠之父的原型,那么薛蟠的祖上是"皇上",薛蟠是"皇上","视珍珠如土,黄金如铁"的薛家是"皇上"这一类话,霍国玲女士总不会不承认自己没有说过吧?既如此,那么祖上是"皇上"

儿子也是"皇上"的薛蟠之父,难道还算"常人"?难道还不能享用亲王、妃子都可享用的一副楠木棺板?霍国玲女士还曾说过,贾敬、贾珍、贾蓉也都是雍正帝的"化身",而作为竺香玉的"分身"之一的秦可卿,又是贾敬的孙子媳妇,贾珍的儿媳兼情人,也是贾蓉的妻子。皇妃死了,"收敛她的棺木"自然该由皇上家无偿提供,那么,曹雪芹何不安排由贾敬、贾珍或贾蓉来提供?却偏要绕那么大个弯子让一个谐音"皇上"的皇商来"无偿提供"呢?这种弯弯绕式的超常的思维方式以及顾此失彼自相矛盾的论证方法,在《红楼解梦》中比比皆是。这也是索隐派红学著作的一大通病!

用《红楼梦》中的故事情节与《金瓶梅》中的故事情节漫加比附,是《红楼梦抉微》的又一重要内容。如说"湘莲打薛蟠即武松打西门","湘莲杀三姐即武松杀金莲",等等。试看如下一段文字:

> 黛玉葬花即指金莲死武大,瓶儿死花二而言。瓶儿原从金莲化出,故花二之死,与武大异曲同工,其所葬之花,并非虚指,即花子虚也。……《红》二十三回……先说撂了好些在水里者,即指西门与金莲曾将武大尸身焚化,撒骨入池水中。黛云水里不好,拿土埋上,日久随土化了。宝云帮你收拾者,是谓子虚死后,瓶儿请了西门过去,与他商议买棺入殓、念经、发送到坟上安葬,此非葬花而何?却是移作葬武不得。盖武大化灰下水,并无坟之可言。

阚铎的想象力实在奇特而又丰富!在《金瓶梅》中,潘金莲与李瓶儿本是两个彼此对立的人物形象,但阚铎却说"瓶儿原从金莲化出",由此又将武大郎之死与花子虚之死联系了起来。更令人惊诧的是,《红楼梦》第二十三回贾宝玉"恐怕脚步践踏了"落花,便将落在书上的花瓣"抖在池内"这一情节,在阚铎笔下竟变成了"西门与金莲曾将武大尸身焚化,撒骨入池水中",飘落的桃花花瓣竟变成了武大郎的骨灰!贾宝玉说帮着林黛玉收拾落花,却又变成了西门庆帮助李瓶儿料理花子虚的丧事,花瓣也随之变成了花子虚的尸体!阚铎的这一番言论,真像发高烧的病人在说胡话!

《红楼解梦》的作者们,也常常以《红楼梦》里的故事情节来比附证实她（他）们凭想象虚构出来的所谓"史实"。如说"香玉进宫作了娘娘的这段经历，作者除写在娇杏嫁与雨村一事外，又将其隐写在薛蟠自冯渊手中夺取香菱一案中……另外还写在皇上封元春为贵妃的故事里"，"香玉害死雍正后，再次出家做尼姑的一段历史，作者利用分身法将其隐写在妙玉身上"，等等，便是如此。而在以物拟人或以人喻物等"奇法""妙法"的运用方面，霍国玲女士比阚铎也毫不逊色。如对林黛玉所作《螃蟹咏》诗的解释，说什么"诗中的'菊'不是指物，而是喻人"，是指"清风吹拂，桂花飘香之时，竺香玉守寡了"，是"在清风吹拂，桂花飘香的时节，那个在《菊花诗》中夺魁的林黛玉孀居了"云云。尤其是对"多肉更怜卿八足"一句的解释，更可看出霍国玲女士思维方式的随意性和奇特性。为论证方便，兹节引如下：

> 此句可能隐指雍正脚上多肉。有可能雍正脚上生有六个趾。因何如此想呢？因为螃蟹除了夹子上有肉外，小腿子上已经没肉了。而蟹脚向来只有两层皮，此处写出足上多肉，岂非怪事？螃蟹小脚上没有肉这点，在作者心中是明确的。……多么肥的蟹，足上也没肉。这是事实。然而作者却偏偏要在诗中写出"多肉更怜卿八足"，这实在令人生疑。这便是笔者怀疑雍正是六趾的起因。促使笔者作如上设想的另一因素是《清史稿》中有关雍正的一段记载……《世宗本纪》上所书"生有异征"不知指何而言，或许就是他的足上多肉，与众不同罢。

在这里，美味可口的螃蟹竟变成了雍正的尸体，这也着实令人恐怖！至于霍国玲女士所说"多么肥的螃蟹，足上也没肉。这是事实"一语，则更是不符事实之言！螃蟹足上有没有肉，吃过螃蟹的人都清楚，用不着拿《红楼梦》中的情节来印证！我们可以明确地告诉霍国玲女士：蟹足上的肉虽不多，但却不等于没有肉！稍微有点儿历史常识的人也知道：古代的史书为了神化帝王将相们，往往都在其传纪中写上"生有异征"这句话，诸如其母梦与神交、梦日月入怀、生时祥云满室、有金甲神人护卫啦等等，而不是像霍国玲女士所猜测的"足上多肉"或"六趾"。倘若雍正真是六趾，撰写《世宗本纪》的人纵有几颗脑袋也决不敢用"生有异征"来影射！由上面的这段引文也可看出，霍国玲女士的思维方式是极度混乱且非常奇特的。她一方面不顾客观事实大谈螃蟹足上没肉，一方面却又怀疑雍正"足上多肉"。"没肉"与"多肉"本来就是两个截然不同的概念，霍氏却硬将二者扯在了一起。更令人解颐处，是霍氏对螃蟹和六趾的论证。螃蟹有二螯八足，这是众所周知的事实。八、二或八加二等于十与六或六加六等于十二之间，又有什么必然的联系呢？就算将来有那么一天，考古学家们挖开了雍正墓，发现雍正果然是六趾，那也帮不了霍国玲女士多少忙，因为六趾与螃蟹的八足二螯是永远扯不到一起的！或许贾府中人或皇室贵族所食螃蟹不是"常蟹"？抑或霍国玲女士见过或当过养殖专家曾培养出四足二螯或十足二螯的特种螃蟹？

四

1927年，商务印书馆出版了寿鹏飞的《红楼梦本事辩证》。蔡元培先生为该书作了《序》。他说：

> 余所草《石头记索隐》，虽注重于金陵十二钗所影之本人，而于当时大事，亦认为记中有特别影写之例。如董妃逝而世祖出家，即黛玉死而宝玉为僧之本事。允礽被喇嘛用术魇魔即叔嫂逢魔魇之本事。亦尝分条举出，惟不以全书为专演此两事中之一而已。王梦阮、沈瓶庵二君所著之《红楼梦索隐》，以全书为演董妃与世祖事，已出版十五年矣。同乡寿槃林先生新著《红楼梦本事辩证》，则以此书为专演清世宗与诸兄弟争立之事，虽与余所见不尽同，然言之成理，持之有故。此类考据，本不易即有定论，各尊所闻，以待读者之继续研求，方以多歧为贵，不取苟同也。先生不赞成胡适之君以此书为曹雪芹自述生平之说，余所赞同。以增删五次之曹雪芹非曹霑，而即著《四焉斋集》之曹一士，尤为创闻，甚有继续研讨之价值。……

诚如郭豫适先生在《红楼研究小史续稿》中所言，蔡序指出了《红楼梦本事辩证》的三个特点：一是以《红楼梦》为"专演清世宗与诸兄弟争立之事"；二是反对胡适以《红楼梦》为曹雪芹自述生平之说；三是认为《红楼梦》的作者乃著《四焉斋集》的曹一士。但蔡元培先生对《红楼梦本事辩证》的评价，却有失客观公允性。下面我们不妨以寿氏所谓《红楼梦》的作者即著《四焉斋集》的曹一士这一观点为例，看一看《红楼梦本事辩证》是不是"言之成理，持之有故"吧。

寿鹏飞认为，《红楼梦》前八十回既非曹雪芹所作，后四十回亦非高鹗所续，该书作者，乃是雍正朝的进士曹一士，其理由如下：

犹忆卅年前，同学马水臣（絅章）驾部为余言，增删《红楼梦》之曹雪芹，本名一士。马君赅博，承家学，语必有本。今考曹一士，字谔廷，号济寰，亦号泖浦生，上海人。雍正进士，官兵科给事中，屡上封事，朝野传诵。工诗文，有《四焉斋集》。惟未考得其有雪芹别号。或因增删此书，特设此号以自晦欤？

寿鹏飞的《红楼梦本事辩证》出版问世之时，胡适的《红楼梦考证》一文已发表六年之久，在这篇具有划时代意义的文章中，胡适以大量确凿而又详实的史料为据，证明了《红楼梦》前八十回的作者就是曹雪芹。但寿鹏飞为了另立异说，却置这许多翔实的史料于不顾，硬说《红楼梦》的作者是曹一士，而他提出这一说法，却又是依据一位叫马水臣的同学所说的一句话。但马水臣到底何所据而言，寿鹏飞却只字未提，只以"马君赅博，承家学，语必有本"一语便轻轻带过。由此我们便不难看出，索隐派红学家们是何等的偏激、固执！他们解决问题的方法又是多么的滑稽可笑！

这种无视历史史料而以主观臆断为证的做法，在《红楼解梦》中表现得尤为突出。例如，霍国玲女士为了证明皇后竺香玉之所以在"官书中不见记载"，乃"是乾隆帝篡改历史"，将竺香玉"从历史上抹掉了"这一论点，便把乾隆帝的皇后那拉氏拉出来为证，侈谈什么"这位失宠于乾隆帝的那拉氏皇后，于乾隆三十年五月十四日她生前，她的四份夹纸册宝（册封文件），其中：皇后一份，皇贵妃一份，娴贵妃一份，娴妃一份，就被乾隆帝收回了。实际上等于将那拉氏皇后进宫三十年的册封材料全行销毁。死后也没有留下什么传记。在《清史稿》《清皇室四谱》《清列朝后妃传略》等史籍中，连她的生平都查不出来"，"由此我们可以料及，乾隆帝既然可以将一个与他共同生活了三十年的皇后从历史上抹掉，当然可以将竺香玉这个仅在宫中生活了三年的雍正帝的皇后从历史上抹掉。这对于他来说，简直易于反掌。"

对于竺香玉是皇后且被乾隆帝从历史上抹掉这一问题，我们的回答只能是否定的，因为竺香玉这个人物乃是霍国玲女士凭空杜撰出来的，竺香玉入宫为后也是压根儿就不曾存在过的"历史史实"。至于乾隆帝是否将他的那拉后"从历史上抹掉"，"在《清史稿》《清皇室四谱》《清列朝后妃传略》等史籍中，连她的生平都查不出来"云云，我们只能说霍国玲女士在此撒了一个弥天大谎！张书才先生在《历史是不能随意涂写修正的》一文中就明确指出：不仅《清史稿》《清皇室四谱》《清列朝后妃传稿》等史籍中都有皇后那拉氏的传记，就连《皇朝文献通考》《玉牒》《皇朝文典》中，也有乾隆皇后那拉氏的传记材料。霍国玲女士所谓乾隆皇帝将那拉氏皇后"从历史上抹掉"的说法，实是自欺欺人之谈！在此我们不禁怀疑，霍国玲女士是否曾经查阅过《清史稿》《清皇室四谱》《清列朝后妃传略》等史籍。如曾查过，为何没有查到？连史籍中的现成材料都查不到，又有什么资格来搞研究？若不曾查过，为何却又说"查不出来"？没查而说查了，便是撒谎骗人！查而未曾查到，只能证明霍国玲女士连做学问的基本能力都不具备。

寿鹏飞认为，《红楼梦》的"本事"，是雍正夺嫡。他说：

> 以余所闻，则《红楼梦》一书，有关政治，诚哉其言！然与其谓为政治小说，无宁谓为历史小说，与其谓为历史小说，不如径谓为康熙季年宫闱秘史之为确也。盖是书所隐括者，明为康熙诸皇子争储事，只以事涉宫闱，多所顾忌，故隐约吞吐，加以障幕，而细按事实，皆有可征。

寿鹏飞这样说，又有什么证据呢？与《红楼解梦》的作者们一样，寿氏首先一口咬定乾隆皇帝篡改历史。他说："官书国史，虽有记载，略而未详，加以乾隆时已将雍正档案修改，即为夺嫡讳也。"而《红楼梦》的"作者恐遂失传，所以特著是书，以存其真。书中诸情节，必当日皆有影事,而为作者亲闻亲见者,今多不可考。"为了支撑自己的论点,寿鹏飞又从《清朝野史大观》《雍正外传》等野史笔记中,搜寻一些并不可靠的传闻作为证据,说什么"林、薛二人之争宝玉,当是康熙末胤禩诸人夺嫡事。宝玉非人,寓言玉玺耳。著者固明言为一块顽石矣。黛玉之名,取黛字下半之黑字,与玉字相合,而去其四点,明为代理两字。代理者,代理亲王之名词也(康熙废太子胤礽封理亲王)。理亲王本皇次子,故以双木之林字影之。犹虑观者不解,故又于迎春名之曰二木头。宝钗之影子为袭人,写宝钗不能极情尽致者,则写袭人以足之。袭人两字,分之固俨然龙衣人三字,此为书中第一大事。"

在这里,寿鹏飞乃是从《清朝野史大观》中转引了孙静庵在《栖霞阁野乘》中的说法。利用拆字、影射等等以为证,乃是索隐派的一贯伎俩;而从野史、杂记、逸闻、传说中搜寻证据,也是他们的共同特点。在《红楼解梦》的《薛蟠浅析》一文中,霍国玲女士转引了《清史演义》中的一大段文字,然后推测说:

> 值得深思的是,在《红楼梦》中,作者曾借宝玉之笔大赞过林四娘,林吕二字音近,笔者由此想到:作者是否以这种手段诱导读者,将书中隐情与当时流传社会的"吕四娘刺杀了雍正"之间产生联想?笔者认为,上述《清史演义》中所引用的小诗,似是深知雍正死因之人所作。因为诗中隐入了"红玉"(即竺香玉的小名)二字。由宝剑的宝中可以拆出玉字(拆字法),红字则直通。而这种隐写法,又是曹天佑(即曹雪芹)所惯用的笔法。并由此想到,此诗或许与曹雪芹有关。……
>
> 自《清史演义》看出,雍正之死,既不像是寿终正寝,又不似被侠客截杀,却像"误吞丹药"殒命。因此,《清史演义》中才有皇后所说"好端端一个人为什么立刻暴亡"的话及庄亲王近瞩御容之后,不令人立刻捉拿凶手,却说"快把御帐放下,好图后事"等语。

在此,《红楼解梦》起码犯了以下几个错误:

第一,用历史演义中的文字作证据,这是考证文章的大忌。演义者,历史小说也。它是以一定的历史事迹为背景,以史书及传说材料为基础,经过作家的艺术加工创作而成的。如《三国演义》，章学诚便谓其"七实三虚"。其他诸如《隋唐演义》《杨家府演义》等等，则更是虚多实少。即被《红楼解梦》引以为据的《清史演义》，也有许多虚构的成分，也掺杂了许多民间传说和神话故事。《红楼解梦》以这类历史演义为据，与"科学的考证"也就背道而驰了。

第二，"林四娘的故事"与"吕四娘的故事"，是在社会上广为流传的两大传说。前者早于后者，后者的影响大于前者。它们压根儿就是毫无联系的两码事，《红楼解梦》却因"林吕二字音近"，就硬将二者扯在了一起，猜测："作者是否以这种手法诱导读者，将书中隐情与当时流传社会的'吕四娘刺杀雍正'之间产生联想！"那么试问霍国玲女士，王渔洋的《池北偶谈》以及蒲松龄的《聊斋志异》中，也都记载了"林四娘的故事"，难道你能说他们也都要以"林吕二字音近"的手法，来"诱导读者将书中隐情与当时流传社会的'吕四娘刺杀了雍正'之间产生联想"吗？这种望文生义、拿个棒槌就当针的做法，是《红楼解梦》乃至所有索隐派著作的又一特色！

第三，霍国玲女士一再强调"雍正驾崩时后宫无主"，乃是"一个疑点"，雍正朝"竟有四年之久后宫无主，既无皇后又无皇贵妃，这种现象极不正常"，并认定："雍正九年到十三年中宫虚位，实为竺香玉皇后被从历史上抹去后所留下的痕迹。"然而，当《红楼解梦》引述《清史演义》中的那段文字时，其中却出现了皇后，霍国玲女士在做猜论时，也提到了"皇后如何如何"，这与她一再强调的"雍正驾崩时后宫无主"的说法是矛盾的，但霍国玲女士却对此弃而不顾。这种只及一点而不顾其他，甚至己矛攻己盾的论证方式，又是索隐派著作的一大通病！

第四，《清史演义》中引了一首诗："重重寒气逼楼台，深锁宫门唤不开。宝剑革囊红线女，禁城一啸御风来。"霍国玲女士既不考辨该诗的作者、年代及出处，也不管《清史演义》的性质及成书年代，便忙不迭地下结论说："上述《清史演义》中所引用的小诗，似是深知雍正死因之人所作。"在以索隐派所惯用的"奇法""妙法"稍作说明后，又进一步猜测说："此诗或许与曹雪芹有关！"这想法也真够天真，真够大胆！霍国玲女士何不将胆子再放大一点儿，索性说这是曹雪芹的一首"佚诗"，岂不更能引起震惊世界的"轰动效应"？

在论证方法的运用方面,《红楼梦本事辩证》也没有变出什么新花样来,依然采用了索隐派红学著作的一贯伎俩,试以以下一段文字为例,看一看寿鹏飞的索隐方法究竟如何:

> 林黛玉者,废太子理亲王胤礽影子也。胤礽为皇二子,故姓林。林者二木,二木云者,木为十八之合,两个十八为三十六,康熙三十六子,恰合二木之数。而理王为三十六子中之一人也。……金陵十二钗正册副册又副册诸女子,皆康熙诸皇子之影子也。康熙三十六子,……故书中特分三组,各以十二人为一组,以符三十六子之数。此辈皆有觊觎大位之资格。

寿氏在此所使用的,首先是"拆字法"。他将"林"字拆作"二木",再用"二"字与"皇二子"对应,便轻而易举地将林黛玉坐实为皇二子胤礽。那么我们试问,用此种方法坐实皇三子、皇四子甚至皇三十五子、皇三十六子,是否就要从《红楼梦》中找出能够拆出三个、四个甚至三十五个、三十六个相同偏旁或部首的姓氏来呢?人家寿鹏飞可不跟你这样推论,接着又进一步将"木"字拆作"十八",再用小学生作算术题的方式把两个十八加在一起,结果"金陵十二钗"正册副册又副册的三十六个女子便与康熙皇帝的三十六个儿子对应了起来,三十六个历史人物跑到《红楼梦》中之后也随之变作了"水做的骨肉"!这种"化雌为雄"一一对应的关系,明明是说一个女子对应一个男子,"以符三十六子之数",但寿鹏飞却又接着论证说,宝钗是"雍正影子",袭人也是"雍正影子"。对此我们不禁要问,既然宝钗、袭人同时影射雍正,那么其他三十五个皇子中岂不有人少了一个"化身"?三十六皇子与三十六钗之间的影写关系岂不乱了套?这种"分写""合写"、一人兼影数人或数人影射一个甚至交叉影射的糊涂账,莫说读者搞不清楚,恐怕连索隐者自己都要犯糊涂!霍氏姐弟在《红楼解梦·前言》中所说的一段话,倒是道破了索隐派所用"分身""合写"等等"奇法""妙法"的天机:

> 作者又从戏曲舞台上汲取营养。他从一个演员可以在舞台上粉墨登场扮演不同的角色受到了启发,从而使他小说中的人物被赋予了多

种人物的脸谱。甚至可以发展到一个人可以在不同的时间、场合扮演生、旦、净、末、丑等截然不同的角色。

这一番话是说曹雪芹？还是在说他们自己及其以前的红学索隐家？我们的回答只能是否定前者而肯定后者！原来，《红楼解梦》的作者们及所有的索隐家们，都像一个想入非非的大导演，任情地编织着各种各样的离奇故事。他们手中的笔，又像一根法力无穷的魔棒，驱赶着那些历史人物、小说人物乃至他们杜撰出来的子虚先生、乌有小姐，去充当一个孙悟空般善变且能化出无数分身的演员，"在不同的时间、场合扮演生、旦、净、末、丑等截然不同的角色"，装龙像龙，扮凤像凤，男女不分，雌雄同体，甚至可以化作动物或植物！

五

1934年，西京出版社出版了景梅九的《红楼梦真谛》。这是一部大杂烩式的索隐派红学著作，王梦阮、沈瓶庵的"顺治皇帝与董小宛爱情故事说"，蔡元培的"吊明之亡，揭清之失说"，邓狂言的"排满说"，寿鹏飞的"康熙诸皇子争储说"，景梅九尽皆兼收并蓄，并在此基础上进一步补充发挥。用景梅九自己的话来说，就是："批评本书有三义谛：第一义谛求之于明清间政治及宫闱事；第二义谛求之于明珠相国及其子性德事；第三义谛求之于著者及增删者本身及其家事。"结果在这"三义谛"的幌子下，其前索隐派著作所涉及的明清间的家事、国事、天下事，竟全被景梅九"索解"了出来！在谈到自己的著书缘起时，景梅九特地援引了其友人唐易庵的一段话，作为《红楼梦真谛》的立论基础，兹转引如下：

《红楼梦》为思明而作，红字影朱字，恐人不知，特于外国女子诗中标明"昨夜朱楼梦"一句以明之。悼红轩即悼朱轩，宝玉爱红、爱胭脂，皆爱朱之谓，言玉终恋朱明也。且宝玉以极文雅之人，而赌起咒发起誓来，却效《西游记》猪八戒声口，亦作者弄狡狯之处。再说木石两字，则因坊间所传《推背图》，以树上挂曲尺影朱明，今于木字添石字首两笔,恰成朱字,惟恐人不察,故又名本书曰《石头记》,言取石字头以配木而成朱,其心思可谓入微矣。又,林黛玉代表明,薛宝钗代表满,两人姓氏,由高青邱《梅花》诗中"雪满山中高士卧,月明林下美人来"两句取得。雪(薛)下着满字,林上着明字,昭然可观(今蔡氏《索隐》亦引此联,以为影高士奇,可谓知其一,不知其二)。至《风月宝鉴》影清风明月,作者于明清之间诚有隐痛。晴雯之晴,实正指清、明两间人,并寓情文相生之意。又书中秦太虚及贾字,皆言伪清耳。

对于唐易庵的这一番话,景梅九非常赞赏,认为唐易庵"非心细如发,何能至此!"他也因此深受启发,于是"乃具一副眼光,以读本书,果然发见无限妙文与暗藏之真谛。"那么,景梅九所谓的另"具一副眼光"究竟是什么呢?说白了,就是索隐派所惯用的牵强附会的文字游戏!下面就以景梅九所引唐易庵的这一段话为例,看看《红楼梦真谛》及《红楼解梦》是利用了哪些相同的手法来曲解《红楼梦》的吧:

第一,为了证明"《红楼梦》为思明而作",景梅九一再强调"红字影朱",并举"悼红轩即悼朱轩,宝玉爱红、爱胭脂,皆爱朱之谓"等等为例,这不过是存了"红字影朱"的先入之见,将词义相同或相近的字妄加联系罢了。若按景梅九的这种思维方式,将《红楼梦》中的"红"字全部改成"朱"字,例如"小红"改成"小朱","红了脸"改成"朱了脸"等等,《红楼梦》岂不要变得不伦不类?在《红楼解梦》中,这种手法亦屡屡使用,如说曹雪芹"挖空心思,大量使用隐含红意之字,如:绛(深红)、朱(红)、赤(红)、紫……"等等,有时弯子绕的更大,如先用"谐音法"将"薛"变成"雪",然后再靠字义的相近将"雪"变成白,等等。也只有毫无创作经验的人,才会这样思考问题!任何一个作家,无论他天赋多高,若处处使用索隐家们所归纳的这些"奇法""妙法"进行创作,即使累得吐血也绝对写不出一部好作品来!

第二,《红楼梦》有"木""石"两字,景梅九先用"拆字法"将"石"字的一横一撇拆下来,再将之加到"木"字上,就变成了一个"朱"字。这种有趣但却是非科学的文字游戏,在《红楼解梦》中被命名为"拆字法",且作为一种十分重要的手段频频使用,如从"彩线难收面

125

上珠，湘江旧迹已模糊。窗前亦有千竿竹，不识香痕渍也无"一诗中抽出"珠""竹""香"三个字，又用"拆字法"从"珠"字中拆出"玉"字，再用"谐音法"将"竹"变成"竺"，然后再颠倒位置一拼凑，就出现了一个"竺香玉"的名字。对于这些所谓的"奇法""妙法"，我们勿需多加辩驳，有兴趣的读者不妨做个试验：先在头脑中认定《红楼梦》甚至任何一部长篇小说"隐写"或"影射"什么，然后再用《红楼解梦》及其他红学索隐派著作所惯用的"奇法""妙法"进行牵强附会的猜测，一定会得出一个令你满意的"结论"来！不过在此须得说明一点，这种游戏虽然十分有趣儿，但却与"科学的考证"扯不到一起！

第三，景梅九所说："林黛玉代表明，薛宝钗代表满，两人姓氏，由高青邱《梅花》诗中'雪满山中高士卧，月明林下美人来'两句取得。雪（薛）下着满字，林上着明字，昭然可观"一段话，乍看似乎很有道理，因为曹雪芹创作《红楼梦》时，有可能受到了高启这句诗的启发，从而写下了"空对着，山中高士晶莹雪；终不忘，世外仙姝寂寞林"这两句曲词，并依此而给黛玉、宝钗分别取姓林、薛。然而，由此再往前推，并一口咬定这二人一个代表满清，一个代表朱明，则又是主观性甚强的臆断之词了！尤其景梅九为了支撑自己的这一论点而妄加搜寻的那些"证据"，如说"黛玉代表亡明，故写得极瘦弱，风吹欲倒。宝钗代表满清，故写得极丰满，气吹欲化"等等，则更陷入了牵强附会的深渊！在《红楼解梦》中，曲解古人及《红楼梦》中诗词曲赋的篇幅很多，但却没有一处能够赶得上景梅九曲解高启诗句的水平。读者只要看一看霍国玲女士对《菊花诗》《螃蟹咏》等诗的解释，便知余言不谬矣！

景梅九自诩，他从《红楼梦》中发现的"妙文与暗藏之真谛"是"无限"的。所谓无限，实际上不过是将以前的种种附会之说综合在一起，又以索隐派惯用的手法进一步地穿凿附会而已。当然，在"明清间政治及宫闱事""明珠相国及其子性德事""著者及增删者本身及其家事"这所谓的"三义谛"中，景梅九最为注重的还是"第一义谛"。由于他存有明、清种族矛盾的先入之见，因而他在"具第一副眼光"阅读《红楼梦》时，眼睛里看到的都是汉、满、明、清、朱、金一类的字眼儿！林黛玉《菊梦》诗中有"篱畔秋酣一觉清，和云伴月不分明"两句，景梅九便说已点出"明""清"两字；王熙凤说了句"一夜北风紧"，景梅九就认为这是暗示"满人起于东北",等等。《红楼解梦》的作者们,则满脑子都是他们虚构出来的乌有小姐竺香玉,因而便处处搜寻"香""玉"二字。什么"拆字""谐音""寓义""合写""分身"等种种"奇法""妙法"一股脑儿使将出来,不仅从《红楼梦》中找到了许多与"香""玉"二字相关的字眼儿,而且还给竺香玉找到了几十个"化身",什么男的女的、老的少的、丑的俊的、村的俏的……《红楼梦》中的许多人物都变成了"香玉(芋)",又共同形成了一个"香玉(芋)堆",结果乌有小姐竺香玉便也成了住在"黛子山""林子洞"里的那只小耗子精,"只摇身一变,也变成个香芋",一下子"滚在香芋堆里,使人看不出,听不见",直待二百多年后,方才被曹雪芹的"知音"——霍国玲女士识破了真相!

《红楼梦真谛》与《红楼解梦》还有一个共同之处,就是曲解戚蓼生序并将戚蓼生奉为曹雪芹的知音。景梅九之前的索隐家们,一般都是对《红楼梦》的正文进行索隐,景梅九却又往前迈进了一步,把戚蓼生序也当成了索隐对象。而霍氏姐弟的步子则迈得更大,连戚序、脂批都囊括了进来!只可惜她(他)们根本没有读懂脂批,因而在"索解"、利用时破绽百出。这个问题,留待后面再谈。现在我们就先看一看景梅九是如何曲解戚蓼生序的吧:

  戚序颇知微旨,就"如捉水月,只把清辉;如雨天花,但闻香气"四语论,暗借水月、雨花以写满、清两字。水月加主是清,又明写清字;水雨花头为满,又暗用香满一轮中句写满字,故接云,庶得此书弦外音乎?弦外音即亡国隐痛,吾人欲读者领略弦外音而不辞一弹再鼓耳。

戚蓼生的序文,本来是在赞叹《红楼梦》作者的艺术技巧非常高明,但在满脑子都是明清种族矛盾的景梅九眼里,却看出了"满清"两字,并认为"弦外音即亡国隐痛"。而霍氏姐弟却又从这篇序文中索解出"《石头记》中隐着历史","小说是为了掩护这部历史而空虚幻设的一篇假话,而隐入其内的历史,才是此书的精髓。小说是《红楼梦》一书的躯壳,而隐入其内的历史,才是它的核心和灵魂。小说是一篇假话,而隐入其内的历史,却有踪可追,有迹可循。在这部'不失其真'的历史中,包含着作者及其所恋之女子的真实传记。"同一篇序文，运用了几乎相同的索隐方法，只因主观意念不同，霍氏姐弟便得出了与景梅九截然不同的结论。不过，有一点她（他）们还是共通的：景梅九夸赞"戚序颇知微旨"；霍氏姐弟则认为戚蓼生"博学多才"，"对《红楼梦》的研究颇深"，而且还是"在这两百多年中""真正解得了'其中味'的一个人"。倘或戚蓼生九泉有知，不知该当因了景梅九及霍氏姐弟的夸赞而欣喜若狂呢？还是由于他（她）们曲解了自己的序文而痛哭流涕呢？

六

20世纪40年代以后，没有出现有影响的红学索隐派论著。至50年代，索隐派在大陆虽已基本消失，但在海外却得到了复活。据刘梦溪先生《红学》一书介绍，较有代表性的主要有潘重规的《红楼梦新解》、杜世杰的《红楼梦原理》、李知其的《红楼梦谜》以及赵同的《红楼猜梦》等。这其中除了赵同之外，其他几人都与以前的红学索隐家一样，对于考证派发掘出来的有关曹雪芹家世生平的史料弃而不顾或坚决排斥。相比而言，《红楼解梦》在这一点上倒是值得肯定的。但霍国玲女士倘若认为这是一种"突破"或"创新"，那可就大错特错了。因为赵同的《红楼猜梦》早已走在了她（他）们的前面。据刘梦溪先生在《红学》一书中介绍说，赵同"一改过去索隐派用拆字、谐韵、类比寻求影射的惯常作风，转而集中使用考证派的搜集和发现的关于曹雪芹家世的大量历史史料，包括倍受考证派重视的脂批，由这些材料来充实他假设的关于作者和影射问题的基本构架。从理论上说，《红楼猜梦》的作者赵同所做的，是把考证派和索隐派结合起来的一种尝试；在方法上，他是用考证的方法来达到索隐的目的。"虽然霍氏姐弟在《红楼解梦》的前言中自我标榜："是分析、考证、推理索隐派。分析、考证、推理是研究方法，索隐是研究目的。"但我们只要仔细看一看《红楼解梦》，便不难发现他们实际上是打着考证的幌子在搞索隐。只可惜笔者未曾读到海外的这几部索隐论著，在此也就不便妄言了。下面谈一谈另外几个相关的问题。

当年胡适先生《红楼梦考证》的发表，曾经引发了一场学术论争，这便是红学史上著名的蔡、胡论战。胡适先生在对大量史料进行细致考证后，得出了虽然较有说服力但却仍然存有谬误之处的结论：《红楼梦》的作者是曹雪芹，但真正属于他作的只有前八十回，后四十回乃高鹗所续。"《红楼梦》这部书是曹雪芹的自叙传"，其内容就是描写曹家"坐吃山空""树倒猢狲散"的自然趋势。针对其前的种种索隐，尤其是蔡元培先生的《石头记索隐》，胡适先生进行了猛烈的抨击，认为他们都是"猜谜的红学大家"，他们的索隐"是一种很牵强的附会"，是"绞尽心血去猜那想入非非的笨谜"，其方法和结论都是"没有道理"的。

1922年，蔡元培先生为自己的《石头记索隐》第六版作序，副题就是《对于胡适之先生〈红楼梦考证〉之商榷》。在这篇自序中，蔡元培先生针对胡适先生的批评做出了回答。他说："近读胡适之先生《红楼梦考证》，列拙著于'附会的红学'之中。谓之'走错了道路'，谓之'大笨伯''笨谜'，谓之'很牵强的附会'，我殊不敢承认。"并认为自己用"（一）品性相类者；（二）轶事有征者；（三）姓名相关者"三法去"推求"小说中的人物，如"以湘云之豪放而推为其年，以惜春之冷僻而推为荪友，用第一法也；以宝玉曾逢魔魇而推为允礽，以凤姐哭向金陵而推为余国柱，用第二法也；以探春之名与探花有关，而推为健庵，用第三法也。然每举一人，率兼用三法或两法，有可推证，始质言之……自以为审慎之至，与随意附会者不同。"为了证明自己的索隐不是"猜笨谜"，蔡元培先生又举《世说新语》等书为例反驳说："胡先生所谥为'笨谜者'，正是中国文人习惯，在彼辈方以为必如是而后值得猜也。《世说新书》称曹娥碑后有'黄娟幼妇外孙齑臼'八字，即以当'绝妙好辞'四字。""《儿女英雄传》自言十三妹为'玉'字之分拆"，"又以纪献唐影年羹尧，纪与年，唐与尧，虽尚简单，而献与羹则自'犬曰羹献'之文来。自胡先生观之，非皆笨谜乎？""即如《儒林外史》之庄绍光即程绵庄，马纯上即冯粹中，牛布衣即朱草衣，均为胡先生所承认"，"安徽第一大文豪且用之，安见汉军第一大文豪不出此乎？"

蔡元培先生在为自己的索隐进行辩解的同时，也对胡适先生的"自叙传"说作了反驳：胡先生以曹雪芹生平大端考定，遂断定《石头记》是"曹雪芹的自叙传"，"是一部将真事隐去的自叙书"，"曹雪芹即是《红楼梦》开端时那个深自忏悔的我，即是书里甄、贾（真、假）两个宝玉的底本。""胡先生以贾政为员外郎，适与员外郎曹頫相应，谓贾政即影曹頫。然《石头记》第三十七回有贾政任学差之说，第七十一回有贾政回京复命，因是学差，故不敢先到家中云云，曹頫固未闻曾放学差也。且使贾府果为曹家影子，而此书又为雪芹自写其家庭之状况，则措词当有分寸。今观第七回焦大之谩骂，第六十六回柳湘莲道：'你们东府里，除了那两个石头狮子干净罢了。'似太不留余地。"

同年5月，胡适先生作《跋红楼梦考证》，在该文第二部分《答蔡子民先生的商榷》中，又对蔡元培先生的文章作了答辩。他说，蔡元培先生的"方法论"对于某些小说是可以的，如《孽海花》《儒林外史》等，但"大多数的小说是决不可适用这个方法的"，也是不适用于《红楼梦》的。在文章中，胡适先生还引了顾颉刚先生的两点意见予以论证：

（一）别种小说的影射人物，只是换了他姓名，男还是男，女还是女，所做的职业还是本人的职业。何以一到《红楼梦》就会男变为女，官僚和文人都会变成宅眷？

（二）别种小说的影射事情，总是保存他们原来的关系。何以一到《红楼梦》，无关系的就会发生关系了？例如蔡先生考定宝玉为允祁，黛玉为朱竹垞，薛宝钗为高士奇，试问允祁和朱竹垞有何恋爱的关系？朱竹垞与高士奇有何吃醋的关系？

胡适先生在引述上面的两条理由后又进一步指出："因为《红楼梦》与《儒林外史》不是同一类的书，用'品性、轶事、姓名'三项来推求《红楼梦》里的人物，就像用这种方法来推求《金瓶梅》里西门庆的一妻五妾影射何人，结果必然是一种很牵强的附会。"

平心而论，在这场著名的学术论争中，蔡元培先生和胡适先生彼此都击中了对方的要害。蔡元培先生的"康熙朝政治状态说"将《红楼梦》看作是康熙朝的历史固然荒谬，胡适先生的"自叙传说"视《红楼梦》为曹雪芹的家史也存在着谬误。他们所犯的这一共同错误，导源于他们的文学观念。他们虽然明白文学源于生活，却又错误地将历史事件及现实生活与文学等同起来，因而便如此这般地将历史人物与文学人物一一对号。其他红学索隐派论著以及《红楼解梦》也莫不如此。

然而，在这场学术论争中，蔡元培先生还是明显地处于劣势。自此而后，索隐派便渐趋衰微终至消失，而胡适先生所开创的新红学派也以绝对压倒的优势取代了索隐派的红坛盟主地位。这是因为，新红学派虽然在"自传说""自叙传说"等等方面有所失误，但他们靠史料来论证的方法是科学的。这与索隐派的穿凿附会有着本质的区别。搞文学考证，欲要得出符合事实的结论，就必须具备正确的文学观念、确凿的历史史料、严谨的思维方式、科学的研究方法和起码的治学能力。五者缺一不可，否则便会出现失误，甚至得出荒唐可笑的结论。

霍氏姐弟在《红楼解梦·前言》中曾说："我们竟无意中集新旧红学于一身，熔索隐、自传于一炉了。"到底有意还是无意，我们不得而知，但这句话却值得分析。实际上，她（他）们所继承的只是新红学派导源于不正确的文学观念而犯的错误，却抛弃了他们严谨的思维方式和科学的研究方法，而霍氏姐弟所用的史料，也是她（他）们肢解《红楼梦》、脂批以及考证派的研究成果后拼凑出来的。而在文学观念、思维方式和论证方法几个方面，她（他）们倒是全面地从红学索隐派那里继承了下来。然而与早期红学索隐派相比而言，她（他）们却又缺乏起码的治学能力。下面试择其要者列举几条，以证余言之不谬：

第一，北京燕山出版社1989年版《红楼解梦》第58页，霍氏引了《红楼梦》第二十七回中的一段原文，后边的几句话，应该断句为："众花皆卸，花神退位，须要饯行。"但霍氏却断为："众花皆卸花，神退位，须要饯行。"众所周知，《红楼梦》乃是十分浅显易懂的白话小说，断句并不困难。这几句话，连中学生都能断开，霍氏却出现了这样的失误，其治学能力如何，也就可想而知了。

第二，我国封建时代，皇帝死后，在太庙立室奉祀时特起的名号称"庙号"，如乾隆皇帝庙号高宗，所以后人以庙号称之，称为"高庙"。也就是说，"高庙"这个词用于乾隆，只能是在他去世以后，但霍氏却说："乾隆错判了天祐一案，因此被天祐在《红楼梦》中骂作'糊涂庙'，并利用小说的回目讥讽乾隆是'糊涂僧乱判糊涂案'。笔者如此说的依据是：小说第一回，在'人皆呼作葫芦庙'处有甲戌本夹批：'糊涂也，……'葫芦背后所隐的既然是糊涂，那么'葫芦庙'岂不成了'糊涂庙'？世上不乏糊涂人，有谁见过庙还有糊涂与不糊涂之说？另外，自史书上得知乾隆叫'高庙'。据此，笔者以为'葫芦僧乱判葫芦案'实为隐指乾隆这个糊涂僧，错判了天祐这个糊涂案。"众所周知，曹雪芹去世于1764年左右，而乾隆则去世于1799年。曹雪芹又不是未卜先知的神仙，怎能预知几十年后乾隆皇帝的庙号？这说明霍氏连最起码的历史常识都不具备！

第三，霍氏在行文过程中，大量利用并曲解脂批，但却连脂批的一些基本问题都没有弄清楚。众所周知，脂批的情况是十分复杂的。现存十一种脂本系统的本子，除舒序本、郑藏本之外，其他都附有数量不等的评语。这其中有些评语后面署了化名，且仅署名者就有十人之多。而相对于大量无署名的评语来说，有署名的评语实在少得可怜。因此，究竟哪些评语是脂砚斋的，除署名者之外实在很难判断。既如此，在利用脂批时就必须加以考辨。但霍氏姐弟则不加选择地曲解利用，动辄便说"脂砚斋如何如何"，例如《红楼解梦》中曾引了这样一条批语："可发一笑，真环哥之谜。诸卿勿笑，难为了作者摹拟。"这很明显是两个人的批语。"可发一笑，真环哥之谜"一语是针对贾环所作谜语而发；"诸卿勿笑，难为了作者摹拟"一语则针对评贾环谜语的批语而发，《红楼解梦》的作者不但在"环哥之谜"后用了逗号，而且还说什么"脂砚斋在该谜语旁批道"。那么我们试问，这两句话究竟哪一句是脂砚斋的？你们凭什么断定它是脂砚斋的批语？凡此种种，都说明霍氏姐弟根本连脂批的起码的东西都没搞清楚！

其他诸如对"野史"等的阐释，对脂批、戚序的曲解发挥等，都说明霍氏姐弟根本不了解中国的小说史、小说批评史乃至文学史。须知明清两代的批评家们，为了提高自己所评小说的地位，往往一再提醒阅者应将之当作史书或圣贤书看。而"野史"一词虽有两意，但在明清时代的文学批评中，它却是小说的代名词。《红楼梦》中及脂批中所云"野史"也是如此。霍国玲女士如若不信，不妨翻阅一下明清两代的小说序跋与评语！

霍国玲女士曾经自夸："学理工的人所特有的严谨、推论、求证的方法，往往是一般专门从事文史工作的人所缺乏的。"但读完《红楼解梦》，笔者却未发现霍氏究竟严谨在哪里！前述种种，即可略见一斑。兹再列举几处，看一看霍国玲女士"所特有的严谨、推论、求证的方法"究竟如何吧：

在《红玉姓竺不姓林》一文中，霍氏对"大盆"一词的解释，确实利用了一点儿算数常识，我们姑且将之作为"学理工的人所特有的严谨、推论、求证的方法"来看待罢！既如此，我们不妨略引一下，看看霍氏是如何"推论、求证"的：

大盅＝特大杯

将大杯代入原文中写着大盅的地方，原文遂变成如下的形式：

九曲十环一百二十节蟠虬整雕竹根的一个特大杯……………（1）

读者须知，在第五回中，于"万艳同杯"处有脂批曰："隐悲"；既然"杯"隐"悲"，我们不妨将其意代入式（1），式（1）则变成如下的形式：

九曲十环一百二十节蟠虬整雕竹根的一个特大悲……………（2）

将式（2）删繁化简，即成为如下的形式：

竹根特大悲………………………………………………………（3）

显然，式（3）是无意义的。谁都明白，竹子，以至于竹制品，都不会感受到任何悲伤。此处须将式（3）中之隐秘析出——此处的竹隐竺。如果式（3）中的竹以竺取而代之，式（3）则变成了如下的形式：

特大竺悲………………………………………………………（4）

作者所制造的这个谜语，由于脂砚斋加上了两条批语，便帮助我们解开了——式（4）的含意为——喻指竺香玉命运特别悲惨。

由此我们不难看出，霍氏"所特有的严谨、推论、求证的方法"，原来却是一种弯弯绕式加麻花式的思维方式。我们可以毫不客气地说，也只有不懂文学艺术且毫无创作体验的"非常人"，才会如此拐弯抹角地思考问题！也幸亏霍氏会说北京话，明白北京人所惯用的"特大""特小""特冷""特热"这一类句式，否则还真难猜出"特大悲"这个"笨谜"！

有时，霍氏却又一反如上这种复杂而又超常的思维方式，在考虑问题时显得十分天真幼稚。如说"为了复仇，天祐忍辱屈从进宫谋得一职，管理御用和尚道士，并设法与香玉取得联系"云云，便未免将问题想得太简单了！皇宫是什么地方？你以为"进宫谋得一职"就像如今到某个单位或公司打工那么容易？而"管理御用和尚道士"的管理人员又该是什么身份的人？御前侍卫是大臣的子弟，伺候人的奴才须得先净身做了太监！曹天祐该属哪一种人？说他"设法与香玉取得联系"，则更是将皇宫内院当成了才子佳人传书递简偷期密约的后花园！我真感到奇怪，霍氏何不直接说曹天祐谋得管理御花园之职，借职务之便与竺香玉取得联系呢！

再如，霍氏说"雍正十三年秋，竺香玉、曹天祐二人设计用丹砂毒死了雍正。""雍正死后，其四子弘历即位。香玉以悼念先皇为理由，再次出家做了尼姑，到香山一带皇家的寺庙中带发修行。""当时曹天祐为了追随香玉，亦辗转迁居香山一带。自此他二人才大快遂心。天祐经常以哥哥的身份去庙中看望香玉，俩人品茶、论诗，愉快自在地度过了约有九年。""乾隆九年，天祐三十岁时中了举，并得官职为州同。就在这时，香玉为天祐生下一子，但由于天祐之妻的醋妒及庙中老尼的威逼，至使天祐'惧祸走他乡'，香玉'情耻归地府'，一段姻缘，到此结束。""天祐与香玉之事败露后，一个自尽，一个逃亡，使宫中大为震惊，为此清宫对曹家再次进行了查抄。""天祐一案，被定为贼案，天祐被宫中革出不用，并被籍没家产。""待天祐还俗后，辗转回到香山脚下，化名曹雪芹安顿下来。""生活稍事安定后，痛定思痛，在他原有的《风月宝鉴》一书的基础上开始写《红楼梦》。他流着眼泪，上千遍地呼唤着香玉、红玉的名字为其写传，并发誓，在书中要写出儿女之间的真情。"

这一番凭借想象虚构出来的无稽之谈，即当成小说来读亦让人感到滑稽可笑，因为它不仅没有任何生活的真实可言，而且也缺乏艺术的真实性！按照霍氏的说法，竺香玉是雍正的皇后，那么乾隆即位之后，竺香玉自然便是皇太后了。这样的身份，无论她以什么为理由，乾隆帝也不会让她出家做尼姑的！退一步说，就算乾隆同意竺香玉"到香山一带皇家的寺庙中带发修行"，那么皇太后所在的"皇家的寺庙"，一定会是戒备森严的。既如此，曹天祐就绝对不可能"经常以哥哥的身份去庙中看望香玉"并与她"品茶、论诗"且"愉快自在地度过了约有九年"时间！竺香玉也是绝对不敢"为天祐生下一子"的！再退一步说，就算曹、竺二人共度了这么一段"大快遂心"的日子，"庙中的老尼"也没有胆量威逼带发修行的皇太后！再退一步，我们姑且承认霍氏虚构的故事全是"史实"，那么案发之后清廷也绝对不会仅仅"对曹家再次进行了查抄"，仅仅将曹天祐从"宫中革出不用"，而是要诛灭九族的！就算曹天祐一时"惧祸走他乡"，乾隆帝也绝对不会轻饶这个给雍正帝戴绿帽子的钦犯！曹天祐就算有天大的胆子，也绝对不敢"辗转回到香山脚下，化名曹雪芹安顿下来"！须知"香山脚下"就是天子脚下，当时是旗人的营地所在！莫说曹天祐只是改了个名字，就算他用易容术换了面孔，乾隆也一定会有办法将他抓住并予以严惩的！……在《红楼解梦》中，这类靠奇思遐想虚构出来的幼稚而无知的浪漫情节比比皆是，这就是霍氏所自诩的"科学的考证"！

霍氏姐弟在《红楼解梦·前言》中曾将该书的"意义和作用"归纳为以下五点：

一、揭示了《红楼梦》作者的真正写书目的，并挖出了小说背后之所隐。

二、解开了雍正暴亡之谜，修正了清朝历史中的一页。

三、考出了《红楼梦》作者曹雪芹的生辰年月，从而确定了文星升起的确切时间。

四、解决了研究此书时许多久而未决的问题，如《红楼梦》中纪年混乱的问题。

五、揭示了一些《红楼梦》作者所特有的写作技巧和隐写秘法。……

事实果真如此吗？我们的回答当然是否定的。一个毫无创作体验且缺乏起码常识和能力的人，要解决这些问题，简直形同白日做梦！《红楼梦》作者的真正写书目的是什么，这部书中到底"隐去"了什么"真事"，用霍氏姐弟这种牵强附会的手法，是绝对得不出一个正确结论的。至于雍正之死，正史上也写得很清楚，民间传说中的种种说法，其实都是不值一驳的，而《红楼解梦》如此这般地瞎猜"笨谜"，当然不可能"修正""清朝历史中的一页"！

霍氏自诩"考出了《红楼梦》作者的生辰年月"，则是谬误之中略有掠美之嫌。众所周知，关于曹雪芹的生年问题，目前学术界主要有两种说法，即"乙未说"（或称"康熙五十四年说""遗腹子说"）和"甲辰说"（或称"雍正二年说"）。早在20世纪30年代，李玄伯先生即根据曹頫的一份奏折，提出了曹頫的遗腹子"或即雪芹"的说法。至20世纪80年代，王利器先生等又重申此说。因此，霍氏认为自己"考出了《红楼梦》作者曹雪芹的生辰年月"云云，岂非是在掠他人之美？当然，霍氏又进一步推出"五月三日"，且不管其推论方法是否得当，即以文学观念而言，却也存在着明显的失误。霍氏是把贾宝玉当成了曹雪芹，从根本上混淆了小说人物与历史人物之间的关系。她（他）们考定的这个生日，是贾宝玉的而非曹雪芹的。因此，"康熙五十四年五月三日"这个日子，是将曹雪芹的出生年月和贾宝玉的生日扯在了一起！

　　霍氏所谓"揭示了一些《红楼梦》作者所特有的写作技巧和隐写秘法"又如何呢？通过笔者的缕述，我们便不难看出，这些所谓的"写作技巧和隐写秘法"，实际上与《红楼梦》毫无关系，它们都是索隐家们"猜笨谜"的一惯伎俩。通读《红楼解梦》就会发现，霍氏实际上并未解决上述任何问题！至于《红楼梦》中纪年混乱的问题，则应该更多地从创作的角度去考虑。曹雪芹如将人物年龄写得太大，那么在封建时代的大家庭中，贾宝玉就失去了与小姐们"在内帏厮混"的前提；如将人物年龄写得太小，则又无法表现他（她）们的男女恋情。而《红楼梦》一书，又是一部未完成的巨著，曹雪芹尚未最后修改订稿，便即"泪尽而逝"，因此便也留下了诸多的矛盾之处。霍氏毫无文学创作体验，却凭主观想象牵强附会地大谈《红楼梦》的纪年问题，自然也就谈不到点子上了。

（原载《红楼梦学刊》1996 年第 4 期、1997 年第 1 期）

顾颉刚与新红学

在中国红学史上，顾颉刚除了为俞平伯的《红楼梦辨》作过一篇序言外，从未发表或出版过有关《红楼梦》研究的专门论著。这位著名的历史学家，"古史辨学派"的创始人，虽然以其丰硕的史学成就而驰名于世，但他对"新红学"的巨大贡献，却也是学术界所公认的。可以毫不夸张地说，胡适《红楼梦考证》改定稿的成功，有顾颉刚洒下的辛勤的汗水；俞平伯《红楼梦辨》的撰写出版，也有顾颉刚的一份功劳。也正因为如此，所以顾颉刚毫无争议地成为了新红学考证派的三大创始人之一。

一、新红学的创建

顾颉刚，名诵坤，字铭坚，号颉刚。1893年出生于苏州的一个书香门第，虽然自幼受到了良好的家庭教育，但他的一生，却几乎都是在动荡不安的环境中度过的，甚至还经历了三次改朝换代的社会巨变。他刚刚来到人世间，所面对的就是一个天崩地解硝烟弥漫的历史时期，此时的满清政府，犹如一条被架在烈火干柴上烘烤的病龙，在内忧外患中痛哭地呻吟着，挣扎着。就在顾颉刚出生后的第二年，亦即公元1894年7月，便爆发了对中国历史乃至世界历史具有重大影响的甲午中日战争。此后的中国，灾难更是接踵而至，几无宁日。1911年，辛亥革命爆发，终于推翻了腐朽的满清王朝，但由于资产阶级的软弱性、妥协性，中国却又陷入了军阀割据的混乱局面。与此同时，各种外来思潮也纷纷涌入，中国又进入了社会动荡但思想却相对活跃的一个历史时期。

在动荡环境中成长起来的顾颉刚，在求学的道路上也不是一帆风顺的。1913年，孙中山在南方发动"二次革命"，举兵讨伐袁世凯，结果却被袁世凯军队打败,孙中山被迫流亡日本。就在这一年,顾颉刚考入北京大学预科,因讲求经世致用,选报农科,终因制图、数学功课吃力,无奈又欲改学文科,并于1914年休学半年。1915年,却又因病休学在家。就在这一年的年初,日本提出了阴谋灭亡中国的"二十一条",作为支持袁世凯称帝的条件,由此在全国范围内引发了大规模的群众性反日爱国运动。同年12月,袁世凯公然宣布推翻民国,恢复帝制,自称中华帝国皇帝,改民国五年为洪宪元年。袁世凯的倒行逆施,引起了全国人民的强烈反对,继云南宣布独立后,贵州、广东、广西、福建、浙江、陕西等省也纷纷宣告独立,此即著名的"护国运动"。1916年3月,袁世凯被迫宣布取消帝制,恢复民国,同年6月,袁世凯在全国人民的唾骂声中病死。就在这一年的夏天,年已23岁的顾颉刚,终于考入北京大学文科哲学门,实现了自己的夙愿。

1917年,虽然在中国的政治舞台上曾经上演过许许多多的闹剧,但从文化史的角度来说,中国历史上的这个特殊的年份,却是永远值得我们大书特书的一年。笔者在《红学:1954》一书中曾经说过,在这令人怀恋的一年中,有许许多多值得纪念的特殊日子:

这一年的1月4日,蔡元培就任北大校长,"兼蓄并包"的办学方针既定,北大的振兴,中国文化的复兴,已然提上了议事日程;1月15日,陈独秀被聘为北大文科学长,《新青年》编辑部也由上海迁到了北京,中国的历史,即将谱写新的篇章;9月10,留美归来的胡适,被聘为北大的文科教授,轰轰烈烈的新文化运动,已有了一员冲锋陷阵的大将。

三位思想文化巨人,在这令人难忘的1917年,先后来到北京,相聚于北大,其意义之深远,岂止为历史平添了一段佳话!

1917年,还有更值得历史怀念的日子:

这一年的1月1日,胡适的《文学改良刍议》在《新青年》第2卷第5期上发表,打响了中国新文化运动的第一枪;这一年的2月1日,《新青年》第2卷第6期上,刊载了陈独秀的《文学革命论》,新文化运动的熊熊烈焰烧得越来越旺。

历史将永远记住这些值得纪念的日子。正因为有了这些值得怀念的日子,所以这一年也就特别值得怀念。但在这历史最为留恋的一年中,还有一段时光,似乎也值得红学研究者们特别注意:

就在这一年的9月底，俞平伯与顾颉刚相识并成为朋友。"新红学"的三大创始人在1917年的秋天相识并结交，也应该在红学史上注上重重的一笔。几年后，他们也将共同吹响"红学革命"的号角。

然而，历史的发展犹如一条条奔向大海的江河，途中往往要经历种种曲折。就在顾颉刚雄心勃勃准备大展宏图之时，却于1918年因妻子病故而患失眠，不得已再次休学回家。1919年5月，中国爆发了轰轰烈烈的"五四运动"，顾颉刚的母校便是这场运动的策源地，他的许多同学，诸如傅斯年、罗家伦、许德珩、俞平伯等人，也都是这场运动的领袖或积极参与者，但他此时却依然养病在家。直到这一年的9月，方才到校复学。1920年夏，顾颉刚毕业于北京大学。他的许多同窗好友，又追随着涌动的时代大潮，纷纷出国留学，但顾颉刚却在胡适的帮助下，在北大谋得图书编目员一职，过起了养家糊口的谋生生涯。

历史上许多事件的发生，有偶然性也有必然性。如果说，几位文化巨人在北京大学的相遇相识，存在着某种偶然因素的话，那么，1921年"新红学"的诞生，却是历史发展的一种必然。

1917年9月，自美国归来的"文学革命先锋"胡适来到了北京大学。但当他所点燃的"文学革命"的烈火正在熊熊燃烧之时，他却一头钻进了故纸堆中，开始了"整理国故"的系统工程。对此，许多人感到难以理解。殊不知，这一系统工程，也正是胡适所倡导的"文艺复兴运动"的继续和发展。他的"整理国故"，主要便是整理中国的白话文学。他要利用这个取之不尽的"大蓄水池"，为"文艺复兴运动"这条"奔流不息的大河"，提供用之不竭的水源。因此，从这个意义上来说，胡适的"整理国故"，不是目的而只是一种手段，其唯一的也是最终的目的，便是要推动自己所倡导的"文艺复兴运动"继续深入并向前发展。基于这样一种目的，自1920年开始，胡适便与亚东图书馆合作，开始了中国古典白话小说的系统整理出版工作。为了更好地完成这一"系统工程"，他们立下了三条在中国出版史上具有划时代意义的整理原则："（一）本文中一定要用标点符号；（二）正文一定要分节分段；（三）[正文之前]一定要有一篇对该书历史的导言。"前两项工作由亚东图书馆来做，后一项任务则由胡适具体负责。当年胡适有关《西游记》《水浒传》《红楼梦》《镜花缘》等的研究文章，便是为出版这些文学名著所撰写的"对该书历史的导言"。正因这一非同寻常的举动，才为《红楼梦考证》的问世，创造了必然的客观条件。

实际上，早在1916年，文化泰斗蔡元培便在《小说月报》上公开连载了他的《石头记索隐》，并于1917年结集出版。我们可以毫不夸张地说，蔡元培对《红楼梦》的钟情，也是促使胡适撰写《红楼梦考证》的一大诱因。当时，北京国立学校的教员，正在闹"索薪罢课"风潮，胡适便利用这一段充裕的时间，撰写了"新红学考证派"的奠基之作——《红楼梦考证》（初稿），对以《石头记索隐》为代表的索隐派红学著作，予以迎头痛击。

表面看来，当时胡适撰写《红楼梦考证》的主要目的，是为亚东图书馆整理出版的《红楼梦》撰写《导言》，但深层的因素，则还是要借助这篇文章，在推破索隐派红学种种谬说的同时，另立一种更为合理的新说。因为，只"破"不立，自然达不到预期的目的。众所周知，著名历史学家孟森的《董小宛考》，以及他在后来撰写的《世祖出家事考实》两文，都曾以翔实可靠的史料，严谨而又科学的论证方式，彻底推垮了《红楼梦索隐》赖以立论的基础，然而，在中国红学史上，孟森却没有创立一个新的红学流派。虽然这两篇文章都是针对《红楼梦索隐》一书，而胡适的《红楼梦考证》，也只是在孟森攻破王梦阮、沈瓶庵的"清世祖与董鄂妃故事说"的基础上，又轻描淡写地驳斥了两说而已。因此，要彻底推垮牵强附会的红学索隐派，就必须在"破旧"的前提下，再创立一种令人信服的"新"学说，才能使非科学的索隐派红学著作销声匿迹。《红楼梦考证》一文问世后，虽然仍有几部索隐派红学著作相继问世，但其一蹶不振的局面，便可充分证明这一点。

然而，在史料极度匮乏的情况下，欲立一种新说，又是何等的困难！完成于1921年3月27日的《红楼梦考证》初稿，可以说是只"破"未"立"，即"立"亦基石不牢。因此，为了破得彻底，立得稳固，就必须寻找更多的补充材料，所以，胡适在写成《红楼梦考证》的初稿后，便很快将稿件寄给了顾颉刚，请他提出修改意见，并代自己查找有关史料。当时，"索薪罢课"的风潮尚未结束，顾颉刚也"有功夫常到京师图书馆里做考察的事"，再加工作上的便利条件，因此，自4月初开始，顾颉刚便匆忙地奔走于北京、天津之间，开始了艰苦的查找资料的工作。

在顾颉刚的无私帮助下，胡适最终利用所查找到的史料，于1921年11月12日，写成了《红楼梦考证》的改定稿，从而为"新红学派"的诞生，打下了坚实的基础。据统计，《红楼梦考证》一文的初稿仅有一万五千余字，改定稿则多达两万两千余字。这些改动，主要是史料的增加并因新材料的发现而对某些论点的修正。而这些材料的补充和结论的修正，则主要得利于顾颉刚的无私奉献和帮助。

　　在此期间，原本不喜欢《红楼梦》的俞平伯，由于闲暇无事，居然也对《红楼梦》的研究产生了浓厚的兴趣。于是，在胡适和顾颉刚的感召下，俞平伯便经常到顾颉刚那里，探询他为胡适查找材料的情况。从此开始，胡适、顾颉刚、俞平伯三人之间，便不断地通起信来，而对《红楼梦》问题的讨论，也成了他们信件的主要内容。

　　1923年4月，俞平伯在与顾颉刚通信基础上撰写的《红楼梦辨》一书，也由上海亚东图书馆正式出版。至此，开创《红楼梦》研究新生面的"新红学"，在胡适、顾颉刚、俞平伯三人的共同努力下，终于完成了它的开创工作。

　　不仅如此，"新红学"的大旗，还是顾颉刚打出来的。他在为俞平伯的《红楼梦辨》所作《序》中说："我希望大家看着这旧红学的打倒，新红学的成立，从此悟得一个研究学问的方法，知道从前人做学问，所谓方法实不成为方法，所以根基不坚，为之百年而不足者，毁之一旦而有余。现在既有正确的科学方法可以应用了，比了古人真不知道便宜了多少；我们正应当善保这一点便宜，赶紧把旧方法丢了，用新方法去驾驭实际的材料，使得嘘气结成的仙山楼阁，换作了砖石砌成的奇伟建筑。"

　　这段掷地有声的文字，与胡适的《红楼梦考证》、俞平伯的《红楼梦辨》互相呼应，从实践与理论上，在宣布"新红学"诞生的同时，也敲响了"旧红学"的丧钟。

二、顾颉刚的红学成就

　　胡适与顾颉刚寻找史料并讨论《红楼梦》问题的通信，已全部刊登在《中华文史论丛》1981年第4辑上，后又收入《胡适红楼梦研究论述全编》一书中。时至今日，我们重读这些通信，不仅能够充分感受到他们当日搜求时的艰辛和收获后的喜悦，而且还可体悟到他们严谨的治学态度和孜孜以求的治学精神。通过这些信件，我们可以清楚地看到，顾颉刚曾为胡适搜集到了《上元县志》《江宁县志》《八旗通志》《八旗氏族通谱》《楝亭集》《船山诗草》等大量的关键性资料，为胡适《红楼梦考证》改定稿的最终完成，起到了不可替代的作用。

  据现有资料可知，胡适与顾颉刚关于《红楼梦》研究问题的第一封书信，写于1921年4月2日。胡适在该信中说，"近作《红楼梦考证》，甚盼你为我一校读。如有遗漏的材料，请为我笺出。"并托顾颉刚为他从图书馆中借出"《南巡盛典》中的关于康熙帝四次南巡的一部分"，以及"《船山诗草》八本"。

  同年4月6日，顾颉刚在胡适这封信上所作眉批中说，"我接到了这封信，就到北大图书馆里去翻。不幸《船山诗草》找不到，《南巡盛典》是专记乾隆朝的。"并在给胡适回信中承诺，自己"明天就到京师图书馆去找"，且提示胡适说，自己"记得扫叶山房《文艺杂志》里引《寄蜗残赘》一则，说雪芹之孙曹瑞因逆案灭族。"由此可以看出，顾颉刚并非仅仅遵照胡适的信件按图索骥查找材料，而且还主动将自己所知道的史料线索提供给胡适。

  1921年4月3日，胡适又写信给顾颉刚，托他帮助查找有关高鹗的史料。4月4日，顾颉刚在查找资料后，立刻给胡适回了一封长信，提供了以下信息和资料："高鹗的名字，在国子监见到了。他是镶黄旗汉军人，乾隆六十年乙卯科进士，殿试第三甲第一名。""先生藏的程排本《红楼梦》上高鹗名字上模糊的一字，是'岭'字。铁岭是奉天府的属县，或泛称奉天。""张船山赠高鹗的诗，也钞到了。在《船山诗草》卷十六《辛癸集》的第十三页。做的时候，是辛酉年（嘉庆六年）九月，那时正是顺天乡试，张船山做的是同考官，亦即《郎潜纪闻》所纪高鹗搜遗卷的一回，所以他们二人在闱中相遇。诗云：'赠高兰墅同年，传奇《红楼梦》八十回以后，俱兰墅所补。无花无酒耐深秋，洒扫云房且唱酬。侠气君能空紫塞，艳情人自说《红楼》。逶迤把臂如今雨，得失关心此旧游。弹指十三年已去，朱衣帘外亦回头。'""张船山是北闱中式的主人，那时是乾隆五十三年戊申；到嘉庆六年辛酉，恰是十三年。《船山集》中，与高鹗有关系的,只有这一首。诗中有'逶迤把臂如今雨'语,可见他两人向不认识。""昨天有一意外的发现,便是在《诗人征略》上得到几段曹寅的零碎话。《诗人征略》是为《耆献类征》所统编入的,不知为什么却漏了这一条。这条说:曹寅,字子清,号楝亭,汉军人,官通政使。有《楝亭诗钞》。其诗出入于白居易苏轼之间。(《四库提要》)曹子清好射,以为读书射猎,自无两妨。(《有怀堂集》)……"顾颉刚在信中说,他"看见了这一段,立刻去寻找《四库全书》,那知《四库》里没有,只在《提要》上《别集类存目》十一里找到一节:《楝亭诗钞》五卷,附《词钞》一卷。江苏巡抚采进本。国朝曹寅撰。寅有《居常饮馔录》一卷。编修程晋芳家藏本。寅字子清,号楝亭,镶蓝旗汉军。康熙中巡视两淮盐政,加通政司衔……""京师图书馆的《善本书目》里,有《楝亭书目》三册,是归安姚氏咫进斋的抄本书……这部书里没有序跋,只有起首的一个小引。""高鹗既是汉军人,谅住在北京。他的朋友程伟元,书里说'庙市',说'鼓担',疑心他是北京本地人,或也是汉军人。倘使这个猜想能对,则这部书的自'作'而'钞',自'钞'而'续',自'续'而'刻',竟都在北京了。"

虽然这只是一封书信,但其中不仅有大量的第一手史料,而且间杂考辨,并随时提出自己的观点且加以论证。从某种意义上来说,实际上这已经是一篇有相当价值的学术论文了。所以,胡适在接到顾颉刚的这封信后,于1921年4月5日回信说:"我的《红楼梦考证》已付印,全书本月即可出版,故我想把你昨天给的信钞出作一个附录,印在《考证》之后。你若允许,请你答我一片,以后若续有所得,不妨俟再版时加入。附上我的小引,请审定。"

就在这封书信中,顾颉刚还曾经提出这样的建议:"我昨天到国子监去,想起这许多题名碑,我们学校里应当拓全数份,拿一份照原样保存着,或是装成轴子;拿一份裁开,装成册子。如此,在检查上方便的多。现在立在那里看,乾隆以前已是模糊了,元、明的实在看不出了。这一宗很好的史料,不便使他埋没。将来拓好之后,我们能够从志书及文集笔记里,把各人考他一考,做成一部《元明清进士题名碑考》,更得不少的用处:第一,我们做别的考证时,参考起来便利;第二,我们可以把历来进士的境遇、学问、事业、年岁,比较来看,到底最高的科举中,所得的是怎样的人才？这种人才，能给社会上以怎样的影响？"由此可见他的治学态度和对史料的重视程度，更可见出他的社会历史责任感。

1921年4月12日，顾颉刚又给胡适写了一封长信，把自己新发现的史料及观点，一并提供给了胡适。他说："我前几天到京师图书馆，原为《辨伪丛刊》去查书的，那知翻检书目时，竟把《有怀堂集》找到，于是不由得不去查曹寅家典故，于是连及到许多别的书，竟又找到许多考证《红楼梦》的材料。曹家的家世，在同治十三年修的上元江宁两县志说的最详细：曹玺，字完璧，康熙中督理江宁织造。织局繁剧，玺至，积弊一清。陛见，陈江南吏治极详，赐蟒服，加一品，御书'敬慎'匾额。卒于位。子寅。""曹寅，字子清，号荔轩，玺在殡，诏晋内刑部侍郎，仍督织江宁。加通政使，兼巡视两淮盐政。期年，贷内府金百万，有不能偿者请豁免。商立祠以祀之。""在这一段里，可见《啸亭杂录》里称他为'侍郎'，原是内刑部的侍郎，依旧是内务府的官。""关于南巡一事，先生考证稍有误处。第一，康熙帝曾南巡六次，在廿三，廿八，三十八，四十二，四十四，四十六年。宋和的《陈鹏年传》里所说乙酉南巡，曹寅救鹏年事，乃系第五次，非第三次。第二，康熙南巡，除第一次到南京时驻跸将军署外，馀五次均系把织造署当行宫。直到乾隆十六年，始把织造署迁出，改建行殿。"就在这封长信中，顾颉刚还搜集到了叶昌炽《藏书纪事诗》中有关曹寅的材料，以及曹寅所作的十首诗，并打算"或把历次所得，集成一篇《曹寅传》"。

1921年4月16日，顾颉刚在给胡适的信中说："《楝亭集》两种都给我查到，都有看的机会，真是大快事。""据《江南通志》，江宁织造的职官是：康熙二年——廿三年，曹玺。康熙廿三年——卅一年（《通志》上只记始任之年，不记讫年，此系我所加），桑格。卅一年——五十二年，曹寅。五十二年——五十四年，曹颙。五十四年——雍正六年，曹頫。"

在1921年4月19日的通信中，顾颉刚又根据在京师图书馆里看到的两部《八旗氏族通谱》，查到曹寅的家世："曹锡远，正白旗包衣人。世居沈阳地方，来归年份无考。其子曹振彦，原任浙江盐法道。孙：曹玺，原任工部尚书；曹尔正，原任佐领。曾孙：曹寅，原任通政使司通政使；曹宜，原任护军参领兼佐领；曹荃，原任司库。元孙：曹颙，原任郎中；曹頫，原任员外郎；曹颀，原任二等侍卫，兼佐领；曹天祐现任州同。""又一刻本同；唯曹天祐作曹天祐。"

在1921年4月26日的信中，顾颉刚又考证了曹寅的生卒年。他说："今天到京师图书馆看《义真县志》（康熙五十八年修），知'重修儒学'是康熙四十六年的事。拿朱彝尊文中'于是公年五十矣'这句话推上去，曹寅的生年，是顺治十五年，与顾景星《荔轩诗序》所说相合。从此曹寅的生年是可以确定的了。""卒年虽不能一定，但曹颙接手于康熙五十二年，其前更无别人作织造，则当然死在这一年上。"在天津图书馆，顾颉刚又见到了有关曹寅的材料，并且由此推断说："又在《诗别集》郭振基序上见到一句'今公子继任织部'，可见曹颙是他的儿子。"

胡适在撰写《红楼梦考证》初稿时，曾经查到了袁枚的《随园诗话》，其中有一条记载，说曹雪芹是曹寅的儿子，但当胡适从杨钟羲的《雪桥诗话续集》中查到"雪芹为楝亭通政孙"这条重要的资料后，旋即推翻了原来的看法，并在1921年5月20日的日记中重新得出了另外三条结论：（一）曹雪芹名霑；（二）曹雪芹不是曹寅的儿子，而是他的孙子；（三）清宗室敦诚的诗文集内必有关于曹雪芹的材料。

顾颉刚收到胡适的信和日记后，在5月26日的回信中，首先就这个问题提出了自己的疑虑："接二十日来信，读到《雪桥诗话》一则，快极，但'楝亭通政孙'一语是杨钟羲的记载；不知他是否根据于《四松堂集》？还是就他的记忆而言？这是一件主要问题，如杨君尚在，顶好去问他一问……"由此可见他是何等的谨慎。

在5月30日的信中，胡适又开门见山地谈了这个问题："《雪桥诗话》'通政孙'一句的来源，我七月间到上海时，当亲自设法一问。杨君似有《四松堂集》及《懋斋诗钞》。"后来，胡适又在《红楼梦考证》（改定稿）中强调说："我今年夏间到上海，写信去问杨钟羲先生，他回信说，曾有《四松堂集》，但辛亥乱后遗失了。"对于杨钟羲在辛亥乱后遗失了《四松堂集》之说，胡适深表怀疑。他在1922年4月19日的日记中，对此还耿耿于怀："杨钟羲说他辛亥乱后失了此书刻本，似系托词。"不过，当时他虽然没有见到《四松堂集》，但却核实了杨钟羲"雪芹为楝亭通政孙"一语源本《四松堂集》的推断。因此，他在《红楼梦考证》（改定稿）中便毅然决然地推翻了袁枚的说法，并一再强调说："杨先生编有《八旗文经》六十卷，又著有《雪桥诗话》三编，是一个最熟悉八旗文献掌故的人。"

"杨先生既然根据《四松堂集》说曹雪芹是曹寅之孙,这话自然万无可疑。因为敦诚兄弟都是雪芹的好朋友,他们的证见自然是可信的。"

顾颉刚早在1921年6月30日的回信中,就指出了袁枚《随园诗话》的三大谬误:"《随园诗话》里,说雪芹是曹寅之子,是一误;说雪芹'距今已百余岁矣',是二误;《随园记》说随氏为康熙时织造,是三误。"第二、第三两条却抓住了袁枚《随园诗话》的要害。这两条证据充分地证明,袁枚不但不认识曹雪芹、曹寅,甚至连他们的底细都不清楚!

通过顾颉刚与胡适对曹雪芹究竟是曹寅之子还是曹寅之孙的论辩取舍,我们就可看出他们的治学态度和敏锐眼光。相比而言,袁枚虽与曹雪芹是同时代人,但他既不熟悉曹家又没读过《红楼梦》,其《随园诗话》中则更是谬误多多。而杨钟羲虽是民国年间人,但他既"是一个最熟悉八旗文献掌故的人",其资料又直接来自曹雪芹好友敦诚的诗集,究竟哪个更为可靠?答案当然是否定前者而肯定后者!在《红楼梦考证》(改定稿)的撰写过程中,对于其他问题的考证,诸如家世、版本、续书等方面,胡适与顾颉刚也莫不如此。

1922年,当胡适和蔡元培就《红楼梦》的问题展开论战时,顾颉刚义无反顾地站到了胡适一边。他提出的两条意见,为胡适所采纳。顾颉刚说:"(一)别种小说的影射人物,只是换了他姓名,男还是男,女还是女,所做的职业还是本人的职业。何以一到《红楼梦》,就会男变为女,官僚和文人都会变成宅眷?(二)别种小说的影射事情,总是保存他们原来的关系。何以一到《红楼梦》,无关系的就会发生关系了?例如蔡先生考定宝玉为允礽,黛玉为朱竹垞,薛宝钗为高士奇,试问允礽和朱竹垞有何恋爱关系?朱竹垞与高士奇有何吃醋关系?"

顾颉刚与胡适的通信,着重在史料的搜集、爬梳和考辨;而他与俞平伯的通信,则着重在文本方面,着重研究《红楼梦》的情节内容,尤其是有关高鹗的续书问题。

顾颉刚与俞平伯对《红楼梦》问题的讨论,始于1921年3月底。他们二人有关《红楼梦》问题的通信,已发表于《红楼梦学刊》1981年第3辑,后又收入《俞平伯论红楼梦》一书中。当时,顾颉刚正在为胡适的《红楼梦考证》修订稿查找材料,俞平伯因闲暇无事,所以就经常到顾颉刚那里，探询他为胡适查找材料的情况。从此以后，对《红楼梦》问题的讨论，便成了他们二人谈话的主要内容。

1921年4月，顾颉刚因事去了南方，俞平伯兴致方浓，便主动地给他写了一封信，畅谈《红楼梦》的有关问题。顾颉刚毫不怠慢，立刻给俞平伯写了回信。从此以后，二人频繁通信，你来我往地讨论起《红楼梦》来。

在与顾颉刚讨论《红楼梦》的过程中，俞平伯敏锐地发现了各版本间存在的差异及谬误之处，于是萌发了"重印，重标点，重校《红楼梦》"的念头，并鼓动顾颉刚担当此任。

同年7月20日，顾颉刚在回信中鼓励俞平伯说："把《红楼梦》重新校勘标点的事，非你莫属。因为你《红楼梦》熟极了。别人熟了没有肯研究的，你又能处处去归纳研究。所以这件事正是你的大任，不用推辞的。我一则不熟，二则近来的讨论不过是从兴罢了，——我只要练习一个研究书籍的方法。"

顾颉刚虽然没有答应担当此事，但却希望俞平伯当此重任。受到知心朋友的鼓励，俞平伯自然愈发增强了信心。

在顾颉刚的鼓励下，随着讨论的不断深入，俞平伯对《红楼梦》的兴趣也越来越浓。在同年8月7日他给顾颉刚的信中，不仅已有多集版本对《红楼梦》进行校勘的打算，而且还透露自己已然写成一篇红学文章。虽然他谦称是一"小文"，但却洋洋洒洒，长达万余言。这篇文章，题目叫作《石头记底风格与作者底态度》，后来在《红楼梦辨》中分为两篇文章：一是《作者底态度》，二是《〈红楼梦〉底风格》。

8月7日刚刚给顾颉刚写了一封信，俞平伯似乎兴犹未尽，于是在8月8日晚上又写一信，雄心勃勃地提出意欲创办一个"研究《红楼梦》的月刊"，甚至连刊物的内容都已拟定。可以想见，如果没有胡适和顾颉刚的感召，如果没有顾颉刚的鼓励和支持，原本对《红楼梦》不感兴趣的俞平伯，肯定不会有这么大的热情。

1922年，顾颉刚因祖母病重，请长假回到苏州。因准备到美国留学的俞平伯中途受阻，滞留杭州，所以俞平伯便于该年4月赶到苏州，与顾颉刚商谈合作将1921年二人讨论《红楼梦》的书信整理成一部《红楼梦》辨证的书。顾颉刚因为太忙，没有答应此事，但却鼓动俞平伯独立担当此任。同年7月初，俞平伯完成了《红楼梦辨》的写作。此后不久，俞平伯就在乘船前往美国与顾颉刚道别之时，将《红楼梦辨》的书稿交给了顾颉刚，拜托他校勘一遍并代觅抄手誊清。

同年11月19日晚，俞平伯回到杭州。11月24日，又由杭州来到北京。就在这一年的年底，顾颉刚寄来了请人为他誊清的《红楼梦辨》书稿。1923年4月，《红楼梦辨》终于由上海亚东图书馆出版问世。书上附有顾颉刚为这部专著所作的《序》，旗帜鲜明地打出了"新红学"的大旗。

除此之外，在方法论的宣传上，顾颉刚也具有不可磨灭的贡献。笔者在《红学：1954》一书中曾经指出："胡适与红学索隐派尤其是蔡元培之间矛盾冲突的焦点，既不在观点也不在文学观念上，而是在论证问题的方法上，亦即'科学的考证'还是'牵强的附会'。"众所周知，胡适终其一生，都是一个不折不扣的方法论者。顾颉刚虽然是受他的影响，但在方法论上的强调和执着，顾颉刚丝毫也不亚于胡适。

早在1921年7月20日，顾颉刚就在写给俞平伯的信中说，自己近来的对《红楼梦》的"讨论不过是从兴罢了，——我只要练习一个研究书籍的方法"。1923年，他在为俞平伯的《红楼梦辨》所作《序》中，也一再强调方法问题："我希望大家……从此悟得一个研究学问的方法，知道从前人做学问，所谓方法实不成为方法……现在既有正确的科学方法可以应用了，比了古人真不知道便宜了多少；我们正应当……赶紧把旧方法丢了，用新方法去驾驭实际的材料。"对研究方法的极度重视，也在顾颉刚在文史研究领域能够取得巨大成就的重要原因之一。

三、红学研究界永远的遗憾

胡适《红楼梦考证》一文的问世，尤其是作为该文核心观念的"自叙传说"，不仅彻底摧垮了旧红学索隐派关于《红楼梦》"本事"的种种谬说，也为新红学的诞生打下了坚实的基础。从这个意义上来说，"自叙传说"在当时的具体环境下，具有一定的进步意义。然而，衡定一篇文章的价值，不能只看它在历史上起过什么作用，更重要的还要看它的时间永恒性。如果今天我仍然认定《红楼梦》写的就是曹雪芹家的家事，则未免混淆了历史与文学的界线。

众所周知，胡适不仅在有关《红楼梦》的文章中一再强调"自叙传说"，即在其他有关方法论的文章或演说中，也时时强调"《红楼梦》写的是真的事情"，"贾宝玉恐怕就是作者自己，带一点自传性质的一个小说，恐怕他写的那个家庭，就是所谓贾家，家庭就是曹雪芹的家。"无论如何，胡适都不肯放弃自己的"自叙传说"。他明明知道"《红楼梦》差不多全不提起历史上的事实"，却一次又一次地将小说人物与曹家进行对比比附，结果到头来只能是作茧自缚。

更有甚者，他在《跋〈红楼梦考证〉》一文中，居然说出这样的话来："曹雪芹死后，还有一个'飘零'的'新妇'。这是薛宝钗呢，还是史湘云呢？那就不容易猜想了。"如此的表述，受到人们的攻击和非难，也就不足为奇了。别说迄今为止对曹家的史料尤其是曹雪芹的史料所知甚少，就算有足够的史料，如果有人非要拿《红楼梦》中的人物与曹家人对号，那也是出力不讨好的事。艺术创作有许多是虚构的成分，而已"将真事隐去"的《红楼梦》，当然也不是曹家的信史，更不是曹雪芹的"行状"或传记，这是一般人都能明白的道理，可胡适却偏偏在那里犯糊涂。

有时候，胡适还是很明白的。当年俞平伯和顾颉刚在他的影响之下为《红楼梦》的地点问题展开热烈讨论时，胡适在《考证〈红楼梦〉的新材料》一文中，却又很理智地为俞平伯、顾颉刚的拘泥过甚指点迷津："平伯与颉刚对于这个地点问题曾有很长的讨论。他们的结论是：'说了半天还和没有说一样，我们究竟不知道《红楼梦》是在南或是在北。'我的答案是：'雪芹写的是北京，而他心里要写的是金陵：金陵是事实所在，而北京只是文学的背景。至于大观园的问题，我现在认为不成问题，贾妃本无其人，省亲也无其事，大观园也不过是雪芹的'秦淮残梦'的一境而已。"

看他说的多么清楚！可为何自己却又经常在"自叙传说"的"迷魂阵"中犯迷糊呢？

胡适的缠夹不清，害苦了他的两个信奉者——顾颉刚与俞平伯。一开始，他们都是非常服膺并信奉"自叙传说"的。1921年4月27日，俞平伯在给顾颉刚的通信中说："我想《红楼梦》作者所要说者，无非始于荣华，终于憔悴，感慨身世，追缅古欢，绮梦既阑，穷愁毕世。宝玉如是，雪芹亦如是。"在这里，俞平伯无疑在曹雪芹和贾宝玉之间划上了等号。

同年5月4日，俞平伯在给顾颉刚的信中又说："我们既相信《红楼梦》为作者自述生平之经历怀抱之作，而宝玉即为雪芹底影子，虽不必处处相符（因为是做小说不是做行状），但也不能大不相符。如果真大相违远，我们就不能把宝玉当做作者底化身；并且开卷上所说'作者自云曾经历过一番梦幻之后'，此话更应当作何解说？"

虽然疑云满腹，但态度却仍然十分坚决：若非作者的自传，"更应当作何解说"？

同年5月13日，俞平伯在给顾颉刚的信中又说："我想《楝亭别集》所谓珍儿，即是贾珠。'珍''珠'相连，故曰贾珠；所谓殇，亦未必孩婴也。看《红楼梦》上贾珠廿岁完娶生一子而死，死时亦不过廿几岁！正相符合。总之《红楼梦》实事居多，虚构为少，殆无可疑。"

通过字义的联系，将小说中人物与历史人物等同起来，已与索隐派相差无几。持"明珠家事说"者，就有人认为宝玉隐指明珠。

同年5月21日，俞平伯在给顾颉刚的信中又说："雪芹自己虽未必定做和尚，但他也许有想出家的念头；我们不能因雪芹没出家便武断宝玉也如此。况且雪芹事实我们几无所知。"

最后这一句话，倒是说到了问题的实质。对于曹雪芹的事实，我们确实"几无所知"，用点滴的史料来与贾宝玉对比，自然是出力不讨好的事。退一步说，即使找到了一部曹雪芹撰写的《曹氏事迹实录》之类的书，也无法将曹家的人与《红楼梦》中的小说人物等同起来。因为小说就是小说，其中既有虚构的成分，当然就不能当历史看待！难道我们真的会相信，曹雪芹降生时，口中也衔下一块五彩晶莹的通灵宝玉来吗？

然而，俞平伯在5月30日给顾颉刚的信中却仍然坚持说："雪芹即宝玉这个观念……是读《红楼梦》底一个大线索。"

同年7月20日，顾颉刚在给俞平伯信中，谈到了自己发现的清·愿为明镜室主人（江顺怡）的《读〈红楼梦〉杂记》，其中有云："盖《红楼梦》所纪之事，皆作者自道其生平……数十年之阅历，悔过不暇，自怨自艾，自忏自悔，而暇及人乎哉！所谓宝玉者，即'顽石'耳。"顾颉刚认为，这番话说得很有道理。他在信中称赞说：江氏此说，"在红学家里，实在是最近情理的。"但他同时又指出："江君看《红楼梦》，断定他是一部自传。但他竟不敢明白说出作者即曹雪芹。"

在他们眼里，一直划着这样一个等式：《红楼梦》是作者曹雪芹的自传，书中的贾宝玉就是曹雪芹，曹家就是书中的贾府。

在肯定"雪芹即宝玉"的大前提下，胡适、顾颉刚、俞平伯三人，也将关注的目光处处都投射在搜寻"实事"上，忘记了小说的虚构成分，结果在一些问题上拘泥过甚，不仅使自己陷入了困境，也为索隐派的反击造成了口实。

尤其是俞平伯和顾颉刚对"大观园"在南在北的讨论，更显示了他们拘泥过甚的这种弊端。顾颉刚在给俞平伯的书信中曾经困惑地说："若说大观园在北方罢，何以有'竹'？若说大观园在南京罢，何以有'炕'？"真正陷入泥沼而不能自拔了。

实际上，顾颉刚在刚刚开始为胡适搜集资料的时候，头脑还是比较清醒的。1921年4月12日，顾颉刚在给胡适的信中说："介泉说，'曹雪芹便是把贾宝玉写自己，但曹寅决不是贾政。曹寅何等潇洒豪爽，贾政却迂拘方严。'我对此说很表同情。我以为《红楼梦》固是写曹家，不是死写曹家，多少有些别家的成分。"

在这里，顾颉刚虽然仍将曹家视为贾府，但"不是死写曹家，多少有些别家的成分"这句话，却已点到了文学作品具有概括性的问题。

同年6月18日，俞平伯在给顾颉刚的信中说："因为我们历史眼光太浓重了，不免拘儒之见。要知雪芹此书虽记实事，却也不全是信史。他明明说'真事隐去''假语村言''荒唐言'，可见添饰点缀处亦是有的。从前人都是凌空猜谜，我们却反其道而行之，或者矫枉竟有些过正也未可知。"

继顾颉刚之后，俞平伯也即将从困惑中解脱出来。他注意到了《红楼梦》所说的"真事隐去""假语村言""荒唐言"等等，明白了《红楼梦》"不全是信史"的道理，所以自我反思所得到的一大收获就是："从前人都是凌空猜谜，我们却反其道而行之，或者矫枉竟有些过正也未可知。"

其实早在1921年6月9日，俞平伯就曾在信中说过："《红楼梦》虽说是记实事，但究是部小说，穿插的地方必定也很多，所以他自己也说是'荒唐言'。如元妃省亲当然不必有这回事，里面材料大半是从南巡接驾拆下来运用的。我们固不可把原书看得太缥缈了，也不可过于拘泥了，真当他一部信史看。"

"究是部小说",点到了《红楼梦》的实质,也成为俞平伯解脱困境的一个突破口。

"新红学考证派"的三大创始人,除胡适之外,俞平伯从"自叙传说"的桎梏下解脱了出来,顾颉刚也解脱了桎梏专搞历史。然而,俞平伯解脱之后,义无反顾地撰写了质疑"自叙传说"的反思文章。顾颉刚却没有在这方面予以澄清,尤其是在"自叙传说"的信奉者们越来越多的情况下,俞平伯的呼声显得十分微弱。从这个角度来说,顾颉刚的系铃而不解铃,不能不说是红学研究史上的一大遗憾。

令人感到遗憾的另外一件事情是,对"新红学"的创建立下过汗马功劳的顾颉刚,却没有撰写任何有关《红楼梦》的论著。虽然他在1921年4月12日写给胡适的信中说,自己打算"或把历次所得,集成一篇《曹寅传》"。然而却一直是"述而不作"。1921年5月26日,顾颉刚又在给胡适的一封长信中说:"我拟细看《红楼梦》一遍,做一篇《高鹗续作〈红楼梦〉的线索》,说明他续作取材的所在。"但仍然是光说不练,后来也一直没有能够实现。他把自己研究《红楼梦》的成果,全部提供给了别人。这位文史兼擅的史学大师,偏偏钟情于历史的研究。倘若他能抽出一半的精力从事《红楼梦》的研究,"红学"领域又会是什么样子?可惜,他在1921年偶然对《红楼梦》投来的一片热情,除了要报答胡适的恩情外,居然只是"要练习一个研究书籍的方法"。

然而,顾颉刚的汗水没有白流。所有尊重历史的人都会承认,在红学领域中,永远都有顾颉刚的一席之地。

(原载《传记文学》2008年第6期)

《红楼梦》研究批判运动发生的偶然与必然

对于饱受战乱之苦的中国人民来说，1954年，是自鸦片战争以来百余年间难得一遇的一个真正的和平年。大一统的政治局面，自然需要思想上的高度统一。因此，自建国前后开始，意识形态领域中的思想运动也随即连续不断地开展了起来。继1951年对电影《武训传》的批判运动之后，1954年秋天，毛泽东又在思想文化领域发动了一场更大规模的"《红楼梦》研究批判运动"。

这是在意识形态领域中进行的另一种形式的战争，虽然不见硝烟炮火，但它对人们心灵的冲击和震撼，却不亚于真枪实弹的战争。

这场政治运动，虽由一系列偶然性因素所触发，但实际上却存在着极大的必然性。下面，我们将根据现存的有关史料，简要缕述一下引发这场运动的偶然性因素和必然性因素。

一、引发运动的第一偶然性因素：
《关于〈红楼梦〉简论及其他》

从某种意义上来说，不仅"《红楼梦》研究批判运动"的爆发存在着许多偶然性因素和必然性因素，即使是对俞平伯的批判，也是如此。对于在什么时间什么地点因何种原因而触动了李希凡和蓝翎要写文章与俞平伯商榷一事，两位当事人的回忆并不太一致。蓝翎在《龙卷风》[①]中说："三月中旬的一个星期天，李希凡从家中先到我那里……在闲谈时，我说到了俞平伯先生那篇文章。他说，他也看过，不同意其中的论点。他说，合写

---

① 蓝翎：《龙卷风》，上海远东出版社1995年版。

一篇文章如何？我说，可以。他说，你有时间，先起草初稿；我学习紧张，等你写出来，我趁星期六和星期天的空闲修改补充。我说，好吧，明天我就把书刊全部借出来，开始动手。"对此，李希凡在《红楼梦艺术世界》[①] 中则予以反驳。而在此之前的《毛泽东与〈红楼梦〉》[②] 一文中，李希凡则回忆说："记得是1954年春假中的一天，我和蓝翎在中山公园的报栏里看到了《光明日报》上登的俞平伯先生的一篇文章，联想起前些时看到的俞先生在《新建设》1954年3月号上发表的文章《红楼梦简论》，我们就商量要对他的那些观点写一篇文章进行商榷和批驳。这样，我们就利用春假的时间写出了那篇《关于〈红楼梦简论〉及其他》，比较系统地提出了对俞先生《红楼梦》研究主要观点的不同意见，也比较扼要地阐述了我们对《红楼梦》思想艺术成就的评价。"

相比而言，李希凡的说法可能更接近事实，但也存在着一点小小的失误。笔者查阅1954年的《光明日报》，发现俞平伯这一年只在《光明日报》发表过一篇关于《红楼梦》的文章，题目是《曹雪芹的卒年》，发表日期是3月1日。而该年的《新建设》3月号，却出版于3月5日。因此，在3月1日这天，李希凡和蓝翎不可能看到这篇文章后，又"联想起前些时看到的俞先生在《新建设》1954年3月号上发表的文章《红楼梦简论》"。那么，李希凡与蓝翎萌生撰写商榷文章的日子又是哪一天呢？解释只有一个，那就是1954年3月15日。这一天，《光明日报》刊载了两篇有关《红楼梦》的文章：一是王佩璋撰写的《新版〈红楼梦〉校评》，主要针对作家出版社出版的新校本《红楼梦》提出批评意见；另一篇就是作家出版社为此而给《文学遗产》编辑部的公开信，题目是《作家出版社来信》。为了证实这一推断，1999年5月8日，笔者在作家活动中心采访李希凡，他也恍然回想起来，对笔者的考辨连称"是是是"。同年9月18日，笔者在人民文学出版社就此采访李希凡、蓝翎的同窗好友——山东大学教授袁世硕，他也不加思考地一口说出："李希凡和蓝翎是在《光明日报》上看到了王佩璋的文章，才决定写文章与俞平伯商榷的。大批判运动爆发后不久，李希凡曾给我写信，就是这样说的。"

[①] 李希凡：《红楼梦艺术世界·岂好辨哉？予不得已也——关于蓝翎〈四十年间半部书〉一文的辩证》，文化艺术出版社1997年版。

[②] 李希凡：《毛泽东与〈红楼梦〉》，《红楼梦学刊》1992年第4辑。

实际上，在什么时间什么地点并不重要，重要的是他们看到了王佩璋的文章和作家出版社的"致歉信"后，从而萌生了撰写商榷文章的想法。当时的《光明日报》《文学遗产》专栏非常奇特：《光明日报》提供版面，而编辑发稿却由中国作家协会《文学遗产》编辑部负责。当时，王佩璋将稿子直接投寄给《文学遗产》编辑部，因此事牵涉到一家知名出版社的名誉问题，又不能确定王佩璋所言是否符合事实，所以《文学遗产》编辑部便采取了很谨慎也很负责的处理方式。他们给作家出版社写了一封信，并将王佩璋的文章一并寄去，让他们核实此事。

令人感佩的是，作家出版社很谦虚也很负责。从《作家出版社来信》中我们可以看到：他们在收到《文学遗产》编辑部转来的文章后，首先对这篇文章"加以仔细研究，并重新审查《红楼梦》新版本，证明王佩璋同志的批评是合于事实的。"因此，"他们除已经在编辑部内进行检讨外，并已着手去改正这些错误。""对于王佩璋同志"，出版社不仅表示"无限地感激"，而且已经和她"直接取得联系，已当面向她表示感谢，并请她协助"出版社的工作。

王佩璋是俞平伯的助手，于1953年秋毕业于北京大学中文系。但当时李希凡和蓝翎并不知道她的身份。如此一个名不见经传的"小人物"，居然敢于大胆地给一家著名的出版社提出批评意见，这种精神，自然会激发李希凡、蓝翎向名人挑战的激情。当然，《文学遗产》编辑部对于王佩璋的大力支持，尤其是作家出版社对待此事的态度和所采取的措施，则更会令李希凡、蓝翎感到鼓舞。

受到鼓舞的李希凡和蓝翎，由此想到了前不久在《新建设》1954年3月号上刊载的俞平伯的《红楼梦简论》，因二人都不同意俞平伯的看法，于是便产生了合写一篇文章与俞平伯进行商榷的想法。

王佩璋是一个"小人物"，可以撰文批评著名的作家出版社，并且得到了《光明日报》和《文学遗产》编辑部的支持，作家出版社也因此而对王佩璋表示"无限地感激"，且采取了一系列措施改正自己的错误。李希凡和蓝翎也是"小人物"，为什么就不能撰文批评俞平伯呢？对此我们不妨作这样的假设：倘若当时李希凡、蓝翎没有看到王佩璋的文章及作家出版社写给《文学遗产》编辑部的信，那场轰轰烈烈的政治风暴是否就可以避免呢？回答恐怕是否定的。即使李希凡、蓝翎不写批评俞平伯的文章，其他人也照样会写，因为不仅俞平伯有关《红楼梦》的许多观点已与那个时代格格不入，而且作为"胡适派"的重要一员，他早晚都会受到胡适的连累。早在1951年1月，俞平伯的《红楼梦研究》刚刚出版不到两个多月，白盾便撰写了《〈红楼梦〉是"怨而不怒"的吗？》一文，批评俞平伯的红学观点，只因此文遭到《文艺报》退稿，俞平伯才暂时躲过了一劫。当然，若无后来的其他种种原因，或许这场批判运动的规模就不会那么大。

实际上，不仅李希凡、蓝翎、白盾乃至俞平伯的助手王佩璋等新一代年轻人不同意俞平伯的红学观点，即使像胡乔木等来自解放区的马克思主义理论家，也绝对不会同意他的观点。我们看一看俞平伯的《红楼梦简论》在撰写和发表的过程中所遇到的种种曲折，便可明白这一点：

1953年秋，《人民中国》杂志社向正在"走红"的俞平伯约稿，要他写一篇从总体上对外国人介绍《红楼梦》的文章。因为这是一家对外宣传的刊物，所发文章并不要什么高深的研究论文，而是一篇入门或简介性的东西。俞平伯由于太忙也因为这类概论性的文章不太好写，过了好长时间方才写成了《红楼梦简论》。出于对外发表的考虑，为谨慎起见，俞平伯特意将这篇文章寄给了当时主管宣传工作的胡乔木，请他提提意见。胡乔木很认真也很负责，看后提了许多意见，并把文章退还给俞平伯要他重写。

然而，俞平伯不仅没有按照胡乔木的观点改写《红楼梦简论》，反而将一些建设性的意见对王佩璋讲了，让她代替自己给《人民中国》杂志社重写一篇。王佩璋接受这项任务后，便写成了《红楼梦的思想性与艺术性》一文，俞平伯稍作修改后又寄给了《人民中国》杂志社。结果《人民中国》杂志社又嫌文章太长，于是俞平伯便将《红楼梦简说》寄给他们。后来，《人民中国》杂志社经过修改增删，改名叫《红楼梦评介》，于1954年第10期上发表出来。而《红楼梦的思想性与艺术性》一文，则发表于《东北文学》1954年2月号上。正巧《新建设》杂志社向俞平伯约稿，于是俞平伯便把《人民中国》杂志社弃而未用的《红楼梦简论》寄给了他们，并于1953年3月号上全文发表了出来。①

---

① 参见王佩璋《中国作家协会古典文学部召开的红楼梦研究座谈会记录》中的发言，《光明日报》1954年11月14日，及王佩璋的文章《我代俞平伯先生写了哪几篇文章》，《人民日报》1954年11月3日。

俞平伯既然诚心诚意地向胡乔木征求意见，却为何又不按照胡乔木的意见修改《红楼梦简论》呢？笔者在拙著《红学：1954》① 中曾说："胡乔木是从解放区来的马列主义理论家，在毛泽东身边工作甚久，熟知且自觉地运用马列主义理论来审视并研究古典文学，乃是必然之事。而在国统区生活了大半辈子的俞平伯，早已形成了自己特定的思维方式。即使经历了轰轰烈烈的知识分子思想改造运动，并在当时马列主义大普及的形势下自觉或不自觉地运用马列主义理论，他的观点也不会和胡乔木完全一样。用俞平伯自己的话来说，就是'凡好的文章，都有个性的流露，越是好的，所表现的个性越是活泼泼地'。《红楼梦简论》虽然不能说是一篇很好的文章，但俞平伯有俞平伯的'个性'，胡乔木也有胡乔木的'个性'，让他按照胡乔木的意见写文章，那是'万万不能融洽的'。因此，放弃对《红楼梦简论》的修改，而让王佩璋代替自己另写一篇，乃是当时俞平伯所能采取的最佳措施。"

我们不得不佩服胡乔木政治嗅觉的敏感和目光的敏锐，他看出有问题的文章，果然就出了问题。由此亦可反证，虽然俞平伯的《红楼梦》研究事业对于现实来说是无关痛痒的，但他的文章，却明显是与当时的政治氛围不和谐的。因此，从这个意义上来说，俞平伯的遭受批判，也存在着一定的历史必然性。

实际上，岂止是当时的胡乔木、李希凡、蓝翎、白盾等人，即使我们今天重新阅读俞平伯的《红楼梦简论》和《红楼梦研究》等论著，也会对其中的许多观点提出许多不同意见。

自1954年3月中旬开始动手，至3月底，蓝翎将初稿交给李希凡，由他执笔写第二稿。大概到了4月中旬，李希凡将修改完成的第二稿交给蓝翎，再由蓝翎进行最后的修改润色，并誊录到正式的稿纸上。到4月底，蓝翎将誊清的稿子交给了李希凡。李希凡认真地看了一遍后，在文末写上"五四前夕于北京"的落款，便直接寄给了山东大学学报《文史哲》编辑部的编辑葛懋春。

葛懋春接到稿件后，很快便写了初审意见并交给了编委会。历史学家杨向奎当时是山东大学文学院的院长兼《文史哲》常务编委，审稿后又将

---

① 孙玉明《红学：1954》，北京图书馆出版社2003年版，人民文学出版社2011年版。

它推荐给了山东大学校长兼《文史哲》杂志社的社长华岗①，最后由华岗拍板决定采用，并于1954年9月1日在《文史哲》上正式发表。

据蓝翎在《龙卷风》及李希凡在《红楼梦艺术世界》中回忆说，他们将《关于〈红楼梦简论〉及其他》一文寄出之后，觉得言犹未尽，便产生了再写一篇单独评论《红楼梦研究》的文章。7月初放暑假之后，蓝翎随着李希凡夫妇来到通县李希凡家中，再次开始了愉快的合作。大概在8月份，他们又将刚刚写完的《评〈红楼梦研究〉》一文，寄给了《光明日报》《文学遗产》编辑部。

从现有史料来看，他们写不写《评〈红楼梦研究〉》这篇文章已不重要，因为《关于〈红楼梦简论〉及其他》一文的发表，便已引起某些"大人物"的重视，并将在一系列偶然性因素的触发下，引发那场轰轰烈烈的批判运动。《评〈红楼梦研究〉》一文，只是在运动中起到了添油加醋的作用而已。这也就是笔者只将《关于〈红楼梦简论〉及其他》作为这场运动的导火索的主要原因。

蓝翎在《龙卷风》中对邓拓召见他和李希凡的事曾有详细记载，在此我们不妨略加引述："1954年9月中旬的一个星期六（据查为18日）晚上"，蓝翎近十二点时回到学校，老校工给了他一个纸条，那是邓拓秘书王唯一留下的，说是邓拓看了他们的文章，很欣赏，想找他面谈。"回来后请打个电话"。蓝翎忐忑不安地按照纸条上的号码拨通了电话，王唯一便派轿车将他接到了《人民日报》社。与邓拓见面之后，"邓拓说：'你们的地址是从山东大学打听到的。李希凡在人民大学，怕不好找，所以先找你来。有件事想跟你们商量。你们在《文史哲》发表的文章很好，《人民日报》准备转载。你们同意不同意？'他谈得很轻松，没有说到毛泽东主席。但我意识到事情非同寻常，立即回答：'完全同意。但还得告诉李希凡，问问他的意见。'""要谈的主要问题已解决，往下越谈越轻松越自然。"在谈话过程中，邓拓又问蓝翎："你们都在北京，为什么写了文章拿到青岛发表？是不是遇到什么阻力？"又问起李希凡与蓝翎的个人情况，蓝翎"都按照忠诚老实的原则——如实叙述"。"邓拓在谈如何读书做学问的过程中，还不时提到山东大学我的老师们。""谈话进行了约两个小时，

---

① 此据1999年6月16日对李希凡的采访。他说，此事是杨向奎亲口告诉他的。

最后让我找到李希凡,下午一起来报社,再叙谈一次。"蓝翎回到学校宿舍,激动得一夜未眠。次日一大早,便给李希凡打电话,"简单地向他叙说了夜间同邓拓谈话的情况。他听了也感到事出意外,很兴奋。我让他尽快到我的住处来。""李希凡赶到我处,两人痛饮香茶,喷云吐雾,相谈甚欢,飘飘欲飞。饭后,一同到《人民日报》找邓拓。"由于蓝翎"已见过了邓拓,这次谈话主要是邓拓和李希凡对谈,我在一边敬听。邓拓谈的内容比夜间谈的简略,基本一样。李希凡除同意转载文章外,更多的是谈他个人的情况。我和李希凡商量后提出,文章当时写得较匆促,因为两人都正上着课,如果要转载,最好能有一个星期的时间,再进行一次认真的修改。邓拓说,时间太长了,不必大改,星期四交稿吧。我们不便再说什么,表示按期完成任务。"

1954年10月16日,毛泽东在《关于红楼梦研究问题的信》中,对李希凡、蓝翎的个人情况及《关于〈红楼梦简论〉及其他》一文投寄《文艺报》"被置之不理"等了解得那么详细,可能就是邓拓将这次与李希凡、蓝翎的谈话向毛泽东做了如实汇报的结果。

据蓝翎在《龙卷风》中回忆说,为了按期完成文章的修改,他和李希凡从《人民日报》社回去以后,"星期一,李希凡向学校请准了假",又"回家安排一下",下午便赶到蓝翎住处,二人"先研究了修改计划,随即着手修改,日夜兼程,轮流睡觉。""星期四上午修改稿完毕,李希凡回去,由我通知报社来取修改稿。星期五,报社即派人送来两份修改稿的小样,四开大纸,边上留出大片空白。我看后改了几处技术性的差错,退回一份,保留一份。任务完成了,顿感轻松,单等着报纸上见吧。"

然而,当时的李希凡和蓝翎并不知道,由于周扬的干预,他们的文章已经不能在《人民日报》转载,关于这一点,我们将在后文中详述,此不赘。

在焦急的等待和热切的期盼中,李希凡、蓝翎却等到了一个出乎意外的消息:邓拓通知他们,《关于〈红楼梦简论〉及其他》一文,将由《文艺报》转载,中国作家协会将直接和他们联系。不久,他们就收到了《文学遗产》主编陈翔鹤的来信,约他们到他那里去,然后一起去见《文艺报》主编冯雪峰。

9月下旬的一天晚上,李希凡与蓝翎吃过晚饭,便按照约定的时间一起来到了陈翔鹤的办公室。陈翔鹤向他们说明了约见的目的后，就带领李希凡、蓝翎步行着来到冯雪峰家。

　　李希凡、蓝翎与冯雪峰、陈翔鹤见面后不久，《关于〈红楼梦简论〉及其他》一文便在《文艺报》第18期转载了，在文章的前面，还加上了冯雪峰写的那个"编者按"。10月10日，《光明日报》《文学遗产》专栏也发表了他们的《评〈红楼梦研究〉》。据李希凡在《红楼梦艺术世界》中回忆说，陈翔鹤带他们去见冯雪峰时就曾表态说，"《文艺报》是老大哥，等《文艺报》转载了你们的文章以后，我们就登你们的《评〈红楼梦研究〉》。"果然，这篇文章在《光明日报》发表时，陈翔鹤也学着"老大哥"《文艺报》的样子，在文章的前面加了一个"编者按"。冯雪峰与陈翔鹤的这一举措，将给他们招致猛烈的批判。

二、引发运动的第二偶然性因素：
　　周扬的"多事之秋"

　　1954年的"《红楼梦》研究批判运动"，自然与文艺界领导人之一的周扬息息相关。他与江青之间的矛盾冲突，不仅直接导致了这场运动的爆发和升级，而且也使他自己度过了一个痛苦的"多事之秋"，甚至"城门失火，殃及池鱼"，连累《文艺报》及冯雪峰等人都受到了冲击。然而，随着批判运动的继续深入，他却又很快地变被动为主动，从一个受批判的角色一跃而成为这次运动的实际上的前线总指挥，并且巧妙地利用运动所带来的强大冲击波，借力打力，一举击败了多年来一直与自己作对的几个"对手"。

　　由于中国共产党一直强调文艺必须为无产阶级政治服务，所以建国以后的中国文艺界，也就自然而然地成了政治的晴雨表，成了一个最敏感最复杂是非最多且又最容易发生问题的领域。作为文化界领导人的周扬，处在这个敏感领域的领导岗位上，也自然有他的为难之处。自从1937年从上海投奔延安之后，靠着他自己的能力和努力，更靠着毛泽东对他的赏识，周扬逐渐树立了自己在文艺界的领导地位。然而，也许人们只看到了他在开会时端坐在主席台上的风光，看到了他在作报告时发号施令的威风，但却不了解他内心深处的辛酸与痛苦。他虽然对毛泽东十分崇拜，一直努力并且忠实地按照毛泽东的指示办事，但却经常因办事不力而受到毛泽东的严厉批评。周扬曾经将毛泽东历次对他的批评归纳成三条："（1）对资产阶级斗争不坚决；（2）同资产阶级有千丝万缕的联系；（3）毕竟是大地主家庭出身。"[①] 批评虽然严厉，但总体上还是赏识他的，不然的话，毛泽东也不会将他安置在那样一个重要的工作岗位上。

周扬之所以经常受到毛泽东的严厉批评，主要还是因为他没有完全彻底地了解毛泽东。虽然他一直被人们视为毛泽东文艺思想的权威的诠释者，但身份、地位、个性乃至生活经历等方面的差异，自然会导致他们之间对同一问题产生不同的看法。任何一个人，都不可能百分之百地了解另外一个人，并且丝毫不差地完全按照这个人的意图办事。当然，周扬有时不能很好地贯彻毛泽东的指示，也与毛泽东自身的矛盾有关。1950年6月，毛泽东在中国共产党七届三中全会上作了《不要四面出击》的讲话，在对当时中国文化教育界的现状作了透彻而又精辟的分析后指出：企图用简单粗暴的方法进行文化教育改革的想法是不对的。观念形态的东西，不是用大炮打得进去的，要缓进，要用10年到15年的时间来做这个工作；改造知识分子，不要过于性急，要有灵活性。这一段重要讲话，表明毛泽东对当时中国的文化教育界，确实具有非常符合客观实际的把握。然而就在此前的3月份，毛泽东却对电影《清宫秘史》提出了批评意见，并号召全国对它进行批判。明明知道意识形态领域里的事情不能用简单粗暴的方式来解决，却又急于求成一次又一次地发动各种各样的思想批判运动。这种自相矛盾的做法，既反映了毛泽东性格的多重性，也给周扬等文艺界领导人造成了工作上的实际困难。

建国后，周扬屡屡遭受毛泽东的批评，自然也与"第一夫人"江青有关。当时周扬任中宣部副部长，而江青就在中宣部任电影处处长。有这样一个"特殊身份"的"第一夫人"在手下工作，就会经常出现到底谁领导谁的问题，如此时日既久，彼此产生摩擦造成矛盾自然在所难免。更何况江青也不是一盏省油的灯，她不仅不会服从周扬的领导，而且还一直觊觎着文艺界领导人也就是周扬的那把交椅。而周扬本人又看不惯江青，往往

[①] 李辉：《往事苍老》，花城出版社1998年版。

坚持原则以抵制她的瞎指挥，如此一而再再而三地发生摩擦，江青当然会对周扬怀恨在心。据李辉在《往事苍老》中说，当年周扬曾经对周迈说过这样一番话："批斗我，也许江青起点坏作用……她在中宣部工作时，有时发表意见口气很大；有时我们搞不清是毛主席的意见还是她个人的意见。我们只能按组织原则办，不能听她的，可能得罪了她。"寥寥数语，概括地反映出周扬与江青共事的艰难以及他们之间产生矛盾冲突的主要原因。

矛盾着的双方总会彼此产生怨恨之情，这种情绪蓄积既久，一旦遇到合适的时机，就会喷涌而出造成剧烈的矛盾冲突。从现有史料来看，江青与周扬之间的第一次真正激烈的矛盾冲突，应该就是发生在1954年9月的那一次。而导致这次冲突的直接导火索，便是《关于〈红楼梦简论〉及其他》一文究竟应该在《人民日报》还是《文艺报》转载的问题。也正因为周扬在处理这一问题时惹怒了江青，所以才直接引发了那场轰轰烈烈的"《红楼梦》研究批判运动"。

笔者在拙著《红学：1954》中曾说："李希凡、蓝翎与俞平伯商榷的《关于〈红楼梦简论〉及其他》一文，本来只是一篇普普通通的商榷性文章，不料却被江青和日理万机的毛泽东看到并引起重视。江青为何赏识这篇文章，原因不得而知，也许她确实是由衷地喜欢这篇文章，也许她是为了投毛泽东之所好，也许另有其他目的。但毛泽东之所以看重这篇文章，却大致可以归纳为以下三点：首先，李希凡、蓝翎的文章中有些言辞比较尖锐，洋溢着一种战斗气息，这种'小人物'敢于向'大人物'挑战的精神，勾起了毛泽东年青时的战斗豪情。回顾毛泽东的人生历程，他的一生，可以说是战斗的一生。他在各个方面，各个历史时期，似乎都充满了战斗的豪情。其次，这篇文章所涉及的内容，正好是毛泽东推崇备至且十分熟习的《红楼梦》，而'两个小人物'的研究方法，又是尝试着运用马克思主义的理论观点研究复杂的文学现象。其中的许多观点，尤其是辩证唯物主义和历史唯物主义的观点，与毛泽东对《红楼梦》的看法不谋而合。第三也是最重要的一点，是这篇文章可以用来在思想文化领域引发一场大批判运动，以便实现他多年来以马列主义统一人们思想的宏伟构想。也正因为如此，所以当江青提议将李希凡、蓝翎的文章拿到《人民日报》转载时，毛泽东当即欣然同意。"

9月中旬的一天下午，江青带着李希凡、蓝翎的《关于〈红楼梦简论〉及其他》一文，来到《人民日报》社找到当时的总编辑邓拓，口头传达了毛泽东的指示，要求《人民日报》转载此文，以期引起争论，展开对资产阶级唯心论的批判。邓拓按照指示办事，在让李希凡、蓝翎对文章略作修改并排出小样后准备转载时，却遭到了负责文艺宣传工作的中宣部副部长周扬的反对。因为当时《人民日报》的文艺宣传工作由报社总编室和中宣部文艺处双重领导，并且以中宣部文艺处为主。文艺组每个季度的评论计划，都必须拿到中宣部文艺处讨论，最后再由分管文艺处的副部长周扬审定。因此，周扬得知此事后，便提出了反对意见，因而邓拓也不得不终止《关于〈红楼梦简论〉及其他》的转载。

　　关于江青到《人民日报》社安排转载《关于〈红楼梦简论〉及其他》一事，历史史料与一些重要当事人的回忆不太一致。"中国作家协会革命造反团"与"新北大公社文艺批判战斗团"于1967年出版的《文艺战线上两条路线斗争大事记》中记载说："9月，毛主席看到《关于〈红楼梦简论〉及其他》一文后，给以极大的重视和支持。9月中旬一天下午，江青同志亲自到《人民日报》编辑部，找来周扬、邓拓、林默涵、邵荃麟、冯雪峰、何其芳等人，说明毛主席很重视这篇文章。她提出《人民日报》应该转载，以期引起争论，展开对资产阶级唯心论的批判。周扬、邓拓一伙竟然以'小人物的文章''党报不是自由辩论的场所'种种理由，拒绝在《人民日报》转载，只允许在《文艺报》转载，竟敢公然抗拒毛主席指示，保护资产阶级'权威'。"从现存的各种史料来判断，江青曾为此事到《人民日报》社去过两次：第一次是在9月中旬，她直接找了邓拓，并未找周扬等人；第二次则是在9月底或10月初。当时，《人民日报》在将《关于〈红楼梦简论〉及其他》一文排出小样后，却又因为周扬的反对而中止转载，因此江青为此再到《人民日报》社，召集周扬等人开会交涉此事，结果再次遭到拒绝。此处所说"9月中旬"，时间上是对的，但却将江青两次到《人民日报》社的事情混为一谈了。据蓝翎在《龙卷风》中的回忆，他第一次被邓拓找去，是在"1954年9月中旬的一个星期六（据查为18日）"，证明邓拓在找蓝翎之前江青已经到《人民日报》社找过邓拓。而邓拓在约见蓝翎之后，又让他第二天（星期天）找到李希凡，然后二人一起去了报社。星期一，他们两人便动手修改文章，星期四上午修改完毕并交给报社，星期五即校对了修改稿的小样。但《人民日报》却没有登载，后来才由《文艺报》转载此文，这便是周扬等人搞了折衷方案的结果，也证明第一次周扬等人并不在场。而江青之所以再次到《人民日报》社去召集周扬等人开会，也是为周扬等人做出的决定（《关于〈红楼梦简论〉及其他》一文，不在《人民日报》转载，而由《文艺报》转载）来进行交涉。周扬等人所说"小人物的文章""党报不是自由辩论的场所"等话，便是在江青第二次到《人民日报》社时说的。

此外，关于江青第二次到《人民日报》社召集周扬等人开会的具体时间及与会人员，史料记载与一些重要当事人的回忆也不太一致。据李辉的《往事苍老》记载，他在采访袁鹰时，袁鹰曾说："我最早感到江青的影响，是在1954年批判《红楼梦研究》期间。开始隐隐约约听说有两篇文章引起注意，有问题要批判。10月中旬，听说江青来报社开过会，有周扬、邓拓、林默涵、林淡秋、袁水拍参加。江青带来毛主席意见，但还没有拿信来。周扬在会上认为不宜在《人民日报》发表，分量太重，报纸版面也不多，还是作为学术问题好，江青就把这样的意见带回去。那时方针已定，他的意图不仅不会采纳，反而引来严厉批评。"在此，袁鹰所说"10月中旬"云云，显然与史实不符。前引蓝翎等人的回忆即可说明问题。另外，《关于〈红楼梦简论〉及其他》一文，已于10月初在《文艺报》第18期转载，《评〈红楼梦研究〉》一文，也已于10月10日在《光明日报》发表，证明在此之前，江青早已与周扬等人交涉过此事。文章都已经在《文艺报》转载了，江青"10月中旬"再去《人民日报》交涉，就与历史史实不相符了。

那么，由于《关于〈红楼梦简论〉及其他》一文在《人民日报》转载的事情搁浅，江青不得不再次来到《人民日报》社进行交涉。也许是江青事先打电话询问过邓拓，得知了《人民日报》之所以胆敢不转载她推荐的文章，乃是因为周扬的反对，所以这次特意把周扬等人找来开会；或许是邓拓得知江青要来兴师问罪，害怕自己承受不了她的巨大压力，所以赶紧把周扬等人请到了《人民日报》社。不管是什么原因，反正这次来了不少人。据史料记载，除《人民日报》总编辑邓拓、副总编辑林淡秋之外，其他还有周扬、林默涵、邵荃麟、袁水拍、冯雪峰、何其芳等人。时间是在1954年的9月下旬。

据《文艺战线上两条路线斗争大事记》中的记载可知,在这次小型的谈判会上,面对气势汹汹前来兴师问罪的江青,周扬等人早已做好了充分的思想准备。他们坚持原则,统一行动,毫不妥协。这次他们反对《人民日报》转载《关于〈红楼梦简论〉及其他》一文的理由,除毛泽东在《关于〈红楼梦〉研究问题的信》中所说的"小人物的文章""党报不是自由辩论的场所"之外,还有另外一些。周扬认为,《关于〈红楼梦简论〉及其他》一文"很粗糙",作者的态度也不好;林默涵、何其芳则说,这篇文章"也没有什么了不起的地方"。

据一些与周扬熟悉的人回忆说,周扬历来对毛泽东都是非常尊重的,对他的指示也是一贯地绝对服从,但这次为什么却又胆敢抗拒呢?除了周扬确实是在坚持原则之外,还有一个更为重要的原因,那就是:江青两次到《人民日报》社去,都没有带上毛泽东写的信或者字条,只是口头传达指示,而周扬等人又"搞不清是毛主席的意见还是她个人的意见",所以还是"只能按组织原则办",如此以来,就不仅仅得罪了江青,而且也激怒了毛泽东。

那么,毛泽东既然有意要利用《关于〈红楼梦简论〉及其他》一文展开对资产阶级唯心论的批判,却为何又不写封信让江青带到《人民日报》社去呢?可能一来他觉得这只是一桩小事,由江青出马去打个招呼,在《人民日报》转载当不成问题;二来出于种种考虑,他还不想一开始就参与这场运动,待到文章转载以后,再根据具体情况加以引导;三是当时他确实太忙,因为就在这段日子里,亦即9月15日至9月28日,中华人民共和国第一届全国人民代表大会第一次会议正在北京召开。相比而言,这次大会才是他所要做的头等大事,其他事情,包括这样的"小事",他当然也就顾不上了。

江青是以问罪之师的身份带着怒火到《人民日报》社去跟周扬等人交涉的,她在当时的特殊身份,决定了她在交涉时必然采取咄咄逼人的气势。然而,周扬等人的"不给面子",出乎她的意料之外也导致了她的愤怒的火焰达到了极限。最后,她只能强忍着难以遏制的满腔怒火离开《人民日报》社。因此,在她见到毛泽东之后,必然会添油加醋地将周扬等人的态度和话语复述一番,并将在自己胸中熊熊燃烧的怒火再引发到毛泽东身上,这自然引起了毛泽东的震怒。后来,《文艺报》又转载了《关于

〈红楼梦简论〉及其他》一文,且冯雪峰还按照他自己的意愿在文章前面加了一个"编者按";而李希凡、蓝翎的另一篇文章《评〈红楼梦研究〉》,也在10月10日的《光明日报》发表了出来,并且《光明日报》居然还跟着《文艺报》学,也在文章的前面加了一个"编者按"。周扬等人这种本来十分正常的举动,却在将他们带入一个非常难过的"多事之秋"的同时,也为引燃这场大批判运动的熊熊烈火增加了更多的火药。

在此我们不妨作这样的假设:倘若江青带着《关于〈红楼梦简论〉及其他》一文来到《人民日报》社找到邓拓之后,邓拓不征求周扬的意见而直接将这篇文章转载,这场运动会不会避免?回答恐怕仍然是否定的。因为江青看重《关于〈红楼梦简论〉及其他》一文并提出要在《人民日报》转载,并不仅仅是真正赏识这篇文章,她的主要目的,还是想利用这篇文章的转载,"以期引起争论,展开对资产阶级唯心论的批判"。说白了,也就是想借机引发一场批判运动。因此,自从江青产生这一想法并付诸行动时起,即使不发生周扬阻挠《关于〈红楼梦简论〉及其他》一文在《人民日报》转载的事情,这场运动的爆发便已不可避免。

也许有人会说,笔者在此是自相矛盾:既然在江青与周扬为此事而发生直接冲突之前,这场运动的爆发便已不可避免,怎么又说这是他们之间的矛盾冲突直接导致的一种结果呢?要回答这一问题,我们还需回到周扬对周迈所说的那一番话上来。江青在中宣部"有时发表意见口气很大",周扬等人又"搞不清是毛主席的意见还是她个人的意见",所以他们"只能按组织原则办,不能听她的"。这种坚持原则的做法,自然会使江青对周扬怀恨在心,并在办理与周扬有关的事情时也尽可能地避开他,以免受到阻挠。当时《人民日报》的文艺组主要由中宣部文艺处领导,在中宣部工作的江青明明知道这一事实却不找分管文艺处的周扬转达毛泽东的指示,反而直接跑到《人民日报》社去找邓拓,正是她痛恨周扬并试图避开周扬以达到预期目的而采取的一种不正常的行动。而周扬得知此事后表示反对且最终达成妥协在《文艺报》转载,除了表面上是在坚持原则的理由之外,潜意识里是否还有一种对江青绕开自己"假传圣旨"的抵制和报复?也正是由于他们之间长期以来的彼此摩擦,最终演化为直接的面对面的矛盾冲突,才导致了这场运动的快速爆发并使之扩大了范围。如果江青的意图不被周扬等人阻挠,那么由此而引发的批判运动也许不会形成后来那样大的规模。最起码的一点，《文艺报》及冯雪峰等人是不会受到连累的。

实际上，在建国后发生的两次运动中，周扬和江青之间都发生了直接或间接的矛盾冲突。1951年对电影《武训传》的批判，是新中国成立以后在思想文化领域中开展的第一次较大规模的批判运动。在这场史无前例的文化思想运动中，江青出尽了风头也尝到了甜头：她率领由文化部和《人民日报》社组织的"武训历史调查团"，威风凛凛地开赴山东，在堂邑、临清、馆陶等地进行了20多天的调查以后，《人民日报》便连续发表了该"调查团"撰写的《武训历史调查记》。岂料就在江青正要将这场运动继续深入持久地开展下去的时候，周扬却迫不及待地在《人民日报》发表了《反人民反历史的思想和反现实主义的艺术》一文，在为这场运动做出总结的同时也划上了一个句号。前线的大将正将战鼓擂得震天响，后方的元帅却敲起了收兵的铜锣，这自然让还没有出够风头的江青大感恼怒，也自然而然地导致了毛泽东对周扬乃至文化界的不满情绪。

还有一点需要说明，毛泽东之所以要发动这场运动，也是因为对意识形态上"阶级斗争动向"不敏感的文化界尤其是文化界领导人的不满所致。在他亲自撰写的《应当重视电影〈武训传〉的讨论》一文中，他说："电影《武训传》的出现，特别是对于武训和电影《武训传》的歌颂竟至如此之多，说明了我国文化界的思想混乱达到了何等的程度！""特别值得注意的，是一些号称学得了马克思主义的共产党员。他们学得了社会发展史——历史唯物论，但是一遇到具体的历史事件，具体的历史人物（如像武训），具体的反历史的思想（如像电影《武训传》及其他关于武训的著作）就丧失了批判的能力，有些人则竟至向这种反动思想投降，资产阶级的反动思想侵入了战斗的共产党，这难道不是事实吗？一些共产党员自称已经学得了马克思主义，究竟跑到什么地方去了？"一句句充满愤激之情的言辞，携带着势不可挡的巨大冲击力，击向令他感到强烈不满的文艺界及其领导人。

周扬应该明白这场运动的性质，也知道这场运动对自己带来的巨大压力。即使毛泽东没有点名批评周扬，但他对文化界的不满实际上主要也是对周扬的不满，因为他是文化界的主要领导。然而，即使在这种情况下，周扬还是匆忙地鸣金收兵结束了这场战斗。这其中的原因，除了周扬不愿意用运动的形式来解决思想领域的问题之外，深层的因素恐怕还有一些。须知，在这场运动中，不仅他自己间接地受到了批评，他的一位好友——"四条汉子"之一的夏衍，也在上海受到了直接冲击。出于一种对自己甚至对夏衍的保护意识，周扬也自然要尽快地结束这场运动。

在对马列主义及毛泽东思想的阐释方面，也许江青比不上周扬，但在其他某些方面，江青却比周扬更了解毛泽东。她知道自电影《武训传》的批判运动匆匆结束以后，毛泽东一直要在思想文化界发动一场更大规模的批判运动，所以便不失时机地抓住一篇极普通的商榷文章采取了积极行动。然而，对江青和毛泽东来说，运动只是一种手段，却不是最终目的。毛泽东要发动批判运动的目的是为了用马克思列宁主义统一人们的思想，以改变文化界的混乱状态。而江青的目的却截然不同，她还是要通过运动显示自身的价值，以满足内心深处日益膨胀的权力欲，确立自己在文化界的领导地位。1951年对电影《武训传》的批判，使江青第一次尝到了运动的甜头也产生了对周扬的强烈不满，所以她经常在毛泽东面前搬弄是非，并一直在寻找发动批判运动的机会以便借此整倒令她反感的周扬及其他文化界领导人。据李辉在《往事苍老》中说，他与张光年谈到周扬时，张光年曾经说过这样一个生动的细节：

李：你有次说到毛泽东常批评周扬"政治上不开展"，主要是指什么？

张：我想是指他对意识形态上"阶级斗争动向"不敏感，感觉迟钝。你管的事，出了问题都要最高层替你发现、指出，指出了，还没能很快跟上，这还行吗？53年说他政治上不开展，也可能因为电影。当时江青是中宣部的电影处处长，经常拨弄是非。有一件事好像是在1953年，江青邀请我们在中南海看《荣誉属于谁》，说这个片子是有问题的。我们很认真地看，但很愕然。周扬问我："你看问题在哪里？"我摇摇头，他叹口气，说："有问题。"但也说不出。后来我们才知道，这个片子与高岗有关。当时高岗是东北王，知道他有作风问题，但政治上的问题我们并不清楚。江青说这片子是歌颂高岗的，不过后来批高岗的文件中也没有这个内容。说周政治上不开展，还指他同夏衍、田汉、阳翰笙这样一些老同志划不清界限。我猜想这样，没有问过他。

高岗、饶漱石的问题，纯粹属于政治斗争，但江青仍想通过电影开展批判运动。虽然这次没有成功，但她继续等待这样的机会也是很必然的。而当她好容易捕捉到一个机会的时候，却又遭到了周扬的阻挠，这不能不让她感到恼火。所以，在《关于〈红楼梦简论〉及其他》一文在《人民日报》转载一事因受到周扬的阻挠而搁浅以后，原来试图避开周扬的江青就不得不面对面地与周扬进行交涉了。然而，就在她于9月下旬再次来到《人民日报》社以后，却发现周扬早已做好了充分的准备。他不但理由非常充足，而且还组织了一支强大的同盟军。直到此时，他们仍然"搞不清是毛主席的意见还是她个人的意见"，所以他们当然"只能按组织原则办，不能听她的"。周扬态度的坚决，从另一个侧面显示了他对江青经常"拉大旗作虎皮"的反感，也透露了他对江青超越职权在文艺宣传部门指手划脚瞎指挥的抵制态度。由此亦可看出，周扬在平时处理自己与江青的工作关系时，并没有将她当作"第一夫人"特殊看待，更没有利用江青的这种特殊身份作为自己往上爬的阶梯。在周扬身上，还有中国传统文人良好品质的闪光的一面。

在这次特殊的交涉会上，周扬没必要说出自己之所以阻止江青的深层原因。因为仅堂堂正正的理由就已相当充分："小人物的文章"，"也没有什么了不起的地方"，"很粗糙，态度也不好"，等等，是针对《关于〈红楼梦简论〉及其他》一文的评价；"党报不是自由辩论的场所"，"分量太重，报纸版面也不多"，则是说的实际情况；"还是作为学术问题为好"，更证明周扬等人并没有意识到毛泽东、江青有借此开展一场批判运动的意图。

江青与周扬之间的矛盾冲突进一步升级，在冲突过程中周扬暂时占了上风，其结果是导致了江青对周扬的更大怨恨。据李辉的《往事苍老》，江青曾经在公开场合说出这样一句话来："我恨死周扬了！"可见她对周扬是何等的痛恨。

实际上，无论周扬对江青"假传圣旨"的做法如何反感如何抵制，他到底还是给了江青一点儿面子。《关于〈红楼梦简论〉及其他》一文最终由《文艺报》转载，便可证明此点。只不过江青却要按照自己的意愿行事，因而对周扬的折衷方案不但不做出让步，反而从此愈发痛恨周扬。

在面对面的冲突中，暂时占了上风并不等于取得了最后的胜利，最终陷于被动局面的还是周扬。当他们之间的冲突转化为"竟敢公然抗拒毛主席的指示，保护资产阶级'权威'"的时候，冲突的性质便也发生了质的变化。

江青与周扬等人在《人民日报》社发生冲突后不久，江青便借助毛泽东的力量开始了对他们的猛烈反击。面对《文艺报》在转载《关于〈红楼梦简论〉及其他》一文时所加"编者按"，毛泽东写下了一行行燃烧着熊熊怒火的批语："不过是小人物"，"不过是不成熟的试作"，字字句句，都是冲着周扬等人当日对江青所强调的那些理由。当时的周扬，与"小人物"李希凡、蓝翎相比自然是一个"大人物"，但当他面对毛泽东的时候，他究竟是"小人物"还是"大人物"呢？

没有材料证明周扬当时是否看到了毛泽东的这些批语，但《关于〈红楼梦〉研究问题的信》，周扬却很快就看到了。在这封信中，毛泽东再次对准周扬所强调的"小人物的文章"这条理由开火，有意识地将"小人物"与"大人物"对立起来："事情是两个'小人物'做起来的，而'大人物'往往不注意，并往往加以阻拦，他们同资产阶级作家在唯心论方面讲统一战线，甘心作资产阶级的俘虏。"如此严厉的断语出自第一领袖之口，其对周扬等当事人造成的压力何止千钧！

令周扬感到欣慰的一点是，在这封信中毛泽东实话实说："有人要求将此文在《人民日报》转载，以期引起争论，展开批评。"这证明周扬的判断是正确的：要求将《关于〈红楼梦简论〉及其他》一文在《人民日报》转载，开始并非出自毛泽东的本意，而是江青提出来的。不过，江青到《人民日报》社之前，却是征得了毛泽东的同意，因此，从某种意义上来说，这也可以看作是毛泽东的指示。也正因为如此，所以毛泽东又不点名地批评了周扬等人："又被某些人以种种理由（主要是'小人物的文章'，'党报不是自由辩论的场所'）给以反对，不能实现；结果成立妥协，被允许在《文艺报》转载此文。"虽然没有点名，但却不点自明。身为主要当事人的周扬，在看到这一段燃烧着怒火的最高指示后，自然会陷入诚惶诚恐的境地。

周扬可能没有料到，在自己和江青之间的冲突中，毛泽东竟然旗帜鲜明地支持了江青。这位对毛泽东无限崇拜的文艺界领导人，对江青的指手划脚瞎指挥可以采取直接或委婉的方式加以抵制，但对毛泽东的指示，不管是理解的还是不理解的，甚至不管是对的还是错的，却从来都是绝对服从的。因此，看了毛泽东的信后，周扬可能心中仍然不向江青认输，但对毛泽东，他却积极地采取了"立功赎罪"的补救措施：他将以作家协会古典文学部的名义，召集在京的专家学者召开一次小型的"关于《红楼梦》研究问题座谈会"。

周扬的态度和积极行动，并没有得到江青与毛泽东的谅解。他们有意采取了避开周扬直接指挥《人民日报》社的行动，而江青则在这一行动中扮演了一个使者的角色。她不辞劳苦地往来于中南海和《人民日报》社之间，瞒着周扬，秘密地找到邓拓，转达了毛泽东的指示，要他在《人民日报》组织发表几篇支持李希凡、蓝翎的文章。周扬虽然知道此事，却不敢再来过问，证明在与江青的矛盾冲突中，周扬起码在表面上已经服输。

李希凡在《红楼梦艺术世界》中曾经说："这篇文章在当时引起了一些意见，听说周扬就曾打电话问邓拓：这是怎么回事？"此外，据李辉的《往事苍老》，夏衍也曾经说："1954年批判俞平伯的时候，《人民日报》发表批评《文艺报》的社论，这实际上是批评周扬领导的文学界。听说这个社论越过了周扬，由上面指示总编辑邓拓安排报社的人直接写的。起草人是袁水拍。社论发表出来后，周扬还不知道怎么回事。实际上是毛主席不满意周扬在批判胡适等资产阶级学术思想上的工作，这篇社论是对他的极为严厉的批评。"

邓拓奉命组织的第一篇文章于10月23日在《人民日报》公开发表，这便是那篇由钟洛起草并经林淡秋、袁水拍修改过的《应该重视对〈红楼梦〉研究中的错误观点的批判》一文。这篇凝聚了《人民日报》社及文艺组主要领导人的心血和智慧的文章，基本上是按照毛泽东《关于〈红楼梦〉研究问题的信》写成的，但对于文艺界的批评，却只在临近结束时轻描淡写地点了一笔："我们的文艺界，对胡适之派的'新红学家'们的资产阶级立场、观点、方法在全国解放后仍然在古典文学研究工作中占统治地位这一危险的事实，视若无睹。这两篇文章发表前后在文艺界似乎并没有引起应有的重视。"

10月23日，周扬筹备组织的"关于《红楼梦》研究问题座谈会"在中国作家协会会议室召开，参加会议的代表及报社的编辑记者共有69人。这次会议特意以中国作家协会古典文学部的名义召开并让郑振铎主持会议，证明周扬虽然陷入了惶恐的境地但却仍然没有意识到问题的严重性，而且也不想把事态扩大。由于周扬是以文艺界领导人的身份参加这次会议的，所以他在最后的总结发言中没有像何其芳那样做明显的自我批评，讲话的内容也基本上按照毛泽东《关于〈红楼梦〉研究问题的信》的指示精神，甚至连语气都极为相似。在讲话中不说"我"而说"我们"，且时常以领导者的身份并使用号召性的言辞，可以看出他在公开场合的镇静自若。然而，在他冷静的外表下，是否在进行着剧烈的思想斗争呢？以理度之，当是有可能的。

据李辉《往事苍老》中一些当事人的回忆可知，也许周扬在这次会议上的态度引起了毛泽东或者江青的不满，所以他们对周扬又采取了穷追猛打的战略战术。就在《人民日报》《光明日报》对"关于《红楼梦》研究问题座谈会"作了报道的10月26日，江青又一次秘密地来到《人民日报》社，直接向袁水拍传达了毛泽东的指示，要求他写一篇对《文艺报》开火的文章。这一次，仍然有意识地避开了周扬。

10月28日，由袁水拍根据毛泽东的指示精神起草然后经毛泽东审阅并作了重要修改的《质问〈文艺报〉编者》一文在《人民日报》发表。毛泽东这一招非常厉害，他对准执行了周扬命令并在周扬直接领导下的《文艺报》开火，不仅可以对全国各地的报刊起到杀一儆百的震慑作用，同时也间接而且沉重地打击了周扬。所谓"敲山震虎""隔山打牛"，可见毛泽东是何等的英明！

周扬果然又惊又怒，再也无法保持表面上的镇静自若。他怒气冲冲地打电话质问邓拓："这是怎么回事？"以周扬的精明，不可能猜不透这一事件的内幕，但明明知道，却还要问个究竟，证明他已到了不知所措的地步。

然而，眼前的尴尬处境也只是暂时的，待周扬转变态度之后，毛泽东依然会重用他，并使他在运动中得到实际的好处。人类能否把握自己的命运，要视具体情况而定。当命运相对掌握在自己手中时，即使在相同的境遇中，不同的人也会有不同的命运，这主要取决于自己的主观努力：在困境中，听认命运的摆布而不作任何抗争的人，恰似戈壁滩上的流沙，只能任凭风暴带到地角天涯；遭遇厄运颓丧消沉甚至轻生的人，就像漂浮在水面上的一片树叶，随波逐流然后陷进淤泥化作泥土；在困境中采取措施积极抗争的人，则是大海上迷失方向的一叶扁舟。这一叶扁舟就是自己的命运，而自己的人生态度以及所采取的积极行动便是驾驶扁舟的人。面对着汹涌的狂涛巨浪，他只能努力拼搏随风转舵以便摆脱困境驶向彼岸。1954年秋，在"《红楼梦》研究批判运动"中一开始便陷入困境的周扬，便是这样一位见风使舵的明智之士。

对江青，当时的周扬在内心深处可能不会认输并且十分反感，但对毛泽东，他却是由衷崇拜甚至到了五体投地的程度。所以，当他看到《关于〈红楼梦〉研究问题的信》时，得知自己已然引起了毛泽东的强烈不满，便马上采取了顺风转舵的行动，"《红楼梦》研究问题座谈会"的迅速召开以及周扬在这次会议上的总结性发言，便是明证。当然，此时的周扬，表面上的言行与内心的想法肯定不会一致，在积极响应号召的行动中和镇静自若的外表下，掩盖着一份极为复杂的心情：矛盾、痛苦、惶恐，甚至难以理解并且无法接受。

周扬虽是毛泽东思想的权威的阐释者，但他对毛泽东的理解却远不如毛泽东对他的把握更为深透、彻底。对于此时此刻周扬的心口不一甚至复杂的内心活动，毛泽东了解得一清二楚，他虽然喜欢并需要周扬，也知道周扬在努力地随风转舵，但却一定要像诸葛亮七擒孟获那样让他心服口服之后才给他这个机会，因此，毛泽东对周扬继续穷追猛打且采取了非常高明的战略战术：他秘密指挥着周扬手下的一支部队向另一支部队发动了猛攻，这实质上等于端掉了周扬的总指挥部。

《人民日报》发表袁水拍的《质问〈文艺报〉编者》一文后，周扬既惊且怒更多惶恐，直到此时，他才真正意识到了问题的严重性，也下定决心急速转舵，然而此时水急浪高风怒号，他仍然无法与命运抗争。

更令他感到痛苦的是，自己统领的一支部队被最高统帅秘密指挥着打败了自己的另一支部队，并直接威胁到自己的总指挥部，但自己却不敢恼不敢怒也不敢说，并且还要强作镇静被迫再去攻打已经失败了的这支部队。对于周扬来说，牺牲掉一个《文艺报》算不了什么，只要毛泽东同意，他立刻会在原来的地盘上重新建立一支队伍。问题的实质在于，毛泽东对周扬手下的这支部队发动进攻，目的不是要消灭这支部队，而是要间接地打击这支部队的总指挥部。批判《文艺报》，也就是在批判周扬，因为《文艺报》属于周扬直接领导，而且在江青与周扬之间的这次冲突中，他们还忠实地执行了周扬的命令。

据《文艺战线上两条路线斗争大事记》中的记载可知，在《质问〈文艺报〉编者》一文发表后，周扬曾经寻找到一个合适的时机，来到毛泽东面前作了深刻的自我批评。应该说，周扬此时的检讨起码在表面上还是非常虔诚的，但一些主要的原因他却不能说出，比如他对江青在文艺界的指手划脚十分反感，自己对她的"假传圣旨"也必须进行抵制等等，他只能用"没有警觉"等等理由为自己辩解。

毛泽东当然明白周扬这次与江青发生冲突的真正原因，但出于种种考虑自然也不便点破。在听了周扬的检讨之后，毛泽东针对他的辩解，上纲上线并针锋相对地指出："不是没有警觉，而是很有警觉，倾向性很明显，保护资产阶级思想，爱好反马克思主义的东西，仇视马克思主义。"这样的话出自毛泽东之口，周扬自然诚惶诚恐无地自容。但毛泽东犹不放过，又严厉地批评周扬说："可恨的是共产党员不宣传马克思主义。共产党员不宣传马克思主义，何必做共产党员！"想起当日周扬强调的"小人物的文章"这条理由，毛泽东明确告诫说："一切新的东西都是'小人物'提出来的。青年志气大，有斗志，要为青年开辟道路，扶持'小人物'。"不仅如此，毛泽东还再次提出《清宫秘史》五年来一直没有受到批判："如果不批判，就是欠了这笔债。《清宫秘史》实际是拥护帝国主义的卖国主义影片。光绪皇帝不是可以乱拥护的。"

周扬作了深刻而又彻底的检讨之后，学习古代贤哲使用攻心战术的毛泽东并没有立即"亲解其缚"，而是继续冷落了周扬一段时间。直到11月下旬，毛泽东认为时机成熟后，才允许周扬掉转了他的命运之舟。

此时，大批判的熊熊烈火已然燃遍了神州大地，新闻媒体在行动上也取得了空前一致的大好局面。

然而，虽然此时毛泽东原谅并依然重用了周扬，但最可怕的却是江青对他的仇视态度仍然一如既往。她要彻底地整垮这位"文艺黑线的祖师爷"，以便使自己成为"文艺界的旗手"或登上"文艺女皇"的宝座。12年后，当周扬被批倒批臭且被关进秦城监狱之时，他与江青的这次冲突也自然而然地成了一大罪状。1974年10月16日，《人民日报》《光明日报》

《解放军报》《红旗》杂志和《北京日报》《文汇报》等报刊杂志纷纷发表文章，纪念《关于〈红楼梦〉研究问题的信》，仍然抓住周扬当年反对《关于〈红楼梦简论〉及其他》一文在《人民日报》转载一事大批特批，可见江青在与周扬的这次冲突中对他结下了多么大的仇怨！

三、引发批判运动的第三偶然性因素：
"替罪羊"冯雪峰也是"罪有应得"

  本来，如果《关于〈红楼梦简论〉及其他》一文能够顺利地在《人民日报》转载，这场批判运动也就不会与冯雪峰及《文艺报》发生任何关系。岂料周扬却要"多事"，阻止了江青的意图并大搞折衷在《文艺报》转载，这便给冯雪峰及《文艺报》种下了一颗要结苦果的种子。从这个意义上来说，冯雪峰与《文艺报》都是地地道道的"替罪羊"，但由于冯雪峰本人在处理这一问题时，又在惹恼了江青的同时也激怒了毛泽东，所以，从这个角度来说，他也是"罪有应得"的。

  毛泽东与冯雪峰，本来曾有过深厚的交情和彼此之间真诚的信任，是什么原因导致毛泽东后来对冯雪峰产生了反感呢？近年来，学术界许多人都在试图探讨其中的奥秘，但却都没有找到一个确切的答案。实际上，只要我们将他们之间的交往史略微缕述一下，就能从中找到一些蛛丝马迹。

  据冯雪峰自己回忆说："还在国内大革命时期，在广州工作的毛泽东曾向一位在他身边工作的我的同乡（同学）打听我的下落，说他很喜欢《湖畔》诗，认为写得很好，要我去南方与他一起工作。以诗会友，可见他的诗人气质。"[①] 激赏白话文运动但却并不喜欢白话诗的毛泽东，居然破例地说自己"很喜欢《湖畔》诗"，可见相对于形式而言毛泽东更注重诗的内容和情感，更注重充溢于诗文中的人的个性和品质；由此亦可看出，冯雪峰的"湖畔诗"具有多么强的感染力。然而，此时的毛泽东与冯雪峰，也只是一种所谓"久仰大名，如雷贯耳"的神交，自然没有什么友谊

---

  ① 史索、万家骥：《在政治大批判旋涡中的冯雪峰》，转引自胡平、晓山编《名人与冤案——中国文坛档案实录》，群众出版社1998年版。

可言。他们彼此谋面并结下深厚的友谊，当是在冯雪峰加入中国共产党的革命队伍以后，尤其是在瑞金担任中共中央党校教务主任和副校长期间，冯雪峰居然有了经常与毛泽东在一起秉烛夜谈的机会，二人甚至已经到了无话不谈的程度。① 后来，在同甘苦共患难的长征途中，冯雪峰与毛泽东及其他中共中央领导人的友谊也日渐加深。随着毛泽东在中共中央领导地位的确立，冯雪峰在对毛泽东产生了由衷敬仰之情的同时，毛泽东自然也加深了对冯雪峰的信任和倚重。正因为如此，所以在中央红军到达陕北后不久，以毛泽东为首的中共中央便很快对冯雪峰委以重任——让他以中央特派员的身份前往上海，与那里的党组织取得联系。当然，这项使命之所以落到冯雪峰头上，并不仅仅考虑到他们之间的私人关系，冯雪峰当年曾在上海工作过，熟悉上海的情况且与鲁迅关系密切，也是其中的主要原因之一。

冯雪峰离开陕北前往上海，本来是代表中共中央行使神圣的使命，然而后来的历史证明，这次南行，却对他晚年的悲剧人生留下了致命的隐患。

当然，倘若仅仅与周扬等人闹矛盾，也不至于对他的未来造成多大影响。最致命的是他在此期间，因与博古闹翻而赌气跑回家乡隐居。对冯雪峰的这一举动，毛泽东有何看法因缺乏史料不得而知，但当时担任中共上海办事处主任的潘汉年却对冯雪峰此举表示过强烈的不满："雪峰这样子不对，谈判还未成功，怎么就说是投降呢？这是中央的事情，他是共产党员，怎能自己说跑就跑掉？组织纪律呢？他说再也不干了，他不干什么了？不干共产党吗？"② 这虽然是潘汉年的个人意见，却很能代表中共高层领导包括毛泽东在内的一些人对冯雪峰此举的看法。如果从大局出发来说，无论上面的决定是对是错，冯雪峰都可以坚持自己的意见，但他撂挑子不干的行为却是万万要不得的。在这次事件中，他那典型的"浙东人的脾气"给他造成了不可弥补的损失。因此，从某种意义上来说，冯雪峰的人生悲剧，既有时代和社会的因素，也有他自己的性格的因素。从此以

---

① 陈早春：《夕阳，仍在放光发热——忆冯雪峰的晚年》，转引自胡平、晓山编《名人与冤案——中国文坛档案实录》，群众出版社1998年版。

② 史索、万家骥：《在政治大批判旋涡中的冯雪峰》，转引自胡平、晓山编《名人与冤案——中国文坛档案实录》，群众出版社1998年版。

后,他再也没有受到毛泽东的重用。

中华人民共和国成立后,周恩来安排冯雪峰担任人民文学出版社社长兼总编辑。对文史情有独钟的毛泽东,在国家第一个大型文学出版社领导人的人事安排问题上,是否发表过自己的意见,不得而知。周恩来在做出这一决定之前,也许已经同毛泽东商量过了。即使排除这种可能,如果毛泽东此时反感冯雪峰,那么在周恩来做出这一安排之后,毛泽东也许会表示自己的看法。后来,冯雪峰又兼任了中国作家协会副主席及《文艺报》主编等职,毛泽东依然默认了这种安排。然而,就在"《红楼梦》研究批判运动"爆发前不久,周扬等文艺界领导人及《人民日报》曾以"李准事件"为由,对《文艺报》发动了一次围攻式的批评,致使《文艺报》不得不做公开的检讨。此事的背景究竟如何,因无确凿的史料,不敢妄加揣测,但对冯雪峰来说,这却是一个危险的信号。

平心而论,此时的毛泽东对冯雪峰冷漠也好不满也罢,却还说不上有什么反感,后来发展到必欲将之批倒批臭的程度,却与那位喜欢多管闲事的"第一夫人"江青息息相关。

江青第一次到《人民日报》社要求转载《关于〈红楼梦简论〉及其他》一文时,究竟对邓拓说了些什么冯雪峰可能不太清楚,但当她的意图遭到周扬抵制并再次来到《人民日报》社进行交涉时,冯雪峰就已经明白了江青要"开展《红楼梦》研究问题""这个讨论的实质"。"毛主席很重视这篇文章","《人民日报》应该转载,以期引起争论,展开对资产阶级唯心论的批判",这是江青一再强调的主要理由。而此时的周扬,却已经拿定主意在《文艺报》转载这篇"并不成熟的文章",所以他在请来林默涵、何其芳等盟友为自己助战的同时,还特意请来了冯雪峰。在这次特殊的谈判会上,当然还是由周扬来唱主角,邓拓、林默涵、何其芳等人则附和着周扬打帮腔,而冯雪峰却没有直接表态。然而,他说不说什么无关紧要,重要的是江青说了些什么、周扬说了些什么,冯雪峰又该按照谁的意见办!在江青与周扬之间这次面对面的冲突中,争强好胜的江青强忍怒气做了让步,结果最终同意由《文艺报》转载李希凡、蓝翎的文章。这一折衷方案的达成,看似化解了双方的矛盾,实际上二人之间最主要的矛盾焦点尚未解决:周扬之所以坚持要在《文艺报》转载,是因为他觉得这一问题"还是作为学术问题好";而江青则仍然希望通过这篇文章的转载引起争论，从而"展开对资产阶级唯心论的批判"。因为当时守着周扬等人，也许江青没有再对冯雪峰强调自己的意见，但事后她不可能不再来过问此事。而在交涉会上没有表态的冯雪峰究竟服从周扬的安排还是认同江青的意见，在直接关系到这个问题的"实质"的同时，也直接关系到了他自己的命运。截至目前为止，我们还没有发现江青找冯雪峰过问此事的直接证据，但从史索、万家骥的《在政治大批判旋涡中的冯雪峰》一文中，我们找到了这样一条史料：

> 由于他厌恶俗套，缺乏恂恂儒雅之风，在解放之后，也碰过不少有地位、有名望的人……对权势高贵如江青者，他也发过"浙东人的脾气"。1954年，江青去过问《文艺报》，对他指手划脚，要他这样，要他那样。他却毫不客气地说："你不懂的事，别多管！"

我们无法核实此事发生的具体时间，但以理度之，当是在"《红楼梦》研究批判运动"爆发之前。不然的话，已然陷入困境的冯雪峰，即使"浙东人的脾气"再大，也绝对不敢再这样跟江青说话。那么，此事是否发生在1954年9月下旬呢？愚以为这是极有可能的。江青之所以"过问《文艺报》"，应该还是为了那篇令她青眼有加的《关于〈红楼梦简论〉及其他》一文的转载问题。她对冯雪峰"指手划脚，要他这样，要他那样"，当然除了版面安排方面的"这样""那样"之外，更重要的还是《编者按》应该如何写的"这样""那样"的问题。而冯雪峰居然"那样""毫不客气地"对江青说出"你不懂的事，别多管""这样"的话来，又按照自己及周扬的意见写出"那样"一个"没有提到这个讨论的实质"的"编者按"来，他的这种做法，若不激怒江青，那才是天大的怪事！在周扬与江青的这次冲突中，冯雪峰显然倒向了周扬一边。当然，冯雪峰不是一个没有主见的人，他之所以倾向于周扬，乃是因为他也觉得这一问题"还是作为学术问题好"，他在"编者按"中只说"科学的观点"和"俞平伯先生在《红楼梦简论》一文中的论点"，而不说"马克思主义观点"或"俞平伯的资产阶级唯心论观点"，便再清楚不过地表明了他的态度。

这将给他带来巨大的灾难。尽管他陪了十二分的小心，既征求过李希凡、蓝翎的意见，又特意报请中宣部审批。但在批判运动爆发之后，他们这些人，却都无力使冯雪峰摆脱风暴的袭击。

退一步说，即使江青"过问《文艺报》"不是为了《关于〈红楼梦简论〉及其他》一文的转载问题，那么，在"《红楼梦》研究批判运动"爆发之前，冯雪峰对江青采取这样的态度，也必然会让江青窝火，待到他写的那个"编者按"公开发表之后，江青见他没有按照自己的意见"提到这个讨论的实质"，必然将埋在心头的积怨随同新仇一并发出，让冯雪峰饱尝"公然抗拒毛主席指示"实际是不听从她江青指示的苦头。因此，1954年10月下旬，"《红楼梦》研究批判运动"甫一爆发，冯雪峰便即受到了强烈的批判。表面看来他是在为周扬"替罪"，但在毛泽东和江青眼里，他却也是"罪有应得"的。

在此需要申明一点，毛泽东与江青对待这一问题的出发点是不太相同的。江青可能只是在野心难以实现的前提下，纯粹从私人间的恩怨着想假公济私以泄私愤；而毛泽东则更多地是从大局着眼。通过这次周扬、邓拓、冯雪峰等人的表现，他再一次清楚地认识到了文艺界的不听指挥及思想混乱，并由此勾起了他对文艺界尤其是文艺界领导人和知识分子们的不满情绪，因而他要借助这次运动的开展，用马列主义统一人们的思想。在运动展开之先，不集中力量批判胡适和俞平伯，却首先冲着《文艺报》大动干戈，便可证明毛泽东就是要借批判《文艺报》之举，对新闻媒体进行一番彻底的整顿，而其最终目的，当然还是要为这场思想批判运动的开展铺平道路。

弄清楚了以上事实，也就明白了"《红楼梦》事件"爆发的另一个真正原因，同时也找到了毛泽东为何会对冯雪峰产生反感的具体答案。

毛泽东何时下定决心开展对周扬和冯雪峰的批判，不得而知，但最起码，在他针对《文艺报》在转载《关于〈红楼梦简论〉及其他》一文所加编者按语痛下批注时，他们的命运便已注定。面对一则非常客观的"编者按"，毛泽东却有那么大的火气，实际上是言在此而意在彼。袁水拍在《质问〈文艺报〉编者》一文中所说"这一讨论的实质"，亦"即反对中国古典文学研究中的唯心论观点，反对文艺界对于这种唯心论观点的容忍和依从甚至赞扬歌颂"云云，只不过是冠冕堂皇的场面话，其真正的原因，应该来自江青所受的"窝囊气"。

10月16日，盛怒中的毛泽东奋笔写下了《关于〈红楼梦〉研究问题的信》，正式下达了开展批判运动的命令。在他指定可读此信的 28 个人中，周扬、邓拓、何其芳、冯雪峰 4 人均与此事息息相关。毛泽东这样做，究竟是对他们提出警告，还是要看他们的表现？以理度之，后者的可能性当更大一些。他要批判其中的某些人，更需要另一些人"改过自新""立功赎罪"，积极配合自己的行动。

在毛泽东授意下，邓拓首先行动了起来。他按照江青转达的毛泽东的"指示精神"，迅速地组织了两篇稿子，并于 10 月 23、24 日在《人民日报》相继发表，正式拉开了"《红楼梦》研究批判运动"的序幕。周扬稍微慢了一步，但也积极地行动了起来。10 月 24 日，由他发起筹备的"《红楼梦》研究问题座谈会"在中国作家协会礼堂召开。在听取了与会代表们的发言以后，周扬一如既往地对毛泽东的意图作了权威性的阐释。他的镇静自若的态度和局外人一般的正常表现，可能更加引起了毛泽东的不满，因此，他在相对短暂的一个时期内，还将让周扬吃到更大的苦头。在这次会议上，何其芳也积极地作了检讨性的发言；唯有冯雪峰，却始终无动于衷。当然，他所主持的《文艺报》是半月刊，不可能像邓拓主编的《人民日报》那样方便快捷地将自己已然转向的态度表现出来。

10 月 26 日，江青再次天使般地降临《人民日报》社，秘密地向邓拓、袁水拍等人传达了毛泽东的指示。10 月 28 日，袁水拍奉命撰写经毛泽东审阅并作了重大修改的《质问〈文艺报〉编者》一文在《人民日报》公开发表。这种"出其不意，攻其不备"的突袭战术，恰如晴空中忽然炸响一声霹雳，因大大出乎意料之外，周扬懵了，李希凡、蓝翎等人也都被震懵了。而首当其冲的冯雪峰则顿时陷入了困惑、惊慌、恐惧的汪洋大海之中。

自《质问〈文艺报〉编者》一文发表后的第三天，亦即 10 月 31 日开始，中国文联主席团和中国作协主席团在青年宫连续召开扩大联席会议，对冯雪峰及《文艺报》的错误进行批判。迫于强大的政治压力，冯雪峰不得不违心地按照上面的指示进行检讨。会议期间，《文学遗产》主编陈翔鹤与另一个受到牵连的无辜者——《文艺报》副主编陈企霞，一同做了冯雪峰的陪绑。在愤怒的批判者面前，他们已被剥夺了申辩的权力，甚至连虔诚而又深刻的自我批评，也难以获得那些"掌握着真理"的人们的谅解。据李希凡回忆，在批判会期间，老实巴交的陈翔鹤依然重复着他当日带领李希凡、蓝翎到冯雪峰家去时曾经对他们说过的那句话："《文艺报》是老大哥，我们跟着老大哥走。"结果引得下面哄堂大笑。① 在此需要申明一点，这"哄堂大笑"并不是批判者们友好的善举，而是充溢着他们对被批判者的强烈不满。

会议期间，冯雪峰奉上级指示精神而写的《检讨我在〈文艺报〉所犯的错误》一文，相继在11月4日的《人民日报》和《文艺报》1954年第20期公开发表。这是他在困惑不解的处境中用痛苦和愤懑写出的一段血泪文字。在这份违心的《检讨书》中，他依然没有任何申辩的权力，无论《质问〈文艺报〉编者》一文如何强词夺理，冯雪峰都必须老老实实地承认它的正确性："在10月28日《人民日报》上袁水拍同志严厉地批评了《文艺报》在关于《红楼梦》研究问题讨论中所采取的错误态度。这个批评是完全正确的，是把《文艺报》的这个错误的实质和严重性完全揭露出来了。"

直到此时，他才注意到"这个错误的实质和严重性"。虽然他比任何人都清楚这个"实质"究竟"严重"到什么什么程度，但他却不能也不敢实话实说。用他自己的话来说，就是"有苦说不出，低头挨闷棍"。

在《质问〈文艺报〉编者》一文中，袁水拍虽然没有点名批评冯雪峰，但作为主编以及引发此事的当事人之一，冯雪峰无论理解不理解，都必须"勇敢地"承担起这个责任："这个错误完全由我负责，因为我是《文艺报》的主编，而且那个错误的编者按语是我写的。"受到批判以后，他终于被迫承认了自己的"错误"。当日江青要他"那样"，而他却毫不客气地说江青"不懂"，毫不通融地偏要"这样"，此时此刻，他会不会后悔自己应该"那样"而不应该"这样"呢？

接下来，冯雪峰就按照"上级指示"对自己的"错误"进行深刻的自我批评了："我犯了这个错误，不是偶然的。在古典文学研究领域内胡适派资产阶级唯心论长期地统治着的事实，我就一向不加以注意，因而我一直没有认识这个事实和它的严重性。直到今天，胡适派资产阶级唯心论的观点仍在古典文学研究领域内泛滥着、发展着，在阻碍着马克思列宁主义的观点和方法在古典文学研究上的发展和胜利，——这现象，我也完全不

---

① 李希凡：《红楼梦艺术世界·毛泽东与红楼梦》，文化艺术出版社1997年版。

认识。"请注意，这一段检讨，冯雪峰虽然基本上是按照"上级的指示精神"而写出来的，但他一再强调"古典文学领域"，则将再次招致毛泽东的强烈反驳。

他虽然已被剥夺了申辩的权力，但在行文之时还是偶尔隐约地作了一些解释："对于俞平伯研究《红楼梦》的一些著作，我仅只简单地把它们看成是一些考据的东西，而完全不去注意其中所宣扬的资产阶级唯心论的观点。例如袁水拍同志已经指出，在去年第9期《文艺报》的《新书刊》栏中，就曾经发表了向读者推荐俞平伯《红楼梦研究》的文字，在发稿时我也只是把这本书当作单纯考据的作品的。"这无疑是对袁水拍指责他"向资产阶级唯心论投降"的具体事例做出了答辩。"看成是一些考据的东西"，"当作单纯考据的作品"，虽然实话实说，但又有谁会听信他的辩解呢？

因迫于某种政治压力而说假话，自然是一种莫大的痛苦，更何况还是这种有损于自己的假话。然而，此时的冯雪峰却又不得不这样做："我对于资产阶级的错误思想失去了敏锐的感觉，把自己麻痹起来，事实上做了资产阶级的错误思想的俘虏。""问题的严重更是在于当李希凡、蓝翎两同志向古典文学研究领域唯心论开火的时候，我仍然没有认识到这开火的意义重大，因而贬低了李、蓝两同志的文章的重要性，同时也就贬低了他们文章中的生气勃勃的战斗性和尖锐性，贬低了马克思列宁主义的这种新生力量。这错误的最深刻的原因在哪里呢？检查起来，在我的作风和思想的根柢上确实是有与资产阶级思想的深刻联系的。我感染有资产阶级作家的某些庸俗作风，缺乏马克思列宁主义的战斗精神，平日安于无斗争状态，也就甘于在思想战线上与资产阶级唯心论'和平共处'。特别严重的是我长期地脱离群众，失去了对于新生事物的新鲜感觉，而对于文艺战线上的新生力量，确实是重视不够，并且有轻视的倾向的。"一番毫无根据的自我谴责，却完全化用了袁水拍的文章。这无异于袁水拍无理取闹边骂边冲着他大打耳光，而他自己还得说袁水拍骂得好打得好并不得不学着袁水拍的打骂方式自打自骂。

做过了违心的检讨之后，被扭曲了的心灵自然而然会出现反弹，因而即使在这样的处境中，冯雪峰仍然没有忘记实事求是地为自己鸣冤叫屈："我平日当然也做过一些帮助青年的工作，例如替他们看原稿，设法把他们的作品发表或出版。"当然,别人是要听他作检讨的,这样的话自然不能多说,略微点到之后,还必须接着作深刻的自我批评:"但虽然如此,仍然可以不自觉地在心底里存在着轻视新生力量的意识。"

在《检讨书》中,冯雪峰说出了自己刚刚受到批判时的困惑:"当我受到说我轻视新生力量的严厉批评时,我最初心里还迷惑,以为我做过一些帮助青年的工作。"话虽如此说,此时难道就理解了?以理度之,恐怕他将永远感到"迷惑"!

不管"迷惑"不"迷惑",还必须按照"上面"的口径进行严厉的自我批评:"我在处理李、蓝文章的问题上,第一个错误是我没有认识到这是马克思列宁主义反对资产阶级唯心论的严重的思想斗争,表现了我对于资产阶级唯心论的投降。第二个错误,更严重的,是我贬低了他们文章的战斗意义和影响,同时又贬低了马克思列宁主义的新生力量——也是文艺界的新生力量。"因此,"我感到责任的重大,感到深刻的犯罪感!""我深深地感到我有负于党和人民。这是立场上的错误,是反马克思列宁主义的错误,是不可容忍的。"最后这两句话,已将问题的"实质"上升到一个相当的高度。"反马克思列宁主义",岂不成了"阶级敌人"了?

冯雪峰《检讨我在〈文艺报〉所犯的错误》一文在《人民日报》发表后不久,很快便被全国许多报刊转载,大有纸贵神州之势。平心而论,这份检讨虽然大都是不得不说的违心之言,但冯雪峰的态度却是十分虔诚的。然而,即使如此,它却仍然不能取得已然对他十分反感的毛泽东的谅解。从中央文献出版社出版的《建国以来毛泽东文稿》中我们可以看到,当毛泽东读到 11 月 14 日《南方日报》转载的这份检讨时,忍不住拿起笔来,再次愤怒地痛下批注。冯雪峰说自己对于"在古典文学领域内胡适派资产阶级长期统治着的事实""一向不加以注意",毛泽东就反问道:"限于古典文学吗?"并针对"不加以注意"一语强调说:"应说从来就很注意,很有认识,嗅觉很灵。"冯雪峰说自己"对于资产阶级的错误思想失去了敏锐的感觉",毛泽东却毫不让步,反驳说:"一点没有失去,敏感得很。"冯雪峰说自己"感染有资产阶级作家的某些庸俗作风",毛泽东则强调指出:"不是'某些',而是浸入资产阶级泥潭里了。"冯雪峰说自己"缺乏马克思列宁主义的战斗精神",毛泽东就义正词严地驳斥说:"不是'缺乏'的问题,是反马克思主义的问题。"冯雪峰说自己"仍然可以不自觉地在心底里存在着轻视新生力量的意识"，毛泽东就在"可以不自觉地"几个字旁划了竖线，批注说："应是自觉的。"然后又在"在心底里存在着"一句旁划上竖线，反驳说："不是潜在的，而是用各种方法向马克思主义作坚决的斗争。"直到冯雪峰承认自己所犯的错误"是反马克思列宁主义的错误"时，毛泽东方才下了肯定的判语："应以此句为主题去。"

冯雪峰虽然作了检讨，但却没有得到毛泽东的宽恕。随着批判运动的深入发展，将在明里批判冯雪峰的同时，暗中也同时间接地打击着周扬。再过一段时间，毛泽东又将利用一直在努力争取转向的周扬，将冯雪峰与胡风这两个鲁迅晚年最器重的"学生"一同打倒。只不过冯雪峰与胡风的不同之处是：冯雪峰没有一下子彻底倒下，而是一次又一次地在各种各样的运动中饱受凌辱。他的遭遇，恰似行驶在大海上的一叶扁舟，总是接连不断地经受着惊涛骇浪的无情冲击。胡风则如海边行走的游人突遇海啸，一下子就陷入了灭顶之灾的汪洋大海。

四、引发批判运动的第一必然性因素："胡适思想"批判

"《红楼梦》研究批判运动"的爆发，除以上所述三大偶然性因素外，还有两大必然性因素，而这两大必然性因素，又与开国领袖毛泽东息息相关。笔者在拙著《红学：1954》中曾说："1954 年的《红楼梦》研究批判运动，表面看来虽然是由俞平伯的《红楼梦简论》所引发，但实际上毛泽东的矛头指向却是冲着胡适来的。如果说俞平伯的遭受批判存在着极大的偶然性因素，那么胡适的被批判却是历史发展的一种必然。这不仅仅是因为他树大招风，'胡适思想'已成为马克思主义在中国得以普及的最大障碍。最直接也是最重要的一个原因，应是胡适的立场、观点及其后期的具体表现，已然引起了毛泽东对他的极大反感。1945 年以后，胡适居然旗帜鲜明地倒向了蒋介石，并在北平被围时心甘情愿地被国民党的专机'抢运'到南京，且最终飘洋过海去了美国。胡适在关键时刻的这一抉择，以及他在逃离北平后的种种反共言行，注定了他在大陆遭受政治清算的命运。"

实际上，对于胡适，毛泽东也有一个由崇拜到反感乃至必欲对其思想进行彻底批判的渐变过程。在"五四运动"前后，对于胡适，毛泽东是由衷崇拜的。1936年，毛泽东在陕北保安的窑洞里，曾经对美国记者斯诺说过这样一段话："《新青年》是有名的新文化运动的杂志，由陈独秀主编，我在师范学习的时候，就开始读这个杂志了。我非常钦佩胡适和陈独秀的文章。他们代替了已经被我抛弃的梁启超和康有为，一时成了我的楷模。"①

毛泽东在此所说的"一时"，就是"五四"运动前后的那一段历史时期。而他们之间真正出现芥蒂，应该始于1945年，其主要责任也在胡适一边。

1945年4月25日，联合国制宪会议在美国旧金山召开。"会议期间，受毛泽东的委托，董必武代表共产党一方，争取胡适在战后民主建国过程中对共产党的合理合法存在的支持。"从感情上倾向于蒋介石的胡适，却"向董必武提出他的'无为'的政治主张，他要求共产党解散军队、放下武器，按美国的模式搞和平议会道路，从事单纯的参政党活动。"②

1945年7月1日，国民党政府委派傅斯年、黄炎培、章伯钧等五人访问延安，商谈国共两党合作事宜。当傅斯年与毛泽东谈及当年北大旧事时，毛泽东再次通过傅斯年向远在美国的胡适转达"学生对老师的问候"，争取胡适在道义和精神上对中国共产党的支持。后来，毛泽东对胡适的问候在报纸上发表了出来。

1945年8月24日，尚在美国的胡适，却"忽起一念"，异想天开地"拟发一电劝告毛泽东君"。8月28日，王世杰在毛泽东等人飞抵重庆谈判时，将胡适托他代发的这封电报面呈毛泽东，并将副本刊载于9月2日的重庆《大公报》上。

在这封著名的电报中，胡适首先对毛泽东通过傅斯年对自己的问候表示感谢，略作客套之后，便谈及在旧金山与董必武的谈话内容。这实际上也是胡适在电报中要对毛泽东所说的话："前夜与董必武兄深谈，弟恳切陈述鄙见，以为中共领袖诸公今日宜审察世界形势，爱惜中国前途，努力忘却过去，瞻望未来，痛下决心，放弃武力，准备为中国建立一个不靠武

---

①② 朱庄：《毛泽东与胡适》，《人物》1999年第11期。

装的第二大政党。公等若能有此决心，则国内十八年纠纷一朝解决，而公等廿余年之努力皆可不致因内战而完全消灭。"遣词用句虽颇费斟酌，但倾向于国民党之意却仍十分明显。

1954年，胡适在为司徒雷登的《旅华五十年记》一书所作的序言中不无遗憾地说："那时候重庆的朋友打电报告诉我，说我的电报已交给毛行政管理本人。当然我一直到今天还没有得到回音。"

实际上，毛泽东已经给胡适回了信。他在《关于重庆谈判》一文中所说的"人民的武装，一支枪，一粒子弹，都要保存，不能交出去"这一番话，就是对那些妄图让共产党"放弃武力"之人包括胡适在内的最好的回答。

但即使如此，毛泽东却也一直没有放弃对胡适的争取。尽管后来胡适反苏反共的倾向越来越鲜明，"从道义上支持蒋总统"的立场也愈来愈坚定。

1948年11月29日，平津战役打响，并很快对北平形成合围之势。同年12月中旬，国民党的"抢救学人计划"也拉开了序幕。围城的共产党军队得知胡适将要逃离北平的消息后，西山一带的共产党广播便明确宣布："只要胡适不离开北平，不跟蒋介石走，中共保证北平解放后仍让胡适担任北京大学校长和北京图书馆馆长。"北大同仁与属下也有劝胡适留下的，但胡适只是笑着摇了摇头，还是决定走。劝得急时，他留下三句话："在苏俄，有面包，没有自由；在美国，又有面包，又有自由；他们来了，没有面包，也没有自由。"①

1948年12月14日，胡适乘坐国民党派来的专机，仓皇离开了北平。

毛泽东对胡适是十分崇拜的，虽然胡适后来的作为令他反感，但在他的心灵深处，却牢牢地系结着一个永远难以解脱的"胡适情结"，岂止是"一时""成了楷模"。也正因为如此，所以胡适的逃离北平，就不能不使毛泽东感到愤愤不平。

后来，胡适远赴重洋去了美国。这期间，他愈发坚定不移地走着自己的反苏反共路线。在半个月的太平洋旅途中，胡适写下了两篇文章：《自由中国的宗旨》和《〈陈独秀的最后见解〉序言》。前者在7个月后公开发

---

① 胡明：《胡适传论》，人民文学出版社1996年版。

表于《自由中国》创刊号上。这是胡适的第一篇公开发表的反共宣言。其中有云:"我们在今天,眼看见共产党的武力踏到的地方,立刻就罩上了一层十分严密的铁幕。在那铁幕底下,报纸完全没有新闻,言论完全失去自由,其他的人民基本自由更无法存在。这是古代专制帝王不敢行的最彻底的愚民政治,这正是国际共产主义有计划的铁幕恐怖。我们实在不能坐视这种可怕的铁幕普遍到全中国。因此,我们发起这个结合,作为《自由中国》运动的一个起点。"

毛泽东对胡适的一再争取,换来的却是他的顽固不化的反共态度。因此,在中国共产党锁定胜利的大局后,在政治上将胡适定为战犯的同时,在思想上也展开了对胡适的批判。而胡适的言行,正是导致他在大陆受到批判的直接原因。

此外,招致胡适遭受批判的另一个重要原因,便是统治中国思想界、文化界长达30余年的"胡适思想"。

中华人民共和国的成立,并不仅仅是一般意义上的改朝换代。对于灾难深重的中国人民来说,更为难得的是百余年间首次出现的大一统局面。政治上的大一统,也必然相应地要求出现思想上的大一统。而认定"领导我们事业的核心力量是中国共产党,指导我们思想的理论基础是马克思列宁主义"的开国领袖毛泽东,在立国之初便迅速地在全国范围内开展马克思列宁主义的普及运动,也是历史发展的一种必然。

然而,统治中国思想界长达30余年的胡适思想,却成了普及马列主义的最大障碍。因此,清除人们头脑中根深蒂固的胡适思想,便成了思想文化领域亟待解决的首要问题。

关于这一点,许多针对胡适的批判文章已然说得非常清楚。1954年12月8日,郭沫若在向"胡适思想"进攻的誓师大会上,就曾经明确地作过表述:"中国近30年来,资产阶级唯心论的代表人物就是胡适,这是一般所公认的。胡适在解放前曾被人称为'圣人',称为'当今孔子'。他受着美帝国主义的扶植,成为了买办资产阶级第一号的代言人。他由学术界、教育界而政界,他和蒋介石两人一文一武,难兄难弟,倒真有点像'两峰对峙,双水分流'。胡适这个头等战犯的政治生命是死亡了,但他的思想在学术界和教育界,依然有不容忽视的潜在势力。""解放以来,我们虽然进行了马克思列宁主义的学习,进行了思想改造的自我教育,但是我们大部分的人，包含我自己在内，并没有上升到能够正确地运用马克思列宁主义的思想水平。""对于资产阶级唯心论的批判是刻不容缓的严重的思想斗争。买办资产阶级的存在、帝国主义的控制，虽然跟着旧中国的死亡而消灭了，但资产阶级唯心论的思想，无论在文艺界或学术界，乃至在我们自己的脑子里，都还根深蒂固地保持着它的潜在势力。我们不仅没有和根推翻它，甚至还时时回护着它。因此在我们从事文艺实践的时候，这种错误思想，就每每在不知不觉之间冒出头来。"

郭沫若的这一段话，无疑道出了毛泽东的心声。另外一个"毛泽东思想的权威阐释者"周扬，在1954年12月8日的动员大会上，也曾对"胡适思想"批判运动的必要性，作过这样的阐释："文艺上的思想倾向的斗争总是反映阶级斗争的过程的。从1949年中国人民民主革命胜利后，我们国家就进入了社会主义改造即社会主义革命的新的历史阶段。对资产阶级唯心论及其在文艺上的反现实主义倾向的斗争，就成为思想战线上一个比以前更加迫切的严重的任务。"

在这里，"资产阶级唯心论"便是"胡适思想"的代名词。而对它的斗争和批判，则已成了"比以前更加迫切的严重的任务"。

对于胡适及"胡适思想"，周扬作了这样的定评：胡适在政治上是反动的，他的学术思想也是反动的。他"是中国资产阶级思想的最主要的、集中的代表者"，"他从美国资产阶级贩来的唯心论实用主义哲学则是他的思想的根本"，而"实用主义（或实验主义）"却"是帝国主义资产阶级哲学家为了反对现代唯物论，挽救垂死的资产阶级而制造出来的一种反动哲学"。

然而，就是这样一种"反动哲学"，却"在古典文学研究的领域内竟长期地占有了统治的地位"。"因此，彻底地揭露和批判胡适派资产阶级的唯心论，就是当前马克思主义十分重要的战斗任务。只有经过这种批判工作，才能使马克思列宁主义在中国学术界树立真正领导的地位。'不破不立，不塞不流，不止不行。'这个批判运动，同时也就是一个马克思主义思想建设的运动。"

这一段号召性的言辞，简明扼要地表达了毛泽东要发动这场运动的真正意图。"只有经过这种批判工作，才能使马克思列宁主义在中国学术界树立真正领导的地位。""这个批判运动，同时也就是一个马克思主义思想建设的运动。"三言两语,准确地道出了这场运动的实质。欲立必须先破,立是目的,破是手段。通过对胡适派资产阶级唯心论的批判,最终在中国普及马克思列宁主义,才是这场运动的真正目的。

对于胡适尤其是"胡适思想"的批判,已成箭在弦上之势。

1949年5月11日,著名历史学家陈垣在《人民日报》发表了致胡适的公开信。此可视为毛泽东对胡适的拒绝"争取"公开做出的第一次反应,亦可看作中国共产党对胡适进行政治总清算的先声。①

在这封公开信中,陈垣明确指责胡适:"在30年前,你是青年的'导师',你在这是非分明、胜败昭然的时候,竟脱离了青年而加入反人民的集团,你为什么不再回到新青年的行列中来呢?我以为你不应当再坚持以前的错误成见,应当有敢于否定过去观点错误的勇气。你应该转向人民。""我现在很诚恳地告诉你,你应该正视现实,你应该转向人民,翻然悔悟",并"希望我们将来能在一条路上相见。"

这一段话,应该也是当时毛泽东心声的一种流露。只可惜我们无法考证,陈垣写这封信时到底有何"历史背景"。在这里,意思表达得非常清楚:虽然胡适已经去了美国,但共产党仍然没有放弃对他的"争取"。只要胡适"翻然悔悟","转向人民",他仍然是一个"犯过错误"的"同志"。

然而,胡适再次拒绝了毛泽东对他的争取。1950年1月9日,胡适写了《共产党统治下决没有自由——跋所谓〈陈垣给胡适的一封公开信〉》,发表在《自由中国》2卷3期上。胡适这种顽固不化的态度,也自然而然地招致了中国大陆对他的批判。

1950年秋,真正的"胡适批判运动"正式拉开了序幕。而拉开这场批判运动序幕的,却是胡适的小儿子胡思杜的一篇文章——《对我父亲——胡适的批判》。②

在这篇文章中,胡思杜在历数其父胡适在旧中国所犯下的一系列"罪行"后,又给予胡适这样一个评价:"从阶级分析上,我明确了他是反动阶级的忠臣、人民的敌人。在政治上他是没有什么进步性"的。他"出卖

---

① 胡明:《胡适传论》,人民文学出版社1996年版。
② 香港《大公报》,1950年9月22日。

人民利益，助肥四大家族"，"和帝国主义文化侵略利益密切的结合"，"甘心为美国服务"。对于这样的一个父亲，胡思杜明确表示了自己的态度："在他没有回到人民的怀抱来以前，他总是人民的敌人，也是我自己的敌人。在决心背叛自己阶级的今日，我感受了在父亲问题上有划分敌我的必要。"

在文章的最后，胡思杜说："对于一切违反人民利益的人，只要他们承认自己的错误，向人民低头，回到人民怀抱里来，人民是会原谅他的错误，并给以自新之路的。"虽然"劝归"之意仍很明显，但胡适却已经成了"人民的敌人"。

"胡适读到思杜的文章没有表态，只是将这份《大公报》的剪报粘贴在自己的日记里。"但在立场上却丝毫没有动摇，他显然不愿意走共产党给他指点的"自新之路"。10月，胡适的反苏、反共文章《斯大林雄图下的中国》公开发表。大陆对胡适的努力争取彻底破灭，大规模的批判运动也就不可避免了。①

1950年秋至1954年秋，"胡适思想批判"便在小范围内小规模地陆陆续续开展了起来，诸如"京津高等学校教师学习改造运动""胡适思想批判座谈会"等等。

1954年秋，时机终于到来。蓄积长达32个月的地下熔岩，终于找到了"《红楼梦》研究批判"这个突破口，遂以不可阻挡之势喷发了出来。

李希凡、蓝翎合写的文章，虽然重点评判的矛头是对着俞平伯的，但由于前几年对胡适的批判已然不自觉地影响了他们，给他们造成了特定的思维定式，因此他们在这篇文章的结尾，便不经意地提到了胡适。目光敏锐的毛泽东，立刻捕捉到了这一个亮点，当即因势利导，联系着要发动对胡适的批判："看样子，这个反对在古典文学领域毒害青年三十余年的胡适派资产阶级唯心论的斗争，也许可以开展起来了。"这是《关于〈红楼梦〉研究问题的信》的点睛之笔，也是毛泽东发动这场运动的最终目的之一。此处话虽说得很委婉，但言外之意却是不容置疑的。所以邓拓在按照毛泽东的指示布置李希凡、蓝翎合写《走什么样的路》一文时，便特意叮嘱他们说："你们的《评〈红楼梦研究〉》不是讲到了胡适的观点吗？这

---

① 胡明：《胡适传论》，人民文学出版社1996年版。

篇文章可以从批判胡适的角度写。"

一语道破了"天机"。对于毛泽东来说，批判俞平伯，也只是对一个普通知识分子的思想改造，也只能作为一个小小的突破口。其最终目的，当然还是要彻底地批判胡适，从而清除胡适思想对中国知识分子的巨大影响，更为广泛地普及马克思列宁主义。

孙望在《从胡适说到俞平伯的〈红楼梦〉研究》一文中，倒是点透了毛泽东的心思："关于《红楼梦》研究的问题，虽然是从俞平伯先生的著作上触发起来的，但是，这决不等于说只是俞平伯个人的问题。正如许多同志所指出的，这是我们整个文化学术界必须注意的问题。从'五四'运动以后，30多年来，特别是我们学术界，严重地受着以胡适为代表的资产阶级思想和他那种主观唯心论的研究方法的侵蚀，以致使我们在学术上蒙受了损害，以30年研究结晶自视的俞平伯的《红楼梦研究》，便是一个典型的例子。正因为如此，所以我们批判俞平伯的学术思想，就必然要联系到批判胡适，就必然要联系到批判胡适的思想方法。"①

早在1954年11月8日《光明日报》刊载的记者对郭沫若的采访中，郭沫若就已明确表达了毛泽东的这一意图："这不仅仅是对于俞平伯本人、或者对于有关《红楼梦》研究进行讨论和批判的问题，而是应该看作是马克思列宁主义思想与资产阶级唯心论思想的斗争；这是一场严重的思想斗争。"那么，中国"资产阶级唯心论思想"的重要代表人物既是胡适，这场斗争自然也就是对准"胡适思想"了。所以，郭沫若特意"分析了胡适的反动哲学遗毒对中国文化学术界的影响"："胡适的资产阶级唯心论学术观点在中国学术界是根深蒂固的，在不少的一部分高等知识分子当中还有着很大的潜势力。我们在政治上已经宣布胡适为战犯，但在某些人的心目中胡适还是学术界的'孔子'。这个'孔子'我们还没有把他打倒，甚至可以说我们还很少去碰过他。"②

说"这个'孔子'我们还没有把他打倒"，倒是事实；但说"还很少去碰过他"，却就不符合实际情况了。

正因为毛泽东的进攻意向旨在胡适，所以"《红楼梦》研究批判运动"

---

① 《新华日报》1955年1月21日。
② 《文化学术界应该展开对资产阶级思想的斗争——中国科学院郭沫若院长对本刊记者的谈话》，《光明日报》1954年11月8日。

甫一开始，毛泽东便对知识分子们指明了这次战役的主要进攻对象就是"胡适思想"。只可惜许多文人却不明白这个道理，在批判胡适的同时，依然不遗余力地批判着俞平伯，甚至将考证派红学的几员主将也捎带着打了一顿杀威棒。

实际上，对于俞平伯《红楼梦》研究的批判，只能算是批判胡适对知识分子所造成的"恶劣影响"；批判《文艺报》，除了人事纠纷的因素外，目的也是为了扫除前进道路上的障碍，以便批判大军能够顺利地开到批判胡适的主战场上。

在"《红楼梦》研究批判"、《文艺报》批判进行了一个多月后，知识分子们的思想觉悟提高了，报刊杂志的思想统一了，批判"胡适思想"已然水到渠成。于是，1954年12月8日，以郭沫若、茅盾、周扬组成的"前敌总指挥部"，严格按照最高统帅毛泽东的指示，向由全国知识分子组成的"批判大军"，下达了向"胡适思想"进军的命令。

就在这次动员大会上，确定了"胡适思想"批判的具体规划：（1）胡适的哲学思想批判（主要批判他的实用主义）；（2）胡适的政治思想批判；（3）胡适的历史观点批判；（4）胡适的《中国哲学史》批判；（5）胡适的文学思想批判；（6）胡适的《中国文学史》批判；（7）考据在历史学和古典文学研究工作中的地位和作用；（8）《红楼梦》的人民性和艺术成就及其产生的社会背景；（9）关于《红楼梦》研究著作的批判（即对所谓新旧"红学"的评价）。

从这个计划中可以看出，毛泽东号召批判胡适，实际上主要就是批判他的思想。惜乎大多数知识分子并不理解毛泽东的这一用意，批判中不遗余力地对胡适进行了人身攻击。

五、引发批判运动的第二必然性因素：必须开展思想政治运动并清理整顿文艺界

众所周知，自1949年10月1日中华人民共和国成立至1976年9月9日毛泽东逝世为止的近30年间，中国历史上所爆发的那一次又一次的政治运动，几乎都与开国领袖毛泽东息息相关。爆发于1954年的《红楼梦》

研究大批判运动，自然也是毛泽东"亲自发动和领导的"。除了要对胡适及"胡适思想"进行批判之外，一直非常重视思想政治工作的毛泽东，必欲在思想文化领域开展思想政治运动，并借机清理整顿文艺界，便是引发这场批判运动的另外一个必然性因素。

1951年年中，毛泽东便借文化教育界对电影《武训传》进行自由评论之机，亲笔写下了《应当重视电影〈武训传〉的讨论》一文，并于同年5月20日以《人民日报》社论的形式发表。在这篇社论中，毛泽东列举了在各种报刊杂志上发表的赞扬电影《武训传》及历史人物武训的一系列文章，并毫不客气地点了这些文章作者的名字。毛泽东严厉地指出，如此之多的歌颂，可见我国文化界的思想混乱已达到何种程度！并严正指出：这是"资产阶级的反动思想侵入了战斗的共产党"。最后发出号召："应当展开关于电影《武训传》及其他有关武训的著作和论文的讨论，求得彻底澄清这个问题上的混乱思想。"

1951年秋开始的知识分子思想改造运动，可说是毛泽东在知识分子身上发现问题并试图解决问题的又一次具体实践。毛泽东清楚地认识到，必须首先消除知识分子头脑中那根深蒂固的传统思想，才能让他们彻底地接受马列主义。如不破旧，就难立新。

在上述几个偶然性和必然性因素促使下，毛泽东便抓住这个机会，在全国范围内掀起了一场真正堪称"轰轰烈烈"的政治思想运动。

9月28日，第一届全国人民代表大会第一次会议闭幕，毛泽东也相对有了处理其他事情的时间。他在听了江青有关这一事件的汇报后，利用料理军国大事的闲暇，又耐心地将《文艺报》转载《关于〈红楼梦简论〉及其他》一文所加"编者按"和《光明日报》新发表的《评〈红楼梦研究〉》及"编者按"仔细地阅读一遍，并在上面加了不少批注。因为《关于〈红楼梦简论〉及其他》一文毛泽东早就读过，所以这次他除了在文章作者署名"李希凡、蓝翎"旁边加了一条"青年团员，一个23岁，一个26岁"的批注外，其他几条批语，则都是针对《文艺报》所加"编者按"的。

《文艺报》"编者按"说："它的作者是两个在开始研究中国古典文学的青年。"这本来是符合事实的：李希凡、蓝翎确确实实是两个青年，毛泽东也知道这一事实，"青年团员，一个23岁，一个26岁"，并且他们也确确实实是刚刚开始研究中国古典文学的。然而，对这句平淡且符合事实的话，毛泽东却十分恼怒地加批道："不过是小人物。"联系江青第二次到《人民日报》社时的遭遇以及冯雪峰对待江青的态度，我们便可明白，毛泽东的这则批语，显然是针对周扬及冯雪峰等人的，而与《文艺报》的"编者按"却对不上号。对"编者按"中所说"他们试着从科学的观点对俞平伯先生在《红楼梦简论》一文中的论点提出了批评"一句话，毛泽东特意在"试着"二字旁划了两道竖线，然后批注说："不过是不成熟的试作。"仍然可看出明显有"项庄舞剑，意在沛公"的意思。在"作者的意见显然还有不够周密和不够全面的地方"句下批注："对两青年的缺点则决不饶过。很成熟的文章，妄加批驳。"这一番话，表面上看是针对《文艺报》所加"编者按"的，但如果我们联系周扬、冯雪峰等人所说的话，仍可看出毛泽东的实际指向。在"希望引起大家讨论，使我们对《红楼梦》这部伟大杰作有更深刻和更正确的了解"句旁加批道："不应当承认俞平伯的观点是正确的。"在"更深刻和更正确的了解"和"了解更深刻和周密"旁边，划了两道竖线，打了一个问号，然后批道："不是更深刻周密的问题，而是批判错误思想的问题。"①

《评〈红楼梦研究〉》一文，因为是初次发表，所以毛泽东所下批注，除三条是针对《光明日报》所加"编者按"外，其他四条都是对着这篇文章。针对对这则"编者按"所下的三条批语，都使用了反问的口气，可见他的怒气越来越大。对"编者按"中的"试图"所加批语是："不过是试作？"对"提出一些问题和意见"一语，又反问道："不过是一些问题和意见？"对"可供我们参考"一语，又反问道："不过可供参考而已？"

本来满腔怒火的毛泽东，读到《评〈红楼梦研究〉》时却又平和了许多，针对其中所说"贾氏的衰败不是一个家庭的问题，也不仅仅是贾氏家族兴衰的命运，而是整个封建官僚地主阶级，在逐渐形成的新的历史条件下必然走向崩溃的征兆"一段话，毛泽东加批道："这个问题值得研究。"不知是认同，还是不同意李希凡、蓝翎的说法。从毛泽东对《红楼梦》的一些评价来判断，这句话当是赞许的。

然而，对李希凡、蓝翎的文章，毛泽东不仅仅赞许，有不同的意见，

---

① 《建国以来毛泽东文稿》，中央文献出版社1990年版。

他也会提出来的。如对文章中所说："这样的豪华享受，单依靠向农民索取地租还不能维持，唯一的出路只有大量的借高利贷，因而它的经济基础必然要走向崩溃。"毛泽东便在这段话旁划了竖线，并打了一个问号，然后加批说："这一点讲得有缺点。"当他看到李希凡、蓝翎引用俞平伯《红楼梦研究》中的"甲是乙非了无标准"和"麻油拌韭菜，各人心里爱"两句话时，毛泽东又在旁边分别划了竖线，并以不容置疑的口气加批说："这就是胡适哲学的相对主义即实用主义。"当李、蓝文章的最后一段将俞平伯与胡适联系起来批评，并说出"俞平伯先生这样评价《红楼梦》也许和胡适的目的不同，但其效果却是一致的"一番话时，毛泽东批注说："这里写得有缺点，不应该替俞平伯开脱。"①

10月16日，毛泽东奋笔写下了《关于〈红楼梦〉研究问题的信》，并将《关于〈红楼梦简论〉及其他》和《评〈红楼梦研究〉》两篇文章一并附上，给中央政治局的主要领导以及文艺界的有关负责人传阅，正式发出了他要在文化领域发动一场思想政治运动的先声。

在这封著名的信中，毛泽东开篇即对李希凡、蓝翎的文章作了很高的评价，并将自己的目的表露无遗：

各同志：
驳俞平伯的两篇文章付上，请一阅。这是三十多年以来向所谓《红楼梦》研究权威作家的错误观点的第一次认真的开火。

此处所谓的"三十多年以来"，显然是从1921年胡适开创"新红学"算起的。由此可见，在发动这场运动之先，毛泽东的矛头指向已很明显：他所要着重批判的，还是"胡适思想"。而"所谓《红楼梦》研究权威作家"，看似指的俞平伯，实际上还是在说胡适。对他们的"错误观点的第一次认真的开火"，则将问题上升到了一个政治的高度。

接下来，毛泽东便将作者的情况以及《关于〈红楼梦简论〉及其他》一文发表时遇到的小小的曲折作了说明：

---

① 《建国以来毛泽东文稿》，中央文献出版社1990年版。

作者是两个青年团员。他们起初写信给《文艺报》，询问可不可以批评俞平伯，被置之不理。他们不得已写信给他们的母校——山东大学的老师，获得了支持，并在该校刊物《文史哲》上登出了他们的文章驳《红楼梦简论》。

毛泽东对这些情况如此了解，显然是前不久邓拓约见李希凡、蓝翎后，将他们的情况向毛泽东做了如实的汇报。由此可见，毛泽东在处理实际问题之前，都会对有关情况进行了解。知彼知己，不打无把握之仗，是他历来坚持的一贯原则，也是他克敌制胜的重要法宝之一。在这里，他点出《文艺报》对李希凡、蓝翎写信"询问可不可以批评俞平伯"时"被置之不理"一事，话虽说得很平淡，也是一个明显的借口，但《文艺报》在运动中遭受冲击的命运已成定局。工作繁忙的报刊编辑部因种种原因不给读者或作者写回信，按原则来说是工作失误，但这种失误却是屡见不鲜的一桩小事。毛泽东为这种小事而"小题大做"，实际上是要以冯雪峰及《文艺报》为典型进行整顿，在借机对周扬、冯雪峰进行报复的同时，也彻底改变文艺界领导人及舆论机构不听指挥的混乱状态。

短短的几句话，简明扼要地将事情作了大致交代后，毛泽东终于转入了正题，他十分愤怒地说：

> 问题又回到北京，有人要求将此文在《人民日报》上转载，以期引起争论，展开批评。又被某些人以种种理由（主要是"小人物的文章"，"党报不是自由辩论的场所"）给以反对，不能实现；结果成立妥协，被允许在《文艺报》转载此文。嗣后，《光明日报》的《文学遗产》栏又发表了这两个青年的驳俞平伯《〈红楼梦〉研究》一书的文章。

此处所谓的"有人要求将此文在《人民日报》转载"，便是指的江青；而所谓"给以反对"的"某些人"，则明显是指周扬、林默涵、冯雪峰、何其芳等人。虽然并未点名，但理由已特意写在括号内，当事人周扬等人看到这封信时自然心里清楚。可见直到此时，毛泽东的怒气仍是冲着周扬、冯雪峰等人来的。实际上，对于毛泽东来说，谁的文章在什么地方受到冷遇并不重要，重要的是宣传部门的不听指挥，才使他感到震惊和恼火。因此，他不得不借此机会好好地对文化界整顿一番了，于是，他提出了自己的构想：

> 看样子，这个反对在古典文学领域毒害青年三十余年的胡适派资产阶级唯心论的斗争，也许可以开展起来了。

话虽说得委婉，但口气却是不容置疑的。此处不点俞平伯而特意以"胡适派"三字概括之，目标已十分明确，他就是要以"两个小人物"批评俞平伯的文章为由，就此开展一场文化思想运动，以便清除"三十多年以来"胡适思想在中国的巨大影响。因此，在毛泽东心目中，批判不批判俞平伯，并不重要，但大批特批胡适，却是十分必要的。只不过运动开展起来以后，知识分子们并不明白毛泽东的真正意图，所以在批判胡适的同时，还在不遗余力地大批俞平伯。知识分子与政治领袖之间，任何时候都存在着极大的差异！

表明自己的主要目的后，毛泽东又将话锋一转，把几年来一直蓄积在他心中的对文艺界的不满和目前的恼怒一并发泄了出来：

> 事情是两个"小人物"做起来的，而"大人物"往往不注意，并往往加以阻拦，他们同资产阶级作家在唯心论方面讲统一战线，甘心作资产阶级的俘虏，这同影片《清宫秘史》和《武训传》放映时的情形几乎是相同的。被人称为爱国主义实际是卖国主义影片的《清宫秘史》，在全国放映之后，至今没有受到批判。《武训传》虽然批判了，却至今没有引出教训，又出现了容忍俞平伯唯心论和阻拦"小人物"的很有生气的批判文章的奇怪事情，这是值得我们注意的。

老账新账一起算！1950年3月，毛泽东认为电影《清宫秘史》是一部卖国主义的影片，应该进行批判。然而，文化界却没人响应。"文化大革命"爆发以后，一些人将这场运动没有开展起来的原因归咎于刘少奇的阻挠，不知是否属实。而在1951年5月爆发的对电影《武训传》的批判，虽然在全国范围内开展起来了，但不到三个月的时间就草草收兵，这也令毛泽东产生了强烈的不满情绪。如今，又发生了看似"容忍俞平伯唯心论和阻拦'小人物'的很有生气的批判文章"实际上却是拒不执行毛泽东指示的"奇怪事情"，他当然就不能再"容忍"了。所以，对于以周扬为首的文艺界的负责人们，他的评价也是很严厉的："同资产阶级作家在唯心论方面讲统一战线，甘心作资产阶级的俘虏。"这罪名可真够严重的！可以想见，当周扬、冯雪峰、何其芳、邓拓等与此事息息相关的"大人物"们看到毛泽东这封信时，会是怎样的诚惶诚恐。

毛泽东的这封信，当时只是在小范围内传阅的。他在这封信的信封上写着："刘少奇、周恩来、陈云、朱德、邓小平、胡绳、董老、林老、彭德怀、陆定一、胡乔木、陈伯达、郭沫若、沈雁冰、邓拓、袁水拍、林淡秋、周扬、林枫、凯丰、田家英、林默涵、张际春、丁玲、冯雪峰、习仲勋、何其芳诸同志阅。退毛泽东。"指定了可以阅读这封信的人，也再清楚不过地表露了他的意图。在他指定的这些人中，有七个人与此事直接有关：周扬、林默涵、何其芳、邓拓、林淡秋、袁水拍、冯雪峰，而周扬和冯雪峰负有主要责任。毛泽东让他们看到这封信，也为他们提供了一个"立功赎罪"的机会。

对毛泽东的信首先快速做出反应的，是与此事息息相关且已陷入惶恐状态的周扬和邓拓。周扬领导下的中国作家协会立即做出决定，以古典文学部的名义筹备召开了一次"《红楼梦》研究问题座谈会"；邓拓则奉命为《人民日报》火速组织了两篇文章：《应该重视对〈红楼梦〉研究中的错误观点的批判》和《走什么样的路？——再评俞平伯先生关于〈红楼梦〉研究的错误观点》。

《应该重视对〈红楼梦〉研究中的错误观点的批判》一文，是由当时担任《人民日报》文艺组副组长的田钟洛起草的。田钟洛，即著名作家袁鹰。据他后来回忆说，"毛主席的明确指示下来"，邓拓"就马上组织稿件参加批判，写文章"，并"亲自指派"袁鹰"赶紧重读《红楼梦》和有关评论，赶紧写支持李希凡、蓝翎的文章"。而且，袁鹰写这篇文章是"秘密"进行的，包括后来袁水拍撰写《质问〈文艺报〉编者》一文，也是"在秘密状态下写的"。[①] 马上就要公开发表的文章，为什么还要秘密进行

[①] 李辉：《往事苍老》，花城出版社1998年版。

呢？主要原因恐怕还是要瞒着周扬，这也表明了毛泽东对周扬的强烈不满。

袁鹰写完草稿后，《人民日报》分管文艺组工作的副总编辑林淡秋与文艺组组长袁水拍又作了修改。[①] 他们都有幸看到了《关于〈红楼梦〉研究问题的信》，修改时也有了一个可靠的依据。正因为如此，所以这篇文章基本上是按照毛泽东的指示精神以及李希凡、蓝翎的两篇文章写成的。

1954年10月23日，文章在《人民日报》公开发表时，虽然署名"钟洛"，但实际上却有林淡秋和袁水拍的心血化在其中，并且邓拓也不可能不参与意见。因此，这篇文章，可以看作是《人民日报》社的主要领导及文艺组负责人的集体智慧的结晶。而这种智慧，又来自毛泽东的指示精神，来自李希凡、蓝翎的两篇文章。

按照毛泽东的指示精神，文章首先把俞平伯和胡适联系了起来，一并打入"资产阶级的'新红学家'"之列："'五四'以前的'红学家'们就很不少，'五四'以后又出现了一些自命为'新红学家'的，其中以胡适之为代表的一派资产阶级的'新红学家'占据了支配地位，达三十余年。直到今天，我们仍然可以从俞平伯先生关于红楼梦的论著中看到胡适之派的资产阶级反动的实验主义对待古典文学作品的观点和方法的继续。"接下来，又依据李希凡、蓝翎两篇文章的基本观点，列出四条，对俞平伯《红楼梦》研究的主要观点和方法进行了"联系胡适"的批判。

在对胡适、俞平伯进行一番批驳后，又转入了对李希凡、蓝翎两篇文章的肯定和赞扬，认为这是"进步的青年人再不能容忍资产阶级的立场、观点、方法任意损害和歪曲我们伟大民族的优秀文学遗产"的表现，"是三十多年来向古典文学研究工作中胡适之派的资产阶级立场、观点、方法进行反击的第一枪，可贵的第一枪！"后面的这一句话，正是毛泽东所说"这是三十多年以来向所谓《红楼梦》研究权威作家的错误观点的第一次认真的开火"一语的翻版。

依据毛泽东的指示精神，文章对文艺界也提出了批评："这一枪之所以可贵，就是因为我们的文艺界，对胡适之派的'新红学家'们的资产阶级立场、观点、方法在全国解放后仍然在古典文学研究中占统治地位这一

[①] 同上。

危险的事实,视若无睹。这两篇文章发表前后在文艺界似乎并没有引起应有的重视。"所以,"我们对于优秀的文学遗产"的研究,"迄今为止,仍未脱离资产阶级的唯心主义、主观主义、反现实主义的影响。"

文章最后号召:"现在,问题已经提到人们的面前了,对这个问题应该展开讨论。这个问题,按其思想实质来说,是工人阶级对资产阶级在思想战线上的又一次严重的斗争。这个斗争的目的,应该是辨清是非黑白,在古典文学研究工作的领域里清除资产阶级的唯心主义的、主观主义的立场、观点和方法;正确地学习运用马克思主义的唯物主义的、科学的立场、观点和方法。每个文艺工作者,不管它是不是专门从事古典文学研究工作的,都必须重视这个思想斗争。"

就在钟洛文章发表后的第二天,亦即10月24日,《人民日报》又发表了李希凡、蓝翎合写的《走什么样的路?——再评俞平伯先生关于〈红楼梦〉研究的错误观点》一文。这篇文章,也是邓拓安排他们写的。在布置这项任务时,邓拓虽然没有透露毛泽东《关于〈红楼梦〉研究问题的信》,但却依据自己对毛泽东指示精神的理解,对李希凡、蓝翎提出了指导性的建议:"你们的《评〈红楼梦研究〉》不是讲到了胡适的观点吗?这篇文章可从批判胡适的角度写。"并且,在发稿之前,邓拓又对文章作了重要修改,将对俞平伯《红楼梦》研究观点的批判,与"过渡时期的总路线"联系了起来。①

邓拓除了提出具体建议并对文章作了修改之外,还特别要求文章必须是"战斗性"的。所以,这篇文章不仅联系胡适的实用主义和资产阶级唯心论着重批判了俞平伯的《红楼梦辨》,而且措辞也比以前的两篇文章更为激烈。他们说:"代表买办资产阶级的知识分子胡适之,为了抵抗马克思主义的宣传,在政治上提出了'多研究些问题,少谈些主义'的口号,在学术上提出了反动的实验主义的'考据学'……胡适之所提倡的学术路线,其反动的目的就是阻挠马克思主义在青年中的传播,把他们蒙着眼睛牵着鼻子走向'国故'堆里去,脱离现实,避开当时尖锐的阶级斗争。""在学术研究上,俞平伯先生的《红楼梦辨》就正是这条路线的忠实的追随者",他"把《红楼梦》看成是曹雪芹'自传'的

---

① 李希凡:《红楼梦艺术世界》,文化艺术出版社1997年版。

目的"，就是"企图贬低《红楼梦》"。并且，他"对祖国优秀的文化遗产持虚无主义的否定态度，这正是'五四'以后洋场绅士的本色。从这种反动的虚无主义论出发，必然引导到丧失民族自信心。""在解放以后，在新的历史条件下，俞平伯先生非但没有对过去的研究工作和他的影响作深刻的检讨，相反地却把旧作改头换面地重新发表出来"，"以隐蔽的方式，向学术界和广大的青年读者公开贩卖胡适之的实验主义，使它在中国学术界中间借尸还魂。"

周扬虽然反应很快，但还是比邓拓慢了一步。就在《走什么样的路》一文发表的同一天，"《红楼梦》研究问题座谈会"方才在中国作家协会会议室召开。参加这次会议的绝大多数人，还不知道毛泽东已经写了《关于〈红楼梦〉研究问题的信》，上午也不可能看到李希凡、蓝翎合写的这篇文章，这其中包括主持会议的郑振铎。但即使如此，一些有特殊"政治嗅觉"的人，也已经从头一天《人民日报》发表的钟洛的文章中觉察到了一些东西，因此，大会的发言也很不一致：有纯粹谈学术的；有为学术研究尤其是考据表示担忧的；对于俞平伯，有批评的，也有说好话的；对于李希凡、蓝翎的两篇文章，也是赞扬中掺杂着批评，并没有形成一边倒的批判势头。

这次会议只开了一天，由于时间短，在会上发言的只有19个人。这其中有资格看到《关于〈红楼梦〉研究问题的信》的，只有与此事息息相关的何其芳和周扬。

这次会议结束后不久，10月26日的《人民日报》《光明日报》以及10月28日的《文汇报》，都分别报道了这次会议的情况。

在毛泽东直接授意下，《人民日报》于23日、24日发表的两篇文章和中国作家协会古典文学部召开的这次会议，以及京、沪三大报纸对这次会议的报道，正式拉开了公开批判俞平伯及胡适派资产阶级唯心论的序幕。

1954年10月27日，中共中央宣传部副部长陆定一给毛泽东送来了《关于展开〈红楼梦〉研究问题的批判》的报告。报告不仅汇报了24日召开的"《红楼梦》研究问题座谈会"的情况，而且还提出了这次开展讨论的目的，就是要在关于《红楼梦》和古典文学研究方面与资产阶级唯心论划清界线，并进而运用马克思主义的观点和方法对《红楼梦》的思想性和艺术性作出较全面的分析和评价，以引导青年正确地认识《红楼梦》。报告还特意提出，在讨论和批评中必须防止简单化的粗暴作风，允许发表不同意见，只有经过充分的争论，正确的意见才能真正为多数人所接受。对那些缺乏正确观点的古典文学研究者，仍应采取团结教育的态度，使他们在这次讨论中得到益处，以改进他们的研究方法。这次讨论，不应该仅限于古典文学研究的范围内，而应该发展到其他部门去，从哲学、历史学、教育学、语言学等方面，彻底地批判胡适资产阶级唯心论的影响。

毛泽东看完报告后，提笔在报告上批了这样一行字："刘、周、陈、朱、邓阅，退陆定一照办。"①

同一天，袁水拍按照毛泽东指示撰写的《质问〈文艺报〉编者》一文，也送到了毛泽东案头。

毛泽东认真地阅读并作了修改。袁水拍的文章措辞本来已经相当尖锐，但毛泽东似乎还觉着份量不够。在袁水拍的文章中，有这样一段话：

> 这种老爷态度在《文艺报》编辑部并不是第一次表现。在不久以前，全国广大读者群众热烈欢迎一个新作者李准写的一篇小说《不能走那一条路》，及其改编而成的戏剧，对各地展开的国家总路线的宣传起了积极作用，可是《文艺报》却对这个作品立即加以基本上否定的批评，并反对推荐这篇小说的报刊对这个新作家的支持，引起文艺界和群众的不满。《文艺报》虽则后来登出了纠正自己错误的文章，并承认应该"对于正在陆续出现的新作者，尤其是比较长期地在群众的实际生活中、相当熟悉群众生活并能提出生活中的新问题的新作者，……给以应有的热烈的欢迎和支持"，而且把这件事当作"一个很好的教训"；可是说这些话以后没有多久，《文艺报》对于"能提出新问题"的"新作者"李希凡、蓝翎，又一次地表示了决不是"热烈的欢迎和支持"的态度。

措辞本已相当尖锐，但毛泽东却仍在后面加上了这样一段话：

> 《文艺报》在这里跟资产阶级唯心论和资产阶级名人有密切联系，

---

① 《建国以来毛泽东文稿》，中央文献出版社 1990 年版。

跟马克思主义和宣传马克思主义的新生力量却疏远得很，这难道不是显然的吗？

在对袁水拍的文章作了重大修改后，毛泽东先在文章的标题下面署上袁水拍的名字，然后又在旁边写了这样一句话：

即送人民日报邓拓同志照此发表。

他要直接送给邓拓"照此发表"，而不再经过任何人的手，包括周扬等文艺界领导甚至作者袁水拍本人，以防他的指示精神再走了样。本来，这篇文章，就是他派江青直接找到袁水拍传达了他的指示，让袁水拍在秘密状态下写成的。

文章送到邓拓手中，袁水拍依然不同意用个人名义发表，然而毛泽东已经亲笔署上了他的名字，不仅他自己无可奈何，邓拓当然也只能"照此发表"。[①]

既然运动已经开展起来，为什么毛泽东又要派江青去找袁水拍按照自己的意见写这篇文章呢？是他对《人民日报》23日、24日发表的两篇文章不满意？还是从24日的"《红楼梦》研究问题座谈会"上的发言中看出了问题？这两种可能也许都有，但更重要的原因，恐怕还是对周扬、冯雪峰等人及新闻媒介的强烈不满所致。

10月28日，《质问〈文艺报〉编者》一文在《人民日报》公开发表后，批判的矛头急剧转向，运动的性质也发生了变化。这使许多人感到震惊：冯雪峰陷入了惶恐之中；周扬惶恐中还夹杂着几份恼怒，打电话问邓拓：这是怎么回事？事已至此，邓拓也只好如实回答。

毛泽东所见果然英明。就在《质问〈文艺报〉编者》一文发表后不久，全国各地的社科类报刊都不约而同地行动起来。他们纷纷发表文章，在批判《文艺报》的同时，也对自己编辑部内存在的"资产阶级贵族老爷式态度"，进行了毫不留情的自我批评。

至此，大批判运动的熊熊烈火，已在神州大地形成燎原之势。

[①] 李辉：《往事苍老》，花城出版社1998年版。

1955年1月20日，当运动达到高潮之时，中共中央宣传部向中央提出了《关于开展批判胡风思想的报告》，要求在批判俞平伯和胡适的同时，对胡风的文艺思想进行公开的批判。中央批准了这个报告，并要求各级党委重视这一思想斗争，把它作为工人阶级与资产阶级之间的一个重要斗争来看待。此后不久，文艺界围绕胡风文艺思想的讨论很快就变成了对胡风的政治讨伐。

与此同时，随着批判运动的不断扩大和深入，大批判运动也确确实实在各个领域各条战线轰轰烈烈地开展了起来：在文化界，对俞平伯、胡适的资产阶级唯心论思想及研究方法的批判仍在继续深入；在教育界，则开始了对杜威、胡适的实用主义教育思想的批判；在医药卫生界，批判贺诚"排斥中医"的资产阶级思想；在建筑界，批判梁思成的"复古主义""形式主义"的设计思想……

1955年3月1日，中共中央发出《关于宣传唯物主义思想批判资产阶级唯心主义思想的指示》，对将批判运动扩展到各个领域中去的做法作了充分的肯定，认为在各个学术和文化领域中对资产阶级唯心主义思想的代表人物进行批判，是在学术界及党内外知识分子中宣传唯物主义、推动科学文化进步的有效方法。为了响应这一号召，许多有关部门开始争先恐后地搜寻自己领域中的"资产阶级唯心主义思想的代表人物"，使本来就已扩大化了的批判运动更加扩大；与此同时，报刊杂志也纷纷发表文章推波助澜。诚如《中国共产党历史大事记》中所说："许多文章简单粗暴，说理不足，以势压人，把思想方法、研究方法和具体学术问题上的唯心主义观点乃至某些需要进一步研究讨论才能分清是非的问题，同资产阶级政治立场、政治态度混为一谈，这就伤害了一些愿意从事有益于人民的工作的知识分子，给科学文化的发展带来了消极的影响。"

同年5月13日、24日和6月16日，"《人民日报》分三批刊登了'关于胡风反革命集团的材料'，随后，又将这些材料汇编成册。毛泽东写了序言和二十多条按语，并在按语中断言胡风等人是'一个暗藏在革命阵营的反革命派别，一个地下的独立王国。这个反革命派别和地下王国，是以推翻中华人民共和国和恢复帝国主义的统治为任务的。'对胡风的思想批判演变成从政治上、组织上'肃清反革命集团'的运动"。① 至此，由"《红楼梦》研究批判运动"引发出来的这场性质完全不同的运动，暂时在中国的政治生活中占了主要地位，而轰轰烈烈的"《红楼梦》研究批判运动"则基本进入了尾声。

（原载《新文学史料》2012年第4期、2013年第1期）

---

① 李辉：《文坛悲歌》，花城出版社1998年版。

日本《红楼梦》研究略史

公元1793年，《红楼梦》自中国的乍浦港乘船到达日本的长崎，这是截至目前为止《红楼梦》走向世界的最早记录。自此直到2000年，《红楼梦》在日本已经度过了208个年头。在这200余年间，日本历代学人对《红楼梦》的翻译、注解、评论和研究，便构成了"日本红学"的历史。

就总体来看，"日本红学"在国外的红学领域，基本上一直处于领先地位，不仅日译本的《红楼梦》在数量上首屈一指，有关《红楼梦》研究的学术文章也是名列前茅的。然而，相对于"日本红学"的繁荣局面，对这个领域亦即"日本红学"的研究，却远远地落在了后面，不仅起步晚论著少，而且大都是介绍性的。据笔者所见，中国学界对"国外红学"的关注，最早始于20世纪60年代初期。当时由于受"曹雪芹逝世二百周年纪念展"的影响，国内一度掀起了《红楼梦》研究和普及的热潮。在这个热潮的推动下，部分报刊杂志开始将关注的目光投向了国外。1962年8月至1964年年底，《文汇报》《光明日报》《人民日报》《北京日报》《中国新闻》等报刊一共发表了6篇文章，简要介绍了《红楼梦》在国外的翻译和流传情况。然而，由于后来中国政治局势的急剧转变，这种良好的势头犹如昙花般一现即逝。改革开放以后，又相继出版发表了4部相关著作和15篇文章，这其中还包括日本学者的4篇文章。虽然这些论著仍然局限于泛泛的介绍和评论，没有对这个课题进行深入细致的研究，但无论如何，总算又有了一个新的开端。

本文既名曰《日本〈红楼梦〉研究略史》，则其主线自然是"日本对于《红楼梦》的研究历史"。无论是在历史时段的划分上，还是对于学术状况的概括上，都需紧扣这一核心问题。正是本着这一原则，所以本文才将日本学者研究《红楼梦》的历史，划分为五个大的时段。下面即根据实际情况，分段略述如下。

一、日本红学的酝酿与确立

时间上起1793年《红楼梦》传入日本之时，下迄1893年"中日甲午战争"爆发前夕。在这100年间，中日两国都曾发生过沧桑巨变。二者的不同之处在于：满清政权的情势是如丸走坂一路下跌，由强盛日渐走向衰落；日本则在明治维新后发奋图强，很快便成为世界强国。在学术领域，中国的文人们虽然仍在上演着古文、今文"乱哄哄你方唱罢我登场"的"传统剧目"，但在风雷激荡的时代，却也明显地发生了变化。日本汉学则逐渐摆脱了旧的框架，开始了由古代到近代的学术转型。在中国，《红楼梦》的刊刻和评论一直保持着高温高热状态，在红坛占统治地位的自然也还是传统的红学评点派。但《红楼梦》传入日本之后，却一直处于沉寂状态。其间虽有部分著名文人喜爱《红楼梦》，诸如著名文人、画家田能村竹田在其随笔《屠赤琐琐录》卷三中，曾经提到《红楼梦》中的"川（穿）堂""影壁"这两个建筑物；著名作家泷泽马琴受《水浒传》《红楼梦》等小说影响而创作《南总里见八犬传》等，也只能算作几则茶余饭后聊作谈资的"红楼佳话"。一代"红谜"大河内辉声，虽有志于"出版有读音、标点及公使馆诸公详注的《红楼梦》"，但命运之神却没有让他担负起开山立派的历史使命。① 直到1892年，随着森槐南摘译的《红楼梦序词》和岛崎藤村摘译的《〈红楼梦〉的一节——风月宝鉴辞》的相继问世，《红楼梦》才算是摆脱了无人问津的冷寂状态。在岛崎藤村译文的影响下，其好友北村透谷创作了小说《宿魂镜》，为这一时期的日本红学史增添了亮点。

1892年，对于日本的《红楼梦》研究事业来说，是值得大书特书的一个年份。这一年，不仅"日本红学"得以确立，而且相继出现了两种《红楼梦》的摘译本：一是森槐南摘译《红楼梦》开卷第一回的"楔子"，题名为《红楼梦序词》；二是岛崎藤村摘译《红楼梦》第十二回末

---

① 以上记载均见伊藤漱平先生《〈红楼梦〉在日本的流传——幕府末年至现代的书志式素描》，文载《中国文学的比较文学研究》，汲古书院，1983年3月。

尾"贾天祥正照风月鉴"的故事，题名为《〈红楼梦〉的一节——风月宝鉴辞》。

在日本红学史上，最值得我们大书特书的一个人物，便是著名文学家、汉学家森槐南。他不仅是日本将《红楼梦》的文字摘译成日文的第一人，还是用诗词的形式歌咏《红楼梦》的第一人，更是全面评价介绍《红楼梦》的第一人。尤其是他的《红楼梦评论》一文，使他当之无愧地成为了"日本红学"的奠基人。1892年11月15日，该文在《早稻田文学》第27号上的公开发表，标志着日本的汉学家们对《红楼梦》研究的真正开端。该文不仅涉及到了《红楼梦》的主题、贾府的家谱，而且还涉及到前八十回作者和后四十回续书及作者问题。该文的问世，比王国维的《红楼梦评论》要早12年，比胡适的《红楼梦考证》要早29年。这在世界红学史上，也具有十分重要的意义。在该文中，森槐南对于《红楼梦》的作者及后四十回续书问题的考证，大致与胡适《红楼梦考证》的路子相同，所用史料也基本一样，但却得出了与胡适截然相反的结论。他认为，《红楼梦》的作者不是曹雪芹，前八十回与后四十回也出自同一人之手。

二、日本汉学转型期的《红楼梦》研究

这是日本汉学的转型期。时间上起1894年"中日甲午战争"爆发，下迄1938年"二战"爆发之前。在这44年间，中日两国强弱易势，日本逐渐进入了战争状态，而满清政权在内忧外患中覆亡后，随之而来的却又是军阀割据的混乱局面。这一时段，中国的学术领域异彩纷呈，明显发生了几次大的转变。红学领域中所发生的几次巨变则更令人目不暇接眼花缭乱。1904年，王国维《红楼梦评论》一文的公开发表，标志着红学研究进入了一个新的阶段。然而，这篇具有深远意义和学术价值的文章问世之后，当时却如空谷足音，没有引起人们的重视与反响，本该早已确立的红学评论派，自然也出现了后继无人的现象。因而，在辛亥革命以前，传统的红学评点派仍然占据着《红楼梦》研究的统治地位。辛亥革命以后，随着《红楼梦索隐》《石头记索隐》《红楼梦释真》等索

隐派著作的相继问世，红学索隐派却又取代红学评点派而成为红坛霸主。孰料好景不长，正当红学索隐派著作的影响弥漫于社会之际，1921年，胡适的《红楼梦考证》一文横空出世，对红学索隐派予以迎头痛击，红学考证派从而又一跃而成为红坛盟主。此后中国的红学研究，基本上都是在新红学考证派的光环中曲折向前发展的，甚至直到今天，这种影响仍然十分明显。

从汉学发展史的角度来看，自1894年至1938年这一时期，既是日本汉学得到长足发展的一个时段，也是群星荟萃、名家辈出的时代。但相对而言，红学领域却仍然比较冷清，既没有中国那么热闹，也不像日本汉学界其他学科那么突出。这一时期的日本汉学家，尤其是明治时代的汉学家们，大都重视对中国历史、语言文字及诗词曲赋的研究，相对比较轻视小说。之所以出现这种现象，当然与他们的思维方式和传统观念息息相关。《红楼梦》既然是一部小说，受到研究者的冷落自也在情理之中。自1894年至1938年，在这40多年的漫长过程中，除大高岩较为突出外，涉足《红楼梦》的学者，并没有在这方面投入多少精力。称得上研究的文章固然很少，即使在文学史著作中偶尔涉及，也大都是简单的介绍和译注，给人以浅尝辄止的感觉。不过，这一时期涉足《红楼梦》者，大都是比较知名的汉学家，他们的加盟，对后世的日本汉学家产生了不小的影响。需要特别指出的是，自1921年以后，在《红楼梦》研究领域，日本的汉学家们也大都受到了胡适、俞平伯观点的影响。

继森槐南之后，首先涉足《红楼梦》的日本汉学家是笹川临风。1896年11月，笹川临风将百二十回《红楼梦》的故事梗概，以《金陵十二钗》为题，在《江湖文学》创刊号上发表。1897年6月，他将该文收入《支那小说戏曲小史》中。1898年3月，他又在自己撰写的《支那文学史》中，对《红楼梦》作了简单的介绍。

20世纪初期，对《红楼梦》颇感兴趣的一个日本人，是诗人兼汉学家宫崎来城。他在《读清朝小说》等文中，曾经介绍过《红楼梦》。后来，他又在《中国戏曲小说文钞释》中，为《红楼梦》作了题解并将第六回译成日文，加以评注。

当时，翻译介绍《红楼梦》的，还有日本汉学家兼汉诗人长井金风。1903年8月，长井金风在日本文章学院编刊的杂志《文章讲义》"名文解剖汉文栏"中，对《红楼梦》作了简单介绍后，又引录四十五回林黛玉待薛宝钗探病走后，身卧病床，咏诗"秋窗风雨夕"一节，并加评译。进而，举贾宝玉探病一段，分析讲解。长井金风指出，这节与《源氏物语》描写光源氏流谪须磨一节气氛相近。

1909年1月，著名汉学家狩野直喜发表了《关于中国小说红楼梦》一文。该文分上、下两部分，先后刊登在1月10日和1月17日的《大阪朝日新闻》上，不仅对《红楼梦》评价甚高，而且还考证了作者、成书年代等问题。狩野直喜认为，《红楼梦》的作者是曹雪芹，其成书年代当在雍正至乾隆中叶之间。通过目前红学家们的研究来看，狩野直喜的这一看法大致是不错的。

这一时段，值得注意的是青木正儿的《读胡适〈红楼梦考证〉》和目加田诚的《关于〈红楼梦评论〉与〈人间词话〉》这两篇文章。前者刊载在《支那学》第1卷第1号上，出版时间是1921年7月；后者刊载在《中国文学月报》第26期上，出版时间是1937年5月。这两篇文章的意义在于，它们将中国《红楼梦》研究的最新成果，介绍给了日本的读者和研究界，这对日本红学的发展走向都曾产生过一定的影响。

这一时段，在《红楼梦》研究方面用力最勤成就也最大的一位汉学家，便是自称"红谜"的大高岩。他的红学文章，最早见于1930年的《满蒙》杂志，此后一发而不可收，直到1938年，由于战争全面升级而突然中断达24年之久。20世纪50年代初至60年代初，大高岩虽然仍在断断续续地从事《红楼梦》的研究和创作，但其论著却均未得到公开发表或出版。1962年8月，他将自己的专著定名为《红楼梦研究》，自费油印50部分发。这是日本红学史上第一部研究《红楼梦》的专著，具有不可替代的历史意义和价值。大高岩对于《红楼梦》的研究，虽然中断时间很长，但其思想脉络和研究方法却基本没有改变。就总体来看，他的研究论著具有明显的高低优劣之分。绝大部分论文及专著，具有很高的理论水平和学术价值，但部分论文却出现了不该出现的失误。尤其值得注意的是，大高岩自20世纪30年代初期开始，便已自觉地运用马克思主义的文艺理论阐释《红楼梦》，这使我们这些曾经阅读过中国自1954年以后出现的大量有关《红楼梦》论著的人，都会不自觉地产生一种似曾相识的感觉。

三、日本学术低谷期的《红楼梦》研究

这一时段为日本学术的低谷期。时间上起1939"二战"爆发之前,下至1955年年底。前期,由于战争的全面爆发,中日两国的学术研究均陷入了低谷。"二战"结束后,中国却又爆发了内战。在学术研究领域,中华人民共和国成立之前,学术界基本上仍在延续着胡适的思维方式和治学方法,但建国以后,随着马克思列宁主义在全国范围内的大普及,以胡适为代表的治学方法也自然而然地受到了批判和冲击。这一时段的红学研究也是时冷时热,低谷与高峰期的划分非常明显。50年代初期,俞平伯的《红楼梦研究》和周汝昌的《红楼梦新证》这两部《红楼梦》研究著作的相继问世,也为该时期的红学事业增色不少。1954年,对于中国的红学界乃至文化学术界来说,都是一个非常特殊的年头。随着"《红楼梦》研究批判运动"的爆发,《红楼梦》研究也掀起了一个前所未有的热潮。1954年至1955年,红学文章主要是批判文章犹如雨后春笋般地冒了出来。连续两年间就发表了数百篇文章。从客观方面来说,这场政治运动虽然在全国范围内大大普及了《红楼梦》,但由此给文化学术界所造成的深远影响,也是难以估量的。

"二战"结束后,日本虽然开始了战后重建工作,但由于经费困难,学术研究也一度举步维艰。值得注意的是,从1937年至1938年起,日本的汉学便已开始由近代转向现代,尤其是在汉语教学方面,更是发生了明显的变化。之所以会出现这一转型,一是受到欧美汉学的影响,传统的汉学受到冲击,而将范围扩大为"中国学"的范畴;二是与中国学术的迅速发展变化有着直接的关系;但更重要的一点,却是与战争的需要息息相关。在"二战"之前和"二战"期间,日本汉学的研究机构,与政治的关系更为密切。说得更确切一点,就是传统的汉学如对中国历史、文化的研究已处于从属地位,而对中国政治、经济、地理、民俗等与战争有直接关系的领域却被提到了首要位置。在日本学术研究的这一低谷期,红学事业也明显处于一种停滞不前的状态。尤其是在"二战"期间,文章的数量固然很少,在质量上也当不起"研究"二字。自1939

年年底至1945年年底这6年间，也只有稻田尹的《关于〈石头记〉创作备忘录》这一篇文章。此后，猪俣庄八又发表了《话说"葬花"》《红楼梦的悲剧》《飘泊的文学魂——曹霑的传记性素描》等文章。稍后，桥川时雄连续发表了《红楼梦研究入门二篇》《红楼梦研究入门二篇（续）》。这虽只是介绍性的文章，但对日本的红学爱好者来说，还是很有参考价值的。

自20世纪50年代起，从语言角度研究《红楼梦》并取得较高成就的，便是在汉语研究方面颇有造诣的日本汉学家太田辰夫。他发表的十多篇有关《红楼梦》的文章，除从语言方面研究《红楼梦》之外，其《红楼梦新探》一文，还涉及到了《红楼梦》的版本和成书过程。在这篇长文中，太田辰夫由贾瑞、秦可卿等故事的语言文字与全书风格的不尽统一，发现了《红楼梦》成书过程中的许多问题，令人不得不由衷佩服其目光的敏锐。据笔者手中现有的资料可知，太田辰夫是日本汉学界较早涉及《红楼梦》成书过程的一位学者，这在日本红学史上具有一定的开拓意义。但他所谓空空道人即孔梅溪亦即曹雪芹之弟棠村且《风月宝鉴》亦为其人所作的说法，以及吴玉峰即曹雪芹之妻且为薛宝钗原型并为《红楼梦十二支曲》作者的推测，恐怕都是站不住脚的。

这一时段的红学文章，水平较高者还有：谷田阅次的《关于〈红楼梦〉的汝窑美人觚》，伊藤整的《话说〈红楼梦〉》，武田泰淳的《贾宝玉与彼尔》，神谷衡平的《红楼梦的不合理性》，桑山龙平的《纳兰性德词——〈红楼梦〉的悲歌》，大原信一的《关于结果表现——〈红楼梦〉语法札记》，吉田幸夫的《关于〈红楼梦〉》，仓光卯平的《红楼梦创作态度一考》等。此外，百二十回《红楼梦》全译本的译者松枝茂夫，也发表过几篇评论《红楼梦》的文章。

中国大陆爆发于1954年的"《红楼梦》研究批判运动"，使中国的学术界出现过另一种形式的"繁荣景象"。而这场政治运动，又引起了即将走出低谷的日本学界的关注。因此，对"《红楼梦》研究批判运动"的报道与评论，也为这一低谷期的日本红坛平添了几分"热闹"。仅1955年一年间，日本的学术性刊物上就发表了17篇有关《红楼梦》的文章，其中竟有12篇文章涉及到"《红楼梦》研究批判运动"。

四、日本汉学复苏期的《红楼梦》研究

第四时段自1956年至1978年。在这22年间，中日两国在各个方面都出现了巨大的反差。在中国，自1957年的"反右运动"起，直至1976年粉碎"四人帮"止，在这近20年的时间里，中国犹如一座进入了"青春期"的活火山，一直保持着剧烈的运动状态。这一时段，不仅大大小小的政治运动接连不断，而且政治与学术的关系也比历史上任何一个时期都要密切。无休无止的政治运动固然使人目不暇接，随风转舵的学术研究自然也令人眼花缭乱。在红学领域，自1954年的"《红楼梦》研究批判运动"爆发以后，直至十一届三中全会召开之前，"红学"不仅成了中国政治的晴雨表，而且也成了学术的晴雨表。60年代初期为纪念曹雪芹逝世二百周年所举办的展览及相关学术活动，曾在中日两国的红学领域掀起过《红楼梦》普及与研究的热潮。但70年代初期的"文革评红热"，却又将学术研究带入了魔道。

就在中国进入动荡年代的这20余年间，日本的学术研究却在平稳地向前发展，不仅许多知名汉学家投身到红学领域，而且撰写的文章也很有特色。尤其是松枝茂夫和伊藤漱平两个《红楼梦》全译本的出版问世，以及伊藤漱平在《红楼梦》研究方面所做出的突出贡献，使日本的红学事业达到了一个前所未有的高峰。1964年10月在日本举办的"《红楼梦》展"以及中国大陆为配合这次展览而掀起的红学热潮，也为这一时期的日本红学起到了一定的推动作用。这一时期，对《红楼梦》的研究和翻译投入较多精力的日本汉学家有：大高岩、小野忍、目加田诚、太田辰夫、松枝茂夫、村松暎、镰田利弘、立间祥介、金子二郎、须川照一、绪方一男、加藤丰隆、塚本照和、野口宗亲、宫田一郎、斋藤喜代子、伊藤漱平等人。其中尤以伊藤漱平的成就最为突出，无论是《红楼梦》的翻译还是研究方面，在日本红学史上都是用力最勤成就最大的一个。在此我们不妨打一个不太恰当的比喻，在这一时期的日本红学界，伊藤漱平犹如一轮明月，其他涉足《红楼梦》的汉学家们则如数颗璀璨的明星，众星烘月，共同点缀着美丽的夜空。

村松暎研究评论《红楼梦》的文章，主要有以下几篇：《红楼梦的小说性——以周汝昌〈红楼梦新证〉为例》《对〈红楼梦〉论争的批判》《〈红楼梦〉后四十回的评价》《〈红楼梦〉的作者与时代》《〈金瓶梅〉与〈红楼梦〉》《从贾宝玉来看〈红楼梦〉的思想》等。就总体来看，村松暎的红学文章，水平高低不一，但其最大的特点便是持论公允。

金子二郎有关《红楼梦》的文章主要有：《红楼梦的版本》《红楼梦考》等。《红楼梦的版本》只介绍了数种《红楼梦》的本子，后来他发表的《红楼梦考》，又详细地介绍了一遍。金子二郎的红学成果，主要是在版本方面。

斋藤喜代子有关《红楼梦》的文章主要有：《关于〈红楼梦〉所展现的口才美》《关于〈红楼梦〉中的诗》《红楼梦研究——谁解其中味考》《中国的〈红楼梦〉研究状况》《林黛玉的骂语》《关于〈红楼梦〉中的"情"字》《关于〈红楼梦〉与〈源氏物语〉的色彩表现》《〈红楼梦〉中的新年》《关于〈红楼梦〉中的宴会》《关于李卓吾思想对〈红楼梦〉的影响》等。她自20世纪60年代中期就开始研究《红楼梦》，至今仍然活跃在日本的红坛上。她的文章，往往表现出女性学者所特有的细腻情感和独特视角。

塚本照和的红学文章主要有：《抄本〈红楼梦稿〉的词汇与抄写时期》《〈红楼梦〉研究（备忘录）》《关于〈红楼梦〉中的骂词》《红楼梦管见——从出场人物之死的描写来看》《关于〈红楼梦〉中的传统节日、习俗札记》《〈红楼梦〉读后感——贾宝玉和林黛玉的爱与死》等。

野口宗亲的红学文章共有：《红楼梦的书面语言（一）——前八十回与后四十回》《关于〈红楼梦稿〉后四十回》《清代北京话的"象声词"——〈红楼梦〉与〈儿女英雄传〉》等。对于《红楼梦》的评价，野口宗亲的倾向性非常鲜明，也是高度赞扬前八十回而贬低后四十回。

加藤丰隆有关《红楼梦》的文章主要有：《红楼梦中的女性语言——关于脂粉气的语言》《红楼梦中的女性语言——关于薛宝钗的语言》《红楼梦中的女性语言（补遗）》《新一轮俞平伯批判与红楼梦》等。

此外，这一时期有关《红楼梦》的文章尚有：小西升的《关于〈红楼梦〉的虚构因素》，加藤知彦的《关于〈红楼梦〉的结构》，镰田利弘的《红楼梦的结构方法》，山口明子的《关于对人称呼时所使用的"正格"

与"破格"——〈红楼梦〉的文体论研究》，须川照一的《关于〈红楼梦评论〉》，目加田诚的《两个宝玉》，神田喜一郎《关于〈红楼梦〉图咏》，小川寿一的《红楼梦经纬》，汤川秀树的《红楼梦的世界》，石桥信光的《矛盾·假设·查证——论〈红楼梦〉》，浅原六郎的《水浒传与红楼梦的印象》、渡边尚子的《通过〈红楼梦〉的对话所展现的中国女性的"厉害"》，吉村尚子的《当代中国是如何推崇古典〈红楼梦〉的？——介绍王昆仑论文》，小野理子的《在列宁格勒发现的〈红楼梦〉手抄本》，仁井田升的《〈红楼梦〉中的庄园佃户与奴隶贩卖》，吉村尚子的《〈红楼梦〉中的典型女性对话所表现出来的厉害语言特征》，细川晴子的《关于马琴与红楼梦》，横田辉俊的《红楼梦的文学》，驹林麻理子的《〈红楼梦〉中的女性们》，内田庆市的《〈红楼梦〉札记》等。

在日本汉学界，截至目前为止，在红学领域投入精力最多成果也最大的一个人，便是"红楼梦主"伊藤漱平。他自1954年10月发表第一篇红学论文《曹霑与高鹗试论》之后，50年来几乎从未间断过对《红楼梦》的研究和翻译工作。据笔者统计，伊藤漱平迄今已发表红学文章近50篇，范围所及，几乎涉及到有关红学的方方面面，但就总体来看，他所最为关注的，则主要是曹雪芹的家世生平、脂砚斋评语、《红楼梦》的版本源流及成书过程、后四十回续书等方面。这些论文，不仅在数量上超过了其他日本的红学家，而且在质量上也大都具有较高的学术水平。不过，需要特别指出的是，伊藤漱平的一些文章，也与中国新红学派的一些代表人物诸如胡适、俞平伯、周汝昌一样，有着浓厚的"索隐"倾向。

五、中国热时代的日本红学

第五时段自1979年至2000年。改革开放以来，中国的红学领域出现了前所未有的繁荣局面。中国艺术研究院红楼梦研究所、中国红楼梦学会及其他省市级及地县级的红楼梦学会和研究会的相继成立，《红楼梦学刊》与《红楼梦研究集刊》两大专门性红学刊物的相继问世，都为红学事业的发展起到了不小的推动作用。各种规模的《红楼梦》学术研讨会的召开及《红楼梦》文化艺术展、纪念活动等，也为《红楼梦》的普及与学术交流搭建了平台。此外,许多有关曹雪芹家世及《红楼梦》档案文物的不断发现,大型电视连续剧及电影的热播,围绕《红楼梦》许多问题所引发的学术论争,客观上也为《红楼梦》的研究和普及起到了推波助澜的作用。

相对于中国的"红学热"和日本的"中国热"来说,这一时段的日本红学明显处于冷寂状态。之所以出现这一现象,虽然原因很多,但最重要的,则是因为时代的需求所致。在全球经济一体化的当今世界,传统的汉学早已成为新兴"中国学"的一个小小的组成部分,对传统历史、文化、语言等的研究,已不能满足时代的需求,代之而起的则是对经济、贸易、金融等领域的研究。因此,我们所谓的"热"与"冷",也只是相对而言的,实际上,就文章的总体数量和质量来说,这一时期并不亚于以前任何一个时期。这一时段,不仅几位资深红学家仍然活跃在日本的红坛上,而且还出现了一批致力于红学事业的学术新秀。这其中最为突出的,便是合山究、小山澄夫、井波(小滨)陵一、今井敬子、大岛吉郎、神田千冬、船越达志等人。资深汉学家饭塚朗全译本《红楼梦》的出版问世,也为这一时段的日本红坛增添了亮点。

合山究的红学文章主要有:《〈红楼梦〉与花》《〈红楼梦〉中的女人崇拜思想及其源流》等。这两篇文章,后来均被收入其红学专著《〈红楼梦〉新论》一书。这部专著,是合山究在红学研究方面的代表作。在红学专著甚少的日本红学界,《〈红楼梦〉新论》一书的出现,为这个时代的红学研究增色不少。将论题置于传统文化的历史长河中,引经据典地追源寻流,乃是合山究红学论著的最大特点。

小山澄夫的红学论文主要有:《关于〈红楼梦〉的发言动词札记——从三种脂评本来看》《试论〈红楼梦〉中的心理描写》《〈红楼梦〉——由情到不合理》《〈红楼梦〉的背景——围绕清代的贵族社会来谈》等。在小山澄夫的红学论文中,明显带有两种治学方法相互交融的特点。也就是说,他一方面继承了前辈学人诸如太田辰夫、伊藤漱平等人的严谨的治学传统,另一方面又深受欧美学风的影响。

与小山澄夫等人相比,井波(小滨)陵一的治学方法似乎更为传统,与老一辈学人如伊藤漱平等人基本上走的是同一条路子。井波陵一的红学文章共有九篇,署"小滨陵一"之名者有:《林黛玉论——超越日常的解体》和《〈红楼梦〉的内部倾轧》；署"井波陵一"之名者有：《红学界现状简介》《〈红楼梦〉在白话小说史上的地位》《〈红楼梦〉的意义与王国维的评价》《关于曹寅》《贾家周围的人们》《薛宝钗的饰物》《家庭的秩序——〈红楼梦〉中的人际关系》等。他的文章，大部分都是长篇大论之作，且在注释中亦蕴含着大量的资料信息。

这一时段的日本汉学领域，涌现出一批致力于《红楼梦》研究的女性学者。这其中取得较高成就且颇具特色的是今井敬子。她的文章，大都是从语言学的角度进行研究。其红学论文主要有：《〈红楼梦〉的被动表现》《清代北京话语法再探讨——以"被""叫""教"为例》《〈红楼梦〉中"给"的使动用法》《〈红楼梦〉中的"来"与"去"——传奇书面语言的视点表现》《〈红楼梦〉的叙述构造——空间、时间标志的机能》《〈红楼梦〉中场所描写的时间流序》等。

吉田樋子的红学文章主要有：《风流公子的悲哀——〈源氏物语〉的光源氏与〈红楼梦〉的贾宝玉》《〈红楼梦〉之谜》《〈红楼梦〉之谜（2）——不可思议的石头》《〈红楼梦〉之谜（3）——第三个和尚》《日中比较文学的难度与趣味》等。

森中美树似乎对花尤其是海棠花情有独钟。她的红学文章，连题目都没有离开过海棠，诸如《〈红楼梦〉中花的作用——第37回"海棠诗社"中的"白海棠"》《〈红楼梦〉中的海棠——在梦的世界中凝视着现实而盛开的花朵》，以及其系列论文之一《〈红楼梦〉之前的海棠文化史（1）——以唐诗为中心》等。从这篇文章的题目和序号来看，此后必将还有第二、第三、第四等一系列文章陆续出现。

这一时段，女学者研究《红楼梦》的文章尚有：室谷顺子的《从〈红楼梦〉的两个世界来看林黛玉与"泪"的关系》，池间里代子的《〈红楼梦〉中的情》，木村春子的《从〈红楼梦〉来看清朝贵族的饮食生活》，等等。

无论从文章的质量、数量还是年龄来看，这一时段真正堪称"新星"者是船越达志。他的红学文章主要有：《〈石头记〉脂砚斋评语浅探——以署名棠村和梅溪的批语为中心》《〈红楼梦〉成书之我见》《〈红楼梦〉成书试论——以〈风月宝鉴〉为中心》《夏金桂与贾迎春——从〈红楼梦〉成书过程看到的一面》《〈红楼梦〉恋爱谭考》《〈红楼梦〉贵族生活崩溃故事的发展——以梨香院女伶描写为中心》《〈红楼梦〉成书问题研究史》《薛宝琴论》《〈红楼梦〉女性描写的两个世界——以晴雯之死的问题为中心》《〈红楼梦〉成书试论》《王熙凤的形象》等。从总体上来看，船越达志的红学文章，实际上都围绕着《红楼梦》的成书过程这一问题。应该承认，这确实是一个复杂而又很有价值的研究课题，涉及范围包括作者、脂评、版本、续书、史料及文本诠释等诸多反面。倘若能够很好地解决这一问题，那么，《红楼梦》的著作权问题，后四十回续书问题，书中时序错乱的问题，人物年龄忽大忽小的问题，贾宝玉时"清"时"浊"的问题，等等，都将得到进一步的解决。

这一时段，在《红楼梦》研究方面成就较为显著者还有神田千冬，其红学文章主要有：《〈红楼梦〉中的亲属称呼与身份称呼——贾宝玉对父母为何多用"老爷""太太"？》《〈红楼梦〉中的亲属称呼（续）——对不具有亲属关系的人使用亲属称呼的场合》《关于〈红楼梦〉中亲属称呼的派生用法》等。这些文章，都利用大量的相关史料，对《红楼梦》中的亲属称谓作了归纳研究。

致力于《红楼梦》语词研究并取得较为显著成就的学者，还有大岛吉郎。他的红学文章主要有：《关于〈红楼梦〉中的"好生"》《有关"喝"的若干问题——以早期资料与〈红楼梦〉为中心》《关于〈红楼梦〉中的"麼""欸"——以庚辰本与程甲本的比较为中心》《〈红楼梦〉研究文献目录——语学编》《关于"动·到"与"动·着"的分布——以〈红楼梦〉为中心》等。

除以上简要介绍的红学论著之外，这一时段有关《红楼梦》的文章尚有：山路龙天的《〈红楼梦〉外行考》，平野典男的《贾宝玉论》，铃木达也的《关于〈红楼梦〉中的"把"字句——与〈水浒传〉〈西游记〉中的比较》，小野四平的《王熙凤的性格——理解〈红楼梦〉的一个视点》，地藏堂贞二的《〈红楼梦〉的语言——以乾隆百二十回〈红楼梦〉稿前八十回为中心》，竹村则行的《〈西厢记〉〈还魂记〉与〈红楼梦〉中梦的发展——从现实中的梦到梦中的现实》，大岛伸尚的《关于贾政》，丸尾常喜的《〈红楼梦〉走向近代的苦恼》，山崎直树的《〈红楼梦〉的语言——社会语言学考察》，加藤昌弘的《从〈石头记〉到〈红楼梦〉——甲辰本〈红楼梦〉的地位》，濑谷たより的《从王熙凤的人物塑造来看〈红楼梦〉》，塚本嘉寿的《〈红楼梦〉中的两大女主人公——黛玉与宝钗的心理分析》，加藤昌弘的《白家瞳遗文——怡亲王弘晓与红楼梦》，平山佑世的《大观园之幻》，持田志保的《〈红楼梦〉与〈红楼梦〉戏曲》，小川阳一的《从酒令来看〈金瓶梅词话〉与〈红楼梦〉》，持田志保的《〈红楼梦〉中的男性》，金文京的《香菱考》，塚本嘉寿的《水与草——关于〈红楼梦〉中主人公的雅号》，山田忠司的《关于北京话中"给"的演变——以〈红楼梦〉〈儿女英雄传〉、老舍作品为主》，垣见美树香的《薛宝钗与"冷香丸"——从药的描写来看〈红楼梦〉的人物设定》，伊藤洪二的《汪精卫的红楼梦新评》，高桥正雄的《作为抑郁文学的〈红楼梦〉——秦可卿之病》，等等。

（原载《红楼梦学刊》2006 年第 5 期）

"日本红学"的奠基人——森槐南

　　《红楼梦》既是中国传统文化的优秀代表，也是世界汉学的有机组成部分。据现有资料可知，《红楼梦》走出国门后，首先就来到了隔海相望的日本。1793年，《红楼梦》乘船到达日本的长崎，从此开始了红学传播史上的新纪元。[①] 然而，在将近一个世纪的漫长过程中，这部文学名著在日本却倍受冷落。其间虽然出现了大河内辉声这样的"红迷"，以及深受《水浒传》《红楼梦》等中国古典文学名著影响的作家曲亭马琴，但他们在谈话、书信中谈到《红楼梦》，却尚称不上是真正的"研究"。之所以出现这种现象，原因多多，但像《红楼梦》这样一部内涵博大精深的小说，为异国人所认识、接受乃至产生影响，自然需要一个相对漫长的过程。1892年11月15日，日本汉学家森槐南的《红楼梦评论》一文，在《早稻田文学》第27号上发表。这篇文章，犹如飞来之峰，傲然耸立，日本的汉学家们，才算真正开始了对《红楼梦》的研究。正因如此，所以笔者才将森槐南称作"日本红学"的奠基人。兹据手头所有资料，将森槐南在《红楼梦》研究、译介方面的主要贡献及失误之处加以梳理评述，不当之处，还望方家批评指正。

一

　　有关森槐南的生平及学术成就，李庆的《日本汉学史》[②]，何寅、许光

[①] 据日本汉学家伊藤漱平先生《〈红楼梦〉在日本的流传——幕府末年至现代的书志式素描》一文中说："宽正五年（1795），约当乾隆五十八年冬，（《红楼梦》）乘南京船到达长崎。"
[②] 上海外语教育出版社2002年版。

华主编的《国外汉学史》①，伊藤漱平的《〈红楼梦〉在日本的流传——幕府末年至现代的书志式素描》②，胡文彬的《〈红楼梦〉在国外》③，冯其庸、李希凡主编的《红楼梦大辞典》④，以及王人恩的《森槐南与〈红楼梦〉》等⑤，都曾作过简要介绍。兹将李庆所著《日本汉学史》中的一段文字，转引如下：

森槐南（1863—1911）

名大来，字公泰，通称泰二郎。槐南是号。尾张一宫人（今名古屋附近）。生于名古屋。是著名汉诗人森春涛之子。初从其父学诗。又跟当时在名古屋的中国人金嘉穗学汉学。到东京后，从三岛中洲（三岛津）、鹫津毅堂（鹫津宣光）等学。1881年（明治十四年），曾为太政官、宫内大臣秘书等职。及长，承其父业，因诗名盛一时。于1899年，被任命为东京帝国大学讲师。主讲中国诗学、词曲等，在盐谷温从国外留学回国以前，是当时东京帝国大学讲授这方面课程的主要人物。他当时为日本政界巨头伊藤博文所赏识，常随行。伊藤博文在哈尔滨遇刺受难时，他也在旁受伤。1911年，被授予文学博士。同年3月去世。

主要著作有：《槐南集》28卷8册（1912年），《槐南遗稿，补春天传奇》（1914年）。

有关中国古典文学研究的著作有：《唐诗选评释》《杜诗讲义》《李诗讲义》《韩诗讲义》《李商隐诗讲义》《作诗法讲话》等。

久保天随在他所著《支那戏曲研究》一书中曾这样评价："森槐南博士为明治时代词曲研究的开山。在研究的同时，甚至试图进行创作。……"

---

① 上海外语教育出版社2002年版。
② 《〈红楼梦〉在日本的流传——江户幕府末年至现代》一文，于1986年首先发表在《中国文学的比较文学研究》上。1989年成同社将该文译为汉文，发表于《红楼梦研究集刊》第14辑。克成亦曾将该文摘译为汉文，发表于《辽宁大学学报》（哲社版）1988年第2期。该文洋洋三万余字，是其后大陆有关论著的主要资料来源。
③ 中华书局1993年版。
④ 文化艺术出版社1990年版。
⑤ 《红楼梦学刊》2001年第4辑。

在《日本汉学史》一书中，李庆是把森槐南作为中国"文学研究的先驱者"之一来介绍的。而在《国外汉学史》一书中，也认为森槐南"是一位很有成就的汉学家，曾研究汉字音韵，兼及明清小说，又首开研究中国戏曲的风气"。这两部著作，都是从汉学史的角度来介绍森槐南的，可谓从大处着眼，因而没有谈及森槐南在红学方面的成就。伊藤漱平的《〈红楼梦〉在日本的流传——幕府末年至现代的书志式素描》一文，在将森槐南的红学成果略作介绍后，只对森槐南下了这样的评语："曹雪芹在东瀛，可谓得一知己。"而王人恩在《森槐南与〈红楼梦〉》一文中，也认为《红楼梦》对"森槐南有一定影响。森槐南是日本第一位《红楼梦》翻译者"，"他十七岁时创作的《补春天》"，"也明显受到了《红楼梦》的影响"。这些评价，虽然都是符合历史事实的，然而，却没有给森槐南以应有的地位。只要我们依据历史文献，将森槐南对红学研究的巨大贡献略加评述，我们就会看到，"日本红学的奠基人"这项桂冠，绝对非森槐南莫属。

据伊藤漱平在《〈红楼梦〉在日本的流传》一文中介绍，"早在明治十一年，《花月新志》六、七月二刊分别刊登了""森槐南的二首咏《红楼梦》的七律诗"。"明治十二年六月，《新文诗》专集十号发表了《题〈红楼梦〉后》七律四首。"遗憾得很，循着伊藤漱平提供的线索，笔者未能找到后者，但却托友人找到了作于明治十一年的"二首咏《红楼梦》的七律诗"。这两首七律诗，均用了"槐南小史"的笔名，分别发表于《花月新志》第47号和第49号，今转录于此，以飨读者：

《读〈红楼梦〉　咏尤二姐》
槐南小史

兰摧絮败亦前因，鸾镜羞窥已瘦身。
胡蝶魂迷微雨幕，桃花影落夕阳津。
埋香仙圹愁犹在，疗妒春羹梦巨真。
哀矣红颜归幻境，太虚还赚有情人。

桥本蓉塘云："太虚幻境四字，传中大关键之语。析用灵活。"
——《花月新志》第四十七号

《〈红楼梦〉　黛玉泣残红》
槐南小史

欲向苍天诉素胸，杜鹃泣血暮云重。
绿杨枝脆空江雨，香塚魂迷萧寺钟。
流水无声非恨浅，落花如影太情钟。
阿谁和泪低回久，不独伤心是个侬。

柳北云："乃翁衣钵，不敢传他人。敬敬服服。"
——《花月新志》第四十九号

"桥本蓉塘云"和"柳北云"二句，显然是别人对森槐南诗所作的评语。明治十一年，乃公元 1878 年。这一年，森槐南年仅 15 周岁。伊藤漱平称赞森槐南是"早熟的英才"，确非溢美之词。当时的中国，正是传统的评点派和题咏派占据小说批评领域的时代。森槐南以律诗评论《红楼梦》，可能就是受到了中国"红学题咏派"的影响。

二

明治二十五年（1892）四月，森槐南又以"槐梦南柯"的笔名，将所译《红楼梦》开卷第一回的"楔子"，在《城南评论》第 1 卷第 2 号上发表。这段译文虽然很短，但却是《红楼梦》的文字以日文的形式首次出现，这在"日本红学史"上，具有划时代的深远意义。尤其是"槐梦南柯"的笔名，蕴含着多么深厚的中国文化底蕴！当首次看到这个名字时，笔者不禁想起了李公佐的《南柯太守传》，想起了蚁穴幻化的"大槐安国"，也想起了"南柯一梦""黄粱美梦"等成语典故。更为令人叫绝的是，寥寥四个汉字，森槐南居然将《红楼梦》的"梦"字乃至自己的号

——"槐南",巧妙地嵌入了其中,委实令人由衷感佩。当然,森槐南在取这个笔名的时候,也许并没有想到这么多,这一番联想,只不过是笔者强做解人而作出的过度阐释。但森槐南具有深厚的汉学功底,却是不争的事实。

在翻译《红楼梦》第一回的楔子前,森槐南还加了一则简短的"赞辞",笔者不自量力,今试翻译如下:

> 自有天地以来,生存于其间者,几如恒河沙数,不可胜计。然开天辟地者是人,主宰世界者是人,扶持世教者是人,羽翼经传者也是人。唯独无人为闺阁传心,并体贴呵护之。作者体造物主好生之德,于此集日之精、月之华、花木之灵芬、山川之秀异,特作此一篇离经叛道之文。此即红楼梦之主旨哉?此即红楼梦之主旨哉!若将以上赞辞当作一篇陀罗经咒,朝念暮念,念念不忘,庶可明瞭红楼梦主旨之真意。
>
> 要而言之,红楼梦究为何书,通读以上赞辞之人,胸中自有一部红楼梦在。然仅知上述赞辞为何,而不阅读其开卷序词,亦不知作者究竟如何超出其他凡庸小说家之上。待我将之译将出来。[①]

森槐南对《红楼梦》主旨的总结,也许并不符合曹雪芹的原意。但阅读这段文字,即可看出,他对《红楼梦》一书,怀有多么深挚的感情。

因不知森槐南翻译《红楼梦》开卷第一回的这段"楔子"时采用什么版本为底本,所以无从对勘翻译的优劣。但细读译文可以发现,他并不是像鲁迅翻译日本小说那样"直译"或"硬译"。如第一句译文若回译成汉语,便不是"此开卷第一回也。作者自云",而应该是这样的:

> 开卷第一回,即设置如此标题,作者寓意如何?自云:……

又如小说正文第一句话,若回译成汉语,也不是"列位看官,你道此

[①] 文中所引日语文字,皆系笔者据原文翻译,因水平有限,错译之处在所难免,还望方家不吝赐教。

书从何而来？"而是："闲话休提，今说起故事的起源，其事虽近荒唐，细玩则极有深味。"等等，异文不一而足。

可能是为了方便日本读者的解读，森槐南在译文当中，还经常在括弧中对某些词语加以注释。如对"故曰'甄士隐'云云"一语，便在括弧内加注说："因'甄士隐'与'真事隐'读音相似，故名"；又如对"故曰'贾雨村'云云"一语，则翻译为："此即题名'贾雨村风尘怀闺秀'之本意"，然后又在括弧内加注说："此亦因'贾雨村'与'假语村言'中之'假语村'三字读音近似，故名"；等等。正因如此，所以伊藤漱平先生在《〈红楼梦〉在日本的流传》一文中，将森槐南的这段译文称为"选译、注释"，这是完全正确的。

三

笔者之所以将森槐南称作"日本红学的奠基人"，并非仅仅因为他是日本第一个以律诗形式评论《红楼梦》的学者，也不仅仅因为他最早将《红楼梦》节译为日文，最主要的，乃是因为他于明治二十五年（1892）十一月，在《早稻田文学》发表的全面评价《红楼梦》的一篇文章——《红楼梦评论》。这篇文章，不仅涉及了《红楼梦》的主题、贾府的家谱，而且还涉及前八十回作者和后四十回续书及作者问题。该文的问世，比王国维的《红楼梦评论》要早12年，比胡适的《红楼梦考证》要早29年。这在世界红学史上，也具有十分重要的意义。[1]

在《红楼梦评论》一文开篇伊始，森槐南便将自己对《红楼梦》的热爱，作了这样的描述：

> 倘若有人问我，在中国小说中，最爱读哪一部，我会毫不犹豫地回答，是《红楼梦》！

---

[1] 在此必须声明一点，笔者并非故意拔高自己的研究对象，而且对这种做法也持反对态度。近来笔者发现，有些学者，往往怀有这样一种心态，似乎将自己的研究对象抬得越高，便越显得自己的研究课题更有价值似的。其实，这种做法，既非实事求是的治学态度，也很难对自己的研究对象作出公允的评价。

并且，我得此梦癖，已有十余年时间，其间已不知通读几十遍，至今仍然诵读不倦，难以释手。且每读一遍，即有一遍之收获，对其玄妙理想，认识也更加深入。

接下来，森槐南便引述了上海出版的《申报》刊登的一则报道：沪上某县令云："《红楼梦》之主旨，有伤风雅，乃为引诱青年男女，于星前月下幽期密约而作。伤风败俗，其例甚多。宜置之淫书之列，速毁其版，严令查禁。"对此，森槐南在大发感慨之余，对《红楼梦》做出了高度评价：

呜呼！今之清国文学，可谓已至末世。彼国自言文一致体之小说出，如四大奇书之属，传世之作虽多，然如此书之优美高深者，恰如凤毛麟角。其描写人情之细微，毫发毕露。书中之人物，仪态性情各异，凡此种种，皆能诉诸笔端，活灵活现，可谓如闻其声，如见其人。若以清朝为坐标，上溯历朝，下至万代，即置之世界各国，亦堪称清朝独有之值得夸耀之巨著……

我们不得不佩服森槐南判断力的敏锐与正确。在《红楼梦》得到世人高度推崇的今天，他所说的这一番话，仍然具有振聋发聩的作用。据伊藤漱平先生在《〈红楼梦〉在日本的流传》一文中说：森槐南"在《小说概要》中"，还"详细评论《红楼梦》，并给以高度赞扬：'实为清朝，不，实为中华自古以来的一大名著。我从未见过如此佳作。'"由此可见，森槐南对于《红楼梦》的推崇，是一以贯之的。行文至此，笔者不禁产生联想：30多年后，亦即1923年4月，中国"新红学派"创始人之一的俞平伯先生，在其《〈红楼梦〉辨》一书中还说："平心而论，《红楼梦》在世界文学中底位置是不很高的。这一类小说，和一切中国底文学——诗、词、曲，在一个平面上。这类文学底特色，至多不过是个人身世性格底反映。《红楼梦》底态度虽有上说的三层，但总不过是身世之感，牢愁之语。即后来底忏悔了悟，以我从楔子里推想，亦并不能脱去东方思想底窠臼；不过因为旧欢难拾，身世飘零，悔恨无从，付诸一哭，于是发而为文章，以自怨自解。其用亦不过破闷醒目，避世消愁而已。故《红楼梦》性质亦与中国式的闲书相似，不得入于近代文学之林。"两相对比，究竟哪一种说法更符合实际情况呢？笔者更倾向于森槐南的说法。

在 1921 年 3 月胡适的《红楼梦考证》问世之前，关于《红楼梦》的作者问题，一直没有定论。1904 年，王国维先生在他的《红楼梦评论》一文中，曾经一再感叹："《红楼梦》自足为我国美术上之一大著述，则其作者之姓名与其著书之年月，固当为唯一考证之题目。"

"若夫作者之姓名与作书之年月，其为读此书者所当知，似更比主人公之姓名为尤要。顾无一人为之考证者，此则大不可解者也。"其情殷殷，一再致意。岂料早在 12 年前，在邻国的的日本，森槐南便已涉及这个问题。令人遗憾的是，由于森槐南被袁枚的谎言所迷惑，居然得出了《红楼梦》的作者不是曹雪芹的说法。

1921 年，胡适从《红楼梦》开卷第一回中的"后因曹雪芹于悼红轩中，披阅十载，增删五次，纂成目录，分出章回，又题曰《金陵十二钗》……"一段话，推测《红楼梦》的作者是曹雪芹，然后又从袁枚的《随园诗话》卷二中，找到了一条有关曹雪芹的资料：

> 康熙间，曹练（楝）亭为江宁织造……其子雪芹撰《红楼梦》一部，备记风月繁华之盛。中有所谓大观园者，即余之随园也。明我斋读而美之。当时红楼中有某校书尤艳，我斋题云：
> 病容憔悴胜桃花，午汗潮回热转加；
> 犹恐意中人看出，强言今日较差些。
> 威仪棣棣若山河，应把风流夺绮罗。
> 不似小家拘束态，笑时偏少默时多。

胡适通过对这条"最早"的"关于《红楼梦》的材料"的分析，便得出了如下三条结论：

（一）我们因此知道乾隆时的文人承认《红楼梦》是曹雪芹做的；

（二）此条说曹雪芹是曹楝亭的儿子；（又《随园诗话》卷十六也说："雪芹者，曹练亭织造之嗣君也。"）

（三）此条说大观园即是后来的随园。

在《红楼梦评论》一文中，森槐南对于《红楼梦》作者的考证，大致与胡适的路子相同，所用资料也基本一样。该文的第一部分，即题为"红楼梦的作者"，试看他是如何考证这个问题的：

> 中国小说，大多出自文人学士之游戏笔墨，因而并不透露作者姓名，此乃普遍现象，即古来名作，亦大抵隐名假托，其真实姓名，均极难考知。红楼梦亦然，究不知出自何人之手。只其第一回之开篇记载，有一号为空空道人之行脚高僧，于大荒山无稽崖下，见一大石碑上镌刻有一长篇故事，遂将之抄录回来，问世传奇。后因一名叫曹雪芹之人，披阅十载，增删五次，纂成目录，分出章回，刊刻行世。此处所谓空空道人及大荒山无稽崖等，尽皆如其命名之意，纯系作者之寓言，然则曹雪芹即该书之作者，乃当时普遍之公论。

倘若沿着这条思路继续探索下去，再找到其他历史史料相互佐证，森槐南也许会得出一个正确的结论。1921年3月，胡适在《红楼梦考证》初稿中本来也相信袁枚所说曹雪芹乃曹寅之子的说法，但当他从杨钟羲的《雪桥诗话续集》中查到"雪芹为楝亭通政孙"这条重要的资料后，旋即推翻了原来的看法，并重新得出了另外三条结论：

（一）曹雪芹名霑；
（二）曹雪芹不是曹寅的儿子，而是他的孙子；
（三）清宗室敦诚的诗文集内必有关于曹雪芹的材料。

令人遗憾的是，森槐南既没有看到杨钟羲的《雪桥诗话续集》，也没能逃出袁枚谎言的怪圈。他在转引《随园诗话》中的这条记载之后，对于《红楼梦》的作者问题，便做出了这样一番分析考辨：

> 据此，则雪芹为是书著者，本无可疑。然随园此说，却与书中所述，大异其趣。书中主要情节，乃详述一爵位显荣之贾姓外戚府中之事，而所谓"风月繁华"，则系狭邪花柳之事。然书中所写，绝无一笔涉及娼家妓院。且大观园乃书中人物聚集之地，一如《水浒》之梁

山泊,《源氏物语》之六条院,而其所在地,书中亦曾明言,乃在京都,即今之北京是也。然则"金陵"或"石头城"诸地名,何以屡屡散见于其中?此不过乃因是书一名《石头记》,故假借金陵之石头城以影射之而已。若认此石头城即大观园之所在地,则大谬矣。何况随园在江南金陵附近,亦即邻近石头城之地。倘若大观园系指此处,则与书中所云与南京相距数千里之言大相龃龉;且书中所用语言,皆为北京话,凡此种种,可证随园之说与书中所述极不相符,由此推断,随园所谓红楼梦为曹雪芹所撰云云,难保亦非杜撰之言。要而言之,袁子才并未曾读红楼梦,只因红楼梦风行一时,乃颇受社会称赏之名作,故将之与自家牵强附会,借以抬高一时之声价。其所谓风月繁华云云,不过遽见红楼梦三字,宛如述说妓家冶游之事,便妄加推测而已。

通过以上译文不难看出,森槐南由书中所述而找到了袁枚《随园诗话》中的有关记载,若再找到其他史料相佐证,当不难考定《红楼梦》的作者问题。然而,由于袁枚的一句谎言,致使森槐南走向了岔路。究其原因,则主要错在对于"风月"一词的理解。在此森槐南虽然没有点明,但他将"风月繁华"解作"狭邪花柳之事",将之与花街柳巷、妓院娼窑混为一谈,则明显是受了袁枚所谓"当时红楼中有某校书尤艳"一语的迷惑。诚然,袁枚的这条记载,确确实实存在着吹牛撒谎的成分,但森槐南在驳斥谎言的同时,却将真实的材料也一并废弃,这便恰如妇人给孩子洗澡一般,在倒掉脏水的同时,连孩子也一起倒掉了。诚所谓"失之毫厘,谬以千里",令人遗憾!

虽然如此,在此我们还是不得不佩服森槐南判断力的敏锐。他居然通过将袁枚的记载与书中故事两相对比的方法,得出"袁子才并未曾读红楼梦"的结论。事实也正是如此。只要我们仔细品味袁枚所引"明我斋"的两首诗,便可判明森槐南的判断是十分正确的。在《随园诗话》中,袁枚所谓"明我斋"者,即清都统傅清之子明义,姓富察氏,号我斋,著有《绿烟琐窗集》,其中有《题〈红楼梦〉》诗二十首,主要吟咏《红楼梦》的具体情节和人物,乃目前所知最早的咏红诗。今查明义《绿烟琐窗集》,此二诗正是二十首咏红诗中的第十四、十五两首,不过与袁枚在《随园诗话》中所引在文字上略有出入而已。岂料袁枚却在未读《红楼梦》的前提下，强做解人信口开河，妄言"红楼中某校书尤艳"，将小说中的人物形象，当成了青楼妓院中的妓女！这不仅表明袁枚根本就没有读过《红楼梦》，而且也证明《随园诗话》中的这条材料，确实存在着某种程度的不可信性。

四

关于《红楼梦》后四十回是否高鹗所续的问题，历来也是一桩难以理清的公案。在目前所能见到的史料中，最早的应是张问陶诗集《船山诗草》中的一首诗。该诗题为《赠高兰墅鹗同年》。其中有云："无花无酒对深秋，洒扫云房且唱酬。侠气君能空紫塞，艳情人自说红楼。逶迟把臂如今雨，得失关心此旧游。弹指十三年已去，朱衣帘外亦回头。"不但诗中有"艳情人自说红楼"句，而且在诗题下还有这样一条诗注："传奇《红楼梦》，八十回以后，俱兰墅所补。"张问陶是高鹗的"同年"，他们于乾隆五十三年戊申一同参加过顺天乡试，其记载应该还是比较可信的。俞樾在其《小浮梅闲话》中，也引用了张问陶的这条诗注，并加一旁证云："按：乡会试增五言八韵诗，始乾隆朝，而书中叙科场事，已有诗，则其为高君所补可证矣。"[①] 1921年，胡适发表《红楼梦考证》，明确提出"高鹗续书说"。虽然他在文章中列出了四条证据，但在我们今日看来，在这四条证据当中，最为有力的一条，也正是胡适从俞樾的《小浮梅闲话》中所引用的张问陶的诗及题下小注。《红楼梦考证》发表以后，虽然也不断有人对此提出异议，但却基本没有动摇胡适的说法，大有已成定论之势。至20世纪50年代以后，反驳"高鹗续书说"的呼声却又高涨起来，认为后四十回出自曹雪芹之手者有之，推测既非曹雪芹亦非高鹗而是出自另一不知名的作者之手者亦有之。之所以会出现这种三说并存的局面，主要就是论者对张问陶所说"补"字的理解有异。胡适认为是"续补"，而否定"高鹗续书说"者却理解为程伟元在《序》中所说的"截长补短"。笔者

[①] 转引自朱一玄编《红楼梦资料汇编》，南开大学出版社1985年版。

则认为,"高鹗续书说"似乎更具说服力。

森槐南也找到了张问陶的《赠高兰墅鹗同年》一诗及题下小注,但他却十分坚决地否定了"高鹗续书说"。试看以下一段文字:

> 或云《红楼梦》原书仅八十回,今之百二十回乃后人所续。盖此等大著述,刊版甚难,必先有手抄本暂时流传,如此辗转传抄,极易错讹散失,则卷数等产生差异,当在所难免。且此等谬论臆说,亦不只限于此部大著,如《源氏》五十四帖之内宇治十帖非出紫姬之手,《水浒》七十回以后皆系伪作云云,此等事例,亦复不少。
>
> 此书之事实,乃以贾宝玉、林黛玉、薛宝钗三人间之情爱恩怨痴妒怨恨为纬,以荣宁二府因骄奢淫佚之举而在不知不觉间导致家族败落为经,述宗族亲戚之关系、父党母党之区别以至贤奸忠佞荣枯穷达之差异,皆首尾贯通,前后一致,若非一人所为,岂能如此?据此,则续写伪作之说,可以休矣。

第一段引文,是从《红楼梦》的传播来论证的,不无道理。第二段文字,则出于他对《红楼梦》文本的总体感觉。平心而论,森槐南的这种感觉,应该说还是没有到位。但凡仔细阅读《红楼梦》者,都会隐约地感觉到,《红楼梦》后四十回的写作风格,与前八十回还是大有区别的。不过,森槐南对于"高鹗续书说"的驳斥,令笔者不禁想到了中国红学史上的太平闲人张新之。这位迂腐透顶的"经学家",在其《红楼梦读法》中有如下一段文字:

> 有谓此书止八十回,其余四十回乃出另手,吾不能知。但观其通体结构,如常山蛇,首尾相应,安根伏线,有牵一发全身动之妙。且词句笔气,前后略无差别,则所增之四十回,从后增入耶?抑参差夹杂入耶?觉其难,有甚于作书百倍者。虽重以父兄命,万金赏,使闲人增半回,不能也。何以耳为目,随声附和者之多?

张新之的这一段话,与森槐南几乎是一个腔调。森槐南是否读过张新之的《红楼梦读法》,因无相关材料佐证,不敢妄加揣测。但他读过并受到了张新之这一观点的影响,这种可能性也是有的。

森槐南在《红楼梦评论》之《红楼梦的创作意图》一节中,引用了张南山在《诗人征略》中的材料,基本上肯定了"纳兰性德家事说",认为小说中的主人公贾宝玉,与清初诗人纳兰性德有相似之处。对于这种说法,胡适已在《红楼梦考证》中做了反驳,此不赘。接下来,森槐南对将《红楼梦》的故事做了简要介绍。而在《红楼梦评论》之《红楼梦家谱》一节中,森槐南则根据《红楼梦》中的具体描写,列出了贾府诸人的世系族谱。因该部分并不重要,笔者就不再引述了。

五

通过以上缕述不难看出,在《红楼梦评论》一文中,森槐南对于《红楼梦》的考证和评论,基本上没有得出较为正确的结论,但他的论证方式,却具有现代学术研究的性质,因而具有十分重要的意义和价值。更何况在他之前,日本并没有出现全面评论《红楼梦》的文章。因此,我们是否可以这样说,《红楼梦评论》一文的发表,标志着日本《红楼梦》研究的真正开端。虽然在这篇文章中有许多失误之处,但这并不影响他作为日本《红楼梦》研究奠基人的地位。诚如刘梦溪在《红学》一书中所说:"历史上创立新学派的人,主要意义是提出新的研究方法,建立不同于以往的研究规范,为一门学科的发展打开局面,而不在于解决了多少该学科内部的具体问题。"[①]

试看中国红学史上,文学评论派的创始人王国维与红学考证派的创始人胡适,哪个没有失误?例如王国维的《红楼梦评论》,我们当然要承认其首创之功。但是,近来笔者一直感觉到,目前一些论及这篇文章的论著,似乎对该文的评价有无限拔高之嫌。该文当时之所以没有引起反响,且数十年间后继无人,其主要原因,不外乎以下两点:首先,当时的中国,真正了解欧美的人还太少,欧美的文艺理论,在文学评论界没有太大的市场;其次,倘若仔细阅读一下王国维的《红楼梦评论》,我们就不难

[①] 文化艺术出版社1990年版。

发现，这篇文章，也存在着跟现在研究界某些用欧美的方法、理论来肢解文学作品的弊病。只不过王国维是一个国学功底深厚的大学者，他驾驭起来游刃有余，让人读着会感到十分顺畅罢了。但他纯粹用叔本华的理论来解释人生可以，来解释《红楼梦》则不行。《红楼梦》虽然也是一部人生的悲剧，但曹雪芹在其中所体现出来的人生观和世界观与叔本华是不一样的。叔本华所谓人生是痛苦的，痛苦来自于人的欲望云云，有时行得通，有时也行不通。曹雪芹认为人生是美好的，但人生也是美中不足的，人世间许许多多美好的东西，都随着时光的流逝而被无情地毁灭了，人类对此却无可奈何。正因如此，所以曹雪芹才谱写了《红楼梦》这样一曲人生挽歌。胡适的《红楼梦考证》，也是如此。胡适在将《红楼梦》的研究引入科学研究轨道的同时，也将"红学"引入了"自传说"的"大迷魂阵"中。当前有关《红楼梦》的一些谬说，从本质上来看，实际上就是红学考证派的"自传说"在红学索隐派牵强附会的"研究方法"下所产生的怪胎。

（原载《红楼梦学刊》2006 年第 6 期）

"红迷"——大高岩

至20世纪30年代,在日本的《红楼梦》研究领域,又出现了一颗耀眼的明星——大高岩。这位自称"红迷"的日本汉学家,几乎将主要精力都投入到了《红楼梦》的研究上。他的学术文章,最早见于1930年的《满蒙》杂志,此后一发而不可收,直到1938年,由于战争全面升级而突然中断达24年之久。50年代初至60年代初,大高岩虽然仍在断断续续地从事《红楼梦》的研究和创作,但其论著却均未得到公开发表或出版。1962年8月,他将自己的专著定名为《红楼梦研究》,自费油印50部分发。这是日本红学史上第一部研究《红楼梦》的专著,具有不可替代的历史意义和价值。大高岩对于《红楼梦》的研究,虽然中断时间很长,但其思想脉络和研究方法却基本没有改变。就总体来看,他的研究论著,具有明显的高低优劣之分。绝大部分论文及专著,具有很高的理论水平和学术价值,但部分论文却出现了不该出现的硬伤和失误。尤其值得注意的是,大高岩自20世纪30年代初期开始,便已自觉地运用马克思主义的文艺理论阐释《红楼梦》,这使我们这些曾经阅读过中国自1954年以后出现的大量有关《红楼梦》论著的人,都会不自觉地产生一种似曾相识的感觉。本文即将大高岩的红学成果从总体上加以摘译考察,不妥之处,还望方家批评指正。

一、一代"红迷"的真知灼见

大高岩逝世五年以后,为了纪念这位对《红楼梦》研究做出过突出贡献的专家,日本东京汲古书院于1976年10月,出版了名为《红谜——一个中国文学者的青春》一书,由"大高岩追悼文集刊行会"发行。该书中有《大高岩先生简历及著译目录》，兹据该简历及著译目录，将大高岩的生平及有关《红楼梦》的论著编译于下：

明治十八年（1905）10月19日，出生于东京市本乡区弓町一番地……昭和二年（1927），毕业于东京美术学校，（同年）6月喜欢上了中国文学（《红楼梦》），并经大连来到北京。昭和五年（1930）12月5日，由北京到达上海。昭和六年（1931），在上海流浪期间，往《上海周报》《满蒙》等（报刊杂志）投稿，以为谋生手段。昭和七年（1932），因第一次上海事变（1.28）回国……昭和四十六年（1971）4月20日上午2时10分，因心脏麻痹，在清濑市东京医院病逝。享年66岁。

《红楼梦》著译目录：

1、《红楼梦研究》，专著，1962年8月自印。
2、《小说红楼梦与清朝文化》，
   《满蒙》昭和11年3号，1930年3月出版。
3、《红楼梦的新研究》，
   《满蒙》昭和11年6号，1930年6月出版。
4、《近代中国文学史上的先驱——论红楼梦的作者及其识见》，
   《满蒙》昭和12年1—3号，1930年11月—12月出版。
5、《染春记（戏曲）三幕——小说红楼梦的角色化》，
   《满蒙》昭和12年8号，1931年8月出版。
6、《红楼梦中出现的近代女性》，
   《满蒙》昭和13年4号，1932年4月出版。
7、《关于红楼梦的补充性考察》，
   《满蒙》昭和14年2号，1933年2月出版。
8、《黛玉葬花》，《同仁》第7卷第10号，1933年10月出版。
9、《贾宝玉研究》，《满蒙》昭和15年4号，1934年4月出版。
10、《红楼杂感——关于贾宝玉的性爱及其生活》，
    《满蒙》昭和15年5号，1934年5月出版。

11、《红楼梦中的金陵十二钗》，

《满蒙》昭和19年2—5号，1938年2月—5月出版。

12、《红楼梦的情况》，

《满蒙》昭和19年10号，1938年10月出版。

13、《红楼梦的版本》，《文献》2，1959年12月出版。

14、《红楼梦与我》，《大安》9.3，1963年3月出版。

15、《金瓶梅与红楼梦》，《文献》8.9，1963年6月出版。

16、《景梅九的"罪案"》，《大安》10.4，1964年4月出版。

17、《红谜》，《中国》7，1964年6月出版。

18、《海外的〈红楼梦〉文献》，《大安》10.6—7，1964年6月—7月出版。

另有未发表者3篇：

1、《新红楼梦》（创作），1952年稿。

2、《改订红楼梦研究》，1957年1月稿。

3、《红谜》（随笔），1968年7月稿。

由以上目录便不难看出，大高岩的红学成果是非常丰硕的。而他之所以走上这条道路，首先是因为他对《红楼梦》的酷爱。他自己在短文《红谜》[1]中说，他"首次得读《红楼梦》，是在20年代"，"正因为被《红楼梦》所迷醉，所以才来到中国"。由此可见，他对《红楼梦》的痴迷已达到了何种程度！不仅如此，在有关《红楼梦》的一些文章中，他也经常以饱满的热情，反复申述自己对《红楼梦》的热爱与痴迷："每当我接触《红楼梦》，必然为其美丽所吸引，为其美妙所惊叹，除为之赞叹陶醉之外，已失去了任何能力。"[2]"除《红楼梦》之外，再也没有什么作品，能够这样深深打动我的心。我从中受到的感动，几乎达到了心醉的程度。"[3]

那么，究竟什么原因使大高岩如此醉心于《红楼梦》呢？一言以蔽之：基于他对《红楼梦》的正确认识和评价，基于《红楼梦》本身所具有的巨大艺术魅力。《小说红楼梦与清朝文化》一文，发表于1930年3月出版的《满蒙》杂志昭和11年第3号上。这是他公开发表的第一篇红学文章,也是他的《红楼梦》研究事业的真正开端。也许是由于长期积累深思熟虑的结果,大高岩甫一踏上红学之路,即便出手不凡,显示出他超越同时代人的理论水准和研究能力。在这篇文章中,不仅字里行间处处都充溢着大高岩对《红楼梦》的热爱之情,而且对于《红楼梦》的评价,即在今日看来也相当公允,绝无过分拔高或无限贬低之嫌。大高岩认为,"《红楼梦》实为古今东西天下第一等的小说","乃独步古今之杰作","与《水浒传》《三国志》《西游记》《金瓶梅》相比较,不仅堪称中国小说界中最伟大的长篇小说,即在全世界,也是有数的长篇小说。在艺术价值方面,不仅是中国小说之至宝,即在全世界,也是极为罕见的艺术性作品","堪与《神曲》《浮士德》以及莎士比亚的戏剧相媲美","即称之为中国的《浮士德》《神曲》,亦不为过誉之言"。大高岩对于《红楼梦》的定位和评价,远比当时中国红学界考证派的主力干将胡适、俞平伯等人要高出许多,而与50年代以后中国大陆学者的口径基本一致。在此必须强调一点,与什么人的看法是否一致,并不是我们用来衡量其学术观点的客观标准,而主要应该看它是否符合客观事实。大高岩的评价,只是给予了《红楼梦》所应有的地位而已。

在这篇文章中,大高岩在用三言两语概要点明自己对《红楼梦》的"痴迷"之后,接着便感慨万端地说:"《红楼梦》的世界,都有建树性的文化。而对于人类最高意义上的生活而言,又没有什么比文化更为重要。迄今为止,我仍然难以想象,这样一个广阔的精神上的典雅优美的世界,会以如此的画卷展现在我们眼前。"然而,"在现在的日本,能够在广阔的文化背景下认识纯粹的中国文学的艺术价值的,简直少而又少",而"对于众多醉心于西欧文学的人们,则更不敢指望他们会认识其价值。他们都将中国文学放到了令人悲观的位置"。对此,大高岩明确指出:"毫无疑问,近代中国的文学不仅是独创性的,而且具有很高的艺术美的造诣。数千年来的中国文化的精粹,随着时光的流逝而数度变迁融合,促进了文化的发展。至前清康熙、乾隆时代,在科学和学术方面,又继承许多前人未竟的优秀事业,各种文艺美术乃至工艺等等,都放射出了灿烂的光彩。"

大发感慨之后,大高岩便以开阔的眼界和视野,首先为我们揭开了康熙、乾隆"时代文化史上的一页",然后便在广阔的历史文化背景下,对《红楼梦》进行了细致的考察和研究。范围之广,几乎涉及到了当时的历史、政治、文化、艺术、科学、宗教等各个领域，甚至连当时在中国的西洋传教士及其在中西文化的融合方面所起的重要作用等等，也都做了大致的考察和评述。

在将"文化史的一页合上"之后，大高岩又"从酝酿于其中的文化的发展及人类生活方面"，对自己的观点进行了阐述。他认为："《红楼梦》正是乾隆文明的一大画卷，而中国固有的文明精粹，又孕育了《红楼梦》。"这一判断，即在今天看来，也是相当正确而又公允的。

大高岩如此推崇《红楼梦》，对其作者自然也充满了由衷的敬仰之情，他说："光耀千古的文学巨著《红楼梦》之所以令人敬服，不仅因为它代表了中国文学的最高水平，而且如果作者没有伟大的写作手法与天赋奇才，也是绝对写不出这样一部作品来的。《红楼梦》在描写事件的同时，陆续出现了众多的人物，其内容之丰富复杂，一如人类生活般多种多样。据红学家统计，在小说中出场的人物，共有448人，其中男子235人，女子213人。无论任何人都必须承认，如此丰富复杂的内容，确实是很难表现出来的。然而，作者却能以极为细致的笔触，将这些人物的性格如实地栩栩如生地展现在我们的面前。这种艺术才能，委实令人惊叹。"

1930年11月至12月，大高岩又在《满蒙》杂志昭和12年1—3号上发表了《近代中国文学史上的先驱——论红楼梦的作者及其识见》一文。这篇文章，也是从各个不同的角度全面论述《红楼梦》的一篇力作。在该文中，大高岩不仅对《红楼梦》进行了历史性的考察与研究，而且还涉及到《红楼梦》的作者问题、作者的时代考证及其著作年代等问题，甚至还以中国红学史为脉络，详细考察辨析了贾宝玉的原型问题等等，其思想脉络与研究方法，一如前引《小说红楼梦与清朝文化》一文。

由于视野开阔，大高岩的许多红学文章从来都不拘于一隅就事论事，而往往能从各种不同的角度进行比较全面的考察与论证。他于1934年5月在《满蒙》杂志昭和15年第5号上发表的《红楼杂感——关于贾宝玉的性爱及其生活》一文中，便反复强调了应从不同的角度考虑问题的重要性："在中国，自古以来被冠以淫书之名者，数目众多。即对我国平安朝文学曾经产生过伟大影响的《游仙窟》，就是一部出色的淫书……然在后世我们眼中应该称作恋爱书的《西厢记》《红楼梦》等，在中国，居然也被打入了淫书之列……然而，如果我们仔细考虑，但凡人类，都应具备生物性与社会性这两个方面。本来，作为认识主体的人类，并非单纯的生物性的人类，而是社会的、阶级的人类。因此，古代中国的道学家们之所以这样解释《红楼梦》，就是因为他们忘记了贾宝玉这一人物所赖以生存的社会性生活，而只论证纯生理性生活的结果。"

在该文中，针对清人梁恭辰在《北东园笔录四编》中将《红楼梦》视为淫书的谬说，大高岩一针见血地指出："确实，在他们眼中，清代的名著，就是一文不值的诲淫之书。他们之所以有此看法，乃是因为他们只注目人类的生物性行为而轻视动物性的结果。"

鉴于"中国的道学家们"的偏见与片面，大高岩语重心长地强调说："即使我们把恋爱小说的主人公当作一个问题来研究的时候，我们也应该以有史以来的社会性人类作为解决问题的办法，而决不能只在爱的范围内，试图解决这个问题……所谓人类的感情，只是人类生活的一部分，而非全部。"

即使在一些很短的短文中，大高岩也能高屋建瓴，说出自己的一些真知灼见。《金瓶梅与红楼梦》[①]一文，是他为了募集经费以便出版自己的《红楼梦研究》一书而撰写的募捐词。在这篇不足三千字（日文）的短文中，大高岩就《金瓶梅》对《红楼梦》的影响问题，谈了自己的一些看法。他认为："二者虽然在家庭生活的细致描写方面是相同的，但却一是取材于绚烂豪奢的贵族生活，另一个则未脱离市井……俞平伯以《红楼梦抉微》一书为例，认为《红楼梦》之脱胎于《金瓶梅》，自无讳言……然俞氏只是在探索成书过程的范畴中，来思考《红楼梦》是从《金瓶梅》脱胎换骨这一问题的吧？即如脂砚斋评语中所谓'深得金瓶壶奥'一语，事实上也不过是说作者将《金瓶梅》的妙处发挥到了极致而已，并非全盘接受了下来。这一问题，虽可归之于文学传统，但作者却是将《金瓶梅》所具有的写实主义的创作手法，完全变成了自己的东西而创作出来的。"

平心而论，大高岩的这一看法，还是比较符合实际情况的。当年俞平伯在其《红楼梦简论》一文中论及《红楼梦》的传统性时，确实比较简略且有生搬硬套之嫌。不过，大高岩此文发表于1963年6月，其观点受到了中国大陆学界尤其是李希凡、蓝翎的影响也未可知。[②]

在该文中，大高岩还说："《金瓶梅》是一部极有特色的小说，在世态人情的细致描写方面取得了很大的成功。但其作者观察人生的眼睛是极为阴郁而冷彻的，并且其内容是生动地描写壮年男女的寝室，肉欲之强达到了变态的程度。与之相反，《红楼梦》则将年轻男女的纯情展现在我们的面前，充溢着迷人的诗与美。诚然，《红楼梦》中也并非没有阴暗面，但神圣纯洁的恋爱世界却是其主导方面。其中贾宝玉和林黛玉的恋爱充满了美妙的诗情，这大概是继承了《西厢记》的艺术性吧？"针对日本的一些"学者先生们将《金瓶梅》视为淫书而敬而远之"的做法，大高岩明确指出：《金瓶梅》虽有许多不足之处，"但它却是明代社会的绝好的史料"。

二、日本的马克思主义红学家

1949 年以后，随着马克思列宁主义在中国大陆的普及，尤其是 1954 年的"《红楼梦》研究批判运动"爆发以后，在长达数十年的时间内，马克思主义文艺理论几乎成了中国大陆学术界普遍运用的研究方法和理论武器。如前所述，早在 20 世纪 30 年代初，大高岩刚刚步入红学之途，便已自觉地从广阔的历史背景下对《红楼梦》进行研究，且在行文中经常引用恩格斯的相关论著，可见他受马克思主义文艺理论影响之深。50 年代以后，伴随着中国大陆时代大潮的涌动，大高岩固有的学术观点也自然而然地产生了共鸣，甚至受其影响并得到了进一步的发展。我们可以毫不夸张地说，大高岩的部分论著，若放置于当年中国大陆的学术界中，也绝对不会令人产生不合时代旋律的感觉。尤其是他自费出版的《红楼梦研究》一书，这一特点就更为明显。正因如此，笔者才将大高岩称作日本的马克思主义红学家。兹将程鹏所译大高岩红学专著《红楼梦研究》第二章之第二节《曹雪芹的近代思想》[①]一文中的一些段落分别节录评述如下，以证余言之不谬：

在《红楼梦》中所描写的贾宝玉和林黛玉的恋爱，那确实是从互相尊重彼此人格的基础上而产生。他们之间那专一的爱情与现代爱情相比，就其深刻程度也毫无逊色。……宝玉在那个复杂的封建大家庭之中是一个纯洁而又有理想的人物。他蔑视功名，反对科举，而能够理解他这些思想的只有林黛玉一人。那么，贾宝玉为什么一定要与一个推崇封建道德家所宣扬的"男子有德便是才,女子无才便是德"(《女范捷录》)的贞节女子薛宝钗结合呢?这既不是因为薛宝钗,也不是因为王夫人、史太君等个人的缘故,问题在于封建制度。他们的恋爱是周围环境所不允许的,所以其结局便包含着导致悲剧的因素。

在中国封建社会的生活中,爱情问题是一个特别重要的问题。封建势力(表现在家庭方面)不允许青年男女之间有正当的恋爱感情。《红楼梦》的恋爱悲剧,其重要根源即在于此。

将导致宝、黛爱情悲剧的原因归咎于封建制度,这是中国大陆许多红学论著的普遍共识。当然,若再以阶级斗争的观点将《红楼梦》中的人物划分为不同的阶级或阶层,则必然要将薛宝钗、王夫人、贾母等人置于贾宝玉、林黛玉等人的对立面而痛加批判,如此当然也就不能像大高岩那样做出较为冷静的评判:"这既不是因为薛宝钗,也不是因为王夫人、史太君等个人的缘故,问题在于封建制度。"

对于《红楼梦》在思想与艺术方面所取得的巨大成就,大高岩仍是一如既往地倍加推崇:"在中国封建奴隶制度的社会里生活的曹雪芹,以其深刻的洞察力注视着他亲身体验了的一切,用反儒教的、人类解放的精神写作了《红楼梦》,这在中国文学史上是值得予以大书特书的。在艳情小说颇多的封建时代的中国,产生了这样一部倾注着美好感情和思想的小说,并在这样早的时候就披露出民主的、进步的思想,实在是令人惊异的!"

至于曹雪芹的文学见解和主张,大高岩则在从文学史的角度进行考察后说:"若说过去的小说,那全是从作者的想象中所产生出来的架空故事。其内容和表现方法,也都不过是些老生常谈的套套。可是曹雪芹表示要进行到那时为止还从未有过的新的尝试。他想要打破旧小说的俗套,以新的眼光正视人生的现实,写出符合人生的小说。从这位作者的这种文学态度上,我们可以看到他意在揭示人生本来面目的深远志向。所以,曹雪芹作品中的人物,同我们所看到的以前浪漫派作家笔下的那些人物不同。那些作家一说到女子,一概是美人,是贤妻良母,并且是单纯的美貌、单纯的贤德而已。曹雪芹则完全摆脱了这类陈腐之见,他想要写出真实的人性,并为此燃烧着强烈的热情。"因此,正是从这种意义上来说,"曹雪芹的文学主张，可以说是已带有了明显的近代色彩，具有了很多近代文学的要素了。"

这些评价，应该说还是比较到位的。但大高岩在这部专著中的另外一些见解，却也不能完全令人信服。

长期以来，中国大陆的一些学人，往往喜欢从思想史的角度研究古典文学作品。他们特别重视李贽等思想家对于时代思潮所起的重大作用，有时甚至会出现过分夸大或无限拔高的倾向。[①] 大高岩的红学论著也是如此。他认为，"从历史上说，首先承认中国口语文学的人是李卓吾，他是近代文学的启蒙学者"，而"具有近代文学要素的《红楼梦》，可以说正确地继承和发展了李卓吾所开拓的近代文学的首创性思想。""《红楼梦》全书都是用白话文写作的，采用了大量群众的日常用语，这一点是值得注意的。曹雪芹抛弃了为统治阶级服务的文言文，用人民大众谁都能够理解的口语写作小说，这是出于他对下层人民的热爱。从这里我们也可以大体了解到他的人民的立场——反封建思想的一个方面。""当然，《红楼梦》虽说是口语化的，但也不是没有若干古文旧套的痕迹，这与曹雪芹思想中消极落后的一面有关。也就是说，在语言使用上的进步与落后，体现着思想上的进步与落后。而今天我们可以说，这正是曹雪芹的矛盾之处。"

李卓吾是不是"首先承认中国口语文学的人"，是不是"近代文学的启蒙学者"，因笔者对此没有研究，不敢妄加评论。但李卓吾对曹雪芹的影响究竟有多大？《红楼梦》是否只是"正确地继承和发展了李卓吾所开拓的近代文学的首创性思想"等问题，似乎仍有值得商榷的余地。至于曹雪芹"用人民大众谁都能够理解的口语写作小说"，这是否就"是出于他对下层人民的热爱"？文言文是否就只是"为统治阶级服务的"？作家"在语言使用上的进步与落后，体现着思想上的进步与落后"云云，则未免将问题绝对化了。试想，《聊斋志异》就是用文言文写成的，难道我们能说蒲松龄的思想就是"落后"的？这部著名的短篇文言小说集，难道就只是"为统治阶级服务的"？既如此，那么对于流传于民间的许多"聊斋故事"，又该作何解释？

对于曹雪芹的妇女观问题，大高岩也归功于李卓吾的影响："在中国妇女解放思想史上，起到了划时代作用的，还是启蒙思想家李卓吾的言论。"李卓吾所谓"'谓人有男女则可，谓见有男女岂可乎？谓见有长短则可,谓男子之见尽长,女子之见尽短又岂可乎?'把李卓吾的这些卓越见解充分地表现在小说中的,便是曹雪芹的《红楼梦》。在《红楼梦》中所描写的女子的见识(如小说中的林黛玉),有些那确实是连男子也远不能及的。在最初,正是为使女子的那些卓越的见识不致淹没不传,才形成了曹雪芹写作这部小说的动机。"并且,"曹雪芹也具有不亚于李卓吾的那种自由解放的精神。曹雪芹在上流家庭中长大成人,却没有失去纯真的天性。他从当时社会中最受压迫的妇女身上,发现了最为纯洁的东西。因此,作为曹雪芹化身的贾宝玉,被描写成把女孩儿视为他唯一理想的人。他与封建制度进行了对抗,他对于那些荒淫腐败的种种罪恶深恶痛绝。这在感情上是与人民的愤怒相通的,而这些正是曹雪芹在文学上刻意追求的。"

曹雪芹在《红楼梦》中所体现出的"女儿观",是否只是李卓吾的"卓越见解"在小说中的充分表现?曹雪芹是不是"与封建制度进行了对抗"?他"在感情上"是否真"是与人民的愤怒相通的"?对于这些问题的阐释,恐怕也是大高岩在以己之心度曹雪芹之腹。至于他将贾宝玉视为曹雪芹的化身,则明显是受了胡适等人的影响。在任何一部文学作品中,作家所塑造的人物形象,自然或多或少地体现着作家对事物的认识和看法,但其中每个人物的所有观点,并不能代表作家对事物的全部认识和看法,更不能一概说成是作家的化身。这是每一个文学研究者都应该具备的起码的常识。

基于贾宝玉乃曹雪芹之化身的观点,大高岩在《虚构与真实》一节中又进一步阐释说:"《红楼梦》开卷的楔子里这样写道:'作者自云:因曾经历过一番梦幻之后,故将真事隐去,而借通灵之说,撰此石头记一书也。'"而作者在"这里所说的真事,是指作品的作者和他家庭的历史。但是为了避免使涉及的真事过于显露,作者故意在前面采用了石头自述其经历的形式,而把他所要表达的真实内容——即对人生的体验,隐藏在后面。然而,意欲借托梦以言真实,才是作者真正的意图。于是,这里就出现了作者是如何表现素材,即如何处理艺术虚构和生活真实这两者之间的关系问题。《红楼梦》第一回中有一首绝句云:满纸荒唐言,一把辛酸泪。都云作者痴,谁解其中味?这首绝句,可以说巧妙地吐露了作者的内心想法。所以,把《红楼梦》看作是作者对自己半生的经历所给予的艺术表现，那将是十分恰当的。"

中国大陆的一些红学家，往往一味拔高自己的研究对象，甚至连小说中所出现的明显漏洞，也要用什么"烟云模糊法"为之遮饰，似乎不如此便不足以显示《红楼梦》的伟大似的。大高岩虽然热爱《红楼梦》，但却从不如此。一旦发现《红楼梦》中有什么不足之处，他也会毫不留情地予以指出。这也许是他受到了马克思主义要一分为二地看问题这一观点的影响所致。他说："《红楼梦》具有的虚构与真实这两种倾向，在作品中产生了微妙的差别。""作者所描写的那个从梦幻出发的浪漫主义世界——到处出现着奇异的和尚道士，散布着道教思想和佛教的因果思想——以及最后主人公贾宝玉的出家遁世和贾家的没落等等，都反映了作者那世态无常的观念，并使许多《红楼梦》的评论者感到迷惑。这是一个极其消极的倾向。从艺术的角度来看这个问题，它那洗练的、咏叹式的表现技巧，在渲染着《红楼梦》的暗流'色即是空'的观念上，起到了重要作用。由此，大体上可以看出《红楼梦》作为以艺术风格的完整而自豪的古典文学作品特质。这也是作者作为没落成员所唱出的悲歌。"

从上述引文中不难看出，大高岩在行文过程中所使用的那些名词，确实能给我们以似曾相识的感觉。而下面的几段话，则更能显示出大高岩受马克思主义文艺理论影响之深：

> 曹雪芹在这部作品里，浮雕出了一个时代的人生的纪录，唱出了对封建制度的挽歌和崇高的人性之爱。

> 他虽然对贵族阶级抱有同情，但同时又对于那些必然堕入没落命运的贵族阶级的人物，予以了辛辣的暴露。……这一切正应该称为批判现实主义。

> 作者的目光也同时注视着社会的下层，注视着那些名符其实地过着奴隶般生活的人民的生活。

> 总之，作者虽说是在手法上沿用了旧小说的形式，但它的内容却是现实主义的。它一方面流露出消极思想——世态无常的观念，另一

方面又展现了积极的革命的思想。这些矛盾，如果考虑到作者所生活的时代，那就不是没有缘故的了。

无论如何，正像曹雪芹在全书一开始时所说的那样，他是想借梦幻来叙说真实。这正是"现实主义最伟大的胜利（恩格斯语）"。对于这一点，我们今天必须给予高度的评价。曹雪芹那双面对现实、严峻地注视着人生的眼睛，也就是凝视着明天的眼睛。

"多么熟悉的声音"！与与1954年以后中国大陆出现的《红楼梦》研究论著几乎完全是一个腔调。之所以会有这种现象，想必主要是由如下原因造成的：俄国"十月革命"的胜利，在世界范围内引发了共产主义运动的热潮。20世纪20年代初至30年代末，日本的一些共产党人，尤为热衷于马列著作的翻译与宣传，而中国大陆的许多马克思列宁主义理论，却又间接地来自日本。至20世纪50年代以后，尤其是1954年的"《红楼梦》研究批判运动"爆发以后，随着马克思列宁主义在中国的广泛普及，学人们已经逐渐习惯于运用这种思想武器研究学术问题。而大高岩虽非共产党人，但却深受马克思主义文艺理论的影响。日本红学家伊藤漱平就曾指出："大高氏寓居上海期间，对当时的左翼文联深抱关心，收集文献，证明他不是一般的红迷。"[1] 由于大高岩与中国大陆学术界所使用的理论武器同出一源，其格调大致相同，自然也就不足为奇了。

三、高水平学者的低级错误

大高岩的红学论著，在质量上是参差不齐的，其高低优劣之别，简直判若云泥。一些文章，实在当不起"研究"之名。例如《黛玉葬花》[2] 一文，只是对梅兰芳所演《黛玉葬花》剧本的简单介绍和节译；又如《红楼梦的版本》[3] 一文，也只有寥寥三千余字，只是简要介绍了"脂本"系统的"甲戌本""己卯本""庚辰本""戚本"四种版本及"程本"系统的"王希廉评本""仝卜年评本（张新之评本）""姚梅伯评本（蛟川大某山民评本）""蝶芗仙史评订本"等几种版本。当然，这类文章，对于《红楼梦》的普通爱好者来说，还是有一定用处的。只不过此等文章只能算是普及性读物，而绝不能算作研究论文。

最令人难以置信的，就是他的《红楼梦的新研究》一文[①]。该文不仅水平极为低劣，而且还出现了不该出现的硬伤。标题虽然冠以"研究"之名，实际上却无"研究"之实。该文共分八部分，依次为：（一）《序》；（二）《贾府系图一览》；（三）《金陵十二钗正册及副册列名》；（四）《论宝琴兼及金陵十二钗》；（五）《金陵美人题词》；（六）《各人物评赞》；（七）《由书斋所见考察各人的性格》；（八）《改七香的红楼梦图咏》。每一个小标题，看起来也都煞有介事，但具体内容却又与题目名实不符。

该文的第一部分，只是对于《红楼梦》故事内容的简单介绍。第二部分，也只列出了贾府诸人及其亲戚的世系表，且其中出现了明显的错字，如将"邢太太""邢岫烟"的"邢"字错写作"刑"字等。当然，这也有可能是排印时出现的错误。第三部分，又犯了一个更不该犯的低级错误！大高岩居然将袭人、晴雯、紫鹃、五儿、藕官等人列入了"金陵十二钗副册"，却将宝琴、李纹、李绮、夏金桂、赵姨娘等列为"又副册"。本来，在《红楼梦》第五回中，晴雯与袭人是被明确列入了"又副册"的。晴雯的判词是："霁月难逢，彩云易散。心比天高，身为下贱。风流灵巧招人怨。寿夭多因毁谤生，多情公子空牵念。"而袭人的判词则是："枉自温柔和顺，空云似桂如兰；堪羡优伶有福，谁知公子无缘。"而被曹雪芹明确列入"副册"的，则只有香菱一人。在此我们可以毫不夸张地说，生活在清代中叶的曹雪芹，还没有大高岩这么高的思想觉悟。曹雪芹对金陵十二钗"正册""副册""又副册"的安排，是严格按照家庭出身和阶级成分来划分的：被他列入"正册"的，都是出身高贵的名门仕宦之家；列入"又副册"中的人物，起码也应该是像甄士隐这样的"乡宦"之家，"家中虽不甚富贵，然本地便也推他为望族了"；[②]而跻身于"又副册"中的女子们，则只能是像晴雯这种"家生子儿"或像袭人这样卖身为奴的漂亮丫鬟。但凡读过《红楼梦》的人，都会敏锐地看出这一点。孰料大高岩作为一个高水平的"红学家"，却在此列出了一笔糊涂账！他之所以会出现这样的失误，或许因为他受到马克思主义的影响太深，不愿意将《红楼梦》中出身低微但却讨人喜欢的"清净女儿"们打入"又副册"？或许由于他没有看懂"又副册"中的判词，而只凭着自己的好恶任意排列？然而，这似乎也是不太可能的。一个能够写出高水准研究文章的汉学家，怎会看不懂这两则并不算深奥的判词呢？至于说他只是凭着对人物的好恶任意排列，似乎也有点儿说不过去。因为大高岩是很喜欢薛宝琴的，就在该文的第四部分，他对于宝琴未能列名金陵十二钗"正册"提出了疑问并深表遗憾，且提议应以宝琴取代年龄幼小的巧姐。但即使如此，大高岩却还是将宝琴列入了"又副册"中！此等现象，委实令人莫名其妙。

该文的第五部分，是摘译《红楼梦》中的诗词、句子或片段而加以论赞，一如中国历史上的"红学题咏派"。大高岩所题赞辞，计有《黛玉葬花》《宝钗羞笼红麝串》《宝琴立雪》《湘云醉眠芍药茵》《香菱诗狂》《晴雯撕扇》《鸳鸯发誓》《龄官画蔷》《麝月对镜》《五儿游园》《红玉遗帕》《芳官唱赏花时》《三姐风流卸妆》《藕官炎纸》《碧痕洗澡》《妙玉听琴》等。

第六部分则是人物评赞，一共选择了林黛玉、薛宝钗、妙玉、贾探春、史湘云、秦可卿、袭人、平儿、贾母、王夫人、凤姐、尤三姐、尤二姐、贾政、北静王、秦钟、柳湘莲、薛蟠、蒋玉函、刘姥姥等二十人。或一言，或片语，似比中国历史的"红学题咏派"更为简略。

该文的第七部分，则先用汉语选择了"林黛玉的潇湘馆""贾探春的秋爽斋""薛宝钗的蘅芜院""贾宝玉的怡红院"四处庭院，然后再用日语简略地加以评判。

第八部分使用两汉、日两种文字，以寥寥数语，简要介绍了改琦的《红楼梦图咏》。

总之，统观大高岩的红学论著，水平确实差别很大。然而，这些小小的缺憾，相对于他的大批高水平的论著来说，只能算是白璧微瑕。作为20世纪30年代日本红学界的代表人物，作为日本第一部红学专著的作者，在日本红学史上，大高岩仍然占有十分重要的地位。

（原载《纪念曹雪芹逝世240周年扬州国际红楼梦学术研讨会论文集》）

"美玉无瑕"非指贾宝玉

《红楼梦》第五回,警幻仙姑命舞女为贾宝玉演唱了新制的〔红楼梦曲〕。虽云《红楼梦》十二支,但连〔红楼梦引子〕及〔收尾·飞鸟各投林〕计算在内,实际上共有十四曲。它们"或咏叹一人,或感怀一事",与"金陵十二钗正册"相呼应,共同预伏了黛玉等十二个女子的命运。自第四支曲子起,分别咏元春、探春、湘云等,直至李纨、秦可卿。这些都是一目了然的。〔枉凝眉〕一曲,中国艺术研究院红楼梦研究所校注的《红楼梦》中,认为"阆苑仙葩"指林黛玉,"美玉无瑕"指贾宝玉。我认为此注很有商榷之必要。

如前所述,自〔恨无常〕至〔好事终〕十支曲子,分咏元春等金陵十钗。而众所周知,《红楼梦》中的主人公乃是贾宝玉、林黛玉、薛宝钗三人,曹雪芹必然要首先预示他们三个人的命运,那么,这就要到仅剩的〔终身误〕和〔枉凝眉〕两支曲子中去寻找。从字义上来看,〔终身误〕写了林黛玉和薛宝钗,但从"俺只念""空对着""终不忘""叹人间""到底意难平"等语气来看,此曲显系站在宝玉的立场上来说的,故它应属贾宝玉。而按红楼梦所校注本对〔枉凝眉〕的注来看,此支曲子乃是咏宝玉和黛玉的,如此,薛宝钗就无一席之地了。

愚以为,〔终身误〕乃咏贾宝玉,而〔枉凝眉〕则是合咏黛玉和宝钗的。"阆苑仙葩"指黛玉,"美玉无瑕"指宝钗。黛玉"没奇缘,今生偏又遇着他","他"指贾宝玉;宝钗"有奇缘",却又"心事终虚化",她即使和宝玉结了婚,也落了个独守空房的结果。因此上,好事难成,黛玉"枉自嗟呀";宝玉出家,宝钗"空劳牵挂"。对于宝玉来说,钗、黛二人,"一个是水中月,一个是镜中花"。二位薄命女子,都遇上了爱情婚姻的大不幸，所以只有抛洒伤心之泪，"秋流到冬尽，春流到夏！"由此可以看出，〔枉凝眉〕与"可叹停机德，堪怜咏絮才。玉带林中挂，金簪雪里埋"的判词是相呼应的，它们都是黛玉和宝钗的合传。

（原载《红楼梦学刊》1990 年第 1 期）

武侠小说与人类的超人崇拜心理

20世纪50年代初期,武侠小说在香港以新的面貌再度萌生、复兴之后,旋即像厉风狂涛般地席卷了台湾、东南亚及海外华人区。80年代初期以来,又很快地风靡了中国大陆。可以毫不夸张地说,武侠小说流布地区之广,拥有读者之多,即在中国文化史上也是较为罕见的。这种现象产生的原因虽然很多,但从读者心理学的角度来看,它与人类由来已久的超人崇拜心理有着很大的关系。

现实生活当中只有凡人,没有超人。所谓超人,乃是人类头脑想象和幻想的产物。我国文化史上的超人,大致可分为以下两类:一是非现实的超人,也就是所谓的神仙(如玉皇大帝、王母娘娘、太上老君等等);二是理想化的超人(如《三国演义》中的诸葛亮、《水浒传》中的武松等等)。理想化的超人虽然是人而非神,但却不是我们在现实生活当中所能见到的普通人。在他们身上,明显地赋予了人类强烈的理想和夸张。

非现实的超人(即神仙),又可大致分为以下四类:一是被人类的想象和幻想人格化、形象化了的自然力(如雷公电母);二是将人类集体智慧的结晶赋予某一个具体的人物,再将这个人物加以神化,这类非现实的超人也就是所谓的"文化英雄"(如我国古代神话故事中钻木取火的燧人氏、尝百草的神农氏、巢居的发明者有巢氏、养蚕治丝方法的创造者嫘祖等);三是高度神化了的历史人物或宗教人物(如姜子牙、关羽、如来佛祖、太上老君等);四是宗教故事、民间传说及文学作品中纯属虚构的神话人物(如孙悟空、猪八戒、月下老人等)。

以上四类非现实的超人虽然来源不同,产生的时代也有先有后,但在人类的想象之中,却都具有某些共同之处:他们不仅控制、主宰着世间的一切(甚至包括人类的意志、言行和生老病死),而且还具备人类不曾具备也不可能具备的超凡能力(诸如上天入地、呼风唤雨、跨时空、超生死、随意变幻形体等等）。

理想的超人亦可大致分成两类：一是被神化或半神化了的历史人物（如诸葛亮、赵云）；二是文学作品中颇富夸张色彩的人物形象（如《水浒传》中的李逵、鲁智深）。理想化的超人虽然身具现实生活中人不曾具备的某种超人本领，但又不像万能的非现实的超人那样神通广大。他们身上的理想的光环，寄寓着人类的美好愿望，乃是人类某种品质的化身（如料事如神的诸葛亮，便是我国人民心目中的"智慧"的化身）。

自然环境、社会环境及生活方式等外在因素，都不同程度地影响着人类的想象和幻想。由于上述外在因素随着时代的推移而变化，是以不同的时代，人类便会创造出不同的超人形象。若按时代先后次序而言，产生最早的应是第一类非现实的超人形象。在原始时代，人类的生活方式主要是采集和狩猎，首先影响到人类的精神世界的，便是神奇的大自然。由于思维的不发达和生产力的低下，人类还不可能了解并掌握自然规律，因此，他们就通过幼稚的幻想和想象，把大自然的变化都归之于神的意志和权力。他们认为，这些变幻莫测的自然现象，都有一种超自然的力量在控制和主宰着。这种超自然的力量再被人们的幻想、想象加以具象化，第一类非现实的超人形象便被创造出来了。当人类从漫长的采集狩猎时期跨入农耕和饲养家畜时代以后，各种各样的发明创造在某种程度上分散了人们对大自然的注意力，是以人类在继续创造第一类非现实的超人的同时，又创造了第二类非现实的超人形象（文化英雄）。

至于第三类和第四类非现实的超人的产生，则是人类进入阶级社会以后的事了。不过，他们的产生虽然较晚，但其产生的因素却比第一类和第二类更为复杂。自然现象的变幻莫测和劳动过程的失败，不免会使原始人产生一种恐惧心理，甚至感到自己太过渺小和软弱无力。由于他们将自然力归之于神的意志和权力，是以他们在创造非现实的超人形象的同时，也创造了原始宗教。人类进入阶级社会以后，统治阶级为了维护自己的统治，便利用宗教和带有宗教色彩的非现实的超人形象麻醉人民。他们一方面按照自己的意志改造原有的那些非现实的超人，另一方面又不断地创造新的非现实的超人，并将自己也美化成了非现实的超人抑或他们的子孙。再加宗教徒们的推波助澜和肆意美化，人类进入阶级社会以后所创造的非现实的超人形象，也就平添了许多迷信色彩。恩格斯说："政治、法律、哲学、宗教、文学、艺术等的发展是以经济发展为基础的。但是，它们又都互相影响并对经济基础发生影响。"（《致瓦·博尔吉乌斯》）文学是一定的现实社会生活在人们头脑中的反映的产物，受经济基础的制约并与其他意识形态相互产生影响。正因为如此，所以一定时代的文学作品所塑造出来的非现实的超人形象，就不可避免地要被打上时代文化与社会的烙印。反过来，文学作品所塑造的非现实的超人形象却又自然而然地对人类产生影响。

将自然力人格化、形象化的非现实的超人形象沿着人格化、神秘化的道路继续向前发展并日渐完善，神化了的文化英雄也日益增加着神圣的色彩，通过各种途径而被高度神化了的历史人物愈来愈多，文学作品、宗教迷信也纷纷虚构和创造各类非现实的超人。多种多样的非现实的超人的不断产生，最终导致了非现实的超人王国的"人口膨胀"。迨至封建社会中后期，一个庞大而严密的神权统治系统已然形成，甚至超过了人世间的王权统治机构。至此，人们在精神得到寄托的同时，也就不自觉地在心灵上蒙上了一层阴影。

统治者是利用和崇拜非现实的超人，人民群众则是在迷信、崇拜的同时也利用那些非现实的超人。我国历史上的历次农民起义，几乎都是以某一个或几个非现实的超人相号召而发动起来的。利用而不迷信、崇拜，最终也只是蒙骗他人，但若迷信、崇拜而利用非现实的超人，则会给自身造成莫大的危害。当年义和团的那些爱国勇士们，之所以高喊着"刀枪不入"的口号，用自己的血肉之躯去抵挡八国联军的洋枪洋炮，他们做出这种愚昧的超常举动的重要原因之一，便是对非现实的超人的过分崇拜和迷信。

人类进入阶级社会以后，人剥削人、人压迫人的现象也随之产生。政治的黑暗腐败，贪官污吏、土豪恶霸的横行霸道……人世间的种种不平现象，便又激发了下层人民的幻想。由于非现实的超人与统治阶级的关系愈来愈近而与被统治阶级日渐疏远，是以下层人民在继续崇拜非现实的超人形象的同时，也对他们的存在产生了怀疑和绝望情绪，于是，他们便又将自己的美好愿望寄托到了"人"的身上，渴望有身具超人本领的人间之"神"，能够代替非现实的超人为受压迫者打抱不平，而人类历史上屈指可数的圣君、贤相、清官及社会生活中的正直之士，便成了人们驰骋幻想的主要对象。令人惋惜的是，统治阶级既有目的地占有了人民大众心目中的非现实的超人形象，又不择手段地肆意歪曲或利用了理想化的超人形象，甚至更进一步地将之美化成为有利于自身利益的非现实的超人。例如关羽这个人物，他本是三国时期蜀国的一员大将，但在《三国演义》里面，却被作者美化成了"忠义""勇武"和"力量"之化身的理想超人。到了清代，满清统治者则抓住他的"忠义"品质，不遗余力地大肆宣扬，并在他的身上，附以种种迷信色彩，最终将之神化成了一个非现实的超人（伏魔大帝、关圣帝君）。这种由人变成理想化的超人，又由理想化的超人变为非现实的超人的事例不胜枚举。

超人既是想象和幻想的产物，也是时代和历史的产物。在漫长的人类文化史的各个阶段，都有与之相应的各类超人产生。在科学技术和人类文化高度发达的今天，人们已经不再崇拜和迷信非现实的超人，那些旧时代的理想化的超人也与人类之间产生了距离。但是，人类崇拜超人的心理却丝毫没有改变，只不过现代人所要求的超人形象，必须符合现代人的价值观念罢了。一方面，人类将视野投向了茫茫太空，用现代化的科学技术去重新探索宇宙的奥秘；另一方面，人们却又从不同的角度，多方位地探索人生的意义和价值。是以若要创造出令人崇拜的超人形象，就必须使之既不与人产生距离感，又要满足人类普遍存在着的崇幻尚奇的文化心理。

文学作品（尤其是小说）是创造超人的最重要的方式之一。纵观我国小说的历史，除了"世情小说"之外，其他种类的小说（诸如"神魔小说""志怪小说""历史演义小说""英雄传奇小说""武侠小说"等等），几乎都自觉或不自觉地创造了各种各样的超人形象。武侠小说若不写"武"，便失去了它自身所应具备的突出特点；侠客之所以能成为侠，就是因为他们身具普通人所不具备的超人本领。高深莫测的神奇武功，既是构成"新派武侠小说"的三大要素之一，也是侠客们的最大特征。排山倒海的掌力，疾若流星的轻功，无影无形的杀人剑气……无不奇幻绝伦，令人莫测高深。如果作家一味地夸张描写超人形象的这种神奇本领，自然会使人物形象失真。虽然许多武侠小说大家如金庸等人力求自圆其说，努力从传统文化和现代科学的角度为神奇的武功寻找理论依据，力求神奇中的真实性与合理性，但作家若不着力刻画超人们的真情至性，使他们既有超人的本领，又不缺乏普通人的情感欲望，则必然会使超人的形象与读者之间产生距离感。

新派武侠小说，实际上是披着"武侠"外衣的"言情"之作，看似写武，实则言情。如果说其中那些现代超人所具备的神奇本领令人悠然神往、顿生豪迈奋发之气的话，那么他们身上所流露出的人之至情，则是这类作品真实感人的根本原因了。当然，在新派武侠小说当中，情的概念虽然主要是指男女恋情，但却也包含着人之常情，亦即所谓的人性。新派武侠小说大师金庸曾经多次表示："我写武侠小说，是想写人性"，"只有刻划人性，才有较长期的价值"（《笑傲江湖·后记》）；"在小说中，人的性格和感情，比起社会意义具有更大的重要性"，"武功可以不可能，人的性格总是应当可能的"（《神雕侠侣·后记》）；"抒写世间的悲欢，能表达较深的人生境界"（《天龙八部·后记》）。探索人生，刻画人性，使身具神奇本领的超人兼具人的七情六欲，也就自然而然地缩短了他们与读者之间的距离。

与新派武侠小说相比而言，《水浒传》的武功描写似乎远为真实可信，但在现代人眼里视之，其中的超人却总是离着人们有一段距离。这种距离感的产生除了因时代不同而造成的心理差异之外，更重要的原因是其中的超人缺少普通人的正常欲望。现实生活中人是酒、色、财、气四病俱全，而《水浒传》中的超人却是嗜酒、远色、轻财、使气，四关居然破了两关。如果说嗜酒、使气、轻财三个特点正是他们的英雄本色，那么远色甚至仇视女人这一性格特征，却令人觉得他们太不近人情。梁山泊里的一百零八位英雄好汉，除了屈指可数的几人之外，大部分都是不近女色的独身主义者；而娶过或者尚有妻室的几人，也大都受了老婆的连累（如宋江之与阎惜姣、卢俊义之与贾氏、杨雄之于潘巧云等等）；不仅娶了妻子的英雄要受女人之累，就连普通人也难逃此厄（如武大郎之与潘金莲）；甚至不曾娶妻的，也会被女人陷害或连累（如武松之与潘金莲、石秀之与潘巧云、燕青之与贾氏、雷横之与白秀英、宋江和花荣之与刘高的妻子等）。林冲娘子算是女人中的佼佼者，但却又被作者当成了"贞节"观念的牺牲品，而且林冲的被逼上梁山，也是因为受了她的连累。三位女英雄中，孙二娘和顾大嫂都是没有妇德的泼妇；扈三娘虽然貌美如花，却又在全家遇难之后被宋江当成礼物送给了大色狼王矮虎。梁山好汉们的这种畸形心态，不仅导致了他们性格上的某种缺陷，而且也拉开了他们与读者之间的距离。

　　评价一部文学作品，不仅要看它写的什么，更重要的是要看它怎样写。例如明末清初的《好逑传》，也是一部"侠情"小说。作品中的主人公铁中玉和水冰心，在患难相助的过程中产生了爱情。他们虽然彼此倾心相爱，但却又时时不忘伦理名教：二人深夜隔帘对饮，却无一字及于私情；虽然同处一室，却又毫无苟且之心；顺从父母之命拜堂成亲之后，却又异室而居，直到皇后亲自验明水冰心确系处女之后，二人才奉旨"真结花烛"。作者如此塑造自己笔下的人物形象，本意是想给他们戴上一个圣洁的光环，岂料画虎不成反类犬，导致了人物形象的行动与心灵的意念脱节，使丰满的外表和干瘪的灵魂显得极不协调，一对谈情说爱的青年男女，给人的印象却是两个虚伪得令人肉麻的道学先生。

　　人类的崇拜超人，大都不外乎寻求精神寄托或梦想成为自己心目中的超人。显然，旧时代的那些非现实的和理想化的超人形象，已在现代人的心中失去了其应有的地位。新派武侠小说作家们，顺应时代的潮流，并把握住了人类所特有的这种超人崇拜心理，在武侠小说中塑造了一系列符合现代人的价值观念和审美习惯的人神合一的超人形象，引起了读者心灵的共鸣，受到人们的普遍喜爱和崇拜。虽然武侠小说之所以风行的原因是多种多样的，但我们也不能否认，这种现象的产生，与人类的超人崇拜心理也有很大的关系。

（原载《文史知识》1993年第3期）

《峡谷芳踪》的情节结构

作为一部成功的文学作品,《峡谷芳踪》的艺术成就是突出的,也是多方面的。因限于篇幅,笔者打算就其情节结构方面的成就,做一番论述。不妥之处,还望方家教正。

艺术结构是文学作品的组织方式和内部构造,是文学作品的形式要素之一。"它是组织安排人物、事件,谋篇布局,建立艺术形象体系的基本的艺术功底,也是表现作品内容、揭示主题思想并影响作品全局的重要艺术手段。"① 作家在选取题材和蕴酿作品主题的同时,就必须考虑材料的组织、人物的安排、情节的处理、场面的布置及首尾的呼应等。这种对作品总体的组织和安排,恰如"工师之建宅","何处建厅,何方开户,栋需何木,梁用何材,必俟成局了然,始可挥斤运斧。"② 只有对这些部分作了严谨而匀称合理的安排布局之后,才能将作品的内容统一地组织起来,从而构成完整的文学形象。因此,凡是聪明的作家,无一不对作品的艺术结构倾注心血;所有成功的文学作品,也都无不具备完整而和谐的艺术结构。

情节结构是小说艺术结构的主体,因此它的结构必须以人物情节为中心来设置安排。叙事性文学作品尤其是小说结构的主要任务,就是要组织安排故事情节。情节的设置是否得体,是衡量叙事性文学作品艺术高下的一条重要标准。《峡谷芳踪》一书,从总体上来看,在情节结构方面还是十分成功的。作者在情节安排上不仅能够做到委婉曲折,引人入胜,而且还善于通过情节的发展、转换和组织矛盾冲突,以塑造栩栩如生的人物形象。现从以下几个方面来分述之:

---

① 叶维四、冒炘:《三国演义创作论》,第123页,江苏人民出版社1984年版。
② 李渔:《李笠翁曲话》,中国戏剧出版社1959年版。

文似看山不喜平。传奇类小说，尤其是"新派武侠小说"，之所以引人入胜的重要原因之一，就是故事情节的曲折离奇和变化莫测。《峡谷芳踪》的作者，利用种种高超的艺术手法，充分发挥英雄传奇类小说在情节处理、艺术构思上奇异新颖、富于变化的特长，在情节发展中力求曲折，不欲平直，使作品自始至终波澜起伏。情节奇而又奇，跌宕起伏，扣人心弦，矛盾的发展乃至最终结局，总是出人意料之外，却又在于情理之中，表现了作者在结构章法、情节设计上的匠心独运。如在《较棋艺芝泉施暗枪》一章中，作者写夏昆仑在大败众武师之后，看到谋害自己父母的大仇人吴芝泉，立感气愤难禁。按照常理来说，一个初出茅庐、血气方刚的少年人，必难按捺住满腔的怒火，而不顾一切地去报自己的不共戴天之仇。岂料作者笔势一转，却让夏昆仑"沉下气来"答应与吴芝泉弈棋三局以定胜负。但当我们急于看一看二人究竟如何较棋时，却看见吴芝泉掏出手枪，欲对夏昆仑暗下毒手："吴芝泉见夏昆仑背身，迅即掏出手枪，但忽见嗖的一箭射来，正好射在他的右手背上，痛得吴芝泉哇哇怪叫。"雷青凤的尽心保护，使得吴芝泉无法售其奸谋，只好很不情愿地与夏昆仑较棋。夏昆仑武艺高强，又处处小心，再加上雷青凤遥在山崖上相助，而吴芝泉又已成了惊弓之鸟，谁也料不到他胆敢再对夏昆仑暗施杀手。岂料狡诈阴险的吴芝泉，为了保住自己的货物，竟然不顾死活地对夏昆仑开了三枪。夏昆仑受伤之后，雷青凤本该痛不欲生，岂料她不仅没有痛哭流涕，反而还觉得夏昆仑的受伤，给自己带来了意外的幸福。情节的转换处处出人意料之外，却又显得十分合情合理。夏昆仑见到吴芝泉而"气愤难禁"，是因为他与吴氏父子有着血海深仇，但他能够强忍怒气而与吴芝泉较技，却也颇为入情入理。作者在此虽然只点出夏昆仑"想到老师一再教导，临阵必须定心，心定神凝，神凝才得气智力浑元合一"的理由，其实细心的读者还可由此想到两个重要原因：一是夏昆仑的师父曾嘱咐他不可杀生，由此亦反映出夏昆仑的严遵师教和性格的善良；二是夏昆仑所修习的棋经拳法，讲究的是内外兼修，既可强筋健骨，练就不凡的身手，又可修心养性，陶冶出高尚的情操。是以有此三条理由，夏昆仑便没有杀死吴芝泉。而吴芝泉终于对夏昆仑下手，则是由他的贪婪、狡诈、阴险的豺狼本性所决定的。吴芝泉奸谋的得逞，也从另一个侧面反衬了夏昆仑、雷青凤这两位少年男女的单纯、幼稚和经验不足。至于雷青凤在夏昆仑负伤之后不痛苦反而觉得给自己带来了"意外的幸福",那是因为"这位金凤峒主的掌上明珠,聪明美丽、武艺超群的姑娘,早已到择婿婚配的年龄,然而她眼界极高,根本看不上周围的小伙子。一年前在峡谷捕捉青骊宝驹,与夏昆仑意外相遇,一见钟情。几个月前,达德禅师带着夏昆仑去金凤峒说法传艺,他们又有了进一步接触,雷青凤更深深爱上了这个身世奇特的年轻人,然而却无缘与他接近,今天可是良机难逢呀。她要把夏昆仑接到家里,甘愿亲侍汤药,为他治伤养疴。"一个眼界极高而又到了待嫁年龄的少女,有了意中人却又无缘与之接近,得到一个如此天赐良机,她自然会感到是"意外的幸福了"。

清人但明伦在评论《聊斋志异》中的《西湖主》一篇时说:"生香设色,绘景传神,令人悦目赏心,如山阴道上行,几至应接不暇。其妙处尤在层层布设疑阵,极力反振,至于再至于三,然后落入正面,不肯使一直笔。时而逆流冲舟,愈推愈远;时而蜻蜓点水,若即若离。处处为惊魂骇魄之文,却笔笔作流风回云之势。"① 这段话用来评价《峡谷芳踪》情节结构的基本特色,也是颇为恰切的。但凡读过这部小说的人便不难发现,峻骧先生在结构章法、情节设置方面是刻意求奇的。所谓求奇,就是作品在情节发展中力求曲折,变幻莫测,一波未平,一波又起,层层遇奇,丛丛生险,以层出不穷的悬念抓住读者的心灵,给人以疑虑、好奇、惊险及不一气读完便绝难罢手的感觉。在这一点上,峻骧先生堪称得上一位大行家。他极善予以巧妙的构置,用层出不穷的悬念来吸引读者。如在《公主坟空棺留疑案》一章中,作者借许之久律师之口,给读者留下了一大悬念:法学院的陵园之内,有一座货真价实的公主坟,"坟前有座龟驼丰碑,满汉合刻的碑文,记载了这位早逝的美丽公主的生平。她是在慈禧太后亲自指婚,许配给刚刚承继王位,财富、威势双全,年轻威武的蒙古藩王为妃,成婚前夕,猝然死去的。"许律师"对于郡主之死,总是满腹疑窦",总想解开鹤龄郡主猝死之谜。十余年后,他终于借用地建楼之机发掘了这座坟墓。岂料开棺一看,却发现其中"不但没有鹤龄郡主的玉容遗体,甚至连一寸枯骨朽肢皆无,偌大的棺材之内,装满了破碎的瓷器,各种花纹、各种颜色的瓷瓶、瓷盘、瓷缸,杂乱地放在棺内",这

---

① 参会校、会注、会评本《聊斋志异》卷五《西湖主》但明伦评。

到底是怎么回事呢？读至此处，读者不得不继续读下去。然而，当书中人物许之久律师找到阮去也教授后，作者却故意荡开一笔，让阮去也教授先讲了一番清代四大奇案。作者在此，意欲以巧伏人，故而特意盘马弯弓，迟回不发。但这一段文字不仅不是多余的，而且还是必须的。因为清代四大奇案中的雍正被刺一案提到了"血滴子"，而《峡谷芳踪》中的许多人物、事件，都与"血滴子"有着直接或间接的联系。作者在此略作铺垫，并未离开本书的主线，此处正是但明伦所谓的"蜻蜓点水，若即若离"。接下来，作者忽又提笔一收，转入正题，让许之久律师读了阮去也教授撰写的《晚清奇侠传》一书，"终于明白了这公主坟空棺碎瓷的缘故"。然而，究竟是什么缘故呢？作者在此却故布疑阵，不但未向读者点明，反而"极力反振"，一笔荡了开去，转到了20世纪80年代的枫林角宾馆中来。自此而后，作者再也不提这空棺疑案，来了个"逆流撑舟，愈推愈远"，伏线引出千里之后，方才在《富贵荣华转瞬云烟》《风尘知己太后闲情》两章中，给读者将谜底揭了开来。《峡谷芳踪》一书共二十四章，《富贵荣华转瞬云烟》和《风尘知己太后闲情》两章，是此书的第十七、十八两章，已然接近此书的结尾部分，而《公主坟空棺留疑案》却是此书开篇的第二章，其间相隔十五章二十余万字，经纬两线交织相连，间隔如此之大却遥遥相合，体现了作者深厚的艺术功力和作品构思上的宏大缜密。

  《峡谷芳踪》在情节结构方面所取得的巨大成功，与作者的艺术素养是密切相关的。作品开篇伊始，便已表现出作者艺术功力的不凡。他熟练地运用各种艺术技巧，通过叙事方式、角度的不断转换，将故事情节层层推进，很快地向主线靠拢过去。这样既可将情节全面展开，又在情节结构上显得曲折宛转，跌宕跳跃，避免了平铺直叙、一览无余、枯燥乏味的毛病。

  小说是叙事性文学作品，小说情节的设置，必须服从于人物形象的塑造。情节结构的波澜起伏，固然是作品引人入胜的重要原因之一，但人物形象的塑造，却是衡量一部小说成败得失的关键。在世界文学之林中，举凡一切成功的叙事性作品，无不塑造出一系列栩栩如生的人物形象。因此，如何组织安排故事情节以塑造人物形象，是叙事性作品的作者在创作时所面临的最重要的任务。如果单纯追求情节结构的奇特，而不注意人物形象的塑造，就会因过于强调情节而使人物的性格难以表现，或者使人物在命运的安排下显得无所作为，从而令读者怀疑其真实性。我们看到，《峡谷芳踪》的作者，在情节的设计安排上，除了力求情节的曲折离奇以达到引人入胜的目的外，更为注意通过情节的展开来刻画人物性格。

如书中重要人物之一的虎头钩周冲，作者便以腾挪变幻的笔势，穿插描写了他的一生。但作者在塑造这个人物形象时，并不是通过泛泛的长篇议论来概括描述，而是把他放在矛盾冲突的过程中，抓住一个个富有典型意义的特定场景来表现他那行侠仗义的英雄性格，精雕细刻地塑造他的形象。从风声鹤唳的乌龙山中，到弹矢交加的青云浦上，从悦宾酒楼的沉着冷静，到八义客栈的遇事不慌，……随着故事情节的不断推进，周冲的形象也渐渐丰满了起来。在云龙山庄之中，面对娇憨婉秀的邝玉秀，他毫不动心，甚至将她一脚踢开；四海升平社中，面对京师名妓爱莲春的诱惑，他也是避之唯恐不及，酒醒之后独到前厅秉烛夜读。京师风流佳人们暗中赠送给他的绣囊香袋和带着脂粉香气的同心结儿，他也总是一一退回。这些所作所为，都从不同的侧面展示了他不轻涉风月的英雄至性。但是，这位贤贤易色的铮铮铁汉，并不是一个毫无人情味的冷面郎君，实际上，他也是一个具有古道热肠的正常人。当他在云龙山庄因"心中郁怒无意间发出"，将邝玉秀踢了个仰面朝天后，心中却又感到后悔，因为他想到邝玉秀之所以"作此贱役，以身事人，也许是受了她的主人的威逼，焉能怪她"，所以便连忙将她拉起并深致歉意，体现了周冲时时为他人着想的善良性格。待他得知邝玉秀的悲惨身世后，又答应玉成邝玉秀与刘三多的婚事。周冲与爱莲春结为干兄妹，他心里本来是很不情愿的，但他听到大枪刘的一番大道理后，却又为了考验自己的为人定力，而慨然答应与爱莲春结为异姓兄妹。然而，他这样做，并非像其他镖师那样找一个玩物，而是平等地将爱莲春当一个人来看待。就在与爱莲春结拜后不久，作者却又别出心裁地安排了一组情节，从另一个角度刻画描写了周冲的痴情、多情。谙达小姐良素心，在碧霞元君庙会上见到了周冲，自此后便情根深种，深深地爱上了他。良素心也学着其他风流佳人的样子，三次给周冲致送香囊绣袋，表达自己的爱慕之情，但却俱被原封退还。当时刚刚二九年华的良素心，被周冲退回香囊之后并没有太伤心，但当她得知爱莲春公然上门认周冲为干兄一事后，却"不禁嫉恨钻心"。待到了解到周冲"坐怀不乱'的举动后，良素心"大感快慰，更增加了对这位青年镖师的爱慕"，并且想出了请周冲到自己家里传授武功的主意。"爱情这玩意儿是极怪的，它无影无踪，你要想取，却似千山万壑，任你费多大力气，也搬不动它，然而若是自然而然，在耳鬓厮磨中一旦发生，就如干柴着火，立刻难止难熄了。"周冲这位从不为女色而动心的鲁男子，这一次却是不折不扣地堕入了情网。"开始周冲只是总想去谙达府里，理智说是去看女弟子的武艺，下意识里，却是总想看到她的倩影，听到她的莺声。""良素心是有心放线钓金鳌，自然早已窥破了'老师'的心秘。终于在西湖府海棠盛开的春日，互相吐露了心曲。他们就在谙达府的小花园里，私定了终身。"但由于双方门不当户不对，遭到了老谙达的强烈反对。好事成空，二人便指天为誓，周冲发誓非良素心不娶，良素心发誓非周冲不嫁。在历经多年的磨难之后，良素心终于看破红尘，出家做了尼姑，周冲便也干脆到圣母庵做了火工道人，为自己一生深爱的女子良素心挑水生火，打扫庵堂。作者正是通过故事情节的不断推进，使周冲的性格得到了合乎逻辑的发展。

情节是为塑造人物性格服务的。情节影响人物性格的发展，而人物的性格却又决定着情节的发展。情节因人物的活动而产生，人物性格因情节的发展而显现。优秀作品的情节，总是按照人物性格发展的必然逻辑而向前发展的。情节的组织安排，并不完全取决于作家的主观意图，而是最终决定于人物性格的实际。《峡谷芳踪》的作者，就是根据叙事性文学作品的这一特定规律来设置情节的。如书中的另一重要人物澹台宝玉的性格，便是通过一系列惊心动魄的故事情节而显现出来的。如果没有海龙轩茶馆观斗打抱不平、茶馆雅堂对弈许身、两入雍和宫盗取《藏密拳乘》、以借刀杀人之计下撮苦药等故事情节，澹台宝玉的形象也不会如此血肉丰满，栩栩如生。反过来说，如果没有澹台宝玉的典型性格，也就不会出现后面那一系列的故事情节。"不同性格的人物之间如果发生一定的关系，就会造成这样而不是那样的一种必然结果，因而也会产生这样而不是那样的特定情节。"① 奇特的社会地位、富有的家庭、父亲的身份及对她的娇宠，再

---

① 《文学理论基础》，上海文艺出版社 1981 年版。

加上她本人容貌的俊美、武功的高超，自然而然地造就了她的奇特性格——既骄横跋扈，又仗义执言；既目空一切，心高气傲，又藐视礼法，不顾流言……"京师第一奇女子"的桂冠使她身价倍增，"她的美丽和财富，玄意门女掌门的地位，自然引起许多武林好汉、多情男子的注目和怦然心动。然而不管是各大镖局的未婚青年镖客，还是京师四城爱武好练的世家子弟，闻听澹台家要入赘招婿传艺，甘愿弃宗投靠者，不少人刚作表示，就被宝玉姑娘斥之门外。"甚至连京师太极推手第一高手的七贝勒载涵想娶她做续弦夫人，都惹得她勃然大怒。一言以蔽之，阁"北京城里就没有一个男子能被她看在眼里。"她曾经声言："不是她自己看上眼的，绝不下嫁，武功才貌和自己差一点的，也决不通融！"如此一个目空一切、自视甚高且又任性而为的姑娘，其日常的言谈举动，自然也是惊世骇俗的。身为女子，却"自幼就喜男装"，而且还"经常一身男装随着老父出入茶馆酒肆"——这些举动，本来就够出人意表的了，而她却又要自择佳婿！特定的性格，决定了她的特殊举动，从而也就形成了特定的故事情节：在海龙轩茶馆里，英俊潇洒、武功高强的夏昆仑，敲开了澹台宝玉的爱的心扉。奇特的性格，使得她大胆地采取了奇特的求爱方式，她提出与夏昆仑较试棋艺，而胜负的赌注却也相当奇特，她以半开玩笑的口气对夏昆仑说："夏公子既然身无长物作赌注，我们就各以自身为注吧，我输了随你调遣；你输了跟我回家，听我发落。"如此一来，她无论是输是赢，都会达到自己的目的。因为她与夏昆仑较艺，压根儿就没把输赢放在心上，她是醉翁之意不在酒，只不过是为择一可心如意的佳婿而已。然而，由于夏昆仑情有别属，连赢三局后飘然而去。澹台宝玉在好事成空之后，又气又急又羞，但却由此也犯了倔脾气。她按照自己的行事原则，采取种种奇特的方式，对夏昆仑穷追猛打，不择手段地想要抓住这位可意人儿。澹台宝玉奇异的性格，又造成了一系列特定的情节。当夏昆仑要离开海龙轩茶馆时，澹台宝玉曾让父亲拦住他，但父亲却故作糊涂，不曾出手；她本想用缠魔法剑将夏昆仑刺伤拿下，但又自感不是对手而没有轻举妄动。"后来她暗中刺探他的行踪"，要"把这个搅得她春心荡漾的小伙子网到手中，不想却失去了他的踪迹。"她"本以为自己得了父亲的真传"，玄意门武功是天下第一，"不想遇到了这个夏昆仑，才感到天外有天，人外有人。她深悔自己武功不到家，若是武功胜他一着，像穆桂英穆柯寨前拿下杨宗保，樊梨花樊江关下拿下薛丁山一样，把夏昆仑擒到家中，他自然不敢骄狂。"正是出于这样的动机，她才两度夜入雍和宫盗取《藏密拳乘》，而意外地见到自己的心上人夏昆仑后，却又惊喜交集，大胆地表白自己的相思之情。当她再度遭到夏昆仑的拒绝后，她竟然拔剑相向。夏昆仑为了尽快将她制伏，以便自己腾出手来去救已然昏迷的贡觉仁柯活佛，便"故意开门露体，让澹台宝玉长剑刺入了自己的僧袍。"澹台宝玉误以为自己已然得手，竟然"心中又惊又喜，瞬息间矛盾非常"，虽然她芳心仍然有情，"但剑势已老，难以收回"，眼看自己的意中人就要惨死在自己剑下，她却幸灾乐祸地想到："谁让你不允我的婚事呢，一了百了，杀了你也免得自己神魂颠倒，被情魔缠绕。"只有性格奇特的奇女子，才能有这种超常的举动和念头！在夏昆仑面前的屡屡受挫，并没有使她心灰意冷；黑色的嫉妒的火焰，却愈发使她振作了起来。当她猜测到夏昆仑之所以拒绝自己的爱情实因他暗恋着宁王府的鹤龄郡主后，竟又以"借刀杀人"之计，利用小刀毕五，去给夏昆仑和鹤龄公主"来一撮苦药儿"，用别人的痛苦，来谋求自己的幸福。可以毫不夸张地说，若无澹台宝玉的奇异性格，便不会产生后面这一系列的特定情节。澹台宝玉按照自己性格的逻辑发展着、变化着，从而也就出现了表现其奇特性格的故事情节。

"没有矛盾冲突，就没有情节，情节的概念，始终是和冲突的概念紧密联系在一起的。……文学作品的矛盾冲突，主要表现为性格冲突。性格冲突具有两方面的内容：一是人物自身性格的冲突，即人物性格的成长和形成；二是特定人物之间的性格冲突，即透过一定的人与人之间的社会关系，展示复杂而尖锐、隐伏或显露的形形色色的矛盾斗争。"[①] 优秀的作品，都善于揭示生活中尖锐复杂的矛盾斗争，使作品具有紧张的激动人心的情节。《峡谷芳踪》的作者，便极善于编织故事，通过情节的巧妙构置，在矛盾冲突中塑造人物形象。书中主人公夏昆仑的奇异身世和曲折惊险的人生经历，是《峡谷芳踪》一书的一条主线，而他与假鹤龄郡主华芸、金凤峒主之女雷青凤及"京师第一奇女子"澹台宝玉的爱情纠葛，则是这条主线的最重要的组成部分。这几个人物形象，也就在这场缠绵悱恻的爱情冲突中，逐渐丰满了起来。夏昆仑自幼与华芸一起长大，华芸的母亲去世

---

① 《文学理论基础》上海文艺出版社 1981 年版。

之前又为他们订下了婚约。他们二人是情投意合，彼此倾心，但由于一次意外的变故，却将一对有情人生生拆散开来。华芸进京献艺时，被宁亲王用掉包计逼她做了假鹤龄郡主。优越的生活条件，并不能使她忘却旧情，但在门深似海的王府中，她无法脱身逃走，甚至连给夏昆仑捎个信的机会都没有。若非良素心的周旋玉成，她的悲剧命运是在所难免的。身为金凤峒主之女的雷青凤，对夏昆仑的爱情是高尚的，但她本身却是十分痛苦的。夏昆仑虽然也很爱她，但相比之下却更爱华芸。如果夏昆仑一直得不到华芸还活在人世的消息，那么他也许会和雷青凤结为伉俪的。夏昆仑从姚正中口中得知华芸在宁亲王府的喜讯后，便要到北京去寻找她，雷青凤不禁愤恨起姚正中来，并又哭又笑地分辩华芸不可能死而复生。待见夏昆仑去意已决，她也就不再强行挽留，情真意切地向他赠送盘缠和"夺情剑"，并嘱咐他莫忘自己，希望他速速归来。通过书中的具体描写来看，她的内心是十分矛盾和痛苦的，她一方面希望华芸真的不在人世，如此自己就可取而代之；另一方面却又希望华芸依然活着，不致使夏昆仑因她而死过份悲伤。澹台宝玉前面已然论及，此不赘述。在这场爱情纠纷之中，三个女子由于身份、地位、性格的不同，其言行举动也有很大的差异，而不同的情节，又造就了她们各自的性格。雷青凤与澹台宝玉都有野的一面，但性质却又截然不同。雷青凤的野是纯真、自然的，而澹台宝玉的野却处处透着骄横和狂傲。三个女子都痴情于夏昆仑，但表现形式却大相径庭：华芸与夏昆仑彼此倾心，宁亲王府的深宅大院，是她与夏昆仑结成眷属的唯一障碍，只要有机会冲出去，她与夏昆仑便可白头偕老，因此，她与宁王府便形成了剧烈的矛盾冲突。而摆在雷青凤面前的，却是双重障碍，一是华芸的存在，二是夏昆仑情有别属。实际上，这两条障碍也只是一条，只要华芸已离开人世，第二条障碍却也不难消除。因此，对于雷青凤来说，她能否与夏昆仑结为伉俪，实取决于华芸的是否还在人世。豪爽的性格，使得她敢于大胆地表白自己的衷情，但善良的天性，却又使得她痛苦万分。澹台宝玉所面临的障碍，与雷青凤基本相同，最主要的也是因为有一个情敌，但她的自私和任性，却又使她采取了诸多令人难以接受的超常手段。同是追求爱情，雷青凤虽也嫉恨华芸，但她却不愿将自己的幸福建立在意中人的痛苦之上，是以她在希望华芸已然不在人世的同时，采取了攻心的战术——用自己的脉脉柔情去感化夏昆仑。澹台宝玉却又不同，她不仅表白爱情的方式大胆而又奇特，而且追求爱情时也是不择手段，在诉诸武力的同时，竟然不惜以他人的痛苦为代价，来换取自己的幸福。甚至还想杀死意中人，来个一了百了。峻骧不愧是一位描写爱情的神笔圣手，他以雄健的笔力，将三位女性放在这场爱情纠葛中，栩栩如生地塑造了出来。

（原载《刘峻骧的文艺创作与学术研究》）

后 记

中国艺术研究院科研处与北京时代华文书局、安徽文艺出版社联合推出"中国艺术研究院文库"之后，中国艺术研究院研究生院又与中国文联出版社联合推出"中国艺术学文库·博导文丛"，为研究人员出版学术专著或理论论文集，这确实是功德无量的文坛盛事。在此，对王文章院长、王能宪常务副院长、研究生院李心峰书记及院领导和院科研处及研究生院的垂青与抬爱表示由衷的感谢。

《"〈红楼梦〉研究批判运动"发生的偶然与必然》一文，曾在《新文学史料》2012年第4期和2013年第1期连载。该文长达五万余字，《新文学史料》却在两期上刊载了出来！这在稿件甚多版面紧张的情况下，实属不易。感谢时任主编的管士光先生、执行主编郭娟女士、编辑部的全体同道们及好友周绚隆先生。

《顾颉刚与新红学》一文是《传记文学》的特约稿。正是因为时任主编喻静女士的垂青与偏爱，才促成了这篇文章的撰写与发表，在此谨向喻静女士表示感谢。

《丁耀亢其人其事》一文，是1988年夏在沈阳参加明清小说研讨会时王汝梅先生的特约稿。作为一个正在读书的学生，能够受到王先生的抬爱并将论文在其所编的文集中发表出来，感激之情实在难以言表。

其他诸如《社会科学集刊》的高翔先生，《明清小说研究》的欧阳健先生、陈铁军先生，《蒲松龄研究》的盛伟先生，院科研处的陈曦女士，华文书局出版社的周燕女士，中国文联出版社的曹艺凡女士及其他许多师友，也曾给笔者这样那样的帮助和支持，在此一并表示感谢。

由于时间紧任务重，再加上世纪90年代的许多文章没有电子文本，所以同事卜喜逢先生也与我一起忙碌了起来，诸如下载文字、转换格式、录入文字等等。胡晴女士和李晶女士也为笔者分别翻译了两部文集的英文目录，在此一并向他（她）们表示感谢。

孙玉明
2014 年 2 月 16 日